文城

Wencheng
A Novel

余华 著

北京出版集团
北京十月文艺出版社

新经典文化股份有限公司
www.readinglife.com
出　品

文城

一

在溪镇有一个人，他的财产在万亩荡。那是一千多亩肥沃的田地，河的支流犹如蕃茂的树根爬满了他的土地，稻谷和麦子、玉米和番薯、棉花和油菜花、芦苇和竹子，还有青草和树木，在他的土地上日出和日落似的此起彼伏，一年四季从不间断，三百六十五天都在欣欣向荣。他开设的木器社遐迩闻名，生产的木器林林总总，床桌椅凳衣橱箱匣条案木盆马桶遍布方圆百里人家，还有迎亲的花轿和出殡的棺材，在唢呐队和坐班戏的吹奏鼓乐里跃然而出。

溪镇通往沈店的陆路上和水路上，没有人不知道这个名叫林祥福的人，他们都说他是一个大富户。可是有关他的身世来历，却没有人知道。他的外乡口音里有着浓重的北方腔调，这是他身世的唯一线索，人们由此断定他是由北向南来到溪镇。很多人认为他是十七年前的那场雪冻时来到的，当时他怀抱不满周岁的女儿经常在雪中出现，挨家挨户乞讨奶水。他的样子很像是一头笨拙的白熊，在冰天雪地里不知所措。

那时候的溪镇，那些哺乳中的女人几乎都见过林祥福，这些当时还年轻的女人有一个共同的记忆：总是在自己的孩子啼哭之时，他来敲门了。她们还记得他当初敲门的情景，仿佛他是在用指甲敲门，轻微响了一声后，就会停顿片刻，然后才是轻微的另一声。她们还能够清晰回忆起这个神态疲惫的男人是如何走进门来的，她们说他的右手总是伸在前面，在张开的手掌上放着一文铜钱。他的一双欲哭无泪的眼睛令人难忘，他总是声音沙哑地说：

"可怜可怜我的女儿，给她几口奶水。"

他的嘴唇因为干裂像是翻起的土豆皮，而他伸出的手冻裂以后布满了一条一条暗红的伤痕。他站在他们屋中的时候一动不动，木讷的表情仿佛他远离人间。如果有人递过去一碗热水，他似乎才回到人间，感激的神色从他眼中流露出来。当有人询问他来自何方时，他立刻变得神态迟疑，嘴里轻轻说出"沈店"这两个字。那是溪镇以北六十里路的另一个城镇，那里是水陆交通枢纽，那里的繁华胜过溪镇。

他们很难相信他的话，他的口音让他们觉得他来自更为遥远的北方。他不愿意吐露自己从何而来，也不愿意说出自己的身世。与男人们不同，溪镇的女人关心的是婴儿的母亲，当她们询问起孩子的母亲时，他的脸上便会出现茫然的神情，就像是雪冻时的溪镇景色，他的嘴唇合到一起以后再也不会分开，仿佛她们没有问过这样的问题。

这就是林祥福留给他们的最初印象，一个身上披戴雪花，头发和胡子遮住脸庞的男人，有着垂柳似的谦卑和田地般的沉默寡言。

有一人知道他不是在那场雪冻时来到的，这个人确信林祥福是在更早之前的龙卷风后出现在溪镇的。这个人名叫陈永良，那时候他在溪镇的西山金矿上当工头，他记得龙卷风过去后的那个早晨，在凄凉的街道上走来这个外乡人，当时陈永良正朝着西山的方向走去，他要去看看龙卷风过后金矿的损坏情况。他是从自己失去屋顶的家中走出来的，然后他看到整个溪镇没有屋顶了；可能是街道的狭窄和房屋的密集，溪镇的树木部分得以幸存下来，饱受摧残之后它们东倒西歪，可是树木都失去了树叶，树叶在龙卷风里追随溪镇的瓦片飞走了，溪镇被剃度了似的成为一个秃顶的城镇。

林祥福就是在这时候走进溪镇的，他迎着日出的光芒走来，双眼眯缝怀抱一个婴儿，与陈永良迎面而过。当时的林祥福给陈永良留下深刻的印象，他的脸上没有那种灾难之后的沮丧表情，反而洋溢着欣慰之色。当陈永良走近了，他站住脚，用浓重的北方口音问：

"这里是文城吗？"

这是陈永良从未听说过的一个地名，他摇摇头说：

"这里是溪镇。"

然后陈永良看见了一双婴儿的眼睛。这个外乡男人表情若有所思，嘴里重复着"溪镇"时，陈永良看见了他怀抱里的女儿，一双乌黑发亮的眼睛惊奇地看着四周的一切，她的嘴唇紧紧咬合在一起，似乎只有这样使劲，她才能和父亲在一起。

林祥福留给陈永良的背影是一个庞大的包袱。这是在北方吱哑作响的织布机上织出来的白色粗布，不是南方印上蓝色图案的细布包袱，白色粗布裹起的包袱已经泛黄，而且上面满是污渍。这样庞大的包袱是陈永良从未见过的，在这个北方人魁梧的身后左右摇晃，他仿佛把一个家装在了里面。

二

这个背井离乡的北方人来自千里之外的黄河北边，那里的土地上种植着大片的高粱、玉米和麦子，冬天的时候黄色的泥土一望无际。他的童年和少年是从茂盛的青纱帐里奔跑出来的，他成长的天空里布满了高粱叶子；当他坐到煤油灯前，手指拨弄算盘，计算起一年收成的时候，他已经长大成人。

林祥福出生在一户富裕人家，他的父亲是乡里唯一的秀才，母亲则是邻县的一位举人之女，虽然出生时家道中落，可她饱读诗书心灵手敏。林祥福五岁的时候，他的父亲突然去世。当时酷好木工活的父亲刚刚给他做完一张小桌子和一把小凳子，放下工具喊叫他的名字，喊到最后几声时不再是他的名字，变成了啊啊的叫声，他双手捂住胸口倒在地上。年仅五岁的林祥福来到木工间的门槛前，父亲在地上挣扎的样子让他咯咯笑个不停，直到母亲奔跑过来跪在地上发出连串惊叫，他才止住笑声，然后害怕让他响亮地哭了起来。

这可能是林祥福最初的记忆。几天以后他看见父亲躺在门板上面一动不动，一块白布盖住父亲的身体，白布短了一截，父亲的双脚露在外面，这双没有血色的苍白的脚，让童年的林祥福端详很久，他看见有一道划破的伤痕在父亲的脚底张开。

母亲穿上他从未见过的衣裳，披麻服丧的母亲双手端着一碗水从他身前走过，走到宅院门口，跨过门槛将水放在地上，然后母亲坐在门槛上，一直坐到太阳落山黑夜来临。

父亲死后给他留下四百多亩田地和有六间房的宅院，还有一百多册线装的书籍。母亲饱读诗书和勤俭持家的品行也传给了他，从他学习认字起，就搬起父亲最后的手艺——小桌子和小凳子，坐到母亲的织布机前。母亲一边织布一边指点他的学业，在织布机吱哑吱哑的声响里和母亲温和的话语里，他从三字经学到了汉书史记。

他十三岁那年开始跟随管家田大下地视察，像他家的佃农一样一双泥腿在田埂上走来走去，有时会与田大一起跨入水田，当他回到家中坐到母亲的织布机前继续自己的学业时，仍然是一双泥腿。他继承了父亲的木工活酷好，小小年纪就与斧子、刨子和锯子打起交道，而且废寝忘食，进了木工间半天不出来。于是在农闲时，母亲就会领着他去邻村邻乡的木匠师傅那里拜师学艺，他常常在木匠师傅家里吃住一两月，传授过他技艺的木匠师傅个个称赞他聪慧手灵，称赞他吃苦耐劳，一点不像富裕人家的少爷。

他十九岁的时候，母亲病倒了。当时还不到四十岁的母亲走到了人生的尽头，多年的操劳之累和守寡之苦使她头发灰白，皱纹也刻满了她的脸。这时候母亲开始用从未有过的目光端详自己的儿子，看到儿子已经像他父亲生前一样强壮，欣慰的神色从她眼中流出。儿子从田间视察回来或者从木工间出来，就把小桌子和小凳子搬到母亲躺着的炕前，备好笔墨纸砚打开书籍，继续接受母亲的指点。那时候他的木工手艺已经小有名气，他做的桌子和凳子有买家了，但是在母亲面前继续学业时，他仍旧使用父亲留给他的小桌子和小凳子。

行将离世的母亲眼前出现了一幅幅画面，这些画面显示儿子的身体在小小的凳子和桌子之间越来越大，而书写的毛笔在儿子的手中越来越小。她的脸上因此露出一丝安宁的微笑，似乎是艰辛一生终得酬谢。

十月里最后的一天，已经不能动的母亲突然回光返照地侧过身来，长时间望着敞开的屋门，她是在期待儿子的出现，可是目光在她期待的眼睛里逐渐熄灭，她留给儿子的遗言是两滴挂在眼角的泪珠，仿佛是不放心儿子独自一人走在人世的路途上。

然后，林祥福五岁时见过的情景重现了，母亲躺在门板上，一块自己生前织出的白布盖住身体。披麻戴孝的林祥福端着一碗水走到宅院门口，他将水放在门前地上，他像十四年前的母亲一样，在门槛上坐下来，坐到黄昏来临，他看着从门口出发的小路曲折向前，进入远处的大路，大路在空旷和飘扬着炊烟的土地上继续前行，一直伸向天边燃烧的晚霞。

三天后，林祥福将母亲埋葬在父亲身旁，这位十九岁的男子双手撑住铲子在那里站立良久，站在他身后的管家田大和他的四个弟弟默不做声，直到黑夜降临，田大提醒他一声，他才在迟缓的脚步里回到家中，然后抹去脸上的泪水，继续重复过去的生活。

他像往常一样，每日清晨与田大一起走上田埂，去查看田地里庄稼的长势，与在地里劳作的佃农们聊天说话，有时候他会卷起裤管下到地里与佃农一起劳作，他做农活的熟练不输佃农。空闲的时候他长时间坐在门槛上，没有母亲织布的声响，他也就不再去翻阅那些线装的书籍。他独自一人生活了五年，变得越来越沉默寡言。只有田氏兄弟从宅院的后门进来，与他说些与田地庄稼有关的话时，这个宅院里才有了他的声音。

每年的深秋，林祥福都会牵着毛驴，带上一年收成所积余的银元，走进城里的聚和钱庄，换成一根小金条，同时买上一两段彩缎带回家中。金条藏在家中墙壁隔层的木盒里，彩缎放进里屋的衣橱。

这是他母亲生前的习惯。积攒金条是林家祖上开始的,彩缎是为儿子相亲时用的。在生命的最后一年里,这位疾病缠身的女人,总会在一个风和日丽的早晨,将一段彩缎放入包袱,疲惫地坐上毛驴,田大牵着毛驴,在尘土飞扬的路上摇摇晃晃远去。

在林祥福的记忆里,母亲这样的出门差不多有十来次,每次回来时包袱里都没有了彩缎,林祥福知道母亲没有看中女方,她将彩缎留下是为了给女方家眷压惊,这是多年来的风俗。她回到家中,将毛驴交给迎上来的林祥福时,总会疲惫地笑着说:

"我没有留下吃饭。"

林祥福知道这就是相亲的答案,如果母亲留下吃饭,就是她看上女方了。母亲死后,林祥福继承母亲的习惯,进城时顺便买来一两段彩缎,为自己相亲时备用。

这期间有媒婆数次找上门来,为他介绍未来的新娘,他也跟随媒婆风尘仆仆去女方家中相亲,在那些与他门当户对的人的家里,他显得迟疑不决。

习惯了母亲为自己做主的林祥福,一时间不知道如何面对这一切,而且母亲十来次相亲的空手而归,使林祥福在迟疑不决的同时,增添了不知所措。每一次看见女方时他就会在心里想:不知道母亲会不会喜欢这个女子?最终的结果都是他没有留下吃饭,留下了带去的彩缎。

曾经有一个容貌姣好的女子让他心动,那是在三十里路以外的刘庄,这户人家的深宅大院让林祥福为之动容,他在厅堂里坐下来以后,那位女子的父亲递给他旱烟,林祥福正要推托说自己不会抽烟时,看到媒婆的眼色,于是他就接过旱烟,这时候那位漂亮的女子低头从里屋出来，款款地走向林祥福，她给林祥福装上一袋烟，随后又低头回房。

林祥福知道这位女子便是他相亲的对象，她给他装烟时双手哆嗦，媒婆问了她几句话，她也没有回答。不过她和林祥福倒是四目相望一下，那一瞬间她的眼睛一亮，林祥福则是感到自己热血沸腾起来。在接下去的寒暄里，林祥福心猿意马词不达意，当女方的父亲问他是不是留下来吃饭时，他显然是想留下来，可是媒婆的眼色改变了他的想法，他迟疑一会儿后，从包袱中取出彩缎，放在桌上，女方父亲吃惊的眼神让他羞愧，他满脸通红，匆匆起身告辞。

回家的路上，林祥福眼前充满了那位女子漂亮的容颜和她父亲吃惊的神态，林祥福心里堵住似的难受。媒婆在路上告诉他，之所以使眼色让他回绝这门亲事，是她担心刘家的那位姑娘可能聋哑，媒婆说姑娘给他装烟的时候，她几次用言语去逗引姑娘，姑娘就是不应答，像是没有听见。林祥福觉得媒婆说得有理，可是心里就是放不下刘庄这个名叫刘凤美的女子，直到快走完三十多里的路程，望到自己家的宅院，他才长长出了一口气，感觉心里好受一些。

三

就这样，成亲的机遇与林祥福失之交臂，他二十四岁了，然后一对年轻的男女来到他的宅院前，女的身穿碎花旗袍，男的是宝蓝长衫，女的头上包着一块蓝印花布的头巾，他们的身后都背着包袱，两个人站在他家的大门外说话，他们的语速很快，仿佛每个字都在飞。

那是黄昏时刻，院子里的林祥福听到了他们的说话，可是一句也没有听明白，他开门出去，那个年轻男子改用林祥福能够听懂的腔调说话了，这位书生模样的男子告诉林祥福，他们乘坐的马车一个轮子突然散架，马车不能走，前面的车店有十多里路，天色又在黑下来。说到这里他停顿一下，小心询问林祥福，能不能让他们在他家借宿一夜。

那个年轻女子站在男子的身后，正在取下她蓝白分明的头巾，同时用羞怯含笑的目光打量林祥福，林祥福看见了一张晚霞映照下柔和秀美的脸，这张脸在取下头巾时往右边歪斜了一下，这个瞬间动作让林祥福心里为之一动。

这天晚上，三个人围坐在一盏煤油灯前，谈话中，林祥福知道他们不是夫妻，是兄妹。在他们互相的称呼中，他知道了妹妹叫小美，哥哥叫阿强。林祥福仔细端详他们，觉得他们长得不像兄妹。那位叫阿强的哥哥看出林祥福的心思，说妹妹长得像母亲，他长得像父亲。阿强告诉林祥福，他们之所以不像兄妹，是因为他们的父母长得不像。林祥福听后笑了起来，接下去知道他们来自一个名叫文城的城镇，在遥远的南方，渡过长江以后还要走六百多里路，那里是江南水乡。阿强告诉林祥福，他们的家乡是出门就遇河，抬脚得用船。他们的父母都已去世，兄妹北上是要去京城投奔姨夫，他们的姨夫曾在恭亲王的府上做过事，阿强相信他那有权有势的姨夫能够为他在京城谋得一份差事。

说话间屋外传来牲口嘹亮的叫声，林祥福看见兄妹两人显出吃惊的神色，告诉他们那是毛驴的叫声。他们两人惊奇地说，原来毛驴的叫声是这样的。林祥福由此知道他们生活的南方水乡没有毛驴。

这天晚上林祥福冗长地讲述起自己，讲到记忆中模糊的父亲，讲到记忆中清晰的母亲，讲到线装的书籍和母亲的织布机，讲到童年时的青纱帐，最后告诉他们，在方圆百里之内他算得上富裕之户，他看见这句话让阿强的眼睛闪亮了，他又去看小美，小美的微笑仍然有些羞怯。

林祥福觉得这是一个愉快的晚上，母亲去世以后，这间屋子沉寂下来，这个晚上有了连续不断的说话声音。他喜欢这个名叫小美的女子，很少说话的小美一直眼含笑意，她侧身坐在对面，双手不停摆弄蓝印花布的头巾，林祥福见到上面凤凰和牡丹穿插在一起的图案，好奇地探头过去，赞叹这块头巾的精美，他说他们这里的都是白布头巾。他听到了小美甜美的声音，小美说这叫凤穿牡丹，是富贵的图案。小美说完话，明净的眼睛透过煤油灯的光亮望着林祥福。正是她的眼睛，使平日里很少说话的林祥福变得滔滔不绝，他感到小美有着他从未见过的清秀，那是在南方青山和绿水之间成长起来的湿润面容，长途跋涉之后依然娇嫩和生动。

这个娇嫩和生动的女子第二天病倒了，躺在林祥福家的炕上，额头上放着一块浸湿的手帕，长发从炕沿上披落下来，如同南方水边的柳丝。她的哥哥愁眉不展，坐在炕沿上用那种很快的语调与她交谈一会儿后，走到林祥福面前，忧虑地说妹妹生病了。他描述妹妹的病情，说她早晨起来时感到一阵一阵发晕，下地后还没有走到门口就摔倒了。他说摸过妹妹的额头，那地方烫得就像刚刚烤熟的红薯。他的声音无可奈何，自言自语说只能一个人上路了。他小心询问林祥福，能否暂时收留他妹妹？他说到了京城找到姨夫以后就会回来接她。林祥福点了点头，这位哥哥走到炕前，再次用林祥福无法听懂的飞快话语与妹妹说了几句话，然后背起包袱，撩起长衫跨出院子的门槛，从小路走上了大路，在日出的光芒里向北而去。

林祥福想起昨晚似睡非睡之时，小美的微笑始终在眼前浮现，清秀的容颜在他的睡眠里轻微波动，仿佛漂浮在水上。后来，一条黄色大道向他滑行过来，他看到清秀的容颜正在大路上远去。他突然清醒过来，不安和失落的情绪涌上心头，伴随他度过漫漫长夜。黎明来到以后，小美留下来了，林祥福心里的白天也来到了。

林祥福走到小美跟前，看见小美闭着的眼睛张开来，翘起的嘴唇也同时张开，小美说：

"给我一碗水。"

这一天的下午，小美从炕上下来，取出包袱里的木屐穿在脚上，做起了家务，黄昏时她坐在门槛上，在夕阳通红的光芒里，微笑看着从田地里察看庄稼回来的林祥福。

林祥福走到跟前，她起身与林祥福一起进屋，将桌上准备好的一碗水递给他，又转身走去。林祥福听到屋内有异样的声响，接着看见小美脚上的木屐，她在屋内走动时发出清脆的敲击声，林祥福惊奇的样子使小美笑起来，她说这叫木屐。林祥福说他从未见过木屐。小美说她们家乡的姑娘都穿木屐，尤其是夏天傍晚的时候，在河边洗干净脚以后，穿上木屐在城里的石板路上行走，木屐响成一片，就像是木琴的声音。林祥福问什么是木琴的声音，小美一时答不上来，她低头想一想，就在屋内走了一圈，等木屐清脆的响声消失后，她说：

"这就像木琴的声音。"

林祥福看见屋子已经收拾过，桌上也摆好饭菜，小美含笑站立一旁，像是在等待什么。林祥福似乎来到别人家中，眼前的一切使他局促不安，他感到站在对面的小美也有着同样的局促不安，他在凳子上坐下来，小美也坐下来，他拿起筷子，小美也拿起筷子。小美脸上洋溢起红晕，林祥福心想她已经从清晨的疾病里康复了，为此他有些吃惊，小美的康复突如其来，如同她突如其来的病倒。

四

此后流光易逝，有几次林祥福沿着田埂走回家中时，见到小美坐在门槛上，她双手托住脸颊陷入沉思，迷离的眼睛眺望远处。林祥福心想她是在期待哥哥的来到，那个身穿宝蓝长衫的男子应该出现在尘土飞扬的大路上了。

他们在饭桌旁坐下以后，那个名叫阿强的哥哥成为经常的话题。林祥福为了安慰小美，总是说阿强应该到京城了，很快就会来接她。说完这话，林祥福眼前出现这样的画面，身穿碎花旗袍的小美跟随她的哥哥，在日出的大路上慢慢远去，她小巧的脚上是一双乌头袜和一双木屐鞋。随后林祥福惆怅满怀，这个和自己相处多时的南方女子，这个为他煮饭为他洗衣的小美一旦离他而去，他不知道接下去的生活会是什么样子。

后来的一天，小美在林祥福母亲留下的织布机前坐下来，她吱哑吱哑摆弄了很长时间，这是她第一次摆弄织布机，到黄昏的时候，终于能够掌握这架织布机。从田地里回来的林祥福走进院子时听到织布机的声响，产生了瞬间的幻觉，以为母亲正在屋中，随即他猜想到是小美。他跨过屋子的门槛，看见坐在织布机前的小美满脸通红，额上挂满汗珠。小美看见林祥福进来，立刻起身迎上去，一遍遍告诉他，这架织布机的声音比她家乡的织布机响亮很多，就像驴的叫声比羊的叫声响亮很多一样，她说刚开始吓一跳，以为织布机被她弄坏了，然后说她学会织布了。

她一边说一边笑，她的眼睛闪闪发亮，这是林祥福第一次见到小美这样的神态。一个在屋子里走动时只有木屐声响的女子，一个不会笑出声音而是将笑意含在嘴角的女子，此刻容光焕发了。

林祥福感到母亲的织布机让小美安心下来，此后他不再看到坐在门槛上的小美，而是听到织布的声响持续不断。母亲去世后沉寂五年的织布机，在另一个女人的手里响了起来。林祥福不再提起阿强，这个名字正在远去。小美似乎也忘记了哥哥，她在做饭洗衣操持家务之余，就会沉浸到织布机吱哑吱哑的声响里。林祥福开始从架子上取下线装的书籍，用袖管擦去上面的灰尘，空闲时阅读它们。他在小桌子和小凳子之间坐下来，会看到小美掩嘴而笑，他知道是自己的身体和太小的桌凳很不协调，也会嘿嘿笑上几声。小美在木工间见到有适应林祥福身体的桌凳，不知道他为什么使用儿童的桌凳。

这样的日子过得平静又温暖，只是有时候林祥福会有焦虑，看着小美在织布机前的身影，心想为什么没有媒婆来为她提亲？

五

入冬后的一个夜晚，雨霄来到，在林祥福入睡之际铺天盖地击打下来。林祥福被爆竹般的响声惊醒，他支起身体看见窗户已被风吹开，白如蚕茧的雨雹倾泻下来，如同一张摇动的帘子，让黑暗中的屋子闪闪发光。

林祥福看见了小美，她双手抱住身体站在林祥福的炕前，雨雹的光亮显示了她脸上的惊慌。这时候一块形大如盆的雨雹击穿屋顶，砸在小美身旁的地上，小美惊叫地爬到林祥福的炕上，钻进了林祥福的被窝。刚才屋顶被砸出的洞口纷纷落下来碗大的雨雹，砸到地上后犹如花开花谢。

林祥福感到小美蜷缩的身体在他怀里瑟瑟打抖，接下去像是用手抚平一张柔软的宣纸，林祥福的身体慢慢将小美蜷缩的身体铺平。他感到小美的身体正在舒展，两人的衣服紧紧贴在一起，小美的体温被点燃了，变得灼热起来，透过衣服温暖了林祥福。接下去林祥福再也听不到雨雹的响声，虽然两人只有耳鬓厮磨，没有肌肤相亲，小美灼热的体温和紧张的喘息也让林祥福沦陷了进去，其间林祥福惊醒似的感受到一次巨大的震动，仿佛房屋快要倒塌，他吓了一跳，随即他就返回到小美的体温和喘息之中。直到第二天打开屋门，看见一块石臼一样巨大的雨雹横在屋前，他才重新记起昨夜的那一声巨响。

雨雹过后是一片苍茫的景象，冬天坚硬的土地铺上一层冰碴，如同结了冰的湖泊那样在阳光下闪闪发亮。村里不少茅屋在昨夜的雨雹里倒塌，那些受伤和受惊的人站在白天的寒风里，他们的身影像是原野上的枯树散落在那里。

林祥福去村里走了一圈，流着眼泪的女人和裹着被子的孩子可怜巴巴看着林祥福，周围零乱摆着从倒塌的茅屋里捡出来的物件，一些男人正在试图重新支起茅屋，于是屋顶的茅草散落开来，飘扬在寒风里，悬挂在树枝上，沾在人们的头发和衣服上。一些被雨雹砸死的牲口横倒在地，它们身上看不到一丝的血迹，它们从茅棚里被拖出来时身上沾满茅草和冰碴子。牲口的死使那些女人哭声凄厉，她们坐在地上对着苍天喊叫着：

"这日子怎么过呀？"

那些脸上冻出裂口的男人们则是眼泪汪汪，他们的声音低沉可是更加绝望：

"这日子没法过了。"

在村南几座坟墓旁，一个被雨雹砸死的老人躺在一块木板上，与失去牲口后哭天嚎地的悲哀不同，失去一位亲人的悲哀显得平静，一块已经破烂的白布盖住死者的脸，他直挺挺躺在那里。

没有人为他哭泣，只有五个为他掘坟的男人在旁边挥动锄头，他们是田氏五兄弟，他们身上冒着热气，锄头砸在冬天坚硬的泥土里，他们的手掌震出血丝。林祥福走到他们面前，他们撑着锄头看着林祥福，田大对林祥福说：

"少爷，是我们爹死啦，被冰雹砸死的，一块木盆那么大的冰雹，砸在他的脸上，那冰雹还不碎。"

林祥福眼前浮现出死者生前的模样，一个干瘦的蹲在茅屋墙角的老人，他的双手插在袖管里，咳嗽不止。

二十二年前，这个人带着他的五个儿子来到林祥福家的大门前，说他的名字叫田东贵，他指着五个儿子像是数数一样，他们叫田大、田二、田三、田四、田五。他和儿子们逃荒来到这里，只是问一下，能不能租给他们田地，当时田大十六岁，田五只有四岁，趴在大哥的背上睡着了。

林祥福的父亲站在门外与田东贵说了很多话，然后田东贵和儿子们住进了与林家宅院后门相连的两间茅屋。后来田氏五兄弟相继成家后，那里又新盖十间茅屋。林祥福父亲去世之后，母亲觉得田大忠厚，让他做了管家，他的四个弟弟一个一个长大后，就负责收租和做一些杂活。田氏五兄弟与父亲田东贵初来时，林祥福只有两岁，村里人经常看见田大驮着林祥福在村里和田间走动。

现在田大揭开那块破烂白布，林祥福看见一张破碎的脸，身上沾着茅草和冰碴子，他蹲下去，将破烂白布盖住田东贵，站起身对田大说：

"先抬回家去，用井水清洗，换上干净衣服，我去做一具棺材，再下葬。"

田大点头说："是，少爷。"

在家中的小美听着村里飘来的这些悲伤声音，心里忐忑不安，听到林祥福回来的脚步声，她走出屋子想要问些什么，见到林祥福神情肃穆，她欲言又止。林祥福让她去里屋衣橱里找一块白布出来，小美点头回到屋里，林祥福去了木工间。过了一会儿小美捧着一块白布进来木工间，林祥福正在木料里挑选出长而宽的杉木，小美把手里的白布放在一只凳子上，看着林祥福把杉木整齐堆到地上，蹲下去画线，小美小心翼翼问他：

"是不是砸死人了？"

林祥福说："砸死一个人。"

小美说："这么多人在哭，我还以为砸死不少人。"

林祥福说："砸死不少牲口。"

林祥福停顿一下又说："牲口可是庄稼户的一半家当。"

小美问："这是做棺材？"

林祥福点点头，随后认真看了看聪慧的小美。小美看着蹲在地上的林祥福，心想这是一个善良的男人。林祥福锯起了杉木，小美看着锯出来的杉木长度，问林祥福死者是不是个子很高，林祥福摇摇头说个子不高，说棺材的尺寸是定死的，他说了一句老话：

"天下棺材七尺三。"

田氏兄弟安置好父亲的遗体，过来给林祥福打下手，小美离开木工间去准备午饭。这时林祥福已经净料了，正在打眼开榫，田氏兄弟帮着林祥福截榫塑形，又帮着林祥福组装校准，净面打磨的活田氏兄弟做了，他们不让林祥福做，他们搬来椅子，请林祥福坐上去歇着，在一边看着指导他们就行。

田氏兄弟打磨棺材时，说少爷的木工手艺了不得，没用一根钉子，一天就做出了一副棺材，方圆百里之内找不出第二个了。

林祥福说方圆百里内的木匠都会做棺材，他说他的第一个师父说过，是个媳妇会做鞋，是个木匠会做材。林祥福又说一天做出一副棺材全靠他们兄弟五个帮忙，棺材又重又大，一个人做起来十分吃力，如果是他一个人做，别说一天，三五天也做不出来。

接近傍晚时，田氏兄弟抬起棺材从后门出去，林祥福拿着那块小美织出的白布跟在后面。在田家没有倒塌的一间茅屋里，田氏兄弟把清洗后换上干净衣服的父亲抬进棺材，接过林祥福手里的全新白布盖到父亲身上，合上棺材盖，田氏兄弟和家人向林祥福鞠躬，田大叫了一声"少爷"后，哽咽地说不出话来了。林祥福眼睛也湿润了，他对他们说：

"节哀顺变。"

这是凄凉的一天，哭声和叹息声此起彼伏，还有一阵一阵寒风在呼啸。林祥福和小美被这凄凉之声所笼罩，也被昨夜的突发之事所迷乱，两人沉默不语，小美的织布机响了起来，林祥福呆坐在那里。后来林祥福起身走进自己的房间，躺到炕上，小美的织布机仍在响着，这似乎是她源源不断的言语，过了一会儿响声戛然终止，林祥福听到小美起身时凳子挪动的声响，小美的脚步声如履薄冰似的小心翼翼，走出屋门，走向另外的房间。

这个夜晚林祥福焦灼不安，屋顶上被雨雹砸出的窟窿向下流淌着月光，仿佛水柱似的晶莹闪耀。悲伤的村庄在黑夜里寂静下来，只有风声擦着屋檐飞翔在夜空里，这些嗖嗖远去的声响仿佛是鞭策之声，使林祥福起身走向小美的房间，他在穿过水柱般的月光时，抬头看到屋顶的窟窿上有着一片幽深的黑暗，丝丝的寒风向他袭来。他走出屋门，走到另一间屋子，来到小美炕前，借助月光看到裹着被子的小美侧身而睡，蜷缩的身体一动不动。林祥福迟疑片刻，在小美的身旁悄声躺下来，听着小美轻微均称的呼吸，他一点点扯过来小美身上的被子，盖到自己身上，这时候小美转过身来，一条鱼似的游到他的身上。

六

雨雹过后，人们支起倒塌的茅屋，修补了门窗，然后将脖子缩进衣领里，将双手插进袖管里，挺起冻红的鼻子，哈出满嘴的热气，让脸上的裂口划断表情，开始经历比往年更加寒冷的冬天。

对林祥福来说，这样的冬天并不难过，经历冰凉的白天之后，就会是灼热的夜晚。与小美同枕共眠，吸取小美身上源源不断的热量，林祥福似乎沉睡在春暖花开里。

安稳的生活使小美瘦俏的脸逐渐圆起来，林祥福也开始长胖，他对鱼水之欢新奇又痴迷，黑夜来临之时，他就急不可耐对小美说：

"上炕。"

这时的小美就会微微一笑，她收拾一下织布机上的线头，跟随高大的林祥福走进里屋。

转眼间来到第二年的二月，小美的眼睛里又出现迷离的神色，这一次她站在屋门口那块石臼般的冰雹前，眺望远处。林祥福心想她是在想念哥哥，就安慰她，让她不要担心，阿强可能已经离开京城，向这里走来。林祥福指着冰雹，告诉小美，在这块冰雹融化之前，阿强就会出现在这个门口。

林祥福说完以后，小美低下头轻声说："阿强来了，我也不能跟他去京城了。"

小美的话使林祥福冲动起来，他拉着她的衣袖，来到村东的墓地，在两块灰白的墓碑前，林祥福让小美和他一起跪下。

这是一个无风的下午，阳光普照，田野里闪闪发亮。小美看到白茫茫的景色无边无际，几棵没有叶子的榆树伸展折断的枝条，还有一些零星的茅屋散落在中间，这是和南方家乡绝然不同的景色。身旁的林祥福一声声叫起了爹和娘，小美低下了头，林祥福的声音像是在哭又像是在笑，他滔滔不绝地说：

"爹，娘，我把小美带来了，你们瞧一瞧，我要娶她为妻，你们答应吧。小美是个苦命的人，她的爹娘都死了，只有一个哥哥，哥哥去了京城，很久了还没有回来接她，她是我的女人了，我要娶她为妻，你们答应吧。娘，小美像你一样会织布，她织出来的布和你织出来的一样结实……"

七

三天后的早晨，村里的女人们来到林祥福的家中，她们带来红棉袄和红纸，她们让小美脱下花布棉袄，穿上红棉袄，开始将红纸剪出囍字。村里的男人们牵来一头猪和两头羊，他们在门口杀猪宰羊，猪羊的热血喷到那块石臼一样的冰雹上，使坚硬的冰雹融化出丝丝的水迹，血在冰雹上往下流的时候，颜色越来越淡。

有一个村民穿着宝蓝长衫而来，他在寒冷的冬季里穿上这春秋季节的长衫，冻得脸色青紫，他是唯一穿着长衫前来贺喜的村民，其他村民围着他，上下打量这件有着污渍的长衫，询问是从哪里弄来这么体面的长衫。这个村民得意洋洋，说是挑两袋玉米进城卖，剩下半袋玉米时见到一个五十多的人过来，走路跟跄，饿得不行，拿出这件长衫与他交换了半袋玉米。这个村民说完后补充了一句，这人额头上有疤痕，像是被人砍过一刀。

这天上午，村里的女人们在屋里像麻雀一样叽叽喳喳，男人们在屋外牲口一样叫个不停，小美安静地看着她们和他们，林祥福走过来对她说，今天什么事都不要做，今天你是新娘，说完林祥福带着田氏五兄弟进城去打酒。

有人说："牵上毛驴吧，毛驴可以帮着驮些东西回来。"

林祥福摇摇头说:"这季节不能使毛驴,这季节会伤着毛驴的。"

他们六个人排成一队,都是缩着脖子双手插进袖管的模样,他们沿着村里的小路走去,拐过一棵被闪电烧焦的榆树,走上通向城里的大路。

中午过后,煮熟的猪肉羊肉摆上桌子,囍字贴上了门窗。女人们仍然在叽叽喳喳,男人们仍然在门外叫个不停,他们说酒碗已经在桌上一字儿排开,排了好几排一字儿,可是他娘的打酒的还没有回来,他们说去城里也就是十多里路,就是乌龟也应该爬回来了,可是他娘的打酒的还没有回来。女人们在屋里说,打酒的不回来也就罢了,新郎还没有回来,新郎不回来,新娘也不焦急。

小美笑了笑说:"会回来的。"

差不多是黄昏的时候,林祥福他们出现在大路上,六个人挤成一团东倒西歪走来,像是一只羊皮筏子摇晃在茫茫白色里,他们拐过那棵焦黑的老榆树,走上通往村里的小路以后,不再是羊皮筏子,而是走成一排,身体摇摇晃晃,嘴里叫叫嚷嚷,哈哈笑个不停。

这六个醉鬼来到门前,每个人手里提着两个空酒瓶,林祥福摇晃着身体,喷着满嘴的酒气,对等待他们的人举起空酒瓶喊叫:

"酒来啦,酒来啦。"

他摇摇晃晃走到门口,伸出手摸了一会儿门框,确定这是门以后,嘿嘿一笑走了进来。他将空酒瓶往桌子上一放,对屋里的人说:

"喝,喝吧,喝酒。"

那些嘴里含满口水期待已久的男人看着桌上的空酒瓶说:"喝个屁,他们在路上喝光了。"

林祥福的婚礼在六个醉鬼沉睡的鼾声中和一群饿鬼狼吞虎咽的

咀嚼声里进行。小美一个人静静坐在一边，她看着林祥福躺在里屋的炕上，脑袋上的头发像是一撮杂草。堂屋里挤满了人，还有不少人在院子里，这些饱受饥饿折磨的人都鼓起他们的腮帮子，他们低头咀嚼的模样让小美想起遥远的南方，在某个夏日的黄昏里，有人将一把稻谷撒在地上，一群鸡鸭张开翅膀飞奔过去，接下去的情景就像此刻挤在一起吃着的人们。

林祥福在沉睡中度过自己的婚礼，醒来时已是夜深人静，他感到头痛，痛出了嗡嗡的响声。在煤油灯跳动的光亮里，林祥福看到小美端坐的背影在墙上纹丝不动，他发出的哼声让小美转过身来，他才意识到小美就坐在身旁。

小美低头讲述他的种种醉态，她嘴里的气息洒在他的脸上，那是无色无味的气息，像晨风一样干净，在他的脸上吹拂而过时有着难以言传的轻柔。

然后小美站起来，说给他熬好了姜汤，她在走去时说喝醉酒以后会头疼，喝一碗姜汤就会好一些。小美端着姜汤回来时，还端来一盆肉，说这碗肉是她偷偷藏起来的，她说没有见过这么多的饿鬼，小美张开双手，说就那么哗哗几下，桌上的肉全没了。

她心疼地说："那可是一头猪和两头羊啊。"

这天晚上，小美给林祥福打开自己的包袱，移开衣服之后，拿出三条蓝印花布的头巾，小美说自己什么都没有，只有三条头巾，这是她仅有的喜好。小美将三条蓝印花布的头巾铺在炕上，林祥福见过凤穿牡丹的，另外两条头巾没有见过。小美手指一条喜鹊登梅的图案告诉林祥福，这是喜上眉梢的意思；另一条的图案是显示吉庆欢乐的狮子滚绣球。

小美对林祥福说："我的嫁妆只有这些。"

也是这天晚上，林祥福移开了里屋墙上的一块砖，从墙的隔层里取出一只木盒，他展开两张有些泛黄的纸，一张是房契，一张是地契，他指着地契告诉小美，这上面有四百七十六亩田地。然后他又从木盒里提出一个沉甸甸红布包袱，打开以后小美看到了十七根大的金条和三根小的金条，林祥福说大的叫大黄鱼，小的叫小黄鱼，十根小黄鱼才能换一根大黄鱼。

林祥福将那些金条一根一根摆开来，往事涌上心头。他告诉小美，这些金条是他家祖上就开始积攒的。在他不多的童年记忆里，仍然留下父亲脚穿草鞋，从城里风尘仆仆回来的模样。父亲死后，母亲风尘仆仆了，每一年的麦收之后，田大牵着毛驴，母亲骑在驴背上前往城里的聚和钱庄，这样的情景让他回想时不由阵阵心酸。年幼的他看着母亲坐在门槛上，把草鞋套在布鞋上，然后与田大走上小路，走上大路时她骑上驴背，在上午的光芒里渐渐远去，直到下午才与田大回到家中，母亲每次回来时都会向他举起一串糖葫芦。那时候家中的毛驴在前囟门上系着红缨，脖子上挂着一个小铃铛，毛驴上路时，红缨飘飘铃铛声声。母亲病倒那年的麦收后，他继承母亲的风尘仆仆走向城里，当他下午回到家中时，母亲已离世而去，母亲是睁着眼睛死去的。

林祥福叹息一声，说人死时儿孙应该守候在旁，缺一人，就是月亮缺一角，死者就不会闭上眼睛。林祥福说母亲去世时身旁一个人也没有，那情景就是乌云蔽月。

往事在冬天漫长的黑夜里接踵而至，醉酒后的头痛让往事如杂草一样在林祥福脑子里到处生长，直到入睡以后，他才进入到安宁之中。

八

二月里，林祥福每天和田大去察看麦子。这一天他从田间回来，看到小美站在门前神色迷离。小美说眼看春天就要来了，她哥哥还是没有来到。

林祥福在那里呆立良久，他已经忘记小美的哥哥，这个穿着宝蓝长衫的男子，在去年秋天的一个黎明扬长而去，以后就如泥牛入海没有了音讯。

小美询问林祥福，这地方有没有庙宇？她想去烧香，求菩萨保佑她哥哥。

林祥福转过身去，伸手指着西边灿烂的晚霞，他说往西走十五里有一座关帝庙。

这天晚上小美将一个小包袱放在炕上，然后拧灭煤油灯钻入被子，她将头枕在林祥福的胳膊上，轻声细语说着：

"吃的都摆在灶台上，穿的都在衣橱里，左边的是打了补丁的衣服，你下地时穿，右边没有补丁的衣服你进城时穿，还有一身新衣服和两双新布鞋是我这些天做出来的，也放在衣橱里。"

林祥福听后说："你也就是去一天，又不是一年半载。"

小美没再吱声，林祥福的鼾声一阵一阵响了起来。这是二月最后一个夜晚，月光从窗口照射进来，洒在炕前的地上，从窗口进来的还有丝丝微风，带来残雪湿润的气息。

林祥福在晨曦里醒来时，小美已经走了。田地里传来牲口嘹亮的叫声，还有挥动树枝的响声和人的吆喝声。林祥福来到外屋，看见一块旧布罩在织布机上，心想小美真是心细，离开一天都要将织

26

布机罩上。他来到灶间，看见灶台上堆满食物，差不多够他吃半个月。小美临行前将屋里屋外安排得整整齐齐，这让林祥福称心满意，他吃完早饭后去田地那里察看。

出门遇上田四，田四对林祥福说，他看见小美天没亮走上村口的大路，小美身上背一个包袱，手里挽一个包袱，那模样像是回娘家去。林祥福说回什么娘家，小美只是去关帝庙烧香。田四惊诧地说，关帝庙在西边，她为何向南走？林祥福听了这话以后，心里咯噔一下，担心小美是不是走错路了。

这一天落日西沉黑夜降临后，小美没有回来。又过去了两天，小美仍然没有回来。

小美一去不返。林祥福发现衣橱里没有了小美的衣服，炕下没有了小美的布鞋，小美的木屐和凤穿牡丹的头巾也没有了。木屐和凤穿牡丹的头巾是跟随小美而来的南方气息，现在小美又将它们带走了。小美留下了喜鹊登梅和狮子滚绣球的头巾，这两块头巾压在衣橱里林祥福的衣服上面，雁过留声似的留下了小美的音容笑貌。

林祥福在此后的几天里心神不宁，他的睡眠轻得像是漂浮之物，鸡鸣狗吠和风吹草动都会让他从睡梦中惊醒，远处偶尔出现的脚步声更是让他心跳不已。

他知道小美没有走向西边的关帝庙，而是向南而去，他感到小美可能离去了，可是他不知道小美为什么要离去。林祥福心里一片迷茫，犹如冬季的田野一样落寞，隐约之间他又会想象起来，手挽包袱的小美在某一个黄昏突然出现在他面前。这样的想法就像每天的日出和日落，来了又去，去了又来。

直到有一天，林祥福确信小美不会回来了。这天晚上，林祥福吃完小美留在灶台上的食物，拧灭煤油灯躺到炕上，窗外进来的月光让他长久不能入睡。小美临行前为他准备了差不多半个月的食物，现在他吃完了，他心想小美可能要回来了，他觉得小美一定是计算好自己的行程，所以才为他准备这么多的食物，希望之火在他心中熊熊燃烧，他变得激动和亢奋。

就在这时候，一个奇怪的念头降落下来，他突然想起隔墙中那只木盒，并且将那只木盒和小美的离去联系起来。他回忆起那天晚上从隔墙中取出木盒，打开后给小美看了金条，还有地契和房契，当时小美脸上的神色结冰似的凝住了，他觉得她没有在听他说话，伸手推了推她，她哆嗦了一下。

他在炕上一跃而起，点亮煤油灯，移开墙砖取出木盒，他打开后，看见红布包袱还在，地契和房契也在，他安心了，可是他提起红布包袱时感觉分量轻了，急忙打开包袱，十七根大金条剩下十根，三根小金条少了一根。他脑子里爆炸似的轰的一声，他知道了小美为什么一去不返。

这个深夜，村里很多人都在睡梦里听到一个可怕的声音，时而尖利时而低沉，在夜空里一阵一阵呼啸而过，让梦中惊醒的人个个毛骨悚然，第二天他们纷纷说昨夜村里闹鬼了。

这是林祥福的声音，他发现小美将他家从祖上开始积攒下来的金条差不多卷走了一半，浑身哆嗦，呜呜哭了起来，他的哭声比婴儿的哭声还要漫长，然后像是一个受了欺负的孩子去寻找父母一样，在冷清的月光里走到父母坟前，跪在地上，有时高声喊叫，有时哽咽说不出话来，他喊叫时说：

"爹！娘！我对不起你们，对不起祖宗。爹！娘！我是你们的不孝儿子，我是林家的败家子。爹！娘！我眼睛瞎啦我受骗啦！我笨啊我们的家产被人偷啦。爹！娘！小美不是个好女人……"

九

此后的林祥福沉默寡言，笑容从他脸上消失，他心事重重，时常望着村口的大路发愣。他有时候会想起小美，也会想起那个名叫阿强的男子，怀疑他们是不是兄妹，小美在他脑海里停留的时间越来越短，小美甜美的笑容在他记忆里仿佛深秋的树叶一样正在凋零，小美清脆的声音也在随风飘去，小美在他的记忆里远去的时候，他对小美的怒气也在散去。

他想起母亲生前经常说的一句话，母亲说这话的时候他正在木工间里满头大汗，母亲出现在门口，儿子像父亲那样的酷好木工活让她深感欣慰，她用赞许的语气说：

"纵有万贯家产在手，不如有一薄技在身。"

破财之后的林祥福时常想起这句话，他越想越觉得有道理，再多的家产也会有败落的一天，古往今来方圆百里都有这样的例子。人生在世祸福难测，有一门技艺在身能够逢凶化吉，技艺是怎么也不会败落的。林祥福觉得自己的木工技艺应该更上一层楼，应该继续去拜师学艺。

冬去春来，门前的冰雹终于开始融化，树木生长出绿芽，大地开始复苏，鸟儿飞来了，在林祥福家的屋顶上叽叽喳喳叫个不停。林祥福牵着那头红缨飘飘铃铛声声的毛驴，走上村口的大路。

他四出拜师，都是技艺高超的木匠师傅，他见到的第一个是离家十多里的陈箱柜，那是一个柜箱匠，也会做桌椅板凳，方圆百里之内的木匠里只有他去过京城，他是见过大世面的。他在京城见过皇帝出行，这是他一生里弥足珍贵的经历，他见到林祥福说的第一句话就是：

"你见过皇帝出行吗？"

林祥福见到他的时候，他正在收拾一只旧木箱，一边吸着旱烟，一边干着活，一边滔滔不绝向林祥福说着皇帝出门的情景，他告诉林祥福，最先出来的不是皇帝，是皇帝的佩刀，由奏事官庄重捧出来，奏事官高呼一声"刀下来了"，皇帝的佩刀出来之后，皇帝才会出来。

陈箱柜年过五旬头发花白，他向林祥福讲述皇帝出门的情景时不断吞咽口水，仿佛他说的不是皇帝正在出门，而是皇帝正在用膳，皇帝出门时的八面威风仿佛是山珍海味，他描述皇帝前呼后拥的队列时，仿佛是在清点满汉全席的一道道菜肴，陈箱柜浮想联翩口水横流。

林祥福在陈箱柜滔滔不绝的讲述里目瞪口呆，这是他前所未闻的事，更让他目瞪口呆的是陈箱柜的手艺，说话间就将一只旧箱子收拾整理得跟新箱子一样。听到林祥福的赞叹后，陈箱柜淡然一笑，他对林祥福说：

"干我们这一行的，不光要做衣橱箱匣桌椅板凳，还要学会特别的本领，就是能收拾旧物。"

陈箱柜告诉林祥福，他只是一个软木器匠，木工这一行里最上乘的是硬木器匠，专做硬木器具，软木器具自然也能做，他说这硬木器匠不但能整理旧器如新，反过来还能做新者如旧。陈箱柜说木工行里最下等的是洋木器匠，他说自从洋人一个一个来到京城，京城是世风日下，风行起洋式木器来了，像他这等技艺的木匠，也算是数得上来的人物，最后也落魄得没有了雇主，陈箱柜说到这里一脸的苦笑，感叹世事变幻莫测，他说：

"平常木器已不许随便用钉子，硬木器是连楔子都很少用，那些洋木器都是钉子敲打出来的。"

然后他伸手向门外一指说："往西走二十多里路，到徐庄，有一位徐硬木，那是我敬佩的人，他是做硬木器的，四十多年的木工活，没有用过一次楔子，钉子？那是瞧都不会瞧一眼。"

徐庄的徐硬木是林祥福拜师的第二位，与陈箱柜不同，年过六旬的徐硬木不认为做洋木器是下等活，他说洋木器里软的地方自有功夫，比如说软椅，那羊皮包上去时可是十分讲究。

徐硬木说木工行里只有分门别类，没有贫贱富贵，比如说木厂，大多数木厂都不会做木工活，可是精通大小工程的估工估价，设计包办，能画样也能出样；比如说木匠，这行是专管建筑的，一切梁柱椽檩门窗隔窗都是他们的手艺；比如模子作，做点心模子，不但花样要美观，而且深浅大小极费斟酌，因为花样虽然不同，印出的点心分量必须一致；比如说牙子作，木器上的花边雕刻是别人做不来的；比如说小器作，瓶座炉座盆架是他们所长，专门照物配座，这手艺由苏杭传来；比如说镟床子匠，专做圆柱形的木物，粗细长短也是花样翻新；比如说圆椅匠，用的是新鲜柳木，趁其潮湿弯曲过来制造太师椅，这一行只靠一把大斧，锯凿都算辅属物，不但不需要墨线，连尺子都可以不用；比如说箍桶匠，木桶马桶洗脚盆洗脸盆全是他们做的；比如说罗圈匠，除了圆笼帽盒笼屉罗圈，还会做小儿的摇车；

比如说旗鞋底匠，京城里旗门妇人都穿木底鞋，最厚的鞋底有六七寸，这也是平常木匠做不来的活；比如说剃头挑匠，后边坐柜是平常木匠的活，前面圆桶又是箍圈匠的活，加起来就是他们的活；比如说小炉匠挑子，看起来是箱柜匠的活，可里面有风箱屉格，这活就只有他们能做；比如说梆子木鱼匠，就这念经时敲打的木鱼也是专门的技艺；比如说把子作，他们专做戏界打仗时的假兵器，这也是木工里一大行；比如说大车匠，那是专制大车的；比如说轿车匠，轿车匠的手艺比大车匠可要精细很多，功夫主要在轮子上；比如说小车匠，那是专门制造二把手小车的；比如说马车匠，这一行做的是洋式马车；比如说人力车匠，专门造人力车；比如说鞍子匠，专做马鞍辕鞍，也做驴子骡子的驮鞍；比如说轿子匠，那和轿车匠不同，他们做的是抬轿驮轿，是没有轮子的；比如说执事匠，旗锣伞扇只有他们能做；比如说寿木工人，这也不是平常木匠能做的活，一件大木料能出不少材料，这一行讲究的是用边际料做出省料省工又美观的寿木。

徐硬木最后对林祥福说："即便是看起来简单的大锯匠和扛房工人，也是各有专行。就说这大锯匠，那是专门用大锯解木板的，好的大锯匠不会糟蹋木料，而且锯缝极细。再说扛房工人，丧事时所用的罩扛看起来只是几根木棍，若不出内行人之手，抬扛夫的肩膀便会受不了，这行也是非有真传不可。"

林祥福勤奋好学，经常是黎明时刻，村里人看见林祥福头上扎着白头巾，手里牵着红缨飘飘的毛驴走上大路，经常是黑夜来临，村里人听到林祥福回来时毛驴脖子上的铃铛声，这样的日子在晓风残月里周而复始。

十

随着林祥福一个一个村庄去拜师学技，有关小美离去的传言，也跟随他的脚步走村串户，人们私底下议论起这个林姓木匠的女人，不过他们并不知道内情，他们所传的只是小美回去南方娘家日久未归，还有一些不着边际的猜测。

这天下午，小美离去的传闻让那位久违了的媒婆来到林祥福的家中，她扭着小脚跨进屋门，盘腿坐在炕上。

媒婆先是询问林祥福，他和小美合八字前写了庚帖没有，林祥福问写什么庚帖，媒婆呀的一声拍起了大腿，她说：

"世上还有这等奇事，没写庚帖没合八字一男一女就入了洞房。"

媒婆问起小美的生辰日月，林祥福茫然摇头；媒婆问起小美的属相，林祥福还是一无所知，媒婆再次呀的一声叫起来：

"世上还有这等奇事，不知道女方的生辰八字，也不知道女方的属相，就娶回家中，难怪这个小美一去不返。"

媒婆说只有知道生辰八字，知道属相，才知道是相生还是相克，才能推断祸福寿夭，她说："属马的不能配属牛的，属羊的万万不能和属鼠的相交，这就叫白马怕青牛，羊鼠相交一断休，蛇虎配婚如刀割，兔儿见龙泪交流，金鸡玉犬难避难，猪共猿猴不到头，二狗不同槽，两龙不同潭，羊落虎口……你是属羊的，你们两个怕是羊鼠配，要不就是羊虎配。"

媒婆扳着手指一边数着一边说："你既没有合八字写庚帖，也不知女方的生辰日月和属相，结婚那天总该是用轿子将她接过来的？"

林祥福还是摇起了头，这一次媒婆的两只手都拍在大腿上，惊叫起来："世上还有这等奇事，俗话说破扇子扇扇也有风，破轿子坐坐也威风。先不说威风这事，你不用轿子把女人抬回来，女人的脚就不是你的，是她自己的，她随时都会一走了之。这个小美是一定不会回来了。"

林祥福端坐在板凳上，看着坐在炕上的媒婆唾沫横飞，手里的烟枪也是上下挥舞，末了她叹息一声，说这样吧，她再四处去探访探访，看看有没有合适人家的小姐。她告诉林祥福，这一次怕是不会有大户人家的小姐了，虽说小美一去不回，可她总还是占着一个正房，再娶过来的只能算是妾，大户人家的小姐是不愿意做妾的。

心灰意冷的林祥福点点头，对媒婆说："规矩人家的姑娘就行。"

媒婆临走前突然想起什么，问林祥福是不是还记得刘庄的那位小姐。那个容貌姣好的女子立刻在林祥福的记忆深处浮现出来，他想起那个曾经令他心动的女子，在刘庄的一个深宅大院里，在一个宽敞的厅堂里，向他款款走来，他记得她当初给他装烟时的情景，她的双手哆嗦不已。他记起了她的名字，她应该叫刘凤美。

媒婆告诉林祥福，这位名叫刘凤美的千金小姐其实不聋也不哑。媒婆说她已经出嫁，嫁到城里开聚和钱庄的孙家。然后媒婆的嘴里发出一声声的感叹，说刘凤美出嫁前，家中全是人，裁缝、木匠、漆匠、篾匠、五金匠、雕花匠一个不少，为她制作四季衣裳和各种日用器具。因为日夜赶制，庭院里挂满灯笼，人来人去络绎不绝。到了出嫁那一天更是风光无限，数十个挑子排成长长一排，她的嫁妆似乎望不到头。一般有钱人家嫁女儿最多是半堂嫁妆，而刘家连同田地房屋一起陪嫁，这样的全堂嫁妆已是多年不见。刘家小姐坐的是八人抬的大轿，轿子的四周扎着红绸，四个角挂着玻璃连珠灯，下面还坠着大红彩球。最惹眼的还是那一具寿材，跟在嫁妆队列的最后面，那寿材少说也上过十多道油漆，颜色又亮又深，深得都分不出是红还是黑。将寿材作嫁妆更是多年没见，这是刘家的气派，将小姐从生到死的一切花销都作了陪嫁，连寿材都准备好了。

媒婆说到这里唉的一声，说当初试探时，刘家的小姐只要答应一声，如今小姐便是林祥福的人了。

她看着林祥福不无遗憾地说："可惜了一段好姻缘。"

媒婆告诉林祥福，她听说刘家的小姐出嫁时头戴凤冠，脸遮红方巾；上身内穿红绢衫，外套绣花红袍；下身着红裙、红裤、红缎绣花鞋。刘家的小姐是一身的红色，听说到了城里孙家的朱红大门前下轿时，围观者里不少人惊叫，她从轿里出来的模样千娇百媚，就像牡丹花从花苞里开放出来。

这天晚上，林祥福在炕上翻来覆去难以入睡，只要闭上眼睛，就会看到刘家小姐一身红色从轿里出来，接着就是她在厅堂里款款走来的身影，然后是小美身穿碎花旗袍在那个黄昏时刻的出现在大门外，这样的情景风吹似的在他眼前一阵一阵掠过。

林祥福想起那段彩缎，正是他把彩缎拿出来放在刘家厅堂的桌上，才没有了这段姻缘，才有了后来小美的来去匆匆。这天晚上，那段彩缎在林祥福脑子里时远时近，挥之不去，最后他觉得这都是缘分，都是命。

十一

麦收前一个月，林祥福去了一趟城里，在铁匠铺打造几把大镰刀，准备收割麦子时用，同时买了两段彩缎，小美虽然已走，往后的日子还是要过下去，还是要跟着媒婆去相亲，娶个姑娘白头偕老，让林家的香火延续下去。只是这次一定要娶个规矩人家的规矩姑娘，不能再娶个不明不白的女人。

他回家时天色已黑，看见窗台上亮着煤油灯，又听到织布机吱哑吱哑的响声，他先是吓一跳，手里提着的镰刀掉落在地，随即心里一阵狂跳，牵着毛驴几步跨进屋里。

小美回来了，仍然穿着那身碎花的旗袍。她端坐在织布机前，侧身看着林祥福，煤油灯的光亮让她清秀的脸半明半暗。

林祥福站在那里，手里牵着那头毛驴，他不知道把毛驴牵进屋里，呆呆看着小美，感到小美在向他微笑，可是看不清小美眼中的神色。过了一会儿他自言自语似的问她：

"是小美吗？"

他听到小美的声音："是我。"

林祥福又问："你回来了？"

小美点点头："我回来了。"

林祥福看到小美起身离开凳子，他继续问："大黄鱼带回来了？"

小美没有回答，而是缓慢跪下，林祥福又问：

"小黄鱼呢？"

小美摇摇头。这时毛驴甩了一下脑袋，响起一阵铃铛声。林祥福扭头看了一眼毛驴，对着小美喊叫起来：

"你回来干什么？你把我家祖上积攒的金条偷了，你空手回来，竟然还敢回来。"

小美低头跪在那里哆嗦不已，那头毛驴又甩了一下脑袋，又响起一阵铃铛声，林祥福怒不可遏扭头对毛驴吼叫：

"别甩脑袋！"

林祥福吼叫之后，陷入到迷茫之中，他看着跪在地上哆嗦的小美。屋子里寂静无声，过了一会儿林祥福叹了一口气，挥挥手伤感地说：

"你快走吧，趁我还没有发作，你还是快走吧。"

小美轻声说："我怀上了你的骨肉。"

林祥福一惊，仔细去看小美，小美的腹部已经隆起。林祥福不知所措了，看着小美哀求的眼神，听着她哭泣的声音，很长时间不知道说些什么，最后他重重地叹息一声，对小美说：

"你起来吧。"

小美还是跪在那里，还在哭泣，林祥福高声说："你站起来，我不想扶你，你自己站起来。"

小美战战兢兢站了起来，她抹着眼泪对林祥福说："求求你，让我把孩子生在这里。"

林祥福摆摆手不让她说下去，他说："别对我说，对我爹娘去说。"

在安静的黑夜里，林祥福和小美走向村东的墓地。林祥福仍然牵着那头毛驴，铃铛声在夜空里清脆响起，可是他没有听见，他忘记自己还牵着毛驴。他们走到林祥福父母的坟前，林祥福指着月光下父母的墓碑，对小美说：

"跪下。"

小美一只手捧着腹中的孩子，斜着身体弯下腰去，另一只手摸索到地面，小心翼翼跪了下去。

林祥福等她跪下后，对她说："说吧。"

小美点点头，双手支在地上，对着月光里林祥福父母的墓碑说了起来：

"我是小美，我回来了……我原本无颜面来见你们，只是我怀上林家的骨肉，我罪该万死也要回来，我要是断了林家的香火，就是罪上加罪。求你们看在孩子的分上，饶我一次。这是林家的后嗣，我不能不把他送回来，求你们让我把孩子生在林家吧……"

小美的哭泣断断续续，林祥福对她说："起来吧。"

小美站了起来，伸手抹去眼泪。林祥福牵着毛驴往回走去，小美跟在他的身后。这时候林祥福听到了毛驴的铃铛声，才发现自己一直牵着毛驴，他伸手拍拍毛驴，有些感伤地说：

"只有你一直跟着我。"

林祥福走了一段，回头看到小美双手捧着肚子走得吃力，就站住脚，等小美低头走到跟前时，一把将她抱到驴背上。小美先是吃了一惊，随后呜呜地哭出了声音。林祥福牵着毛驴走在前面，他听着小美在驴背上的哭泣，叹了一口气，轻声说：

"你骗了我，拐走了我家的金条，我本不该接纳你，想到你已经有了我的骨肉，林家有了传人，也就……"

说到这里林祥福摇了摇头，说道："你没有在我爹娘坟前发誓，你没有发誓说以后不走了。"

林祥福说完这话站住脚，抬头看着满天星辰，脑子里一片空白，直到身旁的毛驴又摇晃出一阵铃铛声，他才牵着毛驴继续向前走。走进院子后，他转身将小美从驴背上抱下来，准备将她放到地下时看到门槛，迟疑一下后把小美抱过了门槛。

林祥福将毛驴安顿好，走到里屋的门口，看到小美熟练地从衣橱里取出一床被子，铺在记载他们甜蜜往事的炕上，小美铺好被子后抬头看见站在门口的林祥福，不由微笑一下。

林祥福问她："金条呢？"

她的笑容瞬间凝固了，低下头不说话。

林祥福追问："你把金条给谁了？"

她仍然低头不语。

林祥福又问："阿强是你什么人？"

她的声音有些迟疑："我哥哥。"

林祥福转身离开。这是一个寂静的夜晚，林祥福无声地坐在那把小凳子上，凝视煤油灯微弱光芒映照下的织布机。

很长时间过去了，林祥福一动不动，直到窗台上的灯油耗尽，光亮突然失踪，他猛然一怔，清醒过来，眼前只剩下月光，他慢慢起身，往灯筒倒进煤油，重新点亮后提着煤油灯走进里屋。

小美仍在炕上坐着，双手捧着明显隆起的肚子，不安地看着他。林祥福透过小美放在肚子上的双手，看到将要来到人间的孩子，他轻声说：

"快睡吧。"

小美温顺地答应一声："嗯。"

然后斜着身子脱下两只布鞋，又脱下了一双袜子，小美开始脱去外衣的时候，林祥福看见她一双红肿的小脚，心想就是这双小脚长途跋涉，把他的孩子带了回来。

小美躺进被窝后，林祥福拧灭煤油灯，脱去外衣，躺进自己的被窝。林祥福感到小美侧身向他而睡，熟悉的气息回来了，仍然是无色无味的气息，仍然像晨风一样干净，小心翼翼来到他的脸上。然后熟悉的手也回来了，小美的手伸进他的被窝，抓住他的手，仍然是有些湿润的手，只是哆嗦不已。林祥福一动不动，感受着小美的手在他的手掌里倾诉般的哆嗦，又渐渐安静下来，接着另一只同样湿润的手也回来了，伸进被窝抓住他的手。这时候，小美的两只手都回到了他的手掌里，他真真实实感到小美回来了。

林祥福的手被小美的两只手拖进了她的被窝，小美的两只手细心地将林祥福的手指分开，贴在她孕育生命的肚子上。林祥福重温起小美身体的灼热，随即他的手掌被击打了一下，林祥福吓一跳，脱口叫道：

"啊！"

"踢你。"小美说。

"踢我？"林祥福问。

"你的孩子踢你了。"小美在黑暗里笑着说。

林祥福如梦初醒，小美肚子里的孩子开始接二连三地击打他的手掌，林祥福惊讶地叫了起来：

"我的娘，拳打脚踢啊！"

林祥福嘿嘿笑了起来，随即感伤地想到了父母，如果父母仍然在世，此刻该是多么的喜悦。感伤之后，他叫了几声小美，小美没有答应，经历旅途疲惫的小美睡着了。林祥福一只手感受孩子的踢打，另一只手伸出被窝放到小美的脸庞上，喃喃自语，说了很多肺腑之言，讲述小美离去以后他的悲哀和愤怒，最后他对睡眠里的小美说：

"虽然你把我家一半的金条偷走了，一根也没有带回来，但是你没有把我的孩子生在野地里，你把我的孩子带回来了。"

过了一会儿，林祥福又说："你也没有狠心到把金条全偷走，你留下的比偷走的还多点。"

十二

小美回来的消息不胫而走，村里人三三两两来到林祥福的院子里，看见小美隆起的肚子，都呵呵笑了起来，他们说恭喜恭喜，恭喜少奶奶有喜了。小美回娘家一回就是数月，他们觉得蹊跷，如今小美回来了，他们又觉得理所当然，路途这么遥远，小美又身怀六甲，来回数月合乎情理。

林祥福笑容可掬地对他们说："上次的婚礼过于匆忙，没有写庚帖，没有合八字，也没有坐轿子，不能算，这次要重新操办婚礼，不求隆重，只求规矩。"

林祥福去邻村请来一位私塾先生，在家中设酒席宴请这位老先生。酒过三巡，老先生慎重入座，打开洒金纸做成的折合式庚帖，磨了磨用红丝线缚住的小黑墨，拿起一支毛笔在帖子上侧书写"乾造"二字，接下写林祥福的姓名，生辰日月，再写上"恭求"二字，意思是向女方求婚。随后，老先生换一支毛笔，在帖子下侧书写"坤造"，接下写小美的姓名，生辰日月，再写上"敬允"，意思是答应男方的求婚。写小美名字时，老先生询问小美的姓氏，小美犹豫地说姓林，林祥福说你也姓林，小美轻声说以前不姓林，从今往后姓林了。最后，老先生在帖旁写上：百年合好，天成佳偶，永结同心。

林祥福双手捧着庚帖，恭敬地放在灶台上，祈求灶神爷保佑，保佑林家岁岁平安香火不断。

林祥福对小美说："平常人家也就是放上个三天五日，我们有所不同，要放上一个月。这一个月内若是家中一切平安，万事顺心，不出任何事故，就是我们八字相合，命运相配。这期间家中哪怕是摔破一只碗，也要算我们八字相克，我们的缘分也就是走到尽头了。"

接下去麦收的季节来到了。林祥福说麦熟一晌，要抓紧了收割。平日里不下田的林祥福与田氏五兄弟这时候也是早出晚归，与佃农一起在田里劳作，小美早起晚睡操持家务。起初中午的时刻，小美还挺着越来越大的肚子送吃的到田头，两天后林祥福就不让她送了，说她身体不方便，万一不小心摔一跤，动了胎气不说，若摔破一两只碗，他们就没有了夫妻缘分。他提醒小美，别忘了庚帖还在灶台上放着呢，他说从前麦收时节割麦子时是左手一把麦子，右手一把镰刀霍霍地割，如今不敢霍霍地割了，只能咔嚓咔嚓一把一把瞄准了割，为什么？还不是怕割破手指，还不是为了那张庚帖。

此后两个人都是小心翼翼，生怕这期间出现什么差错。收割的日子虽然劳累，也在平安过去。这天晚上林祥福疲惫不堪在炕上躺下来时，小美走到他身旁，轻声问：

"我这些天气色还好吗？"

林祥福说很好，脸色红红的。

小美听了这话后忧心忡忡地说："都说孕妇脸色黄瘦憔悴的必生男，鲜艳姣红的必生女；还有看孕妇走路，若先举左脚必生男，先举右脚必生女，这些天我时常先举右脚，我怕是不能为你生儿子，只能为你生女儿了。"

林祥福看着小美脸上焦虑的神色，想到这些日子小美愁眉不展，担忧自己不能生男，只能生女，林祥福安慰小美，说生男生女只有生出来才知道，他看到小美无奈地点点头，就说：

"睡吧。"

说完自己呼呼睡去了。这天深夜，小美从衣橱里取出林祥福的衣衫，穿在自己身上，又将林祥福的白头巾包在自己头上，来到院子里，绕着水井，在月光中缓慢地走了一圈又一圈，她看着自己在地上的影子衣裤宽大，一副男儿的模样。这是她从小就听闻过的转胎法，只要穿戴丈夫的衣冠绕井而行，看影而走，不回头，不让人知道，那么女胎就会转换成男胎。

此后的两个深夜，林祥福睡着后，小美都会这身装扮来到院了里。到了第三个深夜，林祥福从睡梦里醒来，伸手一摸，没有摸到身旁的小美，再一摸，还是没有摸到，他猛地坐起来，发现炕上没有小美，心里一惊，以为小美又走了。他跳下炕，赤脚跑到院子里，看见小美衣衫宽大，在月光里绕水井而走，脱口叫了一声：

"小美。"

小美吃惊地回过头来，呆呆地看着他。林祥福赤脚走到她面前，看到她的穿戴后，问她这是干什么，小美叹息一声，说她是在转胎，欲将腹中的女胎转换成男胎。她苦笑一下说：

"转胎时一旦让人看见，就会转不过去了。"

林祥福明白过来了，举起拳头捶了一下自己的脑袋，懊恼地叫了一声。这时小美笑了，她拉住林祥福的手，在井台上坐了下来，对他说：

"其实转胎是在妊娠未满三月时才有用，说是三个月叫始胎，还没有定形，会见物而化，我快有七个月了，即使你没有看见，也是很难转过来了。我只是不死心，还想着要生个儿子让林家的香火不断。"

林祥福还在懊恼，埋怨自己睡得好好的醒来干什么。小美站起来，急切地问林祥福：

"你刚才叫我，我是左边回头，还是右边回头？"

林祥福想了又想，才犹豫不决说："好像是右边回头。"

小美垂下头去，她靠着林祥福的身体，重新坐在了井台上，她说："左边回头是男，右边回头是女。这一次我是死心了，我怀的必是女儿。可惜我不能为你生个儿子，不能为林家续上香火。"

林祥福迟疑起来，又仔细想了想后说："也好像是左边回头。"

小美笑了，林祥福抓住小美的手说："其实女儿也好，女儿也是我林家之后，再说你以后还能生儿子，以后再生儿子也不晚。你看看田家，他们有五兄弟呢，你以后也生个五兄弟出来。"

小美听后低头不语。两人在井台上坐了一会儿后，林祥福拉起小美的手回到屋里。在炕上躺下后，小美将林祥福的手抱在胸前，这是她睡觉的姿态。林祥福告诉小美，刚才他从睡梦里醒来发现炕上没有小美，惊出一身冷汗，以为小美又是一去不返。林祥福感到小美的双手颤动了一下，他对小美说：

"你人是回来了，金条一根也没有带回来，你不说金条在哪里，想必有难言之隐，我也没再问你，只是有时觉得你还是会走……"

林祥福停顿一下，语气坚决地说："如果你再次不辞而别，我一定会去找你。我会抱着孩子去找你，就是走遍天涯海角，也要找到你。"

林祥福说完这话时，感到自己的手已经被小美捧到脸上，小美的泪水流进他的指缝，泪水在他的指缝里流淌时迟疑不决，仿佛是在寻找方向。

这天下午，林祥福手握镰刀站在麦田里，看着自己的身影在阳光里逐渐拉长，他估算着时间，觉得差不多过午时了，放下手里的镰刀，大步走上田埂，向着家中走去。

他跨进家门就急切地问小美："这半天里家中没出什么差错吧？没有摔破碗吧？织布机没断线吧？"

小美迷惑地摇摇头说："没摔破碗，织布机也没断线。"

林祥福放下心来，他拿起灶台上的庚帖，告诉小美一个月的期限已到，他说谢天谢地这一个月里家中没出什么差错，他对小美说："看来我们是八字相合命运相配了。"

小美左手捧着肚子，缓慢地从凳子上站起来，离开织布机走到林祥福面前，从他手里拿过庚帖，目光游离地看了起来。她听到林祥福如释重负的声音在她头顶响了起来：

"这一个月我担惊受怕啊。"

十三

田里的麦子收割后开始晾晒，林祥福与田氏兄弟选好一些生长整齐穗大粒多的单株，脱粒以后，铺在家中院子里晒。小美坐在屋门前缝制婴儿衣裳，不时抬头看一眼在院子里与田氏五兄弟一起忙碌的林祥福。他和田氏兄弟将秸秆烧成的草木灰与麦种拌和到一起，放进一个个缸罐，起身对小美说，白露后将麦种播种到田地里。小美举起缝制完成的婴儿衣裳，对林祥福说：

"那时候这衣裳里面有一个小人了。"

林祥福走过来，小心翼翼接过来婴儿衣裳，像是接过来他的孩子，捧在手里看了又看，嘿嘿笑个不停。

林祥福和田氏兄弟把缸罐搬进对面屋子里整齐排列，又在田地里种下了高粱和玉米。然后林祥福觉得一切都妥当了，接下来的日子里应该筹备婚礼。

林祥福在院子里展示他高超的木工手艺，他让田氏兄弟把木工间里成型的家具搬出来，又将原来的桌椅板凳衣橱箱匣这些旧物敲敲打打，收拾如新，坐在屋门前缝制婴儿衣裳的小美见了惊讶地叫出声音：

"唷！"

林祥福从邻乡请来两位漆匠，用砂纸一遍遍打磨，再刷上一道道油漆，让这些家具闪闪发亮，小美说家具亮得跟镜子似的。

眼看白露将至，林祥福要在播种小麦前把婚事办了。他请来一位裁缝，吩咐给小美做一身红衣、红裤、红裙和红缎绣花鞋，裁缝看见已有九个月身孕的小美后连连摇头，他说红缎绣花鞋能做，这红衣红裤红裙做不出来，就是做出来了穿在身上也是不成体统。小美说不做红衣红裤红裙，做一件红袍，宽宽大大套在身上。

裁缝做完红袍红鞋走后，林祥福对小美说："这次一定要让你坐上轿子。"

林祥福叫来田氏兄弟，六个人将一张四方桌翻过来改装成轿子。桌子四脚就是轿柱子，桌面便是轿底。两旁绑上竹竿，竿端绑着的两条扁担是轿杠。红布围着桌脚，又扎个红顶子放在桌脚上。最后在轿底铺上麦秸，又在麦秸上放一块棉褥子。不出两个时辰，一顶四人抬的花轿展现在小美的眼前。

林祥福选了一个黄道吉日，请小美坐进四方桌改造的花轿。里面放了一只小凳子，小美在林祥福搀扶下，艰难进入轿子，坐到凳子上，田氏四个兄弟抬起花轿出了林祥福的院门。

这一天阳光明媚，林祥福说到村外大路上去走一走，走得远一点，田大就在前面引路，花轿吱哑吱哑响着沿小路而去，林祥福跟在花轿的后面，村里人跟在林祥福的后面，人群跟随着花轿来到大路上，大路开始尘土飞扬了。他们向着前面的李庄走去，村里一百多人前呼后拥，过路的人好奇询问：

"轿子里坐的是谁呀？"

田氏兄弟说："轿子里坐了个女貂蝉。"

接近李庄的时候，轿子里的小美哎哟哎哟叫唤起来，抬轿的田氏四兄弟立刻站住了脚，他们对后面的林祥福叫起来，说少奶奶憋不住啦，少奶奶要生啦，要生孩子的女人都是哎哟哎哟叫唤。旁边路过的人说，不对吧，要生的时候都是啊呀地叫。田大说，你懂个屁，生完了才是啊呀叫上一声。

林祥福急忙跑上前去，满脸通红探进轿子，再探出来时已是脸色苍白，他哆嗦地说：

"要生啦。"

田氏四兄弟抬着轿子在大路上狂奔起来，田大和林祥福在前面跑，他们要跑到前面的李庄去，那里有一个名扬百里的收生婆。

小美在轿子里呻吟不止，六个男人在道路上跑得挥汗如雨。林祥福在前面一边跑一边催促，喊叫地说后面抬轿的四个人慢得跟乌龟一样，这四个人不敢吱声，哭丧着脸呼呼喘气呼呼跑。跑出了两里路，心急如焚的林祥福让抬轿的站住脚，一把从轿里抱出小美，抱着小美在大路上飞跑起来。田大让他的四个弟弟抬着空轿子在后面跟着，他说他要去替换少爷，跑着追赶而去。

田大没有追上林祥福，抱着小美的林祥福跑去时脚底生风，田大只身一人在后面追都追不上，四个抬轿的更是越落越远。林祥福跑过一片树林，拐弯以后就不见人影了。

当田氏五兄弟来到李庄，来到收生婆的屋门前时，林祥福已经站立在那里了，汗水湿透他的全身，看上去像是刚从水里捞出来，两只脚的下面积了两摊水。他呆呆看着田氏五兄弟跑过来，轿子往地上一放，就一个一个倒在地上，拉风箱似的喘起气来。这时候屋里传来婴儿的哭声，林祥福的脸上不由抽搐了几下，像是在笑，又像是在哭。过了一会儿，收生婆笑吟吟走出来说：

"生啦，是个千金。"

十四

小美分娩后的第三天，收生婆带着艾叶和花椒来到林祥福家中，她将艾叶和花椒放入锅中，在灶间燃火烧起草药热汤。然后将热汤倒入木盆，又往热汤里放了一些花生和红枣，然后把婴儿放入草药热汤中洗浴起来，收生婆说清除污秽才能除灾免祸。

到了满月这一天，收生婆又来了，这一次她身后跟随一个剃头匠，村里也来了很多人。剃头匠用一把亮晃晃的剃刀刮去婴儿的胎发，又刮去婴儿的眉毛，小美用一块红布将胎发和眉毛小心翼翼包裹起来。林祥福抱着没有胎发和眉毛的婴儿来到院子里，婴儿的脑袋在阳光下闪闪发亮，像是一颗透明的玻璃球，村里人见了笑个不停。

夏天流逝而去，秋天匆匆来临。十月里的这一天，黎明来到之前，林祥福在婴儿持续不断的啼哭声里惊醒。他叫了几声小美，没有应答，起身点亮煤油灯，看到炕上没有小美，心里一沉，举着煤油灯走到外面，又叫了几声小美，还是没有应答。

他意识到发生过的事再次发生了。他打开衣橱，里面没有小美的衣服，炕下也没有小美的棉鞋。他立刻从墙的隔层里取出木盒，打开后看见十根大黄鱼和三根小黄鱼还在红布包袱里，这次小美没有拿走一根金条。

女儿的哭声因为激烈变得哽塞起来，林祥福急忙过去，看见凤穿牡丹的头巾盖在褓褓中的女儿身上，女儿身旁摆着一碗粥汤。林祥福抱起女儿，自己喝一口粥汤，然后用嘴慢慢灌到女儿嘴中。

女儿重新入睡后，林祥福来到屋外，在井台上一直坐到黎明降临。他想着小美的已往，想到她如何身穿他的衣服在月光下为转胎而绕井游走，想到她坐在炕上如何小心翼翼从剃头匠手上接过女儿的胎发眉毛……当最初的阳光照射到脸上时，他起身走进屋子，抱起炕上的女儿，从后门去到田大家，让他家里的人照看自己的女儿，然后又回到家中，从木盒里取出装有金条的红布包裹，在日出的光芒里向着城里大步走去。

在城里，林祥福去了聚和钱庄，把四百七十六亩田地抵押后换成银票，大黄鱼小黄鱼也换成银票，有一根小黄鱼换成银元；又去了一家裁缝铺子，让他们给婴儿做里外各两套四季衣裳，吩咐他们把衣裳做得大一点，还让他们做一个布兜和一个棉兜，两日后来取。当他回到村里时已是深夜，他去田大家抱回女儿，让田大跟在身后。两个人走进林祥福的屋子，坐在煤油灯微弱的光亮里，林祥福将这一切告诉了田大。田大惊讶地张大嘴巴，半晌合不拢。

林祥福说他三日后就要带上女儿去追赶小美，他说已将田地抵押，期限三年，房屋没有抵押，他让田大一家过来住，替他照看房屋。他告诉田大，找到小美后，会给他来一封书信，若两年内没有收到他的书信，那他一定是客死他乡，这房屋就归他们兄弟所有，田地过了押期之后，会有新的主人。林祥福说完，将房契交给田大。

这个曾经驮着林祥福在村里到处走动的田大，眼泪汪汪听完林祥福的话，手里拿着房契说：

"少爷，带上我吧，路上有个照应。"

林祥福摇摇头说："你就替我照应房屋管好田地。"

田大的眼泪掉在房契上，他用已经磨烂的袖管小心翼翼地擦干净，再次恳求林祥福：

"少爷，你带上我吧，你一个人，我们兄弟不放心。"

林祥福摆摆手说："你回去吧。"

"是，少爷。"田大恭敬地起身，抹着眼泪走了出去。

三日后，林祥福将熟睡中的女儿放入棉兜，背上那个庞大的包袱，天没亮就走出屋门，他牵着毛驴先是来到村东父母的坟前，跪下来对他的父母说：

"爹，娘，我对不起你们，对不起祖宗。我把祖传的田地抵押了，我要把小美找回来。爹，娘，你们的孙女要吃奶，她不能没有

娘，我要去把小美找回来。爹，娘，我在这里发誓，我一定会回来
的……"

十五

林祥福向南而行，他将女儿放在胸前棉兜里，将包袱放在驴驮上，
手牵缰绳走在尘土滚滚的大路上。他一路都在打听小美的行踪，询
问是否见过一个身穿土青布衣衫和土青布裙的年轻女子。同时寻找
正在哺乳的女人，为饥饿的女儿乞求奶水。

两天后，林祥福来到黄河边。一个上了年纪的艄公告诉林祥福，
人可以渡河，毛驴不能过去。艄公说风急浪高，毛驴在羊皮筏子上
站立不住会落水。林祥福看见河水滔滔而去，还有上游下来的冰块
在河面上横冲直撞，有一只羊皮筏子在波浪上簸荡起伏时隐时现。
林祥福看了看怀中的女儿，此刻女儿正在熟睡，一滴口水从她的嘴
角挂落下来。林祥福抬起头问艄公，哪里有驴户的驿站？艄公说很近，
沿着河向东走一里路有一家驿站。

林祥福将毛驴卖给驿站的一个男子，说再买些饲料。那个男子
奇怪地看着他，说毛驴都卖了，还买什么饲料？林祥福说毛驴跟了
他五年，是他的伙伴，他想再喂它一次。那个男子就拿出一些麦秸秆，
林祥福摇摇头，说不要这些粗料，要精料。男子再次奇怪地看看林
祥福，他问，要什么精料，是青草？干草？还是麸皮？林祥福拿出
一文铜钱递给他，说都来一点。

夕阳西下之时，林祥福抱着女儿蹲在地上，均匀搅拌起草料。

那个男子站在一旁嘿嘿笑着，说没见过搅拌草料这么久的。

林祥福也笑了笑，他说："俗话说有料没料，四角都要搅到。"

然后林祥福对着毛驴说起了话，他说："本来是不会把你卖掉的，可惜你不能过河，只能留下来。你跟了我五年，五年来耕田、拉磨、乘人、挽车、驮货，你样样在行。从今往后，你要跟着别人了，这往后的日子你好自为之。"

林祥福离开驿站，乘坐羊皮筏子横渡黄河的时候，夜色正在降临。他一手抱紧怀中棉兜里的女儿，一手抓住包袱，在波浪里上下簸荡。艄公跪在前面，挥动木桨划水而行。浪头打上来，淋湿了林祥福的衣服，林祥福的眼睛透过水珠，看到黄河两岸无边无际的土地正在沉入到黑夜之中，空旷的天空里一轮弯月正在浮动，女儿嘤嘤的哭声在浪涛声里时断时续。

渡过黄河，林祥福一路南下。此后的旅途里马蹄声声，他换乘一辆又一辆马车，从十二匹马三节套的马车，到三匹马二节套的马车。他耳边时刻响着车夫扬鞭催马声，"驾！啪！嗬！"只要车夫喊"唔唔"，他不用看就知道是往左走，喊"哦哦"是往右走，喊"越越"是在走上坡的路，喊"呔呔"是跨越了街道上的石头门槛。

他住过的车店数不胜数，见过的店幌也是五花八门，在挂着笊篱头子幌儿的鸡毛小店里，他与走村串户的货郎同席而睡；在挂着一个罗圈，下面飘几根布条幌儿的小店里，他和推车挑担的盘腿而坐；在挂着梨包幌儿的店里，他与赶牲口的聊天；在挂着七个罗圈，下面系红布条幌儿的大车店里，他和镶着金牙的生意人寒暄。

林祥福经过很多的吊桥、浮桥、梁桥和石拱桥，沿着运河向南而行，他与冬天一起渡过了长江，此后他的行程不再是一路向南的直线，而是徘徊不前的横线，他在江南水乡的城镇之间穿梭，穿梭了二十多个城镇，也穿梭了冬天和春天，他向人们打听一个名叫文城的地方，这是小美的家乡，可是所有人的脸上都是茫然不知的表情。

春去夏来，这一天他走进一个名叫沈店的城镇，沿着石板铺成的街道漫无目的走去，走到街道突然中断时，他来到了码头。

一个年轻的船家站立船尾，笑声朗朗和岸上一个年轻姑娘说话，他们快速的语调让林祥福心里一动，林祥福听不懂他们说些什么，可是听出来了他们的腔调，小美和阿强最初出现在他家门口时就是这样的腔调，林祥福觉得自己来到文城了。年轻的船家看见林祥福，问他是不是要船，林祥福摇摇晃晃上了船，弯腰钻进竹篷，坐在船舱里，他见到红漆的船板上铺有草席，还有两个竹木枕头。年轻的船家问他去什么地方，林祥福说：

"去文城。"

"文城？"

船家的脸上露出迷茫的神色，这是林祥福已经熟悉的神色，他知道船家没有听说过这个地方，船家刚才说话的腔调让林祥福仍抱希望，他问船家的家在什么地方，船家说：

"溪镇。"

林祥福问，溪镇是一个什么样的地方？船家说，是一个出门就遇水，抬脚得用船的地方。这话让林祥福心里再次一动，他想起来阿强曾经这样说过自己的家乡，于是他说：

"去溪镇。"

十六

黄昏的水面上，林祥福怀抱女儿坐在船里，他本想取下身后的包袱，可是身体往后一靠，包袱像靠垫一样让他感到舒适，他就没有取下包袱，取下了胸前的布兜，让布兜里的女儿躺在他腿上，他伸手拉开上面的竹篷，夏日的晚风吹在了他身上。

船家坐在船尾，背靠一块直竖的木板，左臂腋下夹着一支划桨，劈水操纵着方向，两只赤脚一弯一伸踏着摈桨。林祥福听着咿哑咿哑的摈桨踏水声，看着水面上一叶一叶竹篷小舟破浪前行。船家们右手握着一把小酒壶，双脚一弯一伸之间，呷上一口黄酒，左手从船沿上的碗碟里拿一粒豆子，向嘴中一丢，嚼得津津有味。

晚霞在明净的天空里燃烧般通红，岸上的田地里传来耕牛回家的哞哞叫声，炊烟正在袅袅升起。同时升起的还有林祥福的幻象，他看见小美了，怀抱女儿坐在北方院子的门槛上，晚霞映红了黄昏，也映红了小美身上的土青布衣衫和襁褓中的女儿。从城里回来的林祥福一手牵着毛驴一手举着一串糖葫芦，走到小美身前，他将糖葫芦递给小美，小美将糖葫芦贴到女儿的嘴唇上。这是小美留给林祥福的最后情景，天亮前她再次离去，一去不返。

巨大的响声把林祥福从幻象里抽了出来，刚才还是明净和霞光四射的天空，这时昏天黑地，电闪雷鸣，风雨交加，林祥福看见船家惊恐的眼睛在雨水里左右张望，林祥福也抬头看去，看见漏斗状的旋风急速而来，尘土碎物旋转飞翔的景象，仿佛是大地的暴雨向空中倾泻。这时两个叠加在一起的竹篷脱离了小舟，翩翩起舞般飞翔而去。船家叫了声"龙卷风"，就跳入水中，他跳下去时，右手还握着那把小酒壶。

船家逃命而去，林祥福不能跳入水中，女儿就在胸前，他只能坐在船里，双手紧紧护住女儿，他感到身上的衣服呼呼向上掀起，衣服仿佛要拉扯他去飞翔。他盘起腿来，闭上眼睛，弯下上身，将女儿藏在怀里，抵抗着衣服的飞翔，身后沉重的包袱此刻与他同心协力，一起抵抗飞翔。

小舟离弦之箭似的飞了起来，飞了一阵又掉落下来，在水面上嗖嗖驰去。女儿在他胸前的布兜里啼哭不止，在龙卷风的巨大响声里，女儿的啼哭如同他的心跳一样隐蔽。

接下去小舟不是嗖嗖而去，而是吱哩嘎啦前行了。他睁开眼睛，见到乱石飞舞，树木拔地而起，河里的竹篷小舟滑行到了陆地上，陆地上的屋顶飞向河里。小舟已经破裂瓦解，船板在狂风里分道扬镳，他知道自己不是坐在小舟里，而是坐在了木板上，接着这块木板也分裂了，他的身体腾了起来，衣服像是风帆那样鼓起，他的身体像是飞翔，又像是冲锋，飞檐走壁似的滑翔过去，后来撞在了什么上面，他掉落下来，昏迷了过去。

龙卷风过后，夏日的黑夜逐渐离去之时，林祥福在一片横倒在地的稻谷中间苏醒过来，他与大地一起苏醒，他看见天色正在明亮起来，乱云飞渡的天空看上去朝气蓬勃。

林祥福惊醒般地伸手摸向胸口，没有摸到布兜，没有摸到女儿，林祥福惊叫一声站起来，背后的沉重又让他跌坐在地，他伸手往后一摸，那个庞大的包袱仍在身上，他双手支撑着站立起来，焦急的眼睛环顾四周，没有看见布兜，没有看见女儿，只看见一块断裂的船板斜插在稻田里，田里的稻谷犹如丛生的杂草，旁边的树木飞走了，留下几个泥坑正在讲述它们空荡荡的不幸。

林祥福惊慌地来回奔跑，哇哇喊叫，寻找他的女儿，他看见水面已在两三里路程之外，是狂风把他带到这里，几棵粗壮的大树和一个空洞的屋顶也来到了这里。

林祥福没有找到女儿，他大声哭喊，走过几棵不知来自何处的大树，它们交叉躺在一起，支撑着那个空洞的屋顶。他走向远处的水域，东张西望，神态却像一个盲人，似乎什么都看不见。他哭喊着奔跑起来，一直跑到水边，站在那里，张望霞光照耀下广阔的水面，水面漂浮着树木、船板、家具和衣物……他对着水面大声喊叫，可是只听到自己喊叫的回声，他看见有衣物在沉下去，树木和船板仍在漂浮。

林祥福站立良久，大声哭喊变成了低声呜咽。他抹着眼泪往回走，那一刻他觉得失去女儿了，他害怕，他浑身颤抖，走路摇晃起来。他继续东张西望，他的眼睛被泪水蒙住；他继续大声喊叫，嘴巴张开后没有声音。他被绊倒，感到自己的身体摔倒在一个架子上，他爬起来，可是双手撑空，再次摔倒，他双手摸索着，摸到很粗的树干，终于将身体支撑起来。他重新站起，抬手抹去泪水，眨了几下眼睛，意识到自己走回了原地，走到那几棵倒地的树木所支撑住的屋顶前，他刚才就是摔倒在这个空洞的屋顶上。

这时候林祥福看见了布兜，挂在倒地的树枝上，上面是那个空洞的屋顶。林祥福使劲眨了几下眼睛，那个布兜还在那里，一阵风吹来，几根残留在屋顶的茅草吹起后，从布兜上面飘过。林祥福紧张地笑了笑，像是征询别人意见似的回头张望一下，然后小心翼翼将脚插进空洞的屋顶，深一脚浅一脚走到充满希望的树枝前，取下上面的布兜抱到胸前。

他看到女儿在布兜里双目紧闭，他的手指紧张地伸向女儿的鼻孔，这时睡梦中的女儿打了一个呵欠，他破涕为笑了。

他将布兜挂在胸前，双手小心翼翼守护它。他的双脚插在屋顶里举目四望，四周的一切像是刚刚洗涤过一样清晰，这是他第一次张望这个名叫万亩荡的广阔土地，日出的光芒将破败的万亩荡照耀出一片通红的景象。

林祥福离开空洞的屋顶，走上一条小路，大步向前走去，他笑容满面，嘴里不由自主吐出了家乡那个媒婆的腔调，对熟睡中的女儿说：

"世上还有这等奇事，睡着了还会打呵欠。"

林祥福背着庞大的包袱，双手护着胸前布兜里的女儿，双脚在倒地的稻谷、芦苇和青草上踩踏过去，向着远处房屋密集的地方走去。

林祥福走进树木失去了树叶、屋顶失去了瓦片的溪镇。他把小美留下的凤穿牡丹的头巾包在女儿头上，他在溪镇遇到的第一个人就是陈永良，那时候他还在女儿失而复得的喜悦里，因此陈永良见到的不是一个从灾难里走来的人，在霞光里走来的是一个欢欣的父亲。

十七

林祥福双手护住布兜里的女儿，在凄凉破败的溪镇四处行走。他仔细聆听人们说话的腔调的时候，小美和阿强对话的腔调就会浮现在耳边。

他见到了蓝印花布的头巾，见到了满街的木屐，那些年轻姑娘在水边洗脚之后，穿着木屐在石板路上走动，发出的声响让他想起小美穿上木屐在他北方家中走动的情景，小美说就像敲打木琴，在溪镇的傍晚，林祥福时常听到一片木琴般的声响。

林祥福觉得这里很像阿强所说的文城，他几次向人询问："这里是文城吗？"

得到的回答都是："这是溪镇。"

林祥福接下去问："文城在哪里？"

林祥福看见迷茫的眼神，还有果断的摇头，这里没有人知道文城。渡过长江以后，在他寻找小美的旅途上，在他去过的城镇里，同样见过这样迷茫的眼神，这样果断的摇头，同样没有人知道文城。他站在溪镇的街头，仿佛是迷路了，失落的情绪笼罩了他。

一个似曾相识的身影在其他身影里飘然而过，恍若一片树叶在草丛里被风吹过，过去了一会儿，林祥福似梦初觉，刚才过去的身影像是小美。他转身急步走去，眼睛寻找那个身影，布兜里熟睡女儿的头颅轻轻碰撞他的胸膛，他放慢了脚步，右手护住布兜里女儿的头颅，走得小心翼翼了。

那个身影在前面来往的人影里时隐时现，她几次回头张望了林祥福，林祥福没有看清她的面容，看清的是她身穿碎花图案的旗袍，旗袍的图案和颜色与小美的旗袍不一样，可是她的身影像是小美的身影，似乎比小美瘦俏，林祥福跟随而去时，心里想小美瘦了。

林祥福走到码头这里，走进一条狭长的小巷时，那个身影没有了，他眼见那个身影拐进这条小巷，可是突然没有了。他在巷口站立一会儿，走进小巷，走过一扇虚掩之门时，听到吱呀一声，门打开了，身穿碎花旗袍的她站在门内的昏暗里，微笑地看着林祥福，对林祥福说了一句什么话，林祥福没有听懂她语调飞快的说话，但是认出她是那个身影，也认出她不是小美。

林祥福惆怅之时，她重复了刚才的话："进来呀。"

这次林祥福听懂了，木然地看着站在屋里微笑的她，她又说了一声："进来呀。"

林祥福不知道她为什么如此热情，还是走了进去，在一股浓烈的鱼腥味里，林祥福跟随她走上楼梯，走进一个房间，她关上房门，插上门栓，请林祥福在椅子里坐下。

林祥福不知道自己进入了私窝子，他坐在椅子里，疑惑地看着她。她看看林祥福胸前布兜里的婴儿，莞尔一笑，带着婴儿来私窝子的，她是第一次见到。她打开衣橱，从里面取出一床棉被，整齐铺在桌子上，她笑着对林祥福说：

"小人给我。"

她从懵懵懂懂的林祥福的身上取下布兜，把布兜里的婴儿抱过去放在桌子的棉被上面。然后她面对林祥福微笑地脱下碎花旗袍，叠好后放在床边的柜子上，她在解开内衣的时候，林祥福知道自己来到什么地方了，这时候婴儿啼哭起来，婴儿饿了。

接下去这个有着与小美相似身影的女子，见到了一个慌张的男人。林祥福从椅子里站起来时似乎是跳了出来，抱起桌子上啼哭的婴儿两步跨到门口，他拉了几次房门才意识到没有拉开门栓，拉开门栓出去后，他急促的脚步声从楼梯响了下去，接着急促的脚步声又从楼梯响了上来，他怀抱婴儿满脸通红回到房间里，把几文铜钱放在刚才坐过的椅子上，转身出门，急促的脚步声再次从楼梯响了下去，消失在外面的小巷里。

十八

此后的几天，林祥福继续在溪镇的街上游走，他的眼睛锲而不舍去寻找，见到过几个似曾相识的身影，却没有见到小美的面容。

溪镇房屋破败的大门外有着破败的半高腰门，零零星星，这是龙卷风刻下的伤痕，林祥福听过小美有关腰门的描述，知道这是为了阻挡猪狗的进入。不少人家门外安放一碗清水，有的人家还在门框上垂挂黑纱，林祥福知道这里面有人在龙卷风里丢失了性命。

放在门外的一碗水让林祥福伤感地想起自己的父母，在他家的门前也放过两碗水，一碗是母亲给父亲放的，一碗是他给母亲放的。

灾难之后的溪镇，人们的生活一如既往，虽然林祥福会听到女人的低泣和男人的叹息，可是他们的忧伤如同微风般地安详。林祥福觉得溪镇对人友善，女儿因为饥饿啼哭之时，有人会主动上前，把他引到哺乳中的女人家里。林祥福离开溪镇时，一个挎着竹篮的陌生女子追上来，送给他红色绸缎的婴儿衣服和鞋帽，林祥福诧异之后说话时，陌生女子已经匆匆离去。林祥福看着这个陌生女子不愿回首的背影，心里忧伤地猜想，有一个婴儿在龙卷风里死去了，所以这身婴儿衣裳来到他的手上。

城外的人们小心翼翼收割起田地里残剩的庄稼，将树木重新植入泥土，将木船推回水中，将茅屋重新盖起。城里的砖瓦房虽然没有在龙卷风里倒塌，可是屋顶的瓦片飞走了，于是城外出现很多的瓦窑，烧瓦的烟柱同时伸向空中时犹如一片杉树林。

在秋风吹落树叶之初，林祥福怀抱女儿离开了溪镇。接下去的三个多月里，林祥福向南而行，继续寻找那个名叫文城的城镇。他沿途打听，还是没有人知道文城。文城在林祥福心中虚无缥缈起来，他仍然南行，越往南走，听到的说话腔调越是古怪，越不像小美和阿强对话时的腔调。他因此终止了旅程，在一座桥上坐了很长时间，仔细回味之后，觉得他去过的城镇里，溪镇最像阿强所说的文城，他意识到阿强所说的文城是假的，阿强和小美的名字应该也是假的。

历尽千辛万苦，没有找到小美，他心里凄凉起来，那一刻他想回家了，他想到那头红缨飘飘铃铛声声的毛驴，想到家乡的田地和宅院。他摸了摸女儿衣服里的银票和自己身上的银元，想着渡过黄河后要去找到那家驴户，赎回自己的毛驴，回到家乡后要赎回抵押的田地。

然而女儿改变了林祥福的想法，当时他站在一座桥上，右手扶住女儿，试图让她站在他的左手上，他感觉她的双腿在使劲，似乎要站住了，他在桥上发出了笑声，这是他离家南行以来的第二次笑声，第一次笑声是在那场龙卷风过后，女儿失而复得之时。

林祥福决定重回溪镇，女儿需要母亲，他需要小美，他相信阿强所说的文城就是溪镇，虽然不知道他们此刻身在何处，他心想他们总有一天会回到溪镇，他将在溪镇日复一日等待小美的出现。

林祥福转身向北而行，在冬天飞扬的雪花里再次走进溪镇。

十九

这场长达十八天的大雪刚刚来到时，溪镇的人们没有感到这是灾难降临，以为只是入冬以后的第一场雪。尽管鹅毛一样的雪花很快就将屋顶和街道覆盖成了白色，人们仍旧相信大雪在天亮之前就会停止，日出的光芒会让积雪慢慢融化。然而大雪没有停止，太阳的光芒也没有照耀溪镇，此后的十八天里，雪花不断飘扬，时大时小，虽有暂停的时候，可是天空一刻也没有改变它灰白的颜色，灰白的天空始终笼罩溪镇。

林祥福怀抱女儿，在积雪越来越厚的街道上艰难跋涉，为女儿寻找奶水。当时的林祥福将棉袍的下摆卷起后包住胸前棉兜里的女儿，行走时小腿深陷于积雪之中，飞扬的雪花染白了他的头发，也染白了他的衣服，使他沉没在白色的静谧之中。

林祥福在见不到人影的街上前行，女儿在怀中啼哭，这是饥饿的声音。他一边艰难行走一边仔细聆听两旁房屋里有没有婴儿的哭声，如果他听到这样的哭声，就会去敲开那家的屋门。

进屋后他的右手伸过去，手掌上放着一文铜钱，乞求地看着正在哺乳的女人，她们的男人从他手掌上拿走铜钱，拿走铜钱就是同意他的请求，他的脸上立刻掠过一丝欣慰的神色。他取下胸前的棉兜，将女儿递过去，看到女儿终于到达那些女人温暖的胸怀，他的体内就会出现一股暖流。当女儿的小手在她们胸口移动时，他会眼睛湿润，他知道她抓住了，就像是脚踩在地上一样。

雪冻的溪镇，每一天的黎明从灰白的天空里展开，每一天的黄昏又在灰白的天空里收缩，来到的黑夜没有星光，也没有月光，溪镇陷入在深渊般的漆黑之中。

溪镇的人们开始觉得这纷纷扬扬的雪花将会没完没了地持续下去，会像他们的生命一样持续下去，于是悲观的情绪越过腰门穿过屋门袭击他们了，他们时常怀疑地说，不知道还能不能活着见到阳光。这样的情绪如同瘟疫一样蔓延，林祥福推门而入时，溪镇的男人差不多都会用可怜的声调问他：

"这雪什么时候才会停止？"

林祥福摇摇头，他不知道。怀抱女儿的林祥福走遍了溪镇，用手指敲开一扇又一扇屋门。溪镇的女人在面对雪冻时，比男人坚强和平静，尽管她们脸上都挂着麻木的表情，可是她们一如既往操持家务。正是她们在屋内的走动，使林祥福感受到雪冻的溪镇仍然有着人间气息。

这一天，林祥福来到了溪镇商会会长顾益民家中。顾益民的买卖多而广，既是本地钱庄的主人，也是西山金矿的主人，还在溪镇、沈店等地开设多家绸缎商号，专与上海、苏州、杭州一带的绸缎捐客来往，与其他商号坐收其利不同，他的伙计时常带着货样走街穿巷招揽顾客。

林祥福初次见到这位三十来岁的男子时，不知道他在溪镇是说一不二的人物。仍然是婴儿的哭声指引他来到这气派的深宅大院，林祥福走过一段又高又长的围墙时，看见里面的大树戴满积雪。朱红大门没有紧闭，留出一条门缝，让他看见里面庭院的积雪已被清扫，婴儿的哭声就是从那里隐约传来，林祥福迟疑之后走了进去。

他走到宽敞的大堂，两根粗壮的圆柱支撑着上面的横梁，有十多人分坐在两旁的椅子里，六个炭盆分成两排，供他们烤火取暖，一个清瘦黝黑的男子坐在正面主人的位置上。他们正在议论什么，看见林祥福走进来，停止了说话，诧异地看着这位不速之客。林祥福伸出放有一文铜钱的右手，说出自己的来意后，顾益民，就是那位清瘦的男子扭头对一位仆人说：

"叫奶妈过来。"

仆人进去后，奶妈出来了。一个体态丰满的女人走到林祥福面前，她淡漠地看了一眼林祥福手掌里的铜钱，接过他的女儿，转身走回里面的房间。林祥福的手仍然伸在那里，奶妈没有拿走他的铜钱。客厅里的人不再注意他，继续他们刚才的话题。林祥福听着他们飞快的语速，是在议论持续了十五天的雪冻。

坐在这个大堂里的都是溪镇有身份的人，他们说应该拿出三牲来祭拜苍天，他们似乎信心十足，认为祭拜苍天之后大雪就会停止。同时他们又在唉声叹气，说牲口都已冻死，不知道谁家还有活的。

林祥福看见这些男人说话时都是弯身凑向炭盆，只有这位清瘦的顾益民笔直坐在椅子里，他的双手没有伸向炭盆，而是搁在椅子的扶手上，嘴里哈出的热气在他脸上消散，他一直在凝神静听。

这时候奶妈出来了，林祥福从她手中接过吃饱后已经睡着的女儿。奶妈离去后，那文铜钱仍然在林祥福手掌上，这使他有些苦恼。顾益民注意到了林祥福的处境，向他微微点了点头，林祥福知道应该将这一文铜钱放回口袋了。

顾益民说话了，这位神情严肃的男子说话时的语气不容置疑，他说："祭天的燔柴和三牲我已准备好，城隍阁的道士我也去说过了，明天就可以祭拜，就看能祭拜多久。这一次祭拜不同平常祭日、祭月、祭祖、祭土地，不是一日的祭拜就可收效的，常言道日久见人心，天也是一样的。"

此后的三天，林祥福怀抱饥饿中的女儿，在只有白雪没有人影的街上走到城隍阁前的空地时，看见了溪镇的生机。

第一天，一张长方桌旁围着几十人，他们在雪中瑟瑟打抖，将一头羊放到桌子上。林祥福看见羊的眼睛，行将被宰割时的眼睛清澈明净，一把利刀刺进它的身体后，它的眼睛混浊起来了。接着他们将一头公猪架到桌子上，桌子上已积下一层薄冰，公猪从这边放上去，又从另一边滑落，这样重复几次之后，公猪挣扎的嚎叫变成苦笑般的低鸣，忙乱的人群发出一阵一阵的笑声，这是雪冻以来林祥福第一次听到溪镇的笑声。后来是八个强壮的男人按住公猪的四只脚，屠刀才砍了下去，猪血喷涌而出，洒在人群里，也洒在雪地上。最后他们将一头牛搬上桌子，因为等待得太久，牛已经冻僵了，它的眼睛半开半闭，眼神里有着行将入睡的温顺。一把屠刀刺进牛的胸膛，牛仿佛被惊醒似的抽搐起来，它发出一声漫长沉闷的叹息声。

第二天，林祥福走过城隍阁时，看见里面挤满跪拜的人，殿上摆着一个大坛，燔烧三牲，馨香阵阵飘来。阁中道士分左右站立在殿上，手执笛、箫、唢呐和木鱼，在木鱼的节奏里，笛声、箫声和唢呐声优雅四起，响彻在梁柱之间，飘扬在雪花之中。里面屈膝跪地的人手胸着地，叩头至手，他们的身体在音乐声里如同波浪似的整齐起伏。

第三天，祭拜的人越来越多，城隍阁外面的空地上跪下了一百多个祭天的男女，阁中雅音齐奏，他们的身体一起一伏。这里的积雪祭拜前清扫过了，不到三天又回来了，林祥福看不见他们的小腿，积雪漫过他们的膝盖，仿佛抹去了他们的小腿，他们嘴里哈出的热气汇集到一起成为升腾的烟雾，在灰白的空中炊烟般散去。

二十

这一天林祥福认识了陈永良。当时陈永良第二个儿子出生三个月，是这个孩子的哭声把林祥福召唤到陈永良这里。在这两个房间的家中，林祥福感受到了温馨的气息，满脸络腮胡子的陈永良怀抱两岁的大儿子，他的妻子李美莲正在给三个月的小儿子喂奶，一家人围坐在炭火旁。

林祥福来到他们中间，陈永良给了他一只凳子，让他坐到炭火旁。与溪镇其他女人木然的表情不一样，李美莲把女孩抱到胸口时，林祥福看见一个母亲的神情，李美莲赞叹女孩的美丽，既而赞叹女孩身上大红绸缎的衣服和帽子，赞叹手工缝制的细致，她摘下女孩的绸缎帽子，不断凑到女孩的头发上闻一闻。这时的陈永良抱着两个儿子，微笑地看着自己的妻子。很久没有感受家庭气息的林祥福，见到这样的情景时，心里涌上一个奇怪的念头，如果自己遭遇不测，女儿是不是可以留在这户人家？

对溪镇口音有所了解的林祥福，从说话的语调里听出来他们也是外乡人。陈永良告诉林祥福，他们的家乡往北五百里，因为连续不断的旱灾，他们只能背井离乡，一路南下，靠打短工为生，挑担扛包拉板车，还做过船夫，陈永良说他是用手划船，不是万亩荡水面上的船家那样用脚划船。直到两年前遇上顾益民，才结束漂泊的生涯，在溪镇住了下来。陈永良用平和的语气讲述他们带着刚出生的第一个儿子，在餐风露宿和朝不保夕的日子里如何艰难度日。

陈永良一家是在沈店遇到顾益民的，当时顾益民有一批绸缎要从沈店带回溪镇，雇用了四个脚夫，陈永良是其中的一个。陈永良挑着绸缎和其他三个短工向溪镇走去时，他的妻儿紧随其后。与陈永良一样，李美莲也挑着一付担子，担子的一头放着衣物和棉被，另一头是他们的儿子。本来应该是陈永良的担子，来到李美莲的肩上。坐在轿子里的顾益民和陈永良一路交谈，知道了他们的身世，知道陈永良的妻儿之所以同行，是他们没有住宿。顾益民看着挑着担子的李美莲疲惫地跟在丈夫后面，这个身材娇小的女人为了跟上男人们快速的步伐，一直在小跑。途中她的儿子啼哭时，就抱起儿子，为了担子的平衡她将棉被放到空出来的这一头，然后解开胸前的衣服，右手托着儿子，给儿子喂奶，左手扶住挑着的担子，继续小跑，她喘气的声音就像拉动的风箱声，她的头发被汗水浸湿，脸上的汗水在跑动时不断被风吹落，然而她一直在微笑。到了溪镇，顾益民拿出工钱让那三个脚夫回家，把陈永良一家留了下来。

林祥福从陈永良的讲述里，知道他所说的顾益民，就是四天前见到的那个清瘦的男子。林祥福想起顾家又高又长的围墙，问陈永良那宅院究竟有多大。陈永良摇摇头，他说虽然常去顾益民府上，经常是到大堂为止，偶尔会去书房，再里面是个什么世界不得而知。陈永良说完以后，安静地看着林祥福。林祥福知道他在等待自己的讲述，林祥福淡淡地说了一句：

"我也是从北边过来的。"

林祥福说完以后，看见陈永良脸上出现一丝迷惑，就加上一句，说他以前学过木工活。陈永良问他学的是什么木工，林祥福回答：

"硬木。"

陈永良眼中出现羡慕的神色，他说他也学过木工，不过他学的是低等的大锯匠和扛房工人。

林祥福摇摇头，他说："木工里只有分门别类，没有高低之分。大锯匠手艺好的锯缝极细，不糟蹋木料；扛房工人也讲究，不能让抬扛夫的肩膀受不了。"

李美莲喂完奶之后，没有马上将孩子还给林祥福，两个男人在那里交谈的时候，她试着让孩子站在自己的腿上，她感到孩子的腿在用力时，发出惊喜的叫声，说这孩子很快就会站直走路了。李美莲由衷的喜悦感染了林祥福，使他坐在这里没有了生疏之感。

有过漂泊经历的陈永良对眼前这个男人产生了好感，林祥福外表凄凉，语气谦和，却是一个见过世面的人，他说话时眼睛闪闪发亮，体内有着蓬勃生机。

林祥福没有像往常那样在孩子吃饱以后起身离去，陈永良的真诚和李美莲的热情让他坐了很长时间，这是他在溪镇雪冻时第一次感受到这样的情绪。他走进不少人家，死气沉沉的气氛让林祥福觉得雪冻渗透进所有人的家中，可是在陈永良这里，雪冻被关在了门外。

这里有红彤彤的炭火，一个随遇而安的男人，一个知足而乐的女人，还有两个初来人间的男孩。林祥福不愿意从凳子上站起来，长时间孤单的生活使他这一刻倍感温暖。当李美莲递给他一碗热气蒸腾的粥汤时，他发现自己接住碗的手微微颤抖了，他知道这碗粥汤在雪冻时意味着什么，他们这是将自己的生命分给了他一部分。他把他们的大儿子抱到自己的腿上，一边用嘴吹着粥汤一边小心喂给孩子，自己一口没喝。陈永良和李美莲无声看着他，他们没有说话，只是缓慢地喝着自己手中的粥汤，白色的粥汤沾在陈永良的胡子上。等陈永良的大儿子喝完以后，林祥福起身告辞，将两文铜钱，不是一文铜钱，悄悄放在凳子上，他突然羞怯起来，不像此前那样伸出右手将铜钱递过去。

李美莲问他："孩子有名字了吗？"

林祥福点点头说："有了，她吃的是百家奶，就叫她林百家。"

林祥福的话让陈永良和李美莲为之动容，他们挽留林祥福，说就在这里住下来，外面的雪都有两尺厚了，孩子冻病了怎么办？林祥福摇摇头，打开屋门，看到屋外一片寒冷的茫茫白色时，又犹豫起来，可是想到才刚认识他们，他的脚还是迈了出去，陷入到雪中。陈永良关门的时候看到积雪淹没了林祥福的膝盖，他怀抱女儿走去时像是跪着用膝盖在行走。

林祥福艰难前行时，树上冻僵的鸟儿时时突然坠落下来，无声地在积雪里打出一个个小洞。两旁的树木也难逃雪冻之劫，林祥福不断听到树木咯吱咯吱在寒冷里裂开的声响，这样的声响和树木在烈火中的爆裂几乎一致，只是它们拉得更长，更为尖利。

陈永良和李美莲的挽留似乎是命运的暗示。这一天林祥福没有回到自己的住宿，他在树木冻裂的声响和鸟儿掉落的振动里，一步一步再次来到他们家中，以后就住了下来。

那时候女儿的啼哭持续不断，他敲开陈永良的家门，还没有说话，陈永良就将林祥福拉了进去。李美莲接过婴儿，解开衣服给孩子喂奶。陈永良和李美莲没说一句话，似乎林祥福应该回到这里。

黑夜随之降临，林祥福的女儿一直在啼哭，她吃了几口奶水马上呕吐出来。李美莲伸手一摸婴儿的额头，失声叫道，孩子的额头很烫。李美莲的话让林祥福手足无措，他不知道该怎么办。陈永良从水缸里舀了一盆凉水，将一块布浸湿后拧干，放到婴儿的额头上。

这天晚上，陈永良和李美莲将家中唯一的床让出来，让林祥福和他女儿睡。陈永良告诉林祥福，这是他们家乡的规矩，客人来了睡在床上，他们自己睡在地上。

林祥福没有说话，只是摇了摇头。他抱着女儿坐在炭火前，目光像是紧绷的绳子一样看着红彤彤的炭火。女儿滚烫的体温透过棉兜，来到他的手掌，不祥之兆开始袭击他，他悲哀地感到，一旦女儿离去，那么他在人间的日子也就屈指可数了。

这期间婴儿曾经有过几次微弱的哭声，睡在里屋的李美莲听到后，立刻披衣来到外屋，从林祥福手中接过孩子，给她喂奶，可是孩子每次都把奶水呕吐出来。林祥福看到李美莲胸前布满奶渍，眼神里充满不安。李美莲安慰他，说每个孩子都会有病有灾，生一次病就是过一道坎，遇一次灾就是翻一座山。

夜深时分，女儿似乎睡着了。林祥福怀抱女儿一直坐到黎明来临，一直没有声音的女儿突然啼哭起来，这一次哭得十分响亮，惊醒了里屋的李美莲和陈永良，他们两个人披衣出来。李美莲说，听孩子的哭声像是退烧了。李美莲抱过婴儿，伸手一摸说真的退烧了。李美莲给婴儿喂奶，饥饿的婴儿发出响亮的吮吸声，林祥福不由泪流而出。

李美莲看见窗户上的光芒，又看见光芒从门缝齐刷刷穿透进来，仿佛要将屋门锯开，不由惊叫一声，问陈永良那是不是阳光。这时候他们才意识到屋外已是人声鼎沸，陈永良打开屋门，旭日的光芒像浪涛一样迎面打来。

二十一

冬去春来，林祥福留在了溪镇，没有和冬天一起离去。当绿芽在树木冻裂敞开处生长出来时，林祥福在溪镇扎下了根。

龙卷风之后是雪冻，溪镇破败的景象在门窗上一览无余。林祥福施展起了他的木工手艺，将陈永良家变形破损的门窗收拾一新，又替隔壁邻居收拾了变形破损的门窗。林祥福的木工手艺声名鹊起，街上其他人家的邀请接踵而至，林祥福一人忙不过来，陈永良也加入进来。陈永良展示了大锯匠的手艺，不用尺子，只是用手掌丈量，就能锯出林祥福需要的尺寸，而且锯缝又直又细，陈永良还将过去制作扁担的本事也用在了门窗的翻新上。两个人联手后干起活来又快又好，一天就能翻新一户人家的门窗，当街坊邻居询问多少工钱时，两个人一样的木讷起来，不知道应该收多少。倒是李美莲有办法，她把一只竹篮挂在门口屋檐下，让他们自己往里面扔工钱，愿意扔进去多少是多少，不扔的说上几句好听的话也行。街坊邻居都往竹篮里扔进去了工钱，好听的话也是说了不少。

想到溪镇尽是变形破损的门窗，林祥福和陈永良商量继续做下去，陈永良说西山的金矿没有什么砂金了，雪冻之前的龙卷风又把机器损坏，现在金矿没有工人，只剩他一个光杆工头，顾益民没有辞退他，是考虑他没有去处，现在他可以去向顾益民请辞了。

两个人开始走街串户，做过大锯匠和扛房工人的陈永良，将他的手艺延伸之后做出了一辆板车，而且十分结实，只是在街上拉过去时声音响得出奇，板车上堆满木料，板车的响声成为他们的吆喝声，人们只要听到嘎吱嘎吱仿佛一座木桥正在倒塌的声响，就知道修理门窗的那两个人来了。

他们携带一只脏得像是装过木炭的米袋，挣到的工钱都扔在里面，黄昏回到家中，首先做的事就是把米袋里的铜钱倒进那只竹篮。李美莲已将竹篮移到屋前的一棵桃树下，竹篮里的铜钱堆起来时，鲜艳的花瓣也在掉落下来，桃花和铜钱掺和到一起，李美莲说这些钱里就会有一股喜气。

两个人拉着板车走街串户修理门窗的同时，林祥福也在寻找小美，他见到五个叫阿强的男子和七个叫小美的女子，可是没有见到他寻找中的小美和阿强。他与陈永良几乎走遍溪镇人家，没有发现小美的痕迹，只有那些无人的空屋没有走进去，空屋都是门窗紧闭。

在给人修理门窗时，在陈永良不经意间，林祥福向溪镇的人们打听那些房屋为何空着，人们回答说有的是房主外出未归，有的是房主已经死去。林祥福对房主外出未归的空屋念念不忘，总觉得某个空屋里留有小美的痕迹，他想进去看看。当他们将溪镇人家的门窗差不多修理完成之后，林祥福对陈永良说：

"那些户空屋的门窗也是变形破损，虽然房主不在家，我们是不是也应该帮助修理？"

陈永良听后点了点头，他不知道林祥福的心思，以为林祥福是想做善事。他们拉着嘎吱作响的板车来到第一户空屋前，看见门上挂着的铁锁，陈永良犹豫了，他对林祥福说：

"给人修理门窗是好事，撬人门锁实在不妥。"

林祥福也犹豫，虽然他很想进入空屋看看，可是撬开人家门锁确实不妥，他点点头，对陈永良说：

"我们去下一户看看。"

他们又走了几户空屋，都是门上挂着铁锁，陈永良没有说话，他看着林祥福，林祥福说：

"我们再去看看。"

两个人拉着板车看遍溪镇的空屋，陈永良觉得林祥福不再关注门上是否挂着铁锁，而是前后左右看了又看，关注的是空屋所在的位置，他心想林祥福准备等到房主回来，再来帮助修理门窗。

二十二

林祥福与陈永良精湛的木工手艺在溪镇流传开来，有人搬来破旧木器，看着林祥福将它们收拾一新。一传十，十传百，更多的破旧木器来到陈永良家门口。最多的一天那些衣橱、桌子、椅子、木盆什么的逃难似的排成一队。如此多的破旧木器聚到一起，也把溪镇各个角落的蟑螂带到了这里。蟑螂们堂而皇之从那些破旧木器里蹿出来，消遁在街道两旁的房屋里。

蟑螂在陈永良家里神出鬼没，它们从墙壁上爬过，从屋顶上掉下来，又从被子里钻出来，打开衣橱看见它们在里面上蹿下跳，做饭时看见它们在灶台上横冲直撞，深夜时分会从他们脸上爬过。李美莲变得疑神疑鬼，在家里走动时蹑手蹑脚东张西望，随时手脚并用踩打那些蟑螂，她时常在后半夜悄悄起身，去蟑螂集结的狭小厨房袭击它们。

然后，有人来定做新家具了。林祥福对陈永良说，如果开设一家木器社，生意就能红红火火做下去。陈永良点头说是正经做木器生意的时候了。听到两个男人说要做新木器，李美莲高兴了，她说新木器没有蟑螂。

说话的时候李美莲坐在门前洗衣服，两个男人坐在屋里，陈永良的两个儿子坐在他的两条腿上，林祥福双手托着女儿。林祥福说这条街东边有一块空地，可以盖两排楼房，楼下用作工房，楼上用作住家，两头砌上围墙就是院子，只是不知道那块空地是否可以用？陈永良说溪镇的空地都是顾益民的，这个不难，他去询问顾益民，顾益民会出价公允。盖房子，又是两排楼房，不是一日两日能够完成，会有一年半载，嘈杂声响会打扰到旁边的住户，这个也不难，他们已将街上住户的门窗翻修一新，还没有上油漆，只要花钱请几个油漆匠过来，把他们的门窗免费油漆一新，他们也就能够接受盖房子的嘈杂声响。陈永良说难的是盖房的资金哪里来，虽说他们已经挣了一些，盖房的话还是远远不够。

林祥福认真解开女儿的衣服，从里面摸出一个布包，打开布包后取出抵押田地和金条所换的十二张银票，递给陈永良。陈永良吃惊地看着这一叠数额巨大的银票，他没有想到这个背井离乡的男人竟然携带如此惊人的财富。他将银票递回去，看着林祥福小心翼翼放进女儿衣服里面，问林祥福为何要将银票放在女儿的衣服里。林祥福说，银票要是丢了，他和女儿就不能活下去了。陈永良说要是女儿丢了呢，这银票不也丢了？林祥福说：

"女儿丢了，我还要银票干什么？"

街上人家的门窗油漆一新以后，林祥福和陈永良开工了，他们先后雇来了泥瓦匠和油漆工，梁柱门窗这些木工活自己动手，他们在那块空地上日出而作日落而息。半年以后，两排双层的青砖灰瓦的楼房拔地而起，再用围墙连上。两排房子的楼上各住两家人，一排房子的楼下是木器社，另一排房子的楼下有李美莲的厨房和两个杂物间，还有一个最大的房间作为仓库。

陈永良请风水先生选了一个黄道吉日，作为木器社开张之日，也是他们两家乔迁之时。

这一天，二十多个邻居陆续走来，这些说话时语调飞快的男人和女人，嬉笑地挤进屋门，风卷残云似的搬空了陈永良的家。他们每人搬起一物，三个孩子也被他们抱到了手上，后来的几个人看看实在没有什么可搬了，就追上去搭一把手。这些人浩浩荡荡走在街上，后面跟着更多的孩子，来到街道东边的那两排新盖的楼房。尾随在后的李美莲眼睛湿润，这位历经漂泊之苦的女人，终于在这一天感到今后的生活有了根基，她对走在前面的陈永良说：

"这么多人来帮忙，做人是做到头了。"

顾益民也来了，他带来了几串鞭炮，让两个仆人在院子大门前点燃鞭炮，在噼噼啪啪的响声里，顾益民看看崭新的两排楼房，又看看众多前来帮忙的人，对林祥福和陈永良说：

"你们在这里落地生根了。"

顾益民看见林祥福的女儿站在一张桌子下面咯咯笑，她抱着桌腿像是抱着父亲的大腿。顾益民问林祥福，这孩子叫什么名字？林祥福对顾益民说：

"她是吃百家奶过来的，因此叫林百家。"

顾益民点头说："这名字好，这名字吉利。"

站在一旁的李美莲听了有些心酸，等人们散去，她悄声对林祥福说，该去找个合适人家的女人，她说：

"不为自己，也该为孩子找个妈。"

林祥福笑了笑，不以为然地摆摆手，对李美莲说："你就是孩子的妈。"

二十三

林祥福给田大写了一封信，信中简要说了自己离家两年多的经历，他说暂时还不会回家，他要在这里等待小美回来，他觉得文城其实是溪镇，他让田大经常给他父母和祖上的坟墓除草添土。

到了晚上，林祥福躺在床上，闻着新鲜木料的气味和油漆的气味，想起白天李美莲的话，小美跃然眼前了。他回忆起小美身体的点点滴滴，他的回忆仿佛生长出了一只手，仔细摸遍了小美的全身。那些热烈的夜晚，两个人的身体在炕上合并到一起，他的身体强劲撞击小美，小美的身体则是柔软迎接。

林祥福感到自己很长时间没有冲动了，他努力回想是什么时候开始的，是在溪镇的雪冻里，还是在身心憔悴的漫长路途上，林祥福难以记起，只是觉得有一段日子了，清晨醒来时，那里不再像木桩一样坚硬挺拔，而是像一条浸了水的毛巾那样垂落。

林祥福想起那个似曾相识的身影，在龙卷风过后的街上出现，消失在一条狭长的小巷里，再次出现是在一间昏暗的屋子里。他迟疑之后悄然起身，走出新居，在月光里来到溪镇的码头，认出那条狭长的小巷，走了进去，他不记得是哪个门进去，他的脚步小心翼翼，经过一扇虚掩之门时，闻到一股鱼腥味，他记起了这个气味，小心翼翼推门进去。

一个坐在桌前的年轻女子看见他进来，微笑起身，自我介绍名叫翠萍，随后手举油灯将他带到楼上，领进一个房间，关上房门，插上门栓后，年轻女子将油灯放在床头的柜子上，微笑地看着林祥福，开始脱衣服。

借着油灯的光亮，林祥福这次看清了她的脸，上次只是看清她不是小美，没有看清她有着翘起的嘴唇和很大的眼睛。

她先是脱下碎花图案的旗袍，认真叠好后放在床边的凳子上，接着脱下印着条纹的粗布内衣和内裤。每脱下一件，她都会整齐叠好放到凳子上，当她弯下腰叠内裤时，林祥福看到她抬起的屁股突显出了骨骼的轮廓，他才意识到眼前的这位女子身体纤瘦，当她赤身裸体躺到床上时，他看到她平坦的小腹微微下陷。

林祥福站着没有动，他感到自己的心跳打鼓似的咚咚响起，呼吸也随之短促起来，可是那里仍然是一条垂落的湿毛巾。

这时候她微笑地坐起身来，问林祥福："我替你脱？"

林祥福摇摇头，说自己脱。林祥福差不多是慌张地脱下了自己的衣服，然后借着油灯的光亮爬到床上。他在爬上去时，看见女子稀疏的阴毛淡淡地分布在那里，那一刻他感到自己有一些冲动了。他哆嗦地爬到她身上，她闭上了眼睛，微微突起的乳房上有着暗红的乳头，他的手轻轻摸弄起她的乳头，他听到她的呼吸变得越来越长。

然而年轻女子引人入胜的乳头并没有持续林祥福刚才的冲动，

他感到自己的欲望炊烟似的渐渐消散。他的手离开了乳头，沿着她光滑的身体往下摸去，一直摸到她的下身，这时候他感到她的手也摸到了自己的下身。过了一会儿，他的手离开了她的下身，放到她的肩上，充满歉意地说，他不行了。

这位嘴唇翘起的女子睁开眼睛，她的手摸了摸他的额头，说他出汗了。然后安慰他，说不要急，慢慢来，她说有的客人比他还慢。

林祥福的手重新摸到她的下身，那个湿润以后变得模糊的部位。他悄声问她，软的是不是也能插进去？

她轻轻笑了一下，说不知道，可以试试。

她的双腿张开，林祥福抱着最后的希望，试了一次又一次，她也伸手去帮他，仍然无法插进去。

林祥福已是大汗淋漓，他的信心也跟随汗水流失，他从她身上翻下床来，匆忙穿上了衣裤。他坐到暗处的椅子里，羞愧使他满脸通红，看着这位女子一件一件认真穿上衣服。林祥福从椅子里站起来，摸出一块银元在暗处递给她，她接过去后吃了一惊，说给错了，这是银元，不是铜钱。

林祥福说没有给错，她感激地收起银元。她提起油灯，领着林祥福走出房门，在嘎吱作响的楼梯上，浓烈的鱼腥味阵阵袭来，林祥福问，她的丈夫是不是贩卖鱼虾的，她说是的，她丈夫去苏州了。林祥福又问，难道鱼贩子的生意不能养活她，还要做这私窝子的事？她说他吃鸦片，挣的钱养活自己都难。

林祥福离开这位翘嘴唇的女子，沿着冷清的街道向前走去，感到了从未有过的疲惫，迈出去的双腿像石头一样沉重，僵硬的身体似乎快要倒下。回到新居的房间，没有脱掉衣服就睡了过去。

林祥福一直睡到第二天下午，李美莲把午饭端到桌上时，看到林祥福的早饭还放在那里，她让陈永良上楼进他房间看看，陈永良说不用进去，在楼下都能听到他的鼾声，说他太累了，让他睡吧。

　　这漫长的睡眠洗去了林祥福日积月累的疲惫，他一觉醒来听到女儿在楼下的笑声，他起床下楼，李美莲正在给林百家扎辫子，两岁的林百家坐在李美莲的腿上，手里举着一面小圆镜，从镜中看见自己的辫子后咯咯笑个不停。

　　晚饭以后，林祥福带着女儿走过溪镇的七条街巷，走到了西山，又走回家中。两岁的林百家在父亲的牵扯下走完了一条街巷，剩下的六条先是坐在父亲的手臂上，然后趴在父亲的脊背上，最后是骑在父亲的脖子上。

　　林祥福一路上喋喋不休，告诉林百家，他不会娶妻纳妾了，林百家也不会有兄弟姐妹了，他往后的一切都是为了林百家。年幼的林百家知道父亲正在和自己说话，所以林祥福每说一句话，她就"嗯"的一声。

二十四

　　林祥福和陈永良将木器社的招牌挂在院子门口，他们两人用了一个晚上的时间，将各类木器的尺寸价格确定下来，然后林祥福用小楷抄录在宣纸上，又将宣纸裱好后挂在了木器社进门的墙上。林祥福说这叫明码实价，顾客抬脚跨过门槛就能对价格一目了然。陈永良看着小楷赞叹起来，说林祥福的字写得比他老家的私塾先生还好。

木器社生意蒸蒸日上，两个人忙里忙外应接不暇。林祥福和陈永良商量应该招收工人了，然后林祥福写下了二十多张招工启事，两个人将小楷的招工启事贴在溪镇各个街角。

一个挂着一根树枝的衣衫褴褛的人站在溪镇的一个街角，长时间辨认招工启事上的字迹，然后用浓重的北方口音对身边走过的溪镇人说，他不识字，可是他认出了上面的字迹。他询问他们，写这字的人是不是叫林祥福？

得到肯定的回答后，这个肩背包袱胸前挂着一双草鞋的人来到那两排楼房前，站在院子的门口犹豫不决。这时候林祥福和陈永良两家人正在吃晚饭，从厨房里出来的李美莲，看见这个挂着一根树枝拿着一只破碗的人，以为是个叫花子，就回去盛了一碗饭，走出来倒在他的破碗里。他感激地看看自己碗中的饭，仍然站在那里，没有离去的意思。李美莲又回去夹了一些菜出来，她将菜放在他的碗里后，他还是站在那里，李美莲看他的眼睛不断向屋里张望，就问他还想要什么。

这时候他开口了，他说："里面说话的人像是我家少爷。"

李美莲笑着问："谁是你家的少爷呀？"

他说："就是说话这位。"

李美莲听到林祥福正在屋里说着什么，走回去对林祥福说："外面有个人好像认识你。"

林祥福起身走出来，奇怪地看着这个衣衫褴褛的人。这人看见林祥福以后，挂着那根树枝呜呜哭了起来，他哭着说：

"少爷，您一走就没了音讯，两年两个月零四天啊，我们都以为您死了。"

林祥福认出这人是田大，他叫了一声，上前扶住田大，仔细看起来，两年多没见，四十多岁的田大已是头发灰白，皱纹也弄乱了他的脸。

林祥福说："你怎么来了？"

田大呜咽地说："开春的时候收到您的信，我就赶来了。"

田大说着从胸口摸出一块红布，双手哆嗦着打开后递给林祥福，他说："少爷，这是房契，我给您带来了。"

林祥福接过来打开红布看着房契，房契上面是爷爷的名字，不由百感交集。田大又从胸口摸出一个小布袋递给林祥福，林祥福打开后看到两根小金条，他不解地看着田大，田大说：

"这是田地里两年的收成，我去城里钱庄换成小黄鱼，给您带来了。"

林祥福看着眼前衣衫褴褛的田大感慨万千，呆立一会儿后收起房契和小布袋，扶着田大往里走。走到屋门口，田大坐到门槛上，脱下脚上走烂的草鞋，取下胸前的新草鞋，擦了擦眼泪，笑着对林祥福说，他出来时准备了五双草鞋，走烂了四双，这是最后一双。他说这最后一双草鞋轻易不敢穿，现在见到少爷了，可以穿上它了。

田大穿着新草鞋跨进屋子，一眼认出了正在吃饭的林百家，又眼泪汪汪起来，他问林祥福：

"这是小姐吧？"

田大哭着要去抱林百家，他蓬头垢面的样子让林百家吓得往后退缩，田大站住脚，对林祥福说：

"小姐长这么大了，小姐长得像少奶奶。"

第二天，林祥福请来剃头师傅给田大剪了头发刮了胡子，又请

来一位裁缝,给他做了一身单衣和一身棉衣。他对急于回去的田大说:

"既然来了,就多住些日子。"

田大住了三天后,从外面抱进来一捆稻草,坐在门槛上编织起草鞋。林祥福见到这情景,知道他要回去了,就让李美莲多准备些食物让他带着路上吃,自己上街去给田大买了一根拐杖。

田大编织完第五双草鞋,林祥福把他叫进自己的房间,说有些事要向他交代。林祥福给了田大六张银票,说回去后先把抵押的田地赎回来,又将房契递给田大。林祥福对他说:

"你要替我照看好田地和房屋,照看好我家的祖坟。房屋你先住着,田地里的收成先归你们五兄弟。有一天我回来了,房屋和田地再还给我。"

田大退缩双手不敢去接,林祥福厉声说:"拿着。"

田大才将银票和房契接过来,然后抹着眼泪说:"少爷,您什么时候回来?"

林祥福摇摇头说:"现在不知道,总有一天我是要回去的。"

翌日清晨,田大胸前挂着五双草鞋上路了。他穿上了新衣服,背着两个蓝印花布的新包袱,一个包袱里放着衣服,另一个包袱里放着李美莲为他准备的食物。出门时,他向陈永良和李美莲鞠躬,请他们照顾好他家少爷,说他家的少爷是世上最好的人。然后他看见拉着李美莲衣角的林百家,躬背走过去,小心翼翼摸了摸林百家的脸,又说小姐长这么大了,小姐长得像少奶奶。

林祥福将田大送到溪镇的码头,走在溪镇的街道上时,田大始终将那根亮闪闪的拐杖抱在胸前,林祥福问他为什么不用拐杖,田大嘿嘿笑着说舍不得用这么好的拐杖。田大跨上竹篷小舟前,林祥福在他的包袱里塞了五块银元，说是给他路上用的。这一次田大没说什么，弯腰钻进了竹篷小舟，当小舟撑开时他哭了，对岸上的林祥福说：

"少爷，您早点回来。"

二十五

岁月的流逝悄无声息，转眼间十年过去了。十年里林祥福没有停止对小美的寻找，他记住了溪镇那些外出未归人家的空屋，林祥福以意为之，觉得某一处空屋就是小美和阿强的，他等待他们的回来。十年间陆续有八户人家回来溪镇，前面五户他登门拜访，自我介绍是木器社的林祥福，要为他们修理门窗，他们询问价格时，林祥福摆摆手。后面三户人家是自己找上门来的，他们回到溪镇，邻居就会告诉他们，木器社的林祥福无偿修理门窗，他们就来到木器社，笑容可掬地询问哪位是林祥福。

林祥福带着木器社工人张品三给他们修理门窗之际，与他们聊东聊西，打听出了他们的身世经历，这回来的八户人家与小美阿强没有一丝瓜葛。

此时的林祥福已经拥有万亩荡一千多亩田地，林祥福用带来的银票首次购入田地，田地里的收成与木器社的收入，又支持林祥福持续购入万亩荡的田地。木器社也是生意兴隆，原来的地方太小，就在不远处的一块空地盖起新的木器社，还盖起仓库。

这个北方农民对土地有着难以言传的依恋，就像婴儿对母亲怀抱的依恋一样。十二年前那场龙卷风过去后女儿失而复得，他在旭日的光芒里第一次眺望万亩荡的土地，一片片水陆交叉的田地，连根拔起的树木四处散落，田里的稻谷东倒西歪如同被胡乱踩踏过的杂草，破裂的船板、丛丛的茅草、粗壮的大树和空洞的屋顶在水面上漂浮……尽管这样，林祥福仍然从这破败的景象里看出万亩荡此前的富裕昌盛，如同从一位老妇的脸上辨认出她昔日的俏丽。

清王朝坍塌之后，战乱不止，匪祸泛滥。流窜在万亩荡的土匪与日俱增，这些土匪绑的最多是花票，抓去富裕人家的闺中女子，索取高额赎金。那些担心女儿被土匪糟蹋的人家纷纷让女儿提前出嫁，通往溪镇或者沈店的河流上和道路上，迎亲的唢呐声接踵而至，坐班戏在那些人家进进出出，婚礼的乐曲此起彼伏。土匪的打家劫舍，让生活在万亩荡的大户家家贱卖田地搬入沈店或者溪镇居住。大户一走，二大户成为土匪目标，二大户随之也贱卖田地搬入溪镇或者沈店。林祥福这个时候仍在收购万亩荡的田地，他不在意时局的动荡，也不在意匪祸会使万亩荡的田地颗粒无收，他心想留得青山在，不怕没柴烧。

顾益民依然黝黑清瘦，只是没有了昔日的意气风发，时局的动荡让他忧心忡忡，说话常常说了上半句忘了下半句。

顾益民对林祥福说："民国的大总统走马灯似的换了一个又一个，不知道是谁家的天下。"

林祥福也开始显露出生命的疲惫，这个身材魁梧的北方人沿着街巷走去时出现了咳嗽的声音。

两个人商量起子女定亲典礼的事宜，林百家十二岁，顾益民的长子顾同年十五岁。顾益民说，眼下战乱不止和匪祸泛滥，不是定亲的好时候，只是这事不能拖延，日子还得一天一天过，该做的事就应该做。两人商定将定亲的典礼放在腊月十二进行。

二十六

顾同年在沈店一所寄宿学校就读，已经有了混世小魔王的名声。学校的食堂里不准有苍蝇，否则重罚厨房。顾同年抓了苍蝇扔进菜桶里，让厨房掌柜被罚了几次。年过五十的掌柜不知道是谁干的，有一天竟然当众跪在学生们面前，声声哀求道：

"我们是血本经营，赔不起呀！"

这个混世小魔王几年下来练就了撑竿跳的本领，学校与戏院隔着一条小河，戏院门前是妓女招客的地方，顾同年找来一根粗壮的竹竿，在夜色降临之后撑竿跳过小河，拖着长长的竹竿进入戏院看戏。顾同年十二岁以后没有看戏的兴趣了，这个还没有完全发育的男孩拖着竹竿在戏院门前晃来晃去，无师自通地学会了与妓女搭讪，又学会了与妓女讨价还价。顾同年十二岁开始在附近旅社开房间，与妓女同床共枕到旭日东升。

这位顾家的阔少爷出手却并不阔绰，他只肯出半价招妓，理由是他只有半个男人的身高，所以应该半价。戏院门前的妓女都不愿搭理这个嘴上无毛的小混蛋，顾同年就拖着竹竿在戏院门前走来走去，又是破口大骂，又是据理力争，他的嗓音尖细嘹亮，引来不少围观者。顾同年滔滔不绝毫无羞耻之感，他见人就倾诉自己的满腹委屈，反倒是那些妓女被他弄得羞愧起来。顾同年小小年纪胃口很大，他一次要招两个妓女。妓女心想虽然是半价接客，可是两个人应付这个嘴上没毛的小混蛋应该是轻松自如，于是尾随这个小混蛋和那根长长的竹竿来到旅社的房间。上床之后妓女开始叫苦不迭，没想到小混蛋那东西和放在床前的竹竿一样坚挺，小混蛋还喜欢花样翻新，让她们翻来覆去爬上爬下，一夜的侍候让她们觉得是在码头干了一天的搬运活。此后站在戏院门前的妓女们一看见顾同年撑着竹竿越过小河时，就会东躲西藏，她们说这小混蛋活脱脱是个混世魔王。

顾同年一副出师大捷的模样，开始三个四个地招妓，有一个晚上他招来五个，让她们脱光衣服以后横躺在床上，他一个一个袭击她们，累了以后就躺在五个的肚皮上小睡一会儿，然后继续袭击她们，直到五个妓女疲惫不堪离去之后，他才心满意足一觉睡到中午。然后他浑身发软拖着竹竿走出旅馆，撑着竹竿准备越过小河时，手脚发抖使他一头栽进了河水里。顾同年从河水里爬上来以后连打了几个喷嚏，随后高烧不止，他回到溪镇家中躺了二十三天。第二十四天他坐着轿子回到沈店的学校，到了晚上他又撑竿跳过了小河。此后他倒是不再四个五个地招妓了，通常是一次袭击两个，偶尔才会招上三个。

顾益民之后陆续将另外三个儿子送进沈店的寄宿学校，顾同年将他三个弟弟顾同月、顾同日和顾同辰培养成撑竿跳的高手。戏院门前的妓女们看见的不是一个，而是四个混世小魔王撑竿越过了小河。这四个拖着竹竿走来时都是地道的嫖客模样，四双亮闪闪的贼眼瞟来瞟去，然后每人挑选一个去了旅馆。他们只开一个房间，四个赤裸的妓女躺到床上后，他们先是上起了人体生理课，议论纷纷地比较她们的乳房，比较她们的脸，她们的腿和她们的屁股。这样的比较就会花去半个时辰，躺在床上的妓女开始打起呵欠。比较完了按年龄顺序爬到床上，先是顾同年，再是顾同月和顾同日，最后是顾同辰。顾同年时常弄完第四个才会下来，顾同月和顾同日弄一个就泄了。妓女最怕的是顾同辰，这个只有七岁的男孩对乳房的兴趣超过其它的，他爬到她们的胸前，对准乳房又是捏又是揉，又是吸又是咬，还抓来推去，她们疼痛的叫声破窗而出。

二十七

林祥福没有把林百家送去学校，那时方圆百里之内没有招收女生的学校，林祥福就在家中教授女儿。

在这幢两排双层的房子里，林百家和陈耀武陈耀文共同成长，他们跑上跑下将楼板踩得咚咚直响，地板缝里垂落下来的灰尘常常掉进李美莲炒菜的锅中，正在做饭的李美莲一声声叫着，要楼上的孩子别在上面跑，三个孩子听到李美莲的叫声干脆在那里蹦跳起来，让更多的灰尘掉下去。而且开始了恶作剧，去楼下木器社里抓几把木屑回来，塞进地板缝里，在那里又踩又跳，楼下做饭的李美莲叫得越响亮，他们在楼上跳得越欢乐。无可奈何的李美莲叫上两个木器社的工人，用纸糊在顶上，糊住地板的缝隙，这才阻挡木屑灰尘的洒落。

林祥福看着三个孩子整天里里外外奔跑，觉得应该让朗朗读书声代替咚咚脚步声，他和陈永良把楼下一个堆放杂物的房间收拾出来，在墙上挂上一块小黑板，黑板旁边贴上雍正皇帝的《圣谕广训》，又搬进来三张小课桌和三把小凳子。林祥福将三个孩子叫到面前，告诉他们：

"现在开始要认字读书了。从今往后，坐要坐得端正，走要走得方正。"

林祥福教授起了林百家、陈耀武和陈耀文。十天后，林祥福又搬进来了两张小课桌和两把小凳子，顾益民把他的两个女儿顾同思和顾同念送到了林祥福这里。

顾家姐妹分别是十岁和七岁，林祥福笑容满面带着她们进来，告诉林百家、陈耀武和陈耀文她们两个的名字后说道：

"是你们的同窗，也是你们的妹妹。"

身穿水红和浅绿旗袍的顾同思和顾同念，脸色羞红看了看这三个年龄大的孩子，走到了林百家的身旁，姐姐顾同思把手里捧着的三个小布袋递给林百家，林百家好奇接过去，打开一个布袋，看见里面装的是糖豆，知道这是顾家姐妹带来的见面礼，她把另外两个布袋递给陈耀武和陈耀文，陈耀武和陈耀文打开布袋后贪婪吃起了糖豆，林百家把糖豆往手掌里倒上一些，拿起一粒送到顾同思嘴边，又拿起一粒送到顾同念嘴边，拿起的第三粒才放进自己嘴里。

陈耀武和陈耀文喝水似的把糖豆吃完，然后眼馋地看着林百家和顾家姐妹慢慢品尝糖豆。站在黑板前的林祥福，默不作声看着林百家与顾家姐妹美滋滋吃着糖豆，他忘记应该讲学了，林百家与顾家姐妹才见面就如此融洽亲密，让林祥福满心欣喜。

顾同思和顾同念的到来，让林百家变了，她不再是那个整天与陈耀武陈耀文里外上下奔跑的不像女孩的女孩，她像一个女孩了，而且是一个姐姐。课间的时候，陈耀武与陈耀文手挥木刀木剑在院子里嬉笑打斗，林百家与顾家姐妹踢毽子，七岁的顾同念抬腿去踢毽子时，经常重心不稳摔倒在地，林百家就用绳子系上毽子，左手扶住顾同念，右手提着绳子让顾同念去踢跑不了的毽子。放学时，林百家把顾家姐妹送出院子，送上轿子，虽然明天就会再见，还是依依不舍挥手道别，早晨的时候，林百家又会守候在院子门前，等待顾家姐妹的轿子来到。

林祥福迷恋起了教育，他将木器社的生意交给陈永良去打理，自己全身心投入到课堂中去。他按照私塾的规矩给孩子们上起孔孟儒学，《论语》《孝经》《大学》《中庸》，还有《孟子》和《礼记》一应俱全。此后听说新式教育兴起，他来到沈店的那所寄宿学校求教。

那天傍晚时分，林祥福看见顾益民的四个儿了拖着竹竿从一家饭店里走出来，他们抹了抹油光光的嘴巴，助跑了四五米，撑竿跳过了小河。他们越过小河时燕子般地轻盈，竹竿伸直的时候还在空中停留一下，就是最小的顾同辰也是哼着小曲飞越了过去。

二十八

顾同年和林百家的定亲典礼如期在腊月十二进行。林祥福让一个剃头挑子来到家中，给自己和陈永良理发刮脸，还修了眉毛。然后两个人穿上棉袍，走上溪镇的大街。溪镇的规矩是女方至少要有两人参加定亲典礼，人数多少不讲究，必须是双数。林祥福叫上陈永良，他们来到顾家宅院，门前已是张灯结彩，车水马龙，双人的唢呐吹响嘹亮的乐曲，四人的锣鼓敲出喧天的节奏。顾益民站在门前的台阶上抱手作揖，笑迎来宾。

收到顾益民请柬的人，都是溪镇有身份的人，他们自然是坐上轿子来到顾家。这一天溪镇的轿子被预订一空，即便只是咫尺之路，来宾也是坐上轿子，先让轿夫抬着去别处转转，让城里的百姓知道一下，他是收到顾益民请柬的人。这一天步行而来的只有林祥福和陈永良，两个人的双手插在袖管里，在冬天的阳光里疾步走来，他们走到顾益民面前抱手作揖时，顾益民看见林祥福红彤彤的脸上渗出了汗水。

定亲的典礼就在顾家大堂进行，里面摆上二十张八仙桌，几十个炭盆环绕着大堂，闪烁着暗红的火焰。攒动的人头和杂乱的声音使顾家大堂热气腾腾，仿佛是戏院里的情景。来宾落座之后，典礼开始，先是由男家聘请的文墨先生宣读男方的礼单，礼单上光是聘金一项就是五千银两，让在座的来宾响起一片唏嘘之声，此外还有绸缎、耳环、戒指、手镯、项链和手表等等。然后由陈永良代表女家宣读陪嫁的礼单，有万亩荡良田五百亩，还有各类日用器具和四季衣裳。陈永良话音一落，顾家大堂里响起一片啧啧声。

宴席开始了，顾家的仆人鱼贯而入，端上来一盘盘精美的菜肴，天上飞的、水里游的、地上长的，能放进嘴里吃的几乎都有。几十个酒坛一字排开，里面波动着几十种南酒，颜色深浅不一，香味浓淡各异。有绍兴的老酒，苏州的福贞，松江的三白，宜兴的红友，扬州的木瓜，镇江的百花，苕溪的下若，淮安的腊黄，浦口的浦酒，浙西的浔酒，宿迁的沙仁豆，高邮的五加皮。

二十九

这一天李美莲给林百家穿上了红裙、红裤、红缎绣花鞋和红缎绣花棉袄。李美莲喜气洋洋对林百家说：

"今天是你的好日子，你是顾家的人了，今天你就规规矩矩坐在椅子里，不要乱动，不要把衣服弄脏了，顾家的女人都是衣服上没灰，鞋上没土，牙齿洁白，头发又黑又亮又香。"

李美莲让红彤彤的林百家坐在椅子里，将通红的炭盆移到林百家的脚前，让两个儿子陈耀武和陈耀文好好侍候林百家，说炭盆暗下来了要加炭，林百家渴了要赶紧端茶上去。说完她挎上篮子上街去买菜，林祥福和陈永良去吃宴席了，她要让三个孩子也吃上一顿丰盛的午餐。

林百家端坐在椅子里，陈耀武看着炭盆里的火暗下去了没有，他嘴里念着，快暗下去，快暗下去，好让我加炭。陈耀文端着茶站在林百家身旁，一次次问林百家渴了没有，林百家都是摇头。

林百家说："坐在这里不能动，做顾家的人一点都不好。"

这时两个陌生男人走进了院子，他们的脸在窗户上闪现一下，然后走了进来，一个背着长枪，一个挎着短枪，两个人走进厅堂，嬉笑地看着林百家，背长枪的男人说：

"谁家的小姐？打扮得跟花朵似的。"

陈耀文响亮地说："顾家的小姐。"

挎短枪的男人说："树看枝叶，人看容貌，看她这一身穿戴，该是五百大洋。"

陈耀武和陈耀文站在那里发傻，林百家对陈耀文说，还不给客人端茶。挎短枪的说，喝什么茶，快跟我们走吧。背长枪的说，喝一碗茶水再走也不迟。陈耀文赶紧将茶水送上去，两个土匪坐了下来，喝着茶，看看林百家，看看陈耀武和陈耀文，又看看屋子四周。看着他们喝完茶，林百家起身对两个土匪说：

"我们走吧。"

陈耀文没有明白发生了什么，问林百家："你们去哪里？"

陈耀武明白了，他对弟弟说："他们是土匪，是来绑票的。"

林百家跟着两个土匪走出屋子，回头对陈耀武说："哥，快去告诉我爹，准备五百大洋来赎我。"

林百家说完，问背长枪的土匪："到什么地方来赎我？"

背长枪的土匪说："我们会下帖子的。"

三十

买了菜的李美莲在回家路上听说一队土匪进入溪镇绑票，想到三个孩子正在家中，脑子里嗡嗡直响，她扭着小脚跑回家中，陈耀武和陈耀文迎上去告诉她，林百家跟着土匪走了。李美莲腿脚一软坐在门槛上，她想起有关土匪的那些传说，他们对男绑票"摇电话"，将竹棍插进屁眼里摇个不停；对女绑票"拉风箱"，用竹棍插到她们的阴户里戳进戳出。

李美莲对大儿子陈耀武说："你快去，快去把林百家替回来。你是男的，被他们'摇电话'就是疼一点；林百家被他们'拉风箱'了，以后一辈子都抬不起头来。"

十四岁的陈耀武走出家门，询问街上神色恐慌的人，土匪往哪里走了，他们说往南走了。陈耀武往南飞奔而去，他穿过溪镇的大街，一口气跑出南门，跑在城外的大路上，跑得胸口发闷汗如雨下，一边跑一边脱下棉袄，将棉袄提在手里跑了一会儿后，觉得是累赘就扔掉棉袄。然后他看见前面有二十多个人票被绳子绑成一条线，沿着大路走去，前后左右都是持枪的土匪。跑近了他见到林百家走在最前面，那两个来他们家的土匪也走在前面。他一直跑到他们前面，站在大路中央挡住他们，上气不接下气说：

"土匪客人，我有事和你们商量。"

那个挎短枪的土匪上去就是给他一巴掌："你找死啊！"

陈耀武用手捂着脸说："我不是找死，我是来替我妹妹。"

说着他用手指了指林百家，对挎短枪的土匪说："她今天定亲，所以穿戴得好，平日里她没我穿戴得好。她是女的，没我值钱，我是家里长子，她值五百银两，我就值一千。你们要五百呢，还是要一千？"

林百家一听这话，赶紧对陈耀武说："哥，你别来替我，我们家不是富户，我们家也就是殷实一点，不能多付五百。"

陈耀武听后点点头，对挎短枪的土匪说："算啦，我不替我妹妹了，五百银两可不是小数目。"

陈耀武说着走到路边，那个挎短枪的土匪对他吼叫一声："你他妈的过来，老子不要她那个五百，老子就要你这个一千的。"

土匪解开林百家身上的绳子，把陈耀武拉过去绑上。林百家看到陈耀武穿着被汗水浸湿了的单衣瑟瑟打抖，就问他棉袄呢，陈耀武说扔掉了，说提着棉袄跑不快就扔了。林百家脱下自己的红缎绣花棉袄要陈耀武穿上，棉袄小了一些，陈耀武穿起来费劲，那个背长枪的土匪伸手帮助他将手插进袖管，挎短枪的土匪就骂了起来：

"你是土匪，不是和尚，用不着菩萨心肠。"

背长枪的土匪一声不吭，举起刺刀向陈耀武的左臂扎了过去，陈耀武吓得惊叫一声，随后看见刺刀穿衣而过，没有刺伤手臂。背长枪的土匪将绳子从刚才刺刀扎破的袖管穿过去，将陈耀武和其他人票拴在一起。

土匪吆喝着让人票上路，林百家上去凑到陈耀武耳边悄声说："哥，背长枪的人善一些，你靠近他走。"

三十一

顾家的酒席方兴未艾，来宾们兴致勃勃看着顾同年出场。十五岁的顾同年身穿黑红绸缎的棉袍，戴着尖顶六合帽，在管家的陪伴下，在嘈杂人声里，绕着桌子嬉笑来到林祥福身前，向林祥福和陈永良行见面礼。

顾同年屈膝跪地，林祥福将他扶起来，从陈永良手里接过一个红包塞到顾同年手里。林祥福仔细端详顾同年，这孩子和他父亲一样黝黑清瘦，可是满脸的玩世不恭，丝毫没有顾益民的认真神色，心里不由恍惚了一下。

这时一个仆人匆匆走到顾益民身前，俯身在顾益民耳边低声说了几句话，顾益民笑容荡漾的脸一下子僵硬了，仿佛结了冰。他低声对身旁的林祥福和陈永良说，刚才土匪进城绑票，被绑走的人里面有林百家。

林祥福疑惑地看着顾益民，顾益民又说了一遍，这次顾益民的话像是一块砸下来的石头，林祥福躲避似的跳了起来，跳起来的林祥福在桌子和椅子的夹缝里向外冲去，让那些手举酒杯嘴里还在咀嚼的来宾们目瞪口呆，接着他们看见陈永良也像林祥福那样冲出大堂。来宾们不知道发生了什么，神情紧张地看着顾益民，顾益民强作笑颜，轻描淡写说：

"有一伙土匪进城绑票，诸位不必惊慌，土匪已经离去。"

林祥福在街上狂奔，跟在后面的陈永良意识到林祥福是往家的方向奔跑，赶紧叫住他，指指街边的人告诉林祥福，他们说土匪已经从南门出城了。林祥福站住脚怔了一下，随即点点头，转身向南门跑去。林祥福跑去时觉得眼睛里一阵酸疼，伸手抹了一下才知道是汗水流进了眼眶，当他跑出溪镇的南门时，感到有一个穿红色衣裳的孩子从他身旁闪过，他听到跑在后面的陈永良的叫喊声，他站住脚，回头看见陈永良和一个女孩在一起，陈永良向他招手，他抹了抹眼角的汗水，看清了陈永良身旁的林百家，跑到女儿的面前，用袖管擦干净脸上的汗水，屈膝跪地将女儿抱进怀里。他抱着女儿时感到她的身体单薄，才发现女儿只穿着薄薄的红绢衫，问她为什么没穿棉袄。

然后他们知道陈耀武跟着土匪走了，林祥福看见陈永良的眼睛里闪现出迷茫的神色，陈永良的眼睛跟踪那条大路向南望去，大路尽头是水天一色的万亩荡。林祥福说快去追土匪，陈永良摇摇头，抱起林百家说：

"回家吧。"

李美莲站在街边眺望，看见林祥福和陈永良拐过街角出现，林百家从陈永良怀里跳下来，向着她跑来，李美莲手捂胸口长长出了一口气。

回到家里，李美莲把林百家拉到身前，仔细看了起来，看到林百家只是头发有些乱，终于放心了，她说去拿梳子给林百家梳理头发。陈永良说先给孩子穿上棉袄，李美莲这才注意到林百家穿着单衣，她笑着说自己高兴糊涂了，随即去隔壁房间给林百家找棉袄。她拿着棉袄回来，给林百家穿上，扣上布扣时突然哭出声来。她告诉陈永良和林祥福，是她让陈耀武去顶替林百家的，她怕林百家被土匪"拉风箱"，她儿子有两个，女儿只有一个，所以让陈耀武去了。李美莲的眼泪让林祥福十分难过，他低头走到屋外，陈永良也走了出去，把手放到林祥福肩上说：

"她说得对，儿子有两个，女儿只有一个。"

三十二

土匪进城绑票的消息，如同晴空霹雳，溪镇的人们惊慌失措议论纷纷，从他们嘴里出来的都是吓唬自己的话，这些习惯安居乐业的人受到惊吓之后，越说越夸大，溪镇的未来在他们的描述里暗无天日。

一些曾经在万亩荡遭遇过土匪，后来为了躲避匪祸迁入溪镇的人，这时候现身说法了，这些人从脸色红润讲到脸色苍白，向溪镇的居民讲述土匪的种种恶行，土匪对人票挖眼珠割耳朵，还有"摇电话"拉风箱""压杠子""划鲫鱼""坐快活椅"和"耕田",这些人讲述的时候已经分不清哪些是亲身经历,哪些是道听途说。

在他们的讲述里,溪镇的人们明白了"划鲫鱼"就是在人背上用刀划出一排排斜方格,就是鲫鱼下锅前在鱼背上划出的斜方格那样;"坐快活椅"就是在椅面上布满铁钉,钉尖向上,让人票的屁股坐上去。最复杂的是"耕田",解释不清后,几个遭遇过土匪折磨的人只好走到大街上以身示范,伏在地上,让人用两根木棍绑在两条腿上,请另外两人各持一根木棍竖立起来,让这人往前爬行。示范"耕田"的几个人在地上爬行时因为疼痛嗷嗷乱叫,三个向前爬了不到一米就连声喊停,浑身松软趴在地上,豆大的汗珠从额头上滚落。

"耕田"示范很快演变成"耕田"比赛,不少人身体力行,于是溪镇的居民关心起谁是"耕田"状元,最后确定了三个人,一个是顾益民的仆人陈顺,一个是木器社的张品三,还有一个是划船的曾万福。这三个膀大腰圆的年轻人都爬过五米左右,可是究竟谁爬得最远又说不清楚,这三个人之间也是互不服气,他们很想一争高低。

匪祸之时,竟然用土匪的刑罚进行比赛,溪镇的几位有识之士痛心疾首,他们来到商会会长顾益民家中,请求顾益民出面制止这样的比赛。

这时的顾益民正在筹建民团。土匪绑票事件让顾益民深感震惊,他感到日后的溪镇将会不断受到土匪的骚扰。他奔走在沈店和溪镇之间,想请来官军保护溪镇,可在这战乱时期,暂无官军可请。顾益民只好以商会的名义组建民团,派人去乡间收购火枪。顾益民对"耕田"比赛略有所闻,几位绅士讲述之后,他微微摇了摇头,不同意去制止"耕田"比赛,他告诉他们:

"虽说'耕田'比赛于情于理都不合适，可如今人心惶恐，'耕田'比赛倒是可以缓解惶恐。"

就这样，由商会出面组织的"耕田"比赛正式开始。这一天溪镇的居民聚集到了城隍阁前的空地上，四周的树上爬满了人，附近的屋顶上也坐了不少人，那些楼上敞开的窗户都挤着几张人脸。

参加比赛的陈顺、张品三和曾万福都是一身练武的装束，紧身的黑衫和灯笼裤，绑着护腰带。面对炉火般热烈的人群，这三个人兴奋得满脸通红。随着顾益民的右手慢慢举起，这三个人立刻俯身伏地，然后狗撒尿似的左腿翘起，左腿被绑上木棍后，他们又整齐地右腿翘起，他们的右腿绑上木棍后，顾益民举起的手挥了下来。六个壮汉两人一组手持木棍，真像是耕田一样推着这三个人向前爬去。三个人都是一声不吭爬出了五米多远，他们咬牙切齿向前爬去，脸色由红变紫，又由紫变青，接着像是挨过暴揍那样青紫混杂了。

在浪涛般起伏的加油声里，三个人都爬出了十米。爬过十米的石灰线以后，三个人还在往前爬，曾万福第一个忍受不了疼痛，开始嗷嗷叫了起来，曾万福一叫，陈顺和张品三也嗷嗷叫开了，嗷嗷的叫声瘟疫似的在人群里迅速蔓延，不一会儿加油的叫声变成了嗷嗷的叫声。三个人都爬过了二十米的石灰线。谁也没有想到他们能够爬出二十米远，二十米之外没有石灰线了，这三个人还在向前爬去，不过他们已经不再嗷嗷叫了，他们呜呜低鸣，如同深夜的猫叫，不一会儿受到感染的人群也响起了一片呜呜声。差不多有三十米的时候，陈顺第一个扑哧倒地，他是脑袋撞在了地上，发出的声响就像是一只木桶扔进井水里。下一个扑哧声来自张品三，划船的曾万福平日里用惯了手脚，撑到最后才趴在地上，曾万福成为"耕田"

状元。

　　这三个人瘫痪在地，木棍从他们腿上取下来以后，他们仍然趴在那里，他们的腿已经不听使唤，别人把他们扶起来时，他们的腿无精打采像是纸张叠出来的，身体摇摆了几下，又摔倒在地。顾益民叫来三个轿子，把他们三人抬回家中。

　　三天以后，溪镇的人们在不同的地方看见这三个人，他们在不同的地方和不同的时间出现，都像是蹒跚学步的婴儿那样扶着墙慢慢走来，都是走几步歇上一会儿，他们比赛时撞到地上擦伤了脸，苦笑挂在脸上的伤痕里。

三十三

　　土匪的帖子在绑票十一天后出现，那些被绑票的人家清晨打开屋门时，在飘扬的雪花里看见门上插了一把亮闪闪的尖刀，刀尖上挂着一张沾上雪花的纸，纸上写着赎金数目和赎人地址。

　　李美莲度过了十一个不眠之夜，身旁的陈永良时常在翻身之后一声叹息，李美莲有时会浅浅地睡过去一会儿，街上的脚步声又会让她惊醒，她支起身体侧耳细听，辨别脚步是否在院子门前停留。这个深夜，李美莲听到了停留在院子门前的脚步，还听到了什么东西插到院子门上的声响。脚步声离去之后，李美莲披衣下床走出去，打开院门后看到土匪留下的帖子，她使劲拔下尖刀，回到屋里看见陈永良坐在床上。

　　陈永良看着李美莲手里拿着的纸和尖刀，悄声问："帖子来啦？"

李美莲点点头说:"来了。"

两个人在煤油灯下将土匪的帖子看了几遍,林祥福在屋外敲门,他也听到了声响。林祥福进屋后在他们身旁坐下来,将帖子仔细看了一遍,长长出了一口气,说可以去把陈耀武赎回来了。他说一千银两的赎金已经准备好了,问陈永良是不是让木器社的张品三送去,陈永良摇摇头,说他要自己送去。

这天下午,顾益民召集商会主要成员到家中开会,他说赎金不应由被绑票的人家自己筹集,应在商会每年所得的捐税中划出。他说今天被绑的是他,明天被劫的就是你。顾益民说话时,远处隐约传来枪炮声,看到大家脸上露出惊恐的神色,顾益民安慰他们,说这不是土匪,土匪哪有大炮?这是北洋军和国民革命军在沈店那里交火,然后顾益民提高嗓音说:

"身处乱世,溪镇民众更应团结一致,有难共当。"

顾益民与大家商议后决定,赎金由商会开支,为保证不出差错,送赎金的人也由商会挑选。参与"耕田"比赛的曾万福、陈顺和张品三,众望所归成为给土匪送赎金的最佳人选。顾益民也倾向这三个人,只是担心在"耕田"比赛之后,这三个人的六条腿还能不能跑起来。

当天下午,在城隍阁前的空地上,在众目睽睽之下,在阵阵喝彩声里,这三个人又是踢腿又是压腿,还表演了折返跑。顾益民十分满意,说真是六条好腿,踢的时候像猫腿,跑的时候像狗腿。

腊月二十七的上午,在城隍阁前的台阶上,被雪花染白头发的顾益民将二十三张数目不等的银票交给曾万福、陈顺和张品三,在飞扬的雪花里为他们送行。他高高举起一碗酒,三个满头雪花的"耕田"壮士也高高举起酒碗,被绑票人家的代表也举起酒碗,他们抹去了挂在嘴边的雪花，将碗里的酒一饮而尽，然后顾益民对这三个人说：

"快去快回。"

这三个人的黑棉袄上都扎着腰带，腿上绑上绑腿，他们在人群里走过去时昂首挺胸，可能是过于激动，他们胸怀大志的神情里透出嘿嘿的傻笑。

走出溪镇以后，他们向沈店方向走去，走了十多里，拐上一条蜿蜒的小路，走到五泉，还要走一段蜿蜒山路，才能抵达土匪帖子上写明的交赎金地点，那里有一座观音庙。

走过五泉，一个挑着空担子的农民和他们相遇同行，这个农民告诉他们，昨天在沈店城外亲眼看见北洋军和国民革命军交火，打了一天，他躲在桥下听了一天的枪炮声，现在耳朵里还有嗡嗡响声。

他们快到观音庙的时候，听到身后传来阵阵脚步声，回头一看，一支几十人的队伍扛着枪向他们快步跑来。这时候前面也响起了同样的脚步声，一支差不多人数的队伍也在向他们跑来。两支队伍在相距三十来米的地方同时停下来，抬起枪互相瞄准，他们四个人刚好站在两边的射程里。飘扬的雪花让两支队伍都分不清对方是谁，各自向站在中间的这四个人打听，打听对面的是什么队伍，于是北方口音和广东口音从两头向他们而来，这时候那个农民说话了，他指着自己前面的队伍说：

"你们是北方腔，你们一定是北洋军，那头是广东腔，那头一定是国民革命军。"

话音刚落，枪声鞭炮似的响了起来，两边的子弹嗖嗖飞到了一起。曾万福还没有明白发生了什么，那个农民一头栽倒在地，接着陈顺和张品三挨了闷棍似的倒下了，曾万福这下明白过来，他挥舞双手狂喊：

"别打啦，别打啦，你们过会儿再打。"

曾万福的喊叫没有制止枪声，他看见两边的队伍一边射击，一边在小路旁分散开去，子弹在他身前身后嗖嗖地飞，他撒开腿奔跑起来，跑去时挥舞双手，像是在抵挡子弹，就在他快要跑出射程时，一颗子弹削去他右手的中指，他全然不觉，只知道拼命奔跑，把裤腰带都绷断了，裤子往下滑，他伸手从裤裆那里提着裤子跑。

曾万福一口气跑了十多里路，他不知道自己跑向什么地方，只是觉得有时候拐弯有时候过桥。他一边跑，一边用右手提着裤子。被子弹打掉了中指的右手鲜血淋漓，去提裤子时又将裤裆染成一片血红。

曾万福一口气跑进溪镇，跑到顾益民家门前，这时候他才觉得没有子弹的嗖嗖声了，他气喘吁吁站住脚，右手提着裤子，疑神疑鬼地四下张望一会儿，发现已经来到顾益民的宅院门口。

正在书房的顾益民听仆人说曾万福回来了，他吃了一惊，曾万福他们走了还不到三个时辰，随即他预感出事了，起身走出书房，来到大堂，曾万福提着裤子站在那里，一副魂飞魄散的模样。

见到顾益民出来，曾万福断断续续说出了打仗、子弹、北洋军和国民革命军几个词。他觉得顾益民的眼睛一直盯着自己的裤裆，他也低头去看，看见裤裆上一片血红，脑袋摇晃了一下，扑嗵一声栽倒在地，吓昏了过去。

死里逃生的曾万福此后的几天里神志不清，别人问他问题，他都是迷茫地看着对方，似乎是在辨认说话的人是谁。他一个人的时候，时常举着少了中指的右手，神色迷茫地看着，好像在思考为什么右手只有四根手指。谁也无法从他嘴里了解到陈顺和张品三的下落，有人摸遍他的口袋也没有找到那二十三张银票。顾益民记得在城隍阁前出发时，亲手将银票交给曾万福，也有人说看见曾万福当时转给了陈顺，又有人说是转给了张品三。更多的人说他们没有注意银票的事，他们当时被这三个人出发时的气势所吸引，他们走去时满脸英雄气概，结果曾万福丢了魂回来，像个傻子，另外两个没有音讯。

三十四

顾益民派去寻找陈顺和张品三下落的人还没有回来，一个让人胆战心惊的消息来到了。北洋军的一个旅在距离溪镇两百多里的石门战败，溃退途中又遇到另一支国民革命军的拦阻，其残部掉头向溪镇而来，这些残兵败将沿途抢劫，一路上鸡飞狗跳，沿途居民纷纷逃避，绵延数十里断断续续出现了逃难的人，在天寒地冻里没有尽头地走去。

这天早晨，溪镇的居民打开屋门，看见一百多逃难的人从北门进来，这些弃家离舍的人提着包袱行李，携儿带女，有的裹着被子，有的背着孩子，有的用独轮车载着老人，走过溪镇的大街，从南门走了出去。他们走去时的神态精疲力竭，他们告诉溪镇的居民，北洋军正朝这里溃退而来。

这样的情景在这一天里持续不断，难民三五成群出现在溪镇街道上，有些人来到溪镇亲友的家中，带着苦笑喝上一碗热粥，诉说溃败的北洋军是如何烧杀抢掠奸淫妇女，说他们比土匪还要土匪。还有一些人站在街上讲述他们是如何逃身出来的，有的是将草篓子反扣自己藏在下面躲过一劫，有的爬在屋梁上，有的将土坯横七竖八压在身上装死……有一个怀抱婴儿的女人讲述她丈夫的死去，她是躲在地窖里，把奶头填在孩子嘴里生怕孩子哭出声来，她听到丈夫死前的惨叫，连哭都不敢哭。现在讲述这些时，她放声大哭了。

溪镇的一些居民收拾了自己的行装，跟随难民们的脚步走出溪镇的南门，去投奔异乡的亲友。逃难的恐慌在溪镇蔓延，随着难民越来越多地从北门进来，溪镇的居民接二连三跟随难民走出了南门。

也有人觉得走不是上策，虽然北洋军溃败为匪，毕竟不是土匪，他们不会落地生根，只是溃逃途中烧杀抢掠，只要躲开他们，等他们远去以后，溪镇仍然会是现在的溪镇。有人想到万亩荡大片的芦苇，说芦苇是藏身的好地方。这个想法得到很多人的赞成，可是如何藏身到芦苇中去，有人说用船，立刻有人说行不通，停泊在码头的那些竹篷小舟和大一点的木船能装上多少户人家？有人说让林祥福的木器社赶紧造几条船出来。众人都摇起了头，他们说北洋军都近在眼前了，别说造船来不及，就是制作洗脚盆也没有时间了。这人抬杠说，制作洗脚盆怎么没有时间，制作洗脚盆一个下午就够了。众人反驳，一个洗脚盆能装下溪镇两万人吗？起码制作两万个洗脚盆，况且一个洗脚盆装下一个大人都难。

这时候有人说可以扎些竹筏，话音刚落，几个机灵的人撒腿就跑，跑回家中拿起斧子就向着西山的竹林奔跑过去。到了下午，西山上布满溪镇的男人，砍伐竹子的声响和喊叫的人声夹杂在一起，茂盛的竹林很快荒芜了一大片。他们在山上去掉枝叶，用劈刀将竹材截成一样的长度，然后把竹筒扛下西山，扛到溪镇的水边，水边平整的地方很快铺满了竹筒，他们先用麻绳扎出骨架，然后把竹筒一根一根放上去扎出了竹筏。溪镇的水边人声鼎沸，兴致勃勃的孩子在那里跑来跑去。很多人家是第一次扎竹筏，他们现学现扎，绳索绑定竹筒时没有双层绑定，而是像捆绑柴禾那样绑定了竹筏。

两天后，成片的竹筏伸向水中，仿佛秋收后田地里成片躺倒的稻子。那些扎完竹筏的男人，满头大汗满手血泡回到家中，他们的女人已经收拾好行装，随时可以登上竹筏，躲进万亩荡的芦苇丛中。一排排的竹筏让留下来的居民心里踏实了不少，他们心里盘算当溃败的北洋军临近时，再登上竹筏逃进芦苇丛。

有几户人家担心北洋军会在夜色里偷袭溪镇，他们提前带上铺盖，天黑后背上包袱来到水边，登上竹筏撑向芦苇丛。他们在月光里渐渐远去的身影，让溪镇其他的居民惶恐不安，他们觉得这几户离去的人家一定是听到了风声，于是纷纷仿效，趁着夜色携儿带女搀扶老人登上竹筏，更多的身影在水上远去后，谣言来了，说烧杀抢掠的北洋军距离溪镇只有十多里了，一时间水边挤满了逃难的人群，他们推推搡搡挤到自己家的竹筏上，有些竹筏还没有撑开就散了，另一些竹筏撑到水面中间也散了，很多人掉进寒冷刺骨的水中，一些老人和孩子仅仅挣扎几下就冻僵沉了下去，另一些壮实的男女拼命抓住旁边的竹筏往上爬。更多的竹筏不堪重负也散了，更多的人掉入水中，更多的人沉没下去，救命的哭喊声声急促，在溪镇的夜空里飞翔而去。

三十五

　　林祥福和陈永良没有上西山砍伐竹子，他们准备从陆路逃走，北洋军距离溪镇十多里的谣言传来时，他们已经收拾好行装，堆在陈永良那辆嘎吱作响的板车上，林祥福将林百家和陈耀文抱上板车，李美莲锁上大门，陈永良拉起板车准备走的时候，李美莲又打开了门锁，她站在门前对两个男人说：

　　"我不走了，我要留下来，你们走吧。"

　　陈永良说："都什么时候了，兵匪都快进城了，你还要留下来。"

　　李美莲说："我不能走，儿子回来了找不到我们怎么办？"

　　陈永良摇摇头说："这时候也就顾不上他了。"

　　李美莲对他们说："你们快走吧，我在这里等儿子回来。"

　　陈永良对李美莲说："你不走，我们都不会走。"

　　李美莲固执地摇摇头说："我不能走。"

　　陈永良对李美莲吼叫起来："你是要我们都死在这里。"

　　李美莲流出了眼泪，她说："不是的。"

　　陈永良指着板车上的林百家和陈耀文说："这里有两个孩子呢，你不想他们死的话，就锁上门，跟我们走！"

　　陈永良说完后拉起板车向前走去，李美莲说："我不能锁门，儿子回来总得让他进屋。"

　　陈永良回头说："不锁了，快走吧。"

　　李美莲抹着眼泪跟在板车后面走去，走出十来米，他们发现林祥福没有跟上来，林祥福站在门口对他们说：

　　"我等陈耀武回来，你们带林百家陈耀文走。"

陈永良摇了摇头，对林祥福说："只要有一个人不走，就都不会走。"

林祥福指指板车上的林百家和陈耀文说："为了这两个孩子，你们快走吧。"

陈永良放下板车，走过来对林祥福说："我留下来，你们带上两个孩子走。"

李美莲跟着走过来对林祥福说："我也留下来，你带两个孩子走。"

林祥福苦笑一下，对他两个说："把林百家交给你们，我就什么都不怕了。"

陈永良说："把陈耀文交给你，我们也放心。"

正在这时，顾益民的一个仆人跑过来，说他家老爷请林祥福和陈永良去府上商议大事。他们这才不再争持，对仆人说他们马上就去。仆人说了一句还要去请别的老爷后匆匆跑去了，陈永良走过去把板车拉回来，拉到院子里，看着林百家和陈耀文从板车上跳下来，他关照李美莲在家里等着，然后与林祥福走去。

溪镇已是傍晚，林祥福和陈永良走在空荡荡的街上，他们走近南门时，看见一些离去的人家陆续回来，他们告诉陈永良和林祥福，说北洋军离溪镇还有一百多里路。

林祥福和陈永良走进顾家大堂时，看见城里举足轻重的人物大多坐在那里了，顾益民正在说话：

"我下午去码头那边看了看，近半数的竹筏散了架，水面上横七竖八都是竹子，掉入水中的人很多，淹死的人也是不少。我以为出走躲避不是上策，溃败的北洋军沿途下来见物就抢见房就点，人可以躲开他们，城镇是躲不开的，北洋军会把溪镇抢个精光烧个精光，只怕躲避过后回来时，到处是断墙残垣，这样损失更大。我以为大家应该留下来，对北洋军热情款待，虽说北洋军落荒而逃，毕竟还是军队，毕竟还不是土匪。"

三十六

溪镇沉陷在忧伤里，掉入水中淹死了一百多人，还有近千人落水被救起后发起了高烧。在惊吓和受冻之后，感冒在溪镇流行起来，咳嗽和喷嚏在大街小巷节奏鲜明地响着。

顾益民派出商会的人将城里大小酒馆饭店全部包下，让他们准备好酒席，迎接北洋军的到来。此时仍然有一些逃难的人从溪镇经过，不再有溪镇的居民跟随而去，竹筏的散架让他们死了这条心，他们觉得顾益民说得对，只要对北洋军热情款待，就能让溪镇化险为夷。

溪镇在阴沉的天空下度过了平静的两天，然后阳光来了，积雪反射出来的光芒让溪镇明亮起来。中午的时候，有人发现这天没有逃难的人经过，这话传到顾益民那里，顾益民传话给镇上的酒馆饭店，让他们准备好鸡鸭鱼肉和本地黄酒，说北洋军马上就要到了。一个时辰之后，马蹄声隐约传来，顾益民立即起身，带领商会成员和众多百姓，来到北门外列队迎候。

一队骑兵在远处奔驰过来，萧萧马鸣在天寒地冻里锋利响起，让城门外迎候的人群心惊胆战。这队骑兵在离城两里多路的地方勒住缰绳，他们向着城门外的人群眺望一会儿后掉头回去了，马蹄扬起的积雪让骑兵奔驰而去时只闻其声不见其影。大约又过了一个时辰，北洋军的大部队出现了，不分道路和田地，浪涛似的蜂拥而来，有一百多人带着八匹马拖着的两门大炮，从田地里响声隆隆践踏而来。

一个年少英俊的军官骑马飞奔到城门下，挥舞马鞭喊叫："谁是领头的？"

顾益民上前一步，自我介绍是溪镇商会的会长，他说溪镇的百姓在此迎接贵部，又说溪镇的大小酒馆已经准备了宴席，恭候贵部大驾光临。年轻的军官点点头，掉转马头飞奔回去。随后几十个骑兵簇拥着他们四十来岁的旅长来到城门外，旅长翻身下马，走到顾益民面前双手作揖，笑声朗朗说：

"多谢诸位迎候。"

一千多北洋军官兵从溪镇的北门鱼贯而入，漫长的队伍走了半个时辰。在这寒冬季节，大多士兵还是身穿单衣，也有一些穿着抢掠来的衣服，有穿长袍的，有穿短袄的，有的反穿皮袄，有的身穿女人的花袄，有的头戴礼帽，有的蒙上花格头巾。他们进了溪镇以后，立刻挤满所有的酒馆饭店狼吞虎咽起来，咀嚼声、笑声和叫喊声经久不息，仿佛大群的牲口在溪镇东南西北持续叫嚷。旅长和那位年少英俊的副官以及二十多个军官被顾益民请到家中，顾益民设家宴招待旅长和他的手下。酒足饭饱之后，顾益民又请他们到厢房休息，送上了鸦片烟。在旅长吸食鸦片烟的时候，顾益民试探说：

"旅长，这寒冬腊月的，贵部的士兵大多还穿着单衣，万一士兵因为饥寒而犯了错误，日后上面追究下来，责任还不都在旅长身上？"

旅长吸着烟说："这穷途末路之时，我又能如何？"

顾益民说："我愿在三天之内，将全旅官兵的冬衣一律制发，军饷照额发放一个月。请旅长叫军需前来，询问如何办理，共需多少银两。"

旅长说："不用问军需，我深知本旅情况，换发一季冬衣和一个月的军饷六万银两够了。"

顾益民当即答应下来，承诺在这三天之内将一千多件冬衣和军饷准备好。顾益民知道溪镇的几家裁缝铺是无法在三天内做成一千多件冬衣的，他让裁缝铺只做军官的冬衣，士兵的冬衣由商会出面，组织了一千多个家庭主妇来缝制。接下来的三天里，这些家庭主妇在屋子里剪裁冬衣，在屋子外晒着太阳缝制冬衣，她们个个动作娴熟，平日里家里人的衣服都是她们自己缝制的。

顾益民吩咐商会将镇上的旅店、仓库、店铺都腾出来，变成临时兵营。为了让良家妇女不受侵犯，顾益民又让商会包下镇上的两家妓院，供全旅官兵清火消热。镇上有几分姿色的私窝子也都被顾益民找来，与青楼女子不同，二十多个私窝子都穿着蓝印花布的衣裳，脸上没有胭脂没有口红。平时她们是在家中悄悄接客，这时她们排成一队供旅长、团长、营长和连长们挑选，个个脸上挂着羞怯之意，从旅长到连长们喜笑颜开。第一个挑选的旅长犹豫不决，他说胖的瘦的都喜欢，不知该选哪一个。其他军官就说，旅长您胖的瘦的都来一个，左右开弓双枪齐发，施展旅长之雄姿。旅长笑眯眯点头称是，说左右开弓也是个办法。旅长选了两个后，其他军官挑选了，喜欢胸的选胸大的，喜欢屁股的选屁股大的，喜欢苗条的选瘦的，喜欢丰满的选胖的，喜欢瓜子脸的选脸尖的，喜欢鹅蛋脸的挑脸圆的，喜欢看眼睛的挑眼睛又黑又亮的，然后他们顺手牵羊似的一个个拉走了她们。

那些排长和班长们只能在天寒地冻的街上与士兵为伍，当然他们不会像士兵那样在凛冽的寒风里站得双腿发麻，他们命令挤在妓院门前的士兵们让出路来，他们骂道，畜生都知道让开个路，你们他娘的连个畜生都不如。他们进了妓院以后分头扑向了一格一格的房间，心急火燎地让妓女叉开双腿，妓女说长官你别太急了，他们又骂起来，母狗都知道叉开个腿，你他娘的连条母狗都不如。当排长和班长们陆续从妓院里出来后，如饥似渴的士兵才开始一个一个往里挤进去。

下午的时候，旅长在一胖一瘦两个私窝子中间爬起来，穿上军服带着那位年少英俊的副官和护兵，来到溪镇的街上巡察队伍，走过妓院时，看到妓院前的街道上人山人海挤满了士兵，一股股热浪扑面而来。旅长问他的副官，这是什么地方？副官说，是妓院。旅长很生气，对副官说：

"成何体统？这哪像军队，这倒像抢粮的饥民。传我的令下去，不许他们挤成一团，给我排成两队，整整齐齐进去，嫖娼也要讲个军威。"

那些排长和班长们被副官叫了回来，他们又叫又骂，挤成一团的士兵终于排出了队形，长长的队形沿着街巷蜿蜒而去，让那些排在后面的士兵垂头丧气，他们说刚才挤在一起时还能见到妓院门前的灯笼，如今出了那条街又拐了几个弯，别说是灯笼了，就是妓院的屋顶也看不见了。

到了晚上，妓院里的妓女们已经精疲力竭，她们每人都应付了几十个，她们对妓院的老鸨哭诉，她们的乳房被捏肿了，她们的屁股和大腿像是脱了臼的疼痛，她们哭诉饶了我们吧，快把大门关上。老鸨哭丧着脸，说不能关上大门，外面的嫖客个个扛着枪，要是关上门，一排排子弹打过来，我们个个都成马蜂窝了。

这样的情景一直持续到深夜，那些在寒风里站了一天的士兵个个手脚发麻，有些人眼看着挨到妓院门口，摸摸自己冻成冰棍似的身体，说这时候进去也干不了啦，还是回去睡觉吧。他们骂骂咧咧，身体僵硬地往回走去。一些不死心的坚持到最后，当他们进了妓女的格间，看到赤身裸体的妓女躺在那里死去似的没有动静。他们也是有心无力了，搓着自己的手，搓着自己的腿，搓着自己的身体，后面等待的弟兄又在恶言恶语骂着，只好草草收兵，用手在妓女的身上胡乱摸上一阵，冻僵的手摸上去什么感觉都没有，仿佛手里拿着一根木棍，是木棍在摸她们的身体。

第二天，溪镇的两家妓院都是高挂免战牌。苦战了一个昼夜的妓女们，有的出血，有的脱臼，有的气息奄奄。妓院的老鸨提起前一天的经历也如惊弓之鸟，说这些北洋军人数众多，动作野蛮。

在宴请旅长时，顾益民苦笑说："溪镇原本兴旺的娼妓业，遭此重创，怕是难以复原。"

旅长对手下的军官说："顾会长对我们仁至义尽，传令给全旅官兵，不许骚扰抢劫百姓，不许调戏奸淫妇女，有违抗者格杀勿论。"

三十七

妓女们的遭遇让那些专门侍候长官的私窝子闻风而逃，后来的两天里士兵们在酒馆饭店里吃饱喝足后，扛着枪三五成群找地方晒起了太阳。长官们找不到女人，只好躺在烟榻上吸食鸦片来消磨时光。

有一位连长吸食了鸦片烟以后，提着手枪在深更半夜接连敲开五户人家的屋门，终于看见一位略有姿色的年轻女子，在年轻女子战战兢兢的身体上，连长折腾到黎明来临，然后一觉睡到中午。

年轻女子的父母从深夜忍气吞声到上午后，来到顾益民面前涕泪纵横，顾益民对他们好言相劝，然后将此事告知旅长，旅长听后十分恼怒，下令就地正法，旅长的副官带着旅长的两个护兵将那位连长从睡梦里叫醒，再拖下床来。

这一天，十七岁的副官在溪镇码头那边见到十二岁的林百家，林百家比同龄女孩身材高挑，像是有十三四岁。当时副官和两个护兵押着那个犯事的连长走进一家酒馆，溪镇的一群孩子跟随在他们的身后，中间有一个女孩容貌美丽，副官忍不住看了一眼又一眼。当他们在酒馆里入座以后，林百家和那群孩子就站在酒馆窗外向里面张望。副官叫来了满满一桌酒菜，对睡眼惺忪的连长说：

"连长，今天是旅长请客，你就吃个饱。"

三十多岁的连长知道自己死期临近了，他对副官说："李副官，我爹娘死得早，我要去阴间见他们了，答应我一件事。"

副官看了看站在酒馆窗外的林百家，回过头来说："请说。"

连长用手指着自己的脸说："别打这里，脸打烂了，我就无脸去见爹娘。"

接着连长指了指自己的心脏："往这里打进去。"

副官点点头举起了酒杯说："一言为定。"

连长将杯中的酒一饮而尽，接着又干了三杯，他的脸立刻猪肝似的紫红了，他开始大口吃肉大声咀嚼。副官不停地向连长敬酒，同时也不停地去看一眼窗外的林百家。他开始向林百家送去微笑，林百家看到这个年少英俊的军官十分友善，也以微笑回报他。于是，副官起身走到窗前，问林百家叫什么名字，谁家的人，家住在哪里。林百家一一回答了他，当她说到她是林家的人时，站在身旁的陈耀文喊叫了起来：

"不对，她是顾家的人。"

副官看见红晕浮现在林百家秀美的脸上，他走回去时忍不住又回头看了一眼林百家。副官重新坐到桌前，继续向连长敬酒，继续劝连长吃肉。

这一天的下午，副官把犯事的连长灌得烂醉如泥，然后让两个护兵架起连长走出酒馆。副官看到酒馆外人头攒动，要处决犯事连长的消息在溪镇像苍蝇似的嗡嗡乱飞，人们涌向了码头，围住了酒馆。当副官他们向北走去时，人群又像水流似的涌向了北门。

十七岁的副官看上去意气风发，他挥手要人群让出路来。喝醉了的连长向前走去时东倒西歪，让架着他走路的护兵满头大汗，连长一路上嘿嘿傻笑，嘴里又唱又说：

"当哩个当，当哩个当，当哩个当哩个当哩个当，西北风呼呼的，冻得我愣愣的，大姐大姐行行好，拿出尿来暖暖屄……"

溪镇一些人听懂了，嘿嘿哈哈地笑，副官和两个护兵也是笑个不停，副官笑着对溪镇的人说：

"连长念的是山东快书，连长是山东聊城人。"

他们听着连长的"当哩个当"，一路走出了溪镇的北门，簇拥的人越来越多，两个拖着连长的护兵对副官说，身上的力气笑光了也走光了，不能再走。副官这才站住脚，挥手让围观的人让开，看见路边一棵大树，他让护兵将连长拖到大树前，让连长靠在大树上，连长歪着脑袋仍然在说唱：

"当哩个当，大姐大姐行行好……"

副官对执刑的护兵说，瞄准心脏，别瞄准脸。两个护兵举起了枪，副官一声令下，两颗子弹都打进了连长的肚子，连长仿佛是肚子上被人蹬了一脚，一屁股坐到了地上，疼痛使连长瞪大了眼睛，他受惊似的看着副官和周围的人群，嘴里吐出最后的"当哩个当"。

副官对着护兵骂道："分明让你们打心脏，你们偏去打肚子。"

一个护兵喘着气说："拖着这么壮实的连长走了这么长的路，又笑了这么长的路，实在是没力气了，力气只能把枪举到连长的肚子上，举不到他的胸口了。"

副官从一个护兵手上拿过来长枪，走到连长的身前，他看见连长刚刚吃进去的肉食和肠子一起流了出来，溢淌在了路边。

这时候连长不再"当哩个当"了，他清醒了过来，悲哀地看着副官将枪管顶到他胸口上，在副官扣动扳机的时候，他的眼角掉出了一滴泪水。连长的身体在枪响时震动了一下，然后脑袋一歪耷拉下来，他的身体贴着大树倒了下去。

衣服溅上鲜血的副官，回过头来时看见了林百家，她的脸在人缝里，她的眼睛充满惊恐，显得楚楚动人。

三十八

顾益民承诺的一千多件冬衣和一个月的军饷如数发放到官兵手上。这天早上，旅长带着副官和护兵来到木器社，旅长的来到让林祥福和陈永良惶恐不安，在旅长他们坐下后，这两个人依然背躬曲膝站着，旅长请他们也坐下，询问哪位是林祥福后，手指副官对林祥福说：

"这副官是我的外甥，他名叫李元成，他父母早亡，家境贫寒，从小跟人学习裁缝，前年我路过家乡，他丢下剪刀针线，跟随我扛枪打仗。今天他在溪镇见了个西施般的小姐，就是你家的小姐，他就想丢掉枪，重新拾起剪刀针线，与你们家小姐永结同心，百年合好。"

林祥福听了旅长的话以后愁云满面，他吞吞吐吐说："能与旅长攀亲实在是三生有幸，只是我女儿才满十二岁，尚未到婚嫁年龄。"

旅长说："不是现在成亲，我外甥与你女儿可以先定亲，定亲之后他在你木器社旁边开个裁缝铺子，到了婚嫁那天，我再回来喝他们的喜酒。"

林祥福只好如实相告："我女儿已经许配给了溪镇商会会长顾益民的长子顾同年。"

林祥福说完以后，旅长面无表情了，林祥福战战兢兢看着旅长，陈永良接着说：

"定亲宴席也摆过了。"

旅长这时笑了起来，他说："已与顾会长结亲，恭喜，恭喜。"

旅长说完起身，扭头对副官说："人家小姐已是名花有主，你就死了这心，跟着舅舅走吧，你就是走南闯北出生入死的命。"

这个名叫李元成的副官点点头，对他的旅长舅舅说："不丢掉枪了，我跟舅舅走。"

然后对林祥福和陈永良鞠躬说道："晚辈失礼了。"

他们走到院子里时见到了林百家和陈耀文，年少英俊的副官站住脚，对林百家说：

"记住我，李元成，将来你在报纸上看到有个大英雄李元成，必定是我，你若是落难了，就拿着报纸来找我。"

副官说出来的是林百家从未听到过的那种话，她不由笑了笑。旅长是哈哈大笑，与林祥福陈永良作揖告辞，带领外甥副官和护兵走出了木器社。

这支在溪镇盘踞三日的溃败之师午饭后在城隍阁前集合，然后浩浩荡荡走出溪镇的北门。顾益民让商会组织居民夹道欢送，自己和旅长走在部队前列，走到北门外言别时，旅长对顾益民说：

"实话相告，我部原想抢劫贵处，顾会长如此仁义，我们又怎能抢得下去。"

北洋军沿着大路蜿蜒而去，他们哈出的热气在冰天雪地里仿佛雾气一样。旅长和副官骑上了马，他们在骑兵的簇拥下，从田地里奔驰而去，扬起的积雪遮掩了他们离去的身影。

顾益民在北门和众人拱手作揖之后上了轿子，让轿夫直奔西山。在西山的坡道上，顾益民下了轿子，这里可以俯瞰溪镇全景。顾益民站立很久，看着山下积雪中完整无损的房屋和街道，还有点点滴滴的行人，顾益民长长出了一口气，然后坐回轿子里，对轿夫说：

"回家。"

三十九

有人在码头看见曾万福坐在竹篷小舟里，像从前那样大声招徕顾客。曾经吓傻的曾万福突然不傻了，一些人好奇地跑到码头那里和他说话，他口齿清晰对答如流，有人问他右手为何少了一根中指，他满脸迷茫，不知道是怎么回事。当问到陈顺和张品三的下落，问到送赎金的事时，他疑神疑鬼看着他们，完全记不起送赎金的事。

顾益民派出去打探陈顺和张品三下落的两个仆人早就回来了。这两个仆人沿途寻找，快走到观音庙的时候，发现众多被积雪覆盖的尸体，在那里找到死去的陈顺和张品三，在陈顺的口袋里摸出了那些银票。两个仆人回来时正是北洋军快要进城之时，顾益民将这事压下不说，现在北洋军离去了，顾益民思忖如何去向大家说明，再去赎回人票。

这时候，一个剃头挑子走进溪镇，他沿途打听来到林祥福和陈永良的家门外，从挑子的小抽屉里拿出一封信，举在手里喊叫起来：

"陈永良接信，陈永良接信。"

李美莲从屋里出来，他把信件递过去，说是绑票的土匪让他捎来的。听说是土匪捎来的信，李美莲接过信就往屋里跑去，对里面的林祥福和陈永良说：

"土匪来信了。"

陈永良接过信，从里面抽出信纸时也抽出一只耳朵，耳朵掉在桌上。陈永良的脸色一下子惨白了，拿着信纸的手颤抖起来。李美莲看见桌上的耳朵，胆战心惊地问：

"这是什么呀？"

站在旁边的林百家拿起来仔细看了一会儿，告诉李美莲，这耳朵上有一颗黑痣，陈耀武左侧的耳朵上就有一颗黑痣，两颗黑痣一模一样。

李美莲看着陈永良手中的信，哆嗦地问："信里怎么说的？"

林祥福将信拿过去，看完后告诉陈永良和李美莲，土匪信里说上次没有将赎金送到指定地点，所以割下了人票的耳朵，若十天内再不将赎金送到，送来的就是人票的脑袋了。

林祥福话音刚落，李美莲身体摇晃着倒在地上，昏迷了过去，苏醒过来时天色已黑，醒过来的李美莲开始了漫长的哭泣，她的哭声仿佛一曲周而复始的落地唱书，长长的语音声调里流淌着悲伤的叹息。

这两天里还有一个货郎、一个牙医、一个修鞋匠、一个卖药的老头和一个砍柴的农民陆续来到溪镇，给人票的家人送来土匪的信件。每一个信封里都装有一只耳朵，信上的内容与陈永良收到的一样。每封信的笔迹不同，语句长短不一致，送赎金的地点也不一样。根据送信人的讲述，他们是在不同的地方遇到不同的土匪，少则两三人，多则五六人。土匪抢劫了送信人身上钱财，再让他们将信件送到溪镇。牙医和卖药的老头说，他们遇到的土匪不懂文墨，信是土匪口述，他们代笔而成。

这些书信最后都来到顾益民这里，人票的家人也都来到顾家的大堂。顾益民一封一封仔细看完后说，上次指定送赎金的地点只是一个，这次分散了，这些日子北洋军和国民革命军激战，土匪没有了打家劫舍的机会，土匪已经化整为零，所以送赎金的地点也不一样。

顾益民说，已找到张品三和陈顺的尸体，银票也找到，他对他们说："这次送赎金最好由家人亲自去，尽量小心翼翼。我要叮嘱的只有一点，就是发现赎金送错了，也要将错就错，不要声张，不管是谁家的人票都要带回来。只要是人票都安然回来，即便全送错了，

119

其结果也是没有送错。"

四十

月亮升起的时候，陈永良怀揣银票走出了北门，走向土匪信上指定的地点。

陈永良出门前，天色已黑，李美莲心里担心，劝陈永良翌日清晨再送去赎金，陈永良抬头看看天空，说今夜月光好，不会走错路。林祥福说他也去，两个人在一起能够互相照应。陈永良不答应，说此去凶险，他们两人必须有一个留在家里。林祥福说那就让他去，陈永良留在家里。陈永良摇头说，本来只是担心陈耀武一个人，林祥福去的话，他要担心两个人，与其在家里坐立不安，不如自己送去。两人小声争执地走出家门，路上林祥福把话挑明了，说陈永良此去万一有个三长两短，他与李美莲带着孩子生活成何体统，还是应该让他送去赎金。陈永良态度坚决，必须自己亲自送去才能安心，直到走近北门，林祥福无奈站住脚，目送陈永良走去。

陈永良走出北门时，看见前面走着十来个人，他们无声地走着，有一个人回头看见了陈永良，说了一句话，这十来个人站住脚，等着陈永良走近，陈永良认出来他们都是人票的父亲或者儿子。陈永良走到他们中间，他们仍然站着不动，看着不远处的北门，陈永良转身看去，其他人票的父亲或者儿子正在陆续走来。给土匪送赎金的人走到了一起，有人数了起来，数到二十三，停下来说人齐了。

他们向前走去，这时候天色黑了，无声的月光照耀着无声的他们，他们知道自己正在走向命运叵测之地，可是他们的脸上流露出微微的笑意，没有一个等到天亮后再去送赎金，这让他们感到了相互的鼓励。他们走到大路口，有七个人向左走去，其他的人站住脚看着他们，像是送别他们，等他们走出了二十多米，这些人才向右走去。就这样，有人拐上另外的路，其他的人就会站住脚看着他或者他们离去。走在一起的人越来越少，陈永良拐上一条小路时，只有四个人了，这四个人站在那里看着陈永良走去，陈永良走出了十来米回头看到他们仍然站在那里，就向他们挥挥手，他们也向陈永良挥挥手，然后转身走去。

四十一

腊月十二那天闯入溪镇绑票的土匪由三股人马组成，他们头目的江湖绰号分别叫水上漂、豹子李与"和尚"。水上漂人数最多，有七人，豹子李有五人，"和尚"只有三人。十五个土匪押着溪镇二十三个人票，走出溪镇的北门之后，走进了冰天雪地。

身穿红缎绣花棉袄的陈耀武走在最前面，他身后是酱园的李掌柜，还有徐铁匠、卖油条的陈三和豆腐店的伙计唐大眼珠。为了不让众多的脚印留在雪上，那个叫水上漂的挎短枪的土匪要人票踩着同一个脚印向前走，于是二十三个人票全都低下头，小心翼翼踩着前面的脚印，他们排成一条在白雪皑皑的路上向前走去，如同蠕动的蚯蚓。酱园的李掌柜有一脚没有踩准，那个叫豹子李的土匪举起枪托砸向他的脑袋，他嘴里呜的一声倒在雪地里，被绳子绑在一起的陈耀武和徐铁匠几个也倒在地上。水上漂和豹子李对他们一阵猛踢，把他们一个个踢起来，只有李掌柜趴在雪地里一动不动，用枪托打他，他不动，用脚踢他的脑袋，他还是不动。

那个背长枪的叫"和尚"的土匪说："八成是死了。"

水上漂说："他妈的装死，毙了他。"

豹子李将长枪顶到李掌柜脑门上，把枪栓一拉推了上去。李掌柜听到枪栓的声响，猛地坐了起来，连声说：

"老爷，老爷，我能走。"

他们踩着前面的脚印缓慢走上一条山路，看见一条潺潺流动的小溪后，土匪把他们赶到小溪里，让他们踩着溪水往前走去，这样就没有了脚印。他们走在冬天的溪水里，先是感到刺骨的冰冷，此后双脚麻木，失去了知觉。

黄昏的时候，他们经过一片山林，在一间破旧的茅屋里，一个穷得衣不遮体的老人裹着棉被坐在床上，几个土匪进去抢他的棉被，老人紧紧抓住棉被，哀求说这破烂棉被值不了几个钱。豹子李进去后，二话不说，举起枪托朝老人的脸上打去。接下去这个满脸是血的老人爬到门口，眼泪汪汪看着几个土匪将他的棉被撕成了布条，又用这些布条蒙住了二十三个人票的眼睛。那个叫"和尚"的土匪用布条蒙上陈耀武的眼睛时，陈耀武看见老人正在看着自己。

蒙上眼睛的人票由土匪前面领着，后面押着，深一脚浅一脚走上山坡，又走下山坡。接着他们听到了狗吠声，他们知道走进了一个村庄。豆腐店的唐大眼珠悄声对卖油条的陈三说：

"这地方好像是刘村。"

他刚说完，脸上挨了重重一枪托，他叹息似的哼了两声。他们听到豹子李恶狠狠的声音：

"谁他妈的再说话，谁就是找死。"

天黑后，他们被土匪带进一个潮湿的房间。土匪取下他们眼睛上的布条，借着油灯的光亮，他们看见自己站在一个没有窗户的大房间里，然后看见唐大眼珠青紫的脸，这个以眼睛大闻名溪镇的豆腐店伙计，此时脸部肿胀后只剩下两条眼缝。

土匪用绳子绑住每个人票，把他们串联在一起，让他们贴墙坐下，绳头吊在中间的屋顶上，便于看管他们。一个叫小五子的土匪抱着一捆干稻草走进来，他将稻草铺在屋子中间，再铺上一条褥子，又将一条棉被披在身上，将一根鞭子放在身旁，双手捧着一个猪蹄，坐在褥子上啃吃起来。

二十三个人票坐在冰凉坚硬的地上，身下的稻草已经霉烂，他们又饿又渴又累又困，看着小五子亲嘴似的啃着猪蹄，他们空荡荡的肠胃里滚动出咕咚咕咚的响声，口渴使他们连发馋的口水都没有了，只能伸出干燥的舌头，舔着干燥的嘴唇。其他土匪在隔壁的房间里喝酒猜拳，他们的叫声和笑声里夹杂着咀嚼声，他们不断起身来到屋外，冲着人票屋子的墙壁唰唰地撒尿。人票都不敢出声，徐铁匠实在忍受不住，轻声说一句：

"没有吃的，给碗水喝吧。"

那个叫小五子的土匪左手拿着猪蹄，右手拿起鞭子看了一会儿徐铁匠，确定刚才说话的就是他以后，扬起鞭子抽过去，徐铁匠脸上立刻隆起一条鞭痕。

小五子说："谁说话，谁就是密谋，谁就得掉脑袋。"

说完小五子放下鞭子，舔了舔手指上的油渍，继续亲嘴似的啃他的猪蹄。所有人票都耷拉下脑袋，在饥寒交迫里听着隔壁房间里土匪吃饱喝足以后，开始抽大烟、推牌九、玩骰子。

四十二

第二天上午，土匪将人票一个个拉出来拷打审问。第一个被拉出来的是酱园的李掌柜，水上漂嘿嘿笑着问他，家里有多少大洋？两千？李掌柜哭丧着脸跪在地上，一边叩头一边哀求：

"我是做小买卖的，常常是入不敷出，老爷们行行好，放过我吧。"

土匪们哈哈笑起来，豹子李说："行行好？你上庙里找和尚去，我们是卖人肉的，得拿钱来买。"

说完豹子李飞起一脚，踢翻一只凳子似的踢翻了李掌柜。小五子和一个土匪把他架起来，扒掉他身上的衣服，用扁担把他的胳膊支起来，再用绳子把他吊在屋梁上。小五子和那个土匪一左一右，挥起鞭子在李掌柜的前胸后背抽打起来，鞭子一声声抽上去，李掌柜身上立刻隆起一条条伤痕，伤痕破裂后又冒出一道道血水，李掌柜叫得撕心裂肺。两个土匪抽了四十多鞭，李掌柜惨叫了四十多声。水上漂说是听烦了他的叫声，抓起一把灶灰，在李掌柜张嘴喊叫时撒进他的嘴里，李掌柜的惨叫立刻消失了，呼吸也没有了，脸色惨白像是刷了石灰，他睁圆眼睛，全身抖动了好一会儿才缓过气来，当他再次惨叫时，嘴和鼻子喷出了血水，喷到了挨墙而坐的人票身上。

水上漂笑嘻嘻问他："家里怎么也有个两千大洋？"

李掌柜连连点头，嘴里呜呜响着。水上漂对坐在旁边记账的"和尚"说："叫他家出一千银两。"

下一个被拉出来的是豆腐店的伙计唐大眼珠，水上漂问他家里有多少大洋，唐大眼珠摇摇头说一块大洋也没有。水上漂看着唐大眼珠青紫肿胀的脸，对两个土匪说：

"抽他的屁股，把他的屁股抽花了，抽成脸一样花。"

两个土匪扒下他的裤子，把他摁在板凳上，挥起鞭子狂抽起来。唐大眼珠咬紧牙关一声不叫，只是从鼻子里发出滚动的呼吸声。一个土匪抽了一百多下停下鞭子，抹着脸上的汗水说要喝口水，要歇一会儿，另一个土匪接过鞭子又抽了一百多下。唐大眼珠的屁股肿得像个鼓，上面隆起的已经不是条条鞭痕，而像鱼鳞那样一片片了。看到唐大眼珠仍然一声不叫，水上漂叫小五子去隔壁房间拿来辣椒面，撒在唐大眼珠的屁股上，这时唐大眼珠呜呜叫了起来，豆大的汗珠下雨一样掉到地上，眼泪刷刷淌出来。

水上漂看了一眼他的屁股说："花倒是抽花了，只是还不像脸，还缺两个眼珠子。"

小五子取来烧红的铁钳，在唐大眼珠两侧的屁股上烙出两个鸡蛋大的形状。在咝咝的响声里，人肉的焦臭味弥漫开来。这时候唐大眼珠啊啊叫了起来，叫声又低又长，像荒野里受伤的狼的呜咽声。

水上漂笑着说："这屁股有点像脸了，换个地方，抽他的脸，把他的脸抽得像屁股。"

两个土匪把唐大眼珠拉起来，往墙角推去，水上漂说："让他坐在板凳上，贴墙坐。"

两个土匪将板凳拿过去，要唐大眼珠坐下去。唐大眼珠血淋淋的屁股刚挨着凳子，立刻烫着似的站起来，土匪们哈哈大笑。

小五子抽了他一鞭子说："他妈的坐下。"

唐大眼珠小心翼翼再次坐到板凳上，刺心的疼痛使他又站了起来，土匪们笑出了咳嗽的声音。唐大眼珠肿胀的眼睛看了看沿墙而坐的人票，看见一排哆嗦的身体和一排惊恐的眼睛，他苦笑一下，咬紧牙关坐在了板凳上，疼痛使他的脸歪斜了。

小五子挥起马鞭，噼啪一声，鞭子从墙壁滑过，打在唐大眼珠的脸上。唐大眼珠沉重地呻吟一声，接着又是噼啪噼啪的鞭挞声，唐大眼珠的脸血肉模糊了，他倒在地上昏死过去。

水上漂走过去说："行啦，这脸上什么都看不清了，像屁股啦。"

小五子收起鞭子嬉笑地说："红糊糊的，像猴子屁股。"

土匪们笑过之后，唐大眼珠慢慢苏醒过来，水上漂蹲下去拍拍唐大眼珠的肩膀说：

"告诉我，家里有多少大洋？"

唐大眼珠微微张开嘴，吐出来血水，声音混浊地说："我没大洋，我是穷人。"

站在旁边的豹子李端起长枪顶住唐大眼珠的脑袋问："你他妈的真是穷人？"

唐大眼珠有气无力地点点头，豹子李说："穷人活着干吗？死了吧。"

豹子李扣动扳机，一声枪响，唐大眼珠的脑袋被打烂了，鲜血溅得满墙都是，也溅到了水上漂脸上。

水上漂抹了一把脸，骂道："你他妈的开枪也不说一声，溅得老子一脸都是。"

那个叫"和尚"的土匪看不下去了，他说："人票有富有穷，绑了个穷票是倒霉，也不该要人家的命。"

水上漂骂起来："你还真把自己当和尚了，你他妈的是土匪。"

然后水上漂转身对贴墙而坐的人票说："没有错绑，你们都得拿钱来。"

小五子把徐铁匠拉出来，膀粗腰圆的徐铁匠哆嗦地走上去，昨晚挨了一鞭子后，脸上留下一道鞭痕，还没等土匪开口，他就说：

"老爷，我是富人，我不是穷人。"

人票里有一位私塾王先生还没有被拉出去就说了："老爷，我是富人。"

接下去的人票个个自称是富人，土匪们嬉笑地给他们定下了赎金的数额。轮到陈耀武时，陈耀武说：

"我的昨天就说好了。"

水上漂想起来了，笑着说："对，你小子是一千银两。"

四十三

溪镇的人票在潮湿昏暗的票房里度过了猪狗不如的十五天。每人每天只有两碗稀粥和一张面饼，偶尔才会有些咸菜。土匪为了防止他们密谋，睡觉时要他们一头一脚，还要一卧一仰，轮到仰着睡还算好，就怕轮到卧着睡，把脸贴在霉烂的稻草上，几夜下来脸上的皮肉都腐臭了。每天早晨六点起床出去放风，起来慢了，看管他们的小五子的鞭子就会抽过来。放风就是拉屎撒尿，一天的放风都在早晨进行，过了这个点就不准放风了，要在肚子里憋着。有人憋得不行了捂着肚子直叫，小五子说：

"这他妈的是票房，不是你们家，不能那么随便。"

这人只好拉在裤子里。十五天下来，所有人票的裤子里都拉满了屎，在寒冬里又冻得像石头一样坚硬，白天的时候还要挺胸坐着，他们的屁股磨烂了。他们的手脚冻肿之后流出了血水，地上的潮湿使他们的衣服也开始霉烂，绳子勒烂他们的衣服后又勒破他们的臂膀，血水浸红了绳子。他们浑身腐臭，头发也不是一根根了，粘成了一团团，虱子在里面翻滚。

第十六天，水上漂和豹子李两股土匪在飘扬的雪花里下山，留下"和尚"一股看管他们，"和尚"对他们说：

"你们快熬到头了，赎金今天送到，明天你们就能回家。"

中午的时候雪停了，太阳出来了。"和尚"牵着绳子，像牵着牛羊那样将人票牵到屋外，让他们贴墙坐下。"和尚"对他们说：

"你们身上都长出青苔了，好好晒晒，晒干了回家。"

阳光照在他们的身上，干燥的寒风吹在他们脸上，他们互相看看，不同的脸上有着同样欣喜的神色。卖油条的陈三眯缝眼睛大口呼吸起阳光里的空气，其他二十一个人票也是眯缝眼睛，大口呼吸起干燥和清新的空气。他们贪婪地张大嘴巴，仿佛不是在呼吸，是在吃着新鲜的空气。徐铁匠低头发出吃吃的笑声，其他人票也低头吃吃笑起来，笑声在陈耀武那里变成哭声以后，他们一个个开始泪流满面，然后阳光晒干了他们脸上的泪水。他们看着前面挂满白雪的树林，知道是在山上，可是看不见起伏的群山，树林挡住了他们的视野。他们只能看着从房屋到树林的这一段开阔的空地，看到腐烂的树木横七竖八从积雪里伸展出来。

傍晚的时候，下山的两股土匪回来了。他们在观音庙附近守候了一天，冻得手脚僵硬也没有见到送赎金的曾万福、陈顺和张品三。他们回来时凶狠叫骂如同一群疯狗，小五子挥起鞭子对着人票猛抽起来，一边抽一边破口大骂：

"他妈的，你们绑来都半个月啦；他妈的，你们家里一不来人二不送钱；他妈的，你们在这里吃得又白又胖，他妈的，比在你们家里还享福。"

然后水上漂让手下的土匪把人票一个一个提了出去。第一个出去的是徐铁匠，他出以后没有声息，坐在屋里的人票正在胆战心惊猜测时，听到徐铁匠一声惨叫。过了一会儿，徐铁匠歪斜着脑袋回来了，其他人票看见他少了一只耳朵，失去耳朵的地方全是灶灰，血水染红他的脖子和上衣，徐铁匠脸色苍白，身体晃晃悠悠坐到地上，两眼发直看着自己的双脚。第二个出去的是陈三，他还没有明白过来，扭头看着徐铁匠，弯着腰走了出去。屋里的人票听到陈三出去后哭泣求饶的声音，接着陈三杀猪般哭喊起来。陈三回来时，也少了一只耳朵，耳廓那里也是沾着黑乎乎的灶灰，也是脸色苍白两眼发直身体晃悠。

陈耀武是第七个出去的，他看见了夕阳西下的情景，通红的霞光从积雪的树枝上照耀过来，他眯缝起了眼睛。小五子把他推到"和尚"面前，"和尚"用两根筷子夹住他的左耳朵，筷子的两端又用细麻绳勒紧了。陈耀武看见水上漂血淋淋的手上拿着一把血淋淋的剃头刀，知道要割他耳朵了。"和尚"勒紧麻绳时他疼得掉出了眼泪，他哭着求"和尚"松一松筷子，"和尚"说：

"越紧越好，夹松了割起来更疼。"

陈耀武感到水上漂捏住他已经发麻的左耳朵，剃头刀贴在他的脑门上，剃头刀拉了几下，陈耀武听到咔嚓几声，随即"和尚"抓起一把止血的灶灰按住了耳朵那里，他另一耳朵听到水上漂说：

"这小子的耳朵真嫩，一碰就下来啦。"

陈耀武感到左边一下子轻了，右边一下子重了。冷风吹在左侧脸上，一阵刺骨的寒冷。陈耀武晃晃悠悠走回屋子，他感到热乎乎的鲜血顺着脖子往下流，这时候剧烈的疼痛汹涌而来了。陈耀武觉得自己的身体似乎越来越薄，薄得飘动起来，他坐下去时，身体仿佛慢悠悠掉了下去。他看看其他人票，他们模模糊糊，然后他闭上眼睛昏迷过去。

四十四

早晨放风的时候，二十二个人票少了二十二只耳朵，他们互相看着，都觉得对方一下子瘦了很多。水上漂和几个土匪从他们身旁走过，嬉笑地向他们展示割下来的耳朵，水上漂对他们说：

"看见你们的耳朵了吧，他妈的，再不送赎金来就把你们的脑袋砍下来。"

几个土匪往山下走，他们要出去找路人把人票的耳朵捎回溪镇，他们走出二十多步，听到了枪声，赶紧跑回来，边跑边喊叫：

"不好啦，来官军啦。"

豹子李站在空地上喊叫："快把耳朵分了，快提人票，一人提两个，往树林里跑，能跑多远是多远。"

土匪们割断串联人票的绳子，拿着人票的耳朵押着人票，跑过屋前的空地，跑向树林。豹子李抓着两个人票往树林里跑，豹子李一边跑一边用脚踹向身边的土匪，骂道：

"他妈的分开了跑。"

水上漂一把抓住往前跑的陈耀武，推给了"和尚"，把陈耀武的耳朵也扔给"和尚"，对他说：

"'和尚'，这值钱的货给你，你枪法好，带着你的兄弟在这里死打，我们从北面迂回。"

豹子李和水上漂带着各自的土匪和人票在炒豆子般响个不停的枪声里，跑进前面的树林。

水上漂回头对"和尚"喊叫："'和尚'，听到没有，是他妈的机枪啊，我们打不过机枪，我们不迂回啦，你他妈的多保重，后会有期。"

"和尚"骂了一声："王八蛋。"

"和尚"和手下的两个土匪，推着陈耀武，猫腰向前跑去，子弹在他们身前身后嗖嗖地飞，"和尚"喊了声趴下，四个人就趴在腐烂的树木下，听着子弹从他们头顶飞过，短小急促的声响仿佛是一群麻雀在叫唤。

他们在树木下趴了一会儿，听清楚子弹是从两边飞过来的，"和尚"嘿嘿笑了几声，对另两个土匪说：

"不是打我们的，是北洋军和国民革命军打上了。"

他们差不多趴了一个时辰，枪声停息后才站起来，一个土匪问"和尚"，是不是去追上水上漂和豹子李他们，"和尚"说：

"他们脚底抹油，你追得上吗？"

"和尚"他们不敢走大路，沿着山上的小路走，陈耀武跟着他们翻山越岭。连日来陈耀武吃不饱睡不足，又被割去了左耳朵，他向前走去时摇摇晃晃。少了左耳朵以后身体总是不由自主向右偏去，他斜着身体往前走，走着走着走出了小路，脚一滑从山坡上滚了下去。"和尚"他们只好滑下山坡，将他拉上来。"和尚"手下的两个土匪一路上都在骂骂咧咧，他们说自己一个人翻山越岭已经是上气不接下气，再拖着这小崽子差不多快断气了。一个说挖个坑把这小崽子活埋了，另一个说哪还有挖坑的力气，一枪毙了他最省事。走到傍晚的时候，陈耀武又一次从山坡上滚下去后，再也站不起来了，那两个土匪用脚踢他，他只是摇摇头，说不出话来。"和尚"看见陈耀武实在走不动了，就说背着他走吧。那两个土匪连连摇头，说自己的亲爸都没背过，怎么能背这个小崽子呢。"和尚"苦笑一下，自己背起陈耀武，深一脚浅一脚向前走去。

陈耀武趴到"和尚"背上，马上昏睡过去。夜深时一阵狗吠声将他惊醒，他知道进了一个村庄。他们走到一幢房屋前站住了脚，"和尚"敲起了门，敲了一会儿，里面房间里的油灯亮了，一个老太太的声音传了出来：

"谁呀？"

"和尚"说："妈，是我，小山。"

"和尚"的母亲披着棉袄，手举油灯走了出来，她看见陈耀武，问道："谁家的孩子？"

"和尚"说："溪镇绑来的人票。"

此后的四天里，陈耀武高烧不止，他在"和尚"家的柴房里日夜昏睡。他的眼睛里雾茫茫的，他的耳朵里灌了水似的响起流动的声音，他的身体如同石头一样沉重。他迷迷糊糊觉得"和尚"他们进来过几次,站在他身前说了些什么。陈耀武昏睡期间最熟悉的是"和尚"母亲的身影,这个老太太每次进来时双手都是伸在前面,不是端着水,就是端着粥,有时候端着姜汤,然后是沙哑的声音:

"喝点水……喝点粥……喝点姜汤……"

陈耀武度过了生离死别般的四天后,第五个早晨醒来时听到清脆的鸟鸣,看见阳光从柴房的天窗照射下来。他眼中的雾散了,耳朵里的响声没了,身体也不再那么沉重,他感到肚子里滚动起咕咚咕咚空荡荡的声响,他知道饥饿了,然后他惊诧地发现手腕上系了红绳。

"和尚"的母亲端着一碗米粥进来,看见陈耀武坐起来了,伸手摸摸他的额头说:

"菩萨保佑,退烧了。"

老太太问他叫什么名字,是溪镇谁家的孩子,他说他叫陈耀武,是溪镇木器社陈永良的儿子。老太太告诉他,红绳是她系上的,系上红绳能保佑他平安。

老太太还给陈耀武煮了两个鸡蛋,陈耀武一口气吃下去两个鸡蛋,把自己的嘴巴塞得鼓鼓的。他又一口气喝下了米粥,他喝粥时的声响仿佛是在往井里扔石头。

陈耀武高烧期间,"和尚"和一个土匪出去下帖子,他们在大路上拦住一个剃头挑子,让剃头挑子把帖子带到溪镇,交给木器社的陈永良。

四十五

陈耀武在这个山脚下的村庄里度过了十天。他睡在柴房的地上，"和尚"的母亲给他铺上了厚厚的稻草，又给了他褥子和被子。"和尚"取下绑着他的绳子，他可以在几个房间走动，也可以双手插进袖管走到屋外晒晒太阳。他帮着老太太干活，老太太炒菜做饭的时候，陈耀武坐在灶前烧火。老太太教会他如何烧火，做饭时火要温一些，炒菜时火要旺。当老太太说火旺了，陈耀武赶紧扒些灰烬上去，压一压跳跃的火焰；当老太太说火温了，陈耀武立刻举起吹火棍，呼呼地吹起来，将火焰吹得高高窜起满炉飞舞。每次做完饭菜，炉膛里的火焰逐渐熄灭时，老太太会递给陈耀武一个地瓜，让他把地瓜埋到幽暗的炭火里烤着。在"和尚"家中这些天，陈耀武吃完饭还能吃上一个烤地瓜。

这天上午，"和尚"和一个土匪走出村庄去取赎金，留下一个土匪看着陈耀武。下午的时候他们回来了，看看蹲在墙角晒太阳的陈耀武，对站在陈耀武身旁的土匪挥一下手，他们走进了屋子。过了一会儿他们出来了，一个土匪走过去踢了踢蹲在那里的陈耀武，叫道：

"起来。"

陈耀武站了起来，看见"和尚"笑眯眯的，不知道他们要干什么。那个踢他的土匪说：

"小崽子你来了这么久，家里也不管你，我们供你吃供你喝供你睡，还供你晒太阳，供着你有什么用？"

另一个土匪说："快走吧，坑都替你挖好了。"

陈耀武听说坑都挖好了，心想他们是不是要活埋我？他两腿一软浑身哆嗦起来。

"和尚"笑眯眯说:"走呀。"

陈耀武动了动腿,怎么也迈不出去。他看见"和尚"笑眯眯的,站在门口向他挥手的老太太也是笑眯眯的,陈耀武心想原来杀人的时候都是笑眯眯的,他哭丧着脸说:

"我抬不起腿来了。"

"和尚"用一块黑布蒙住陈耀武的眼睛,两个土匪架起他走去,到了村口他们拐上一条上山的小路,陈耀武被他们拖着上山,两个土匪一边喘气一边骂骂咧咧,陈耀武伤心地对他们说:

"别走啦,你们别累了,就在这里吧。"

"和尚"他们没有答理他,拉着他继续往前走,他们上了山又下了山,几次上下后来到一条大路上。陈耀武的两条腿仿佛两根树桩那样没有了知觉,他哭了起来,央求"和尚":

"我实在走不动了,走到哪里都是死,就在这里吧。"

"和尚"站住脚,架着陈耀武的两个土匪松了手,"和尚"温和地对陈耀武说:

"不是活埋你,是放你回家。"

他们取下陈耀武眼睛上的黑布,陈耀武看见自己站在大路中央,一个土匪指了指前面说:

"快跑吧。"

陈耀武将信将疑看着他们三个人,那个土匪举起长枪对准他说:

"快跑呀。"

陈耀武感到双腿回到身上了,正要转身,"和尚"叫住他,他的腿又软了。"和尚"把一个布袋套在他肩上,对他说:

"里面是我妈给你做的，你路上吃。"

"和尚"告诉陈耀武："一直沿着大路走,就能走到溪镇;别走小路,走小路你会迷路的。"

陈耀武点点头，转过身小心翼翼往前走去。走了几步听到身后的一个土匪说:

"快跑呀，我们要开枪了。"

陈耀武一听这话撒腿就跑，少了一只耳朵让陈耀武跑去时重心不稳，跑得歪歪斜斜，另一个土匪在后面喊叫:

"照直了跑，别拐弯跑。"

陈耀武心想不能照直了跑，不能让他们瞄准了从后面给他一枪。陈耀武拐弯跑起来，他听到"和尚"他们在身后哈哈大笑。他撒开腿狂奔，"和尚"他们的笑声始终追随着他，他跑了差不多有十里路，实在跑不动了，"和尚"他们的笑声好像还在后面追着，他站住脚哭了几声，回头说:

"开枪吧。"

陈耀武站在大路的中央，呼哧呼哧喘气，伸手抹去眼皮上的汗水，仔细一看，大路上空空荡荡。他奇怪地眨了眨眼睛，还是没有看见一个人，心想"和尚"他们放了他是真的，接着又想"和尚"他们万一后悔了就会追上来，于是又狂奔起来。他一跑，"和尚"他们的笑声又跟上来了，他扭头看看，后面没有人，这才发现那不是"和尚"他们的笑声，是自己喘气的声音。他一边跑，一边嘿嘿笑了起来。

他差不多又跑出了五里路，两条腿软绵绵的一点力气也没有了，他开始慢慢往前走，走了不知道有多长时间，觉得自己实在走不动了，便倒在地上。他在地上躺了一会儿，心想不行啊，为了活命还得走。

他站起来走，走一阵歇一阵，感觉有点力气了，又开始奔跑起来。

天黑后，陈耀武迷路了。他想不起来是什么时候离开大路，拐上山林里的小路。树叶沙沙的响声让他感到寒风阵阵，他抬头看天，看见星星在云层里时隐时现，他分不清东南西北，不知道溪镇在哪里，只能继续沿着小路向前走。

陈耀武在山林里走了很久，看到一间月光下的茅屋，他走到茅屋门前，伸手敲了敲，里面没有动静，他推了推门，里面上了门栓，他一边敲门一边说：

"里面的好人，我是溪镇的陈耀武，我被土匪绑了票，我从土匪那里逃了出来，我迷路了。"

茅屋的门吱呀一声开了，一个老人站在陈耀武的面前，老人说：

"进来吧。"

陈耀武走了进去，老人点亮了油灯，陈耀武看到老人和善的眼睛，老人对他说：

"屋里没有凳子，上床坐吧。"

陈耀武疲惫不堪地坐到床上，感到右侧的耳朵沉甸甸的，身体不由自主向右侧斜了下去，随即昏昏沉沉睡了过去。他一觉睡到天亮，醒来时阳光已经从门缝里照射进来了。他支起身体看见老人端着一碗热粥站在面前，老人说：

"喝碗粥。"

两个人坐在床上喝起热粥。热粥从陈耀武嘴里下去时，仿佛一团温暖的火在体内缓慢滚落。陈耀武看见自己身上有一个布袋，想起来是"和尚"给他的。他打开布袋，里面有两个鸡蛋和两张饼，他把饼和鸡蛋拿出来和老人分享。两个人先把饼吃了，然后拿着鸡蛋在碗上敲击，敲碎后仔细剥去蛋壳。陈耀武两口就把一个鸡蛋吃了下去，老人则是细嚼慢咽，不时喝上一口粥，帮助他将鸡蛋咽下去。陈耀武感到力气回来了，他环顾四周，看见屋子里什么都没有，只有这张嘎吱作响的破床，床上也没有被子。老人告诉他，被子让土匪抢走了。

陈耀武想起来了，就是在这里，土匪撕碎这个老人的被子，用那些布条蒙上他们的眼睛。陈耀武想起豹子李一枪托砸了老人的脸，他仔细看看老人的脸，伤痕仍然可见，陈耀武低下头说要走了。

老人把陈耀武送到山坡那里，手指山下一条大路，告诉他向南走，就能走到溪镇。陈耀武沿着山坡往下走，走到大路上抬头看看山上，老人还站在那里，正挥着手告诉他要向南走，他向南走去后，老人挥动的手才掉落下去。

陈耀武走在大路上，阳光灿烂，积雪闪闪发亮，没有凛冽的寒风，只有微风吹来。大路上出现了挑着担子的农民，包头巾的女人，做小生意的贩子，陈耀武走在他们中间。

陈耀武看到前面有个人走去时不断向右偏过去，快要走出大路时，赶紧往左边走了几步，随即又是向右偏着走去。陈耀武看见他的左耳朵也没有了，他跑了过去，认出来是卖油条的陈三，他拉了拉陈三的衣服说：

"你也逃出来了。"

陈三看见是陈耀武，惊喜地笑了，他拉住陈耀武的手。两个人的手拉到一起后没再分开，他们手拉手，向右偏着走去，然后又赶紧向左走几步，纠正后又不由自主向右偏了过去。

他们向溪镇走去时，不断看见前面出现偏着走路的人，于是徐铁匠和酱园的李掌柜，私塾王先生和其他两个人与他们汇合到一起。这七个人里四个没有了左耳朵，三个没有了右耳朵，他们相遇时惊喜交加，手不由自主拉到一起。他们七个人手拉着手向前走去，四个向右偏，三个向左偏，开始走得平衡了。

这是最先回来的被绑人票，他们手拉手走进溪镇的北门时，溪镇沸腾了。他们回来的消息像风一样吹遍了全城，人们拥向他们，喊叫他们的名字。他们七个人还是手拉手走去，他们前后左右都是人，听到无数的声音在喊叫他们的名字，他们没有笑容，也没有眼泪，只是不断点头，发出麻木的嗯嗯声。然后他们分开了，因为哭喊的亲人出现了，他们被自己的亲人拉了过去。

陈耀武看见母亲李美莲，她哭成了一个泪人，手里捏着的手帕好像也在掉着泪水。他看到父亲陈永良笑容满面，同时也是泪流满面；林祥福和林百家，还有陈耀文，都是眼泪汪汪。

陈耀武看见了自己的家，他走进屋子，在凳子上坐下来，无声地看着一家人围着他哭。林百家坐到他身边,拉住他的胳膊哭着问他：

"你为什么不哭？"

陈耀武说："我哭不出来。"

四十六

回到溪镇的人票，在最初一段日子里，身体时常会不知不觉歪斜起来。徐铁匠昏睡了三天，然后继续他打铁的生涯，他举起铁锤瞄准烧红的铁块砸下去时，一声惨叫吓了他一跳，他看到铁锤没有砸在铁块上，而是砸在徒弟孙凤三的左手上，把那只左手的手指砸扁连成一块，看不见手指了。他的炉火因此熄灭，坐在铺子里整日发呆，徒弟孙凤三哭丧着脸坐在他身旁，砸坏的手上缠满布条。酱园的李掌柜知道站着是很难一直保持平衡的，稍有疏忽身体就会微微歪斜，所以他下了床就坐到椅子里，双手插进袖管，不时将右侧歪斜过去的脑袋晃一晃，晃到左边来，一边咳嗽一边指导伙计干活。卖油条的陈三站在街上，一边炸着油条一边根据风向调整自己的位置，让呼呼的冬风吹在身体右侧，仿佛拐杖那样支撑他不向右侧歪斜过去。名声不错的私塾王先生有七个学生，被割掉右耳朵以后，王先生像是被一根绳子扯住了，他眯缝着眼睛讲解孔孟儒学，讲到忘我之时身体会不由自主向左侧靠过去，不由自主来到门口，站在门口讲解《中庸》，清醒过来后低头不语回到屋子中央，谦卑地看着他的七个学生。七个学生看见先生脸色苍白，幸存下来的左耳朵却像燃烧的木炭一样通红。然后有一个学生把他的课桌搬走了，另外的学生也把他们的课桌搬到私塾张先生那里。当王先生又一次在讲课时歪斜到门口，最后一个学生也搬走了他的课桌。

张先生的修养和名声都在王先生之下，他是学费收得便宜才有四个学生。如今王先生的七个学生都投奔到他门下，得意之色溢于言表。张先生经过王先生的屋门时会停留一会儿，看看坐在空屋子里满脸落寞的王先生，说上几句寒暄的话，嘿嘿笑着离去。

王先生自然听出了张先生的弦外之音，有一天他走到门外，当着众人的面，手指张先生怒气冲冲说：

"你乘人之危。"

王先生因为激动失去平衡的身体向左歪斜过去时，他的手也歪斜了过去,说出那句话时没有指上张先生,指上了刚好走过来的陈三。张先生一副与己无关的表情扬长而去,卖油条的陈三看见王先生怒气十足地指着自己,回头看看身后没有别人,只好一脸无辜地赔上笑容。

陈耀武回家后变得沉默寡言,总是坐在角落里,没有声息地坐上很久。陈永良李美莲和他说话,他目光飘忽地看着他们,仿佛是在看着远处。笑容从陈永良和李美莲脸上消失,不安的神色替而代之,这也影响了林祥福,笑容也从林祥福脸上消失。有一天林百家走过去坐在了他的身旁,此后陈耀武独自坐在角落时,林百家也会过去坐在那里,陈耀武一声不吭坐上一整天,林百家也会一声不吭坐上一整天。

平静的生活重新开始,林祥福也重新开课,顾益民的两个女儿没再出现,土匪来到溪镇绑票,而且来到林祥福陈永良家里绑票,顾益民应该是考虑女儿的安全,没再把顾同思和顾同念送到这里。

重新开课后,陈耀武不再坐在角落里,而是坐到窗前,他的眼睛总是看着窗外,坐在他身旁的林百家也时常扭过头去,和他一起看着窗外。陈耀文不是东张西望,就是哈欠连连。林祥福授课时也是心不在焉,每天都是草草收场。

林祥福授课的房间就在王先生私塾的对面,坐在窗前的陈耀武目睹了那七个学生搬起课桌离去的情景,也看见王先生站在街上落魄的模样。接下去的几天里,陈耀武看着王先生敞开的屋门,却看不见王先生,下午的时候照射进去的阳光让陈耀武看见王先生端坐的身影,阳光将王先生的身影拖到了门口的地上。

这时候林祥福正在授课,陈耀武突然搬起自己的课桌,碰撞了陈耀文的课桌后走出屋门，把课桌搬进了王先生的私塾。

双手插在袖管里呆坐了几天的王先生，看见同样少了一只耳朵的陈耀武搬着课桌进来时，先是满脸疑惑，接着低下了头，过了一会儿他抬起头来满面红光，看见陈耀武害羞地坐在角落里，他起身将陈耀武的课桌搬到屋子中央，拿起一册书大声讲解起来。

陈耀武的举动让林百家和陈耀文愣住了，他们看着林祥福走到陈耀武空出来的窗前。林祥福看看对面王先生敞开的屋门，照射进去的阳光让他看见他们在地上的身影，两个人你一声我一声，很久没有说话的陈耀武此刻像早晨的雄鸡一样声音嘹亮。

那时候陈永良出门在外，李美莲知道后急忙走到王先生门口，轻声叫着陈耀武的名字，要把他叫回来，陈耀武只是扭头看了她一眼，此后不再扭头，好像没再听到她的叫声。然后李美莲看见林百家和陈耀文搬着课桌走过来，进了王先生的私塾。她回头后看见林祥福笑着站在院子门口，林祥福对她说，自己本来就不是做先生的材料，自己就是一个木工。

王先生扬眉吐气了，虽然走掉了七个，来了只是三个，他授课时的声音如同叫声，仿佛他的学生隔山而坐。左邻右舍走到门前，好奇地向里面张望，王先生不失时机地向邻居们点点头。接下去王先生有了奇怪的发现，他一直站在原处，过了一会儿自己还在原处。他满腹狐疑看看门口，小心翼翼问三个孩子，刚才他是不是走到门口了？他们说他没有走到门口，说他一直在这里站着。王先生满脸通红，知道自己不知不觉间纠正了歪斜的毛病。他张了张嘴，没有声音；伸了伸手，不知道要干什么。片刻的手足无措之后，他拿起《论语》，抑扬顿挫朗诵了两页还有四行。

这一天的王先生迟迟没有放学，张先生走过他门前时，王先生声嘶力竭的声音让他站住了脚，王先生一边讲一边看了张先生几眼，每一眼都让张先生觉得那是视而不见。张先生离去后，王先生垂下手里的书，精疲力竭地说：

"放学。"

放学后，王先生站在私塾门前，双手插在袖管里一直站到黄昏。看见林祥福走过来，王先生迎上去恭敬地叫了一声林先生，给林祥福鞠了一躬。

四十七

为了抵御土匪，顾益民建立起溪镇民团，沈店和其他城镇也建立了民团。北洋军溃败后，很多枪支流失民间，顾益民以商会的名义去收购这些散落的枪支弹药。与此同时，各路土匪为了壮大自己的实力，也到处掠夺和收买枪支。于是枪支皮条客如雨后春笋般出现，这里面有种地的农民，有开店摆摊的生意人，有男人有女人，有老人有孩子。这些枪支皮条客顶着呼啸寒风，踏着皑皑白雪，到处寻家问户，以低价买进枪支，再以高价卖给土匪或者溪镇和沈店等地的民团。一时间枪支买卖盛行，大街小巷的言谈议论也都是枪枪枪，听起来溪镇仿佛是个军火库，都在说谁谁弄到了什么枪挣到了多少钱。枪的价格是一路飙升，一支汉阳造步枪要价七十八银元，老套筒和三八式卖到百元以上，盒子枪贵到了二百多元，有一支勃朗宁手枪被顾益民以天价买下。

枪支皮条客越来越多，枪支越来越少。少了一只耳朵的徐铁匠和手上缠着布条的孙凤三也加入进倒卖枪支的行列之中。他们背着干粮出了三天，扛着一支回来了，他们扛着的既不是汉阳造，也不是老套筒和三八式，而是一支生了锈的长矛。

徒弟缠着布条的手挽着师父的胳膊，这是让师父走路不再歪斜，他要让师父堂堂正正走进溪镇，其实他师父已经不再歪斜了。那支生锈的长矛就架在两个肩膀之间，尽管别人讥笑声声，对他们指指点点，他们仍然喜气洋洋，仿佛扛着的是一支锃亮的三八式。

徐铁匠和孙凤三没有做成枪支生意，师徒两人商量后决定加入民团。一个少了只耳朵后平衡不如过去，另一个废了一只手，他们不能继续打铁谋生，想来想去只能去吃扛枪打仗的饭了。他们来到城隍阁前的空地上，在这一天的上午报名加入民团，他们在一张八仙桌上写下自己的名字时，看见前面已经有一百二十七个名字了。

顾益民打算组建一支三十人的民团，没想到前来报名的超过二百人。林子大了什么鸟都有，有富裕人家的少爷公子，有无家可归要饭的，有正经人家也有地痞流氓，溪镇被土匪绑过的二十二个人票，也来了十九个。

人们在城隍阁前踮起脚尖伸长脖子，张望从街上过来的四抬轿子，顾益民从省城请来一个名叫朱伯崇的人出任民团首领。朱伯崇曾在清军的勇营做过什长，又在皖系的西北军当过团长，他从四抬轿子里出来时，溪镇的百姓看见一个白发银须、身材高大、双目炯炯有神的五十来岁的男人，立刻响起一片惊诧之声：

"真像个大官啊。"

大官模样的朱伯崇，挎着盒子枪小跑几步，纵身一跃站到八仙桌上，围观的人群又是一片惊诧之声。朱伯崇开口说话，声音洪亮，他说民团不是杂货店，不是什么人都可以进来的。他看了一眼腰间挎着勃朗宁手枪的顾益民，说民团好比药铺，进的货都要精挑细选。他说只有考试合格的才能加入民团，怎么考试？朱伯崇跳下八仙桌，大声问谁先来试试。

一个身穿棉袍的青年翩翩上前，这是溪镇中医药铺的郭少爷。郭少爷以为要考他的满腹文章，看了一眼空空的八仙桌，说无笔无砚无纸如何考试，朱伯崇从一个木桶里拿出一只碗，舀满水后放到郭少爷头顶，让郭少爷站直了别动，自己走出二十来米，端起盒子枪对着郭少爷瞄准。

嘈杂的人声顷刻倒塌下去，鸦雀无声了。围观的人知道什么是考试了，就是盒子枪里的子弹向着郭少爷的头顶飞去。郭少爷也知道子弹即将飞来，他的腿开始哆嗦，手也哆嗦，接着嘴唇也哆嗦起来。朱伯崇瞄了一下，看到郭少爷身后人头攒动，放下盒子枪大声说：

"子弹可不长眼睛，请诸位给子弹让出一条路来。"

郭少爷身后乱成一团，似乎子弹已经飞过来了，人们喊叫着往两边又推又挤。朱伯崇身边也空空荡荡了，人们都远远躲开，朱伯崇摇摇头说：

"这是子弹，不是炮弹，用不着躲这么远。"

朱伯崇端起盒子枪再次瞄准郭少爷，他从准星里找不到郭少爷，他的盒子枪上下左右移动，也没有找到郭少爷。他听到人群的笑声爆炸似的响起，他放下盒子枪，郭少爷已经逃之夭夭。朱伯崇一动不动站在那里，等到笑声纷纷掉落后，他才大声说：

"下一个！"

朱伯崇等了片刻，没有看见下一个出来，他又喊道："谁是下一个？"

徐铁匠拨开人群走了出来，他走到刚才郭少爷站立的地方。他的徒弟孙凤三也走了出来，走到师父身边，习惯性地抓住师父的胳膊靠在一起。朱伯崇看到这两个人直挺挺站在那里，点点头，示意别人将两只水碗放到他们头顶上，随后举起盒子枪瞄准了一会儿，叭叭两声枪响，孙凤三头顶上的水碗粉碎了，徐铁匠本能地脖子一缩，水碗掉到地上碎的。

人们一阵惊叹，以为两只水碗都是朱伯崇打中的。徐铁匠和孙凤三满脸是水，一动不动站在那里。

朱伯崇举起左手向他们挥了挥，说道："录用啦。"

这两个人如梦初醒，东张西望地伸手抹了抹脸上的水，面对黑压压的人群和嘈杂的人声，孙凤三问徐铁匠：

"师父，看见子弹了吗？"

徐铁匠说："没看见，我闭着眼睛。"

孙凤三说："我看见了，头顶的碗先碎了，才看见子弹飞过来，子弹怎么会在后面呢？"

朱伯崇接下去打出二十八枪，二十七只水碗碎了，大多是顶碗的哆嗦一下掉到地上碎的。只有陈三没有哆嗦，他是最后一个，枪响之后仍然顶着那只水碗，人们连声叫好，以为朱伯崇只是打飞了一颗子弹。那颗子弹冷风似的从陈三的头顶上蹿了过去，让陈三在此后几天里疑神疑鬼，总觉得有子弹在头顶上蹿过去，头皮因此一阵一阵发麻。

溪镇的民团建立起来了，十九个少了一只耳朵的人全都录取，

146

另外十一个里有种田的也有打工的，有游手好闲的也有偷鸡摸狗的。他们全副武装，扛着老套筒，扛着三八式，扛着汉阳造，也有扛着鸟枪的，早出晚归操练起来。朱伯崇先是让他们练习扛枪走路，让他们把枪扛在右边的肩膀上，那些没了左耳朵的人本来身体已经恢复平衡，扛上一支枪以后又往右边歪斜了，朱伯崇一看这情形，就让这些人把枪扛到左边去。然后操练时有左边扛枪的，也有右边扛枪的，左转右转那些枪支就会碰来撞去，朱伯崇见了直摇头。接下去朱伯崇训练他们趴下瞄准，半跪瞄准，站立瞄准，跑步瞄准，只让他们瞄准不让他们开枪，说子弹太贵，子弹可是黄金白银的价钱。溪镇的百姓说他们光放屁不拉屎，整天听着他们一遍遍喊叫"开枪""射击"，就是听不到枪响。

四十八

陈耀武开始经历心神不宁的时光。自他回来以后，林百家和他形影不离，不是坐在他身边，就是走在他身旁。起初陈耀武没觉得什么，直到某一个黄昏，陈耀武转过头去，看见林百家的脸在夕阳的余晖里楚楚动人。那一刻他发现已经不是过去的林百家了，不是那个流着鼻涕，拉着他的衣角，一声一声叫着哥哥的林百家了。

陈耀武有时会出神地看着林百家，就是在王先生的私塾里，他也会扭过头去看着坐在左边的林百家。这时候已是春暖花开的季节，林百家上身中袖短袄下身肥裤坐在课桌后面，陈耀武注意到林百家微微隆起的胸部，他的目光开始从林百家的脸上滑落，沿着她细长的脖子抵达她的胸前，长时间停留在那里。林百家一动不动，可是红晕在脸上悄然浮现。

手握戒尺的王先生春风得意，曾经离去的七个学生也都回来了，他比过去更加严厉，谁要是在课堂上走神，王先生就会举起戒尺打向谁的手掌，并且警告下次会打出鞭炮的响声。陈耀武走神时，王先生视而不见，有时实在看不下去，也只是用戒尺轻轻敲敲陈耀武的桌子。

林百家也开始心神不宁了，陈耀武的目光像炉灶里的火焰一样热烈，她知道陈耀武变了，自己也变了，她时常脸色通红，心跳加快，有时候嘴唇会突然微微抖动起来。

春去夏来的一个中午，穿上百褶裙的林百家躺在院子里树荫下竹榻里睡午觉，陈耀武从熟睡的林百家身旁走过，看见她白皙的大腿从百褶裙里出来，不由心跳加快，呼吸急促，他站在那里看着林百家的大腿，然后他的手放了上去，林百家皮肤的凉爽让陈耀武十分意外，他害怕地缩回了手，过了一会儿他再次把手贴上去，仍然是那么的凉爽，他开始轻轻抚摸起来，获得了绸缎般光滑的感觉。

林百家惊醒过来，看见是陈耀武，先是一怔，随后她羞怯地闭上了眼睛，感受陈耀武的手在自己大腿上移动。因为激动和紧张，陈耀武的手颤抖不已，颤抖随即也传导给了林百家，林百家的身体也开始颤抖。两个人的身体瑟瑟抖动了一会儿后，林百家突然意识到此刻正在院子的树荫下，她起身一把推开陈耀武，陈耀武还没有明白过来，就听到出现在屋门口的李美莲的叫声：

"作孽啊。"

与李美莲同时出现在屋门口的陈永良，随手操起门边的一根扁担，举起扁担打向陈耀武。陈耀武夺门而出，脱缰的野马似的在街上狂奔，陈永良手提扁担在后面穷追不舍。陈永良杀气腾腾，他一边追赶一边喊叫：

"我要劈了你。"

街道两旁的人目瞪口呆，谁也不敢上前去阻拦陈永良。这时林祥福刚好走过来，见到陈永良举着扁担跑来，冲上去一把抱住他，向他喊叫，问他发生了什么事。陈永良挣扎着想甩开林祥福，林祥福紧紧抱住他，过了一会儿陈永良安静下来，转身低头拖着扁担往家中走去。林祥福走在他身旁，再次问他发生了什么事。他始终不答，回到家中，他关上院门，走进厅堂后，难过地对林祥福说：

"我们对不起你。"

接下去是李美莲告诉林祥福刚才发生了什么，林祥福回头看了看林百家，林百家站在角落里，如同惊弓之鸟。林祥福什么话也没说，只是轻轻点了点头，表示知道了，然后坐在椅子里沉思起来。

陈耀武一路狂奔，跑上了西山，回头看看，没有看见陈永良追来，这才站住脚，呼哧呼哧喘着气走进一片树林。他在树林里一直坐到满天星辰，嗡嗡叫着的蚊子把他咬得浑身发痒，他从里面出来时，山下的溪镇已经黑了。他又饥又渴，走下西山，走到溪镇的码头，趴在水边喝了一肚子的水，随后迟疑不决地走去，他听到更夫正在敲响三更。他走到家门口，推推门，里面上了门栓，他想敲门，又不敢敲，站了一会儿后坐下来，靠着门睡着了。

早晨的时候，李美莲打开院门，看见睡着的陈耀武，把他推醒，拉着他来到厅堂，陈永良和林祥福坐在那里，林百家和陈耀文也坐在那里。陈耀武揉着眼睛，看见他们正在吃早饭。李美莲把陈耀武拉到陈永良身前，陈永良点点头，起身找来一根麻绳，拉着陈耀武的手往外走。林祥福伸手去拦他，他摇摇头说：

"国有国法，家有家规。"

林祥福说："让他吃了饭，睡上一觉，再行你的家规。"

陈永良看见陈耀武没有耳朵的左脸，心里涌上一阵酸疼，就说："吃饭可以，睡觉不行。"

陈耀武坐在林百家对面狼吞虎咽吃完早饭，跟着陈永良来到屋外。陈耀武站在榆树下，耷拉着脑袋，因为没有睡醒他打了一个呵欠。陈永良用麻绳把他捆绑起来后吊到榆树上，他看着陈永良拿着鞭子走过来，就说：

"爸，求你把我放下去，让我把汗衫脱了再抽，我就两件汗衫。"

陈永良犹豫一下后，将陈耀武放下来，松了绑脱去他的汗衫，再用麻绳将他绑好，吊到树上。陈永良手里的鞭子啪啪地抽到陈耀武身上，陈耀武一声声地惨叫，他身上的皮肤一道道地隆起，破裂处又冒出了丝丝血水。

坐在厅堂里的林百家听到陈耀武的惨叫，浑身发抖，眼泪直流。林百家痛苦万分的表情，让林祥福什么都明白了，他知道刚才发生的事不是陈耀武一个人的，是他们两个人的事。陈耀武的惨叫对于林百家如同利箭穿心，她先是脸色惨白，接着嘴唇也白了，在陈耀武一声撕裂般的喊叫之后，林百家一头栽到地上，昏迷过去。

林百家的昏迷让厅堂里乱成一团，陈永良也丢掉鞭子跑了进来，李美莲冲着他连声叫着，他听清楚了是让他快去把中医请来，他又掉头跑了出去。

林祥福把林百家抱到楼上房间里，让林百家在床上躺下来。林百家无声地躺了半个时辰，当陈永良带着中医郭先生一起赶来时，林百家刚好苏醒过来。郭先生给林百家切脉，说林百家是急火攻心，现在已经没事了。全家人松了一口气，然后他们想起来陈耀武还吊在树上，林祥福和陈永良赶紧把陈耀武放下来，发现陈耀武也昏迷过去了，他们再次乱成一团，把陈耀武抱到楼上房间的床上。郭先生坐在床前给陈耀武切脉，说脉搏有些弱，接着又说脉搏强起来了。郭先生起身说过一会儿孩子就会醒来，他看着陈耀武身上的伤痕，对陈永良说：

"抓些灶灰撒在鞭花处，这样不会毒火攻心。"

李美莲抓来灶灰，细心地撒在陈耀武的伤痕上，灶灰带来的灼痛使陈耀武一下子醒了过来，他哭叫两声，以为又是鞭子抽上来了，看见是李美莲，不是陈永良，又看见自己躺在床上，他不再喊叫了，低声呻吟起来。

李美莲看着儿子身上一道道的鞭痕，看着没有耳朵的左脸，不由心酸落泪，她摇着头说：

"小姐已是顾家的人，万一这事传了出去，日后小姐如何做人。"

陈耀武睡着以后，李美莲来到林百家的房间，坐在床前看着林百家苍白的脸唉声叹气。林百家看见李美莲以后，满腔的委屈一涌而出，她抓住李美莲的袖管呜呜哭个不停。李美莲摸着林百家的头发，对她说：

"这命啊，都是前世就定好的。"

四十九

林祥福和陈永良在灯芯的跳跃闪烁里坐到夜深。他们喝下了两斤黄酒,李美莲给他们做的四个菜是一点没吃。陈永良屈指算来,他和李美莲背井离乡已有十五个年头;林祥福想起当年将林百家放在布兜里一路南下的情景,一晃也过去了十三年。两个人感慨万千,陈永良告诉林祥福,他想返回家乡,而且主意已定。林祥福知道陈永良的心思,知道他是想让陈耀武远离林百家。林祥福说了很多话,他不劝阻陈永良留下来,只是希望陈永良不要走得太远,他说眼下兵荒马乱,谁也不知道会有什么灾祸发生,两户人家还得互相照应。林祥福说在万亩荡已有一千三百多亩田地,有五百亩给林百家做了嫁妆,还有八百多亩。林祥福最后把话点明了,他说只要林百家和陈耀武不再见面就行,用不着大张旗鼓返回故乡,虽说这里是异地他乡,创下一番基业实属不易。

林祥福的话让陈永良沉思良久,然后他点点头,接纳了林祥福的建议。他们喝光黄酒仍觉意犹未尽,两个人起身出门,在夜深人静的街道上穿越了溪镇,走到南门才找到一家仍然亮着煤油灯的酒馆,他们点了两个菜,又要了两斤黄酒,临窗坐下后开始讨价还价。林祥福要送出余下的八百多亩田地,陈永良只肯接受一百亩,林祥福再三说服,陈永良也只愿意接受两三百亩。

这个深夜,林祥福将自己的身世向陈永良全盘托出,他所以千里迢迢来到溪镇,就是为了寻找名叫小美的女子,林百家的母亲。虽然林祥福越来越觉得阿强与小美是夫妻,他在讲述时仍然把阿强与小美说成兄妹。

陈永良神色平静听完林祥福的讲述，他与林祥福朝夕相处了十三年，心里早有知觉，林祥福怀抱女儿从北方而来，在溪镇住下，他在溪镇应该有难言之隐，现在他说了出来。

陈永良说他只是比林祥福早两年来到溪镇，对溪镇的熟悉与林祥福相差不多，在溪镇他认识三个叫小美的女子和两个叫阿强的男子，年龄与相貌都与林祥福所描述的不符。

林祥福说起当年他们两个人拉着板车穿街走巷，为溪镇人家修理门窗时，他见到过七个叫小美的女子和五个叫阿强的男子，也都不是他要寻找的小美和阿强，他对陈永良说：

"既然文城是假的，小美和阿强的名字应该也是假的。"

陈永良点点头，他记起当年林祥福执意要去为那些空屋修理门窗，因为铁将军把门没有进入，后来这些年每当有外出人家回来溪镇，林祥福都是主动前去修理门窗。陈永良知道原因了，林祥福是在溪镇等待小美和阿强回来。陈永良对林祥福说：

"如今方圆百里之内，差不多都知道溪镇的木器社和林祥福，你所说的小美和阿强，想必也会知道。"

陈永良迟疑之后说出下面的话："他们不会回来溪镇了。"

林祥福苦笑一下，他说十三年过去了，没有找到小美和阿强，他们的踪迹也是没有显现，他觉得当初确定溪镇就是文城是自己一意孤行，他觉得自己错了，文城不是溪镇，是另外一个地方。林祥福告诉陈永良，他想回家了，回到北方的家乡，因为林百家尚未出嫁，尚未正式是顾家的人，他还不能回去。陈永良听后感触良多，他说总有一天他们一家也会返回家乡。

此后两人不再说话，频频举起酒盅，他们不知道下次在一起喝酒将是什么时候，每次举起酒盅，两人就会相视一笑。

第二天早晨，陈永良背上装有干粮的布袋走出家门，走到溪镇的码头，坐上竹篷小舟，去万亩荡察看今后的落脚之地。陈永良走后，李美莲开始收拾行装，她在整理衣物时看到了那个粗布的棉兜，当初雪冻时林祥福怀抱林百家走进她家的情景立刻历历在目，她拿着棉兜走到林祥福面前，说这棉兜也用不上，能不能送给她，或许她今后还需要这个棉兜。她说这话的时候眼泪汪汪，林祥福知道她是想留下一件林百家的衣物，十三年的朝夕相处使她们两个已是母女情深。林祥福点点头说：

"拿去吧。"

林百家坐在房间里神思恍惚，她预感到陈永良一家就要离去，泪水不时流出她的眼眶。陈耀武可以下床了，他重现从土匪那里回来时呆坐的情形。只有在吃饭的时候，林百家和陈耀武才会相见，林百家有时会抬头看一眼陈耀武，陈耀武则始终低着头，身上的鞭痕还在疼痛，他不敢去看林百家。

陈永良出门两天后回来了。他告诉林祥福，万亩荡的齐家村有两百多亩田地是林祥福的，他选择了齐家村，说已经在齐家村买下一幢房子，还是砖瓦的房子。林祥福请来对面私塾王先生作证人，立下字据，将齐家村的两百多亩田地归到陈永良名下。

然后，陈永良从木器社里拉出那辆闲置多年嘎吱作响的板车，将行装放到板车上，他看了一眼林祥福，夏天的阳光让他眯缝起了眼睛，他低下头拉起板车走出院子大门。林祥福上前两步走在他身旁，李美莲拉住林百家的手走在一边，陈耀文在后面推着板车，陈耀武低头走在弟弟身后。刚开始陈耀武走得还算正常，走上大街以后，陈耀武的脑袋突然向右歪斜了过去。

他们来到溪镇的码头，陈永良跳到船上，林祥福把行李一件件递给陈永良，陈耀文和陈耀武上船后，陈永良上岸和林祥福告别。陈永良站在林祥福的面前，他想说些什么，可是没有说出来，只好伸手去挠挠头皮，笑了笑。林祥福也不知道说些什么，他点点头，伸手拍拍陈永良的肩膀。

这时候一直面带笑容的李美莲哭出了声音，她捧着林百家的脸看了又看，林百家也呜呜哭了起来，李美莲擦着林百家的眼泪，说着别哭别哭，自己却哭得满脸泪水。陈永良把李美莲拉过来，扶到船上，他说哭什么呀，自己也禁不住流出了眼泪。陈永良让船夫撑开船，他站在船头向林祥福挥手，终于说出一句告别的话：

"多保重。"

林祥福眼睛湿润了，木船在宽阔的水面上远去的时候，林祥福感到陈永良一家其实已是自己的亲人。他看了看女儿，林百家满脸泪痕，她的眼睛木然地看着远去的木船，她一直看着站在船尾的陈耀武，陈耀武歪斜着脑袋，让她觉得他随时会掉进水中。

五十

顾益民得知陈永良一家迁往齐家村十分吃惊，他对林祥福说："万亩荡土匪横行，大小共有十几股，富裕一点的人家都搬来溪镇了，陈永良为何要搬去万亩荡？"

林祥福沉默片刻后，像是自言自语地说："只能听天由命了。"

林百家在最初的几天里时常独自流泪，她坐在曾经是教室的房间窗前发呆，神情凄美，仿佛石崖一动不动。有一天她想起了什么，走到林祥福面前，问她的母亲是谁。

林祥福吃了一惊，这时才意识到李美莲在女儿心中的位置多么重要，十三年来林百家没有问过母亲是谁，如今李美莲离去了，她才想起自己的母亲。

林祥福的记忆看见了小美，小美近在眼前，小美的容貌、小美的声音和小美的体温开始栩栩如生，林祥福感受到了，可是昙花一现，转瞬间失落的情绪在林祥福心里弥漫，林祥福再次觉得溪镇不是阿强所说的文城，再次觉得自己在一个没有小美的地方空等了小美十三年，他忧伤地感到此生不会再见到小美了，于是刚才近在眼前的小美远去了，她的容貌模糊起来，她的声音微弱下去，她的体温慢慢消散。

林百家看见父亲的嘴唇微微颤抖，然后讲述了有关她母亲的事。林祥福没有讲述小美，那一刻他想到了另外一个人，就是媒婆带着他去见过的刘凤美，那个容貌俏丽的姑娘当初一言不发，错过了本来应有的一段好姻缘。林祥福努力在记忆里寻找刘凤美的模样，他讲述，又修改，最后他发现讲述的全是小美的点滴往事。最后他告诉女儿，她的母亲名叫刘凤美，生下她后不久就去世了。

林百家问他，衣橱里三条蓝印花布的头巾是不是她母亲的？林祥福先是一怔，接着点了点头，他看见伤心的神情布满女儿的脸。

林百家经历了十来天的伤心，十来天的神思恍惚和茶饭不香之后，林祥福突然听到她的笑声，看见她拿着书籍从对面的私塾走出来，脸蛋像天边的晚霞那样红扑扑的。林祥福如释重负，心想好在林百家年龄尚小，容易忘事。他庆幸一切都过去了，庆幸林百家又像过去那样兴高采烈。

五十一

十六岁的陈耀武离开林百家以后丧魂落魄，每天站在齐家村的水边望着溪镇的方向发呆。万亩荡水面上来往的货船让他有了一个激动的想法，这一天他脱光衣服跳进水面，一只手举着衣服，另一只手划水游向了水面中央，靠近一艘货船抓住船舷，问上面的船员，是否可以搭船去溪镇？得到肯定的回答后，他翻身爬到船上，赤条条站立在船头，让夏天的阳光晒干身上的水珠后再穿上衣服。

他在溪镇的码头上岸，直奔王先生的私塾，当他出现在他们面前时，听到了一片惊叫，他看见林百家涨红的脸。王先生问他是如何过来的，他如实回答后，看见林百家咬着嘴唇流出了眼泪。他坐在林百家的身旁，不时扭头看着林百家，林百家也时时扭过头去看看他。在林百家的眼睛里，陈耀武看见了无限的深情，这是他以前没有见到过的眼神。

到了下午，陈耀武起身离开私塾，跑到码头，搭上一艘装上货物返回的货船。货船在万亩荡水面上驶去，接近齐家村时，陈耀武又脱光衣服跳入水中，举着衣服游向岸边，上岸后蹦蹦跳跳地抖落身上的水珠，再穿上衣服若无其事地回到家中。

陈耀武往来于齐家村和溪镇之间，与来往货船上的船员熟悉起来，他赤条条站立在船头的模样让船员们好奇，有船员问他常去溪镇干什么。

他回答："看我的女人。"

船员们看着他下身稀疏长出来的阴毛，不由哄堂大笑。此后他迎风站立船头，其他货船上的船员见到了，都会向他挥手，喊叫着问他：

"你女人好吗？"

陈耀武总是简单地回答："还好。"

然后，林祥福看见一个很像陈耀武的身影从王先生的私塾里走出来，沿着街道快步走去。当时林祥福没有在意，一个月后，林祥福再次看见这个身影，他认出是陈耀武。陈耀武没有看见林祥福，他在街角转身而去的瞬间，林祥福看见了他，也看见了他脸上的喜悦。此后林祥福忧心忡忡了，他终于知道林百家为什么脸色红润，为什么笑声朗朗了。

五十二

这天下午，顾益民来了，他手里拿着一份上海的《申报》，和林祥福说了一些关于时局的话题后起身离去，那份《申报》忘在林祥福家的桌子上。

晚上的时候，林祥福拿起《申报》，无意中读到有关中西女塾的介绍。于是林祥福知道上海有女子学校，也了解中西女塾除了私塾已有的教育，还教授西洋音乐，传授基督教要义。一个想法在林祥福脑中闪过，林百家适合去这所学校。这样的想法没有持续下去，林祥福放下《申报》的时候，也放下了这个想法。然后林祥福继续自己的苦恼，他不知道如何才能将林百家和陈耀武真正分开，他开始失眠，想着这两个孩子在王先生那里见面，他们见面的事也许传到街坊邻居那里了。

这时林祥福突然感到顾益民可能已有耳闻，想到顾益民下午的来访和留下的《申报》，他觉得这可能是顾益民的一番苦心，让他把林百家送去上海的中西女塾。

半个月后，林祥福带上林百家和行李，坐上竹篷小舟来到沈店，又坐上马车前往上海。一路上林祥福都是神情严厉，林百家心里忐忑不安，她不知道要去何处，也不敢询问，她感到陈耀武偷偷来看她的事已被父亲知晓。一直到了上海，来到中西女塾，林百家才知道父亲送她到了什么地方。

林百家来到中西女塾的第二天，刚好是学校的姐妹节。林百家穿上了班衣，襟上缀着橙色的班花，和其他襟上缀着红、黄、绿、蓝、紫班花的新生站在草坪上，在留声机放出的西洋音乐里，一群高班的女生笑着向她们走来，她们要各自选择一个新来的女生，从此姐妹相称。她们将手里的鲜花递给新生，只要新来的女生接过鲜花，就是姐妹了。容貌出众的林百家吸引了几个高班的女生，她们都向林百家递过去手里的鲜花，林百家羞红了脸，正在犹豫接过谁手上的鲜花之时，两个年龄小的女生手捧鲜花走过来，嘴里叫着：

"林姐姐。"

林百家认出了是顾同思和顾同念，她们长高了许多，这个意外相见让林百家忘记了应有的礼貌，她没说一句话，转身离开这几个满怀期待的高班女生，向着顾同思和顾同念走去。

顾同思迎上来把鲜花递向林百家，顾同念也迎上来，看见姐姐把鲜花递过去了，她后退了一步，让林百家去接姐姐的鲜花。

林百家接过笑吟吟的顾同思手里的鲜花，再走向有些害羞的顾同念，也接过了顾同念手里的鲜花，天真烂漫的笑容出现在顾同念脸上。林百家和久别重逢的顾家姐妹相拥在一起时，不由泪流而出，欢笑的顾家姐妹也跟着流泪了。

然后顾同思低头祈祷："感谢主赐我美丽的林姐姐。"

顾同念也低头祈祷："感谢主让我再见到林姐姐。"

林百家开始了全新的生活，她和顾家姐妹同居一室，加入学校的祈祷会，晚餐时她和同学围坐在桌前，齐声唱道：

"慈悲上帝，保佑一夜，到天明亮，我心感激，主赐饮食，保佑我身，一切喜乐，都出主恩。"

睡前她与顾家姐妹仔细梳洗，回到床前又是默祈："感谢主赐我平安。"

学校熄灯后，顾同思把棉被挂在窗上，点起蜡烛偷偷做起绣花活，顾同念遵守学校规矩，老老实实躺进被窝，在微暗的烛光里看着坐在床边的林百家。林百家看着顾同思绣花，想着自己的心事。顾同思绣花时会抬头看看林百家，给予林百家嫣然一笑，林百家回以微笑后，去看顾同念，见顾同念仍然睁着眼睛在看她，她轻声说睡觉，顾同念点点头闭上眼睛。

中西女塾有一间哭室，周五的下午开放，让那些不习惯学校生活的新生去那里哭个痛快。林百家在学校度过一周之后，终于走进那一间哭室。林百家双手捂住自己的嘴，呜呜哭了很久，眼泪在她的脸上泛滥，仿佛水灾般地连成一片。林百家百感交集，伤心蜂拥而来，她想到陈耀武，想到李美莲和陈永良，想到陈耀文，想到很多的过去，想到死去的生母，她猜想起生母的容貌，浮现出来的总是李美莲的脸，她想到十三年来朝夕相处的父亲，如今她和父亲天各一方。

林百家两眼红肿走出哭室，顾同思和顾同念站在门外，顾同思将她完成的刺绣送给林百家，上面是三枝梅花，从大到小，象征三姐妹。三个女孩互相看看，同时笑了起来，然后她们投身到前面一群笑声朗朗的女生中去。

五十三

林祥福回到溪镇去见顾益民，告诉顾益民，他把林百家送去了上海的中西女塾，顾益民听后没有讶异的神色，只是平静地点了点头，然后说他的两个女儿顾同思和顾同念也在中西女塾。林祥福有些惊讶，顾益民从未说起这个，他送林百家到中西女塾时也未见到顾家姐妹。他是来去匆匆，把林百家送到学校后就回来溪镇了。

林百家与顾家姐妹会在中西女塾相遇，这让林祥福深感欣慰，他对顾益民说：

"她们应该见到了。"

林祥福开始了独自一人的生活。土匪的绑票成全过木器社的生意，为了让子女尽早婚嫁，前来订购家具的人曾经络绎不绝，然而兴隆的景象只是昙花一现，此后越来越冷清。如今库房里堆满床、桌、椅、箱、橱、柜、盆、桶、匣，还有瓶座、炉座和盆架等等，布满灰尘，蜘蛛在那里牵线搭桥。

林祥福住在空荡的屋子里，心里也是空空荡荡。在一个夜晚，他从床上起身，走出屋门和院门，走到了码头那边的私窝子，走过那段嘎吱作响的楼梯，与那位身体纤瘦有着很大眼睛和翘嘴唇的翠萍相对而坐，在煤油灯闪烁的光亮里，林祥福没有说话。这时候翠萍的家中已经没有鱼虾的腥臭，她的丈夫因为吸食过多鸦片中毒身亡。翠萍告诉林祥福，一个没有月光的夜晚，她的丈夫被人抬回家中，嘴巴里塞满了湿泥，连鼻孔里都是泥土。他们告诉她，这些湿泥是救治她丈夫用的。他们说，食了烟土的人，若和地下的湿土接触，土见土，就可以得到解救。当时她茫然无措，事后回想起来总觉得蹊跷，心想什么土见土，她的丈夫分明是被湿泥活活憋死的。

这位名叫翠萍的女子已是昔日黄花，没有客人再来光顾她的身体。岁月让她变得更加纤瘦，皱纹爬上她的眼角，曾经是明亮的眼睛也黯淡下来。林祥福因为寂寞难忍来到她家中时，她惊诧地发出了呀的一声，她看着这个满脸羞色的男人，自己也变得手足无措。翠萍不会忘记这个曾经来过一次出手阔绰的北方男人，而且这十来年林祥福在溪镇名声鹊起，翠萍知道他是仅次于顾益民的大富户。

开始的时候，林祥福一言不发坐上一个时辰后离去，起身时悄悄在椅子上留下十文铜钱。翠萍知道林祥福的身体没有了能力，所以不会主动去拉扯他。她给林祥福沏好一杯茶，就会退回来小心翼翼坐在床沿上，林祥福将茶水喝了，她就起身过去给他斟满。

林祥福来过几次后，两个人开始断断续续说话了。林祥福总是说起他的女儿林百家，有时会从胸口掏出林百家的来信，念上一段，微笑一下。翠萍有一次也提到了她死去的丈夫，她告诉林祥福，她年轻时挣的皮肉钱差不多都被吃鸦片的丈夫糟蹋光了。翠萍在埋怨生前的丈夫时，眼睛里仍然流露出怀念的神色。她对林祥福说，对于女人，不管是什么男人，有一个总比没有好。

有一天晚上，林祥福在翠萍那里坐了很久之后，决定不回家了，他说今晚就住在这里。翠萍急忙起身铺好床，林祥福只是脱下外衣，穿着衬衣和衬裤躺进被窝，他将十文铜钱悄悄塞到枕头下面。

翠萍在床边犹豫一会儿后，还是将自己的衣服全部脱去，赤条条躺到林祥福身旁。两个人无声地躺了一会儿后，翠萍感到林祥福的手放到了她的胸口，随后慢慢地往下摸去，她感到林祥福的手调皮起来，像是一个正在玩耍的孩子。接下去翠萍的手也伸进了林祥福的衣裤，缓慢抚摸起了林祥福的身体。翠萍凉爽的手逐渐温暖起来，林祥福觉得身体正在舒展，仿佛一件皱巴巴的衣服被烫平了那样。

后来的日子里，林祥福晚上来到这里后就不再回去，他脱光衣服躺进被窝，在翠萍手指的抚摸中沉沉睡去。翠萍抚摸时的指甲在他身上慢慢划过去，让他僵硬的身体变得松软，仿佛麦收后的耕耘让田地变得松软起来。

五十四

陈耀武最后一次搭船来到溪镇，已是凉意阵阵的秋天，万亩荡的水也冷了，他爬到船上秋风一吹，又打喷嚏又打抖，他仍然赤条条站立在船头，直到秋天的冷风吹干身体才穿上衣服。陈耀武来到王先生的私塾时没有见到林百家，他看见林百家的座位空着，连课桌也没有了，他在旁边坐下来，时刻张望门口。手捧书籍的王先生念了一段后，放下书说：

"不会来了。"

王先生告诉陈耀武，林百家去上海念书了。陈耀武低下头，接着他的头歪斜过去，连打三个喷嚏，冻坏了似的站起来，瑟瑟抖动走出了王先生的私塾，走到码头。在一艘正在往上搬运一袋袋黄豆的货船前，陈耀武站住脚，双手抱住自己仍在瑟瑟打抖。当货物都搬到船上，陈耀武也上了船，船员们都认识他，看见他哭丧着脸，浑身抖个不停，笑着问他：

"你女人好吗？"

陈耀武伤心地说："我没有女人了。"

这次陈耀武没有站立船头，而是蜷缩在几袋黄豆之间。几个船员嬉笑地逗他说话，他们说天底下怎么会没女人呢，别说是大户人家的小姐和普通人家的黄花闺女了，就是死了男人的寡妇都比这黄豆多，还有妓女，还有私窝子。他们说三条腿的母鸡难找，两条腿的女人到处都是。

就在几个船员嘻嘻哈哈说话的时候，几艘竹篷小舟飞快划过来，贴上货船的船舷后，一个身上挎着盒子枪手提利斧的男子，纵身一跃上了货船，紧接着另外几个提着枪的人也跳了上来。一个船员举起木桨试图将一个上船的打下去，最先跳上船来的男子冲过去，挥起利斧劈下那个船员半个肩膀，那个船员没哼一声就死了，剩下的四个船员知道是土匪上船来了，一个个跪了下来，掌舵的双手作揖，连声哀求：

"老爷，船和货物给你们，只求饶我们一命。"

164

手提利斧的男子一声不吭走过去，举起利斧挨个将四个船员全部劈杀，又将尸体踢下船去。四个船员被劈杀时，只有第一个发出惨叫，后面三个没叫出声就被砍死了。坐在几袋黄豆中间的陈耀武看见后来跳上船来的土匪是那个外号叫"和尚"的人，陈耀武低声叫道：

"'和尚'，'和尚'，救我一命。"

"和尚"听到陈耀武叫他，不由一怔，他仔细看了看陈耀武，把他认了出来。当那个手提利斧的男子向陈耀武走来，"和尚"对他说：

"这个交给我。"

"和尚"用绳子松松地在陈耀武身上绕了几圈，把他推下了货船。陈耀武在水中挣脱了绳子，浮出水面时，鲜血染红了水面，也染红了他的头发和脸。正是那些船员的鲜血救了他的命，让他的脸看上去血肉模糊，那个手提利斧的土匪看见他时，以为是另一具漂浮的尸体。土匪抢劫的货船驶远以后，陈耀武才爬上一艘被遗弃的竹篷小舟，他呜呜哭了起来，刚才还在嬉笑说话的船员此刻已经命归黄泉，斧子都是从肩膀砍下去的，他们漂浮在染红的水面上，被砍裂的肩膀离开了身体，只有腰部还连接着，张开着在水面上浮动。

后来的三年里，陈耀武没有离开齐家村，他长大了，成为一个强壮的男人。他有时候会想起林百家，他想到的林百家仍然是那个只有十三岁的女孩，他觉得自己没有什么冲动了。他不知道三年来林百家一直在给他写信，林百家的信件都是寄给王先生，请王先生转交他。王先生把这些信件藏在衣橱里，可是三年过去了，王先生没有见过陈耀武，王先生开始抱怨自己的衣服都快没地方放了。

五十五

一个叫张一斧的土匪恶名鹊起，这个横行在万亩荡的土匪三年来抢劫了五十七次货船，用利斧砍死了八十九名船员。他手下的土匪把抢劫的货船驶往岸边，每次卸下的货物上都有人血，销赃之后，沾上人血的大米、黄豆、布匹、茶叶等货物在溪镇和沈店等地的商号出现。随着斑斑血迹货物的广泛出现，有关张一斧的传闻也是纷纷扬扬。

张一斧不仅有一把令人胆寒的利斧，他还是一个百步穿杨的神枪手，而且身手敏捷，平时步履如飞，撑竿翻墙和腾跃过船是他的拿手好活。他还会掐指算命，从小跟随一个算命先生游走江湖。张一斧在万亩荡水面上杀人越货，也洗劫附近的村庄。张一斧爱吃用黄酒爆炒的人肝，抓去的人票一旦没有送来赎金，就将人票生剖开膛，取出人票的肝脏，在锅里爆炒后成了他的下酒菜。

张一斧七年娶了七个妻子，七年又杀了七个妻子。最后被杀的妻子缝补衣服时针掉落在地，怎么也找不到，张一斧只是往地上看了几眼，就把针捡拾起来，他妻子笑着说，你真是贼眼。这"贼眼"犯了忌讳，张一斧摸出盒子枪当场击毙了自己的妻子。

张一斧的凶悍狠毒，让曾经名震一时的水上漂和豹子李等几股土匪个个望而生畏，纷纷投身到他的麾下。人多势众以后，张一斧要攻打溪镇了，他把水上漂、豹子李等人叫到一起，对他们说：

"万亩荡没什么货船了，周边村庄的富户也都躲进了溪镇，没有油水了，只有他妈的溪镇最肥。"

土匪准备攻打溪镇的消息传来，溪镇民团首领朱伯崇作好了迎战准备，他在城门上设立岗哨，天黑后就关闭城门。他将子弹发放下去，把民团拉到西山上练习射击。这时溪镇的百姓终于听到了枪声，这个只放屁不拉屎的民团如今正式开枪，溪镇的百姓反而提心吊胆，他们说这个独耳民团能行吗，那十九个被土匪割掉耳朵的人再遇上土匪会不会吓得屁滚尿流。

五十六

四月里的一天，张一斧率领一百多土匪，抬着两架云梯，拉着两车湿被了，还有一门土炮，一路咋咋呼呼，来到溪镇的南门。

朱伯崇布置其他人去守卫另外三个城门，自己带着十七人守在南门，十个人在城墙上，七个人守卫下面城门。为防土匪攻开城门，在城门那里堆满装了湿泥土的布袋。

土匪来到城下，闹哄哄站住脚，七嘴八舌说些什么，有几个人拉下裤子在那里撒尿，一个土匪对上面的人喊叫道：

"城上的弟兄们，我们是张一斧的人马，今晚想在溪镇过夜，请打开城门。"

城墙上的民团士兵听了土匪的喊叫，不知该怎么回答，都去看朱伯崇，朱伯崇对城墙下的土匪大声说：

"溪镇太小，住不下你们，你们走吧。"

一个撒完尿的土匪抖了抖他的裤子，高声说：

"他妈的，我们是扛枪吃饭的，你们也是扛枪吃饭的，要多少开门钱？我们给。"

城墙上几个被割掉耳朵的士兵认出他来了，他们有些惊恐地叫了起来：

"小五子，是那个小五子。"

小五子在下面听到了，抬头仔细看了一会儿，嘿嘿笑着回头与其他土匪说了些什么，然后抬头叫了起来：

"城上弟兄怎么都少了一只耳朵？"

城下的土匪发出哄笑，城上少了一只耳朵的八个士兵都耷拉下脑袋。小五子在下面继续喊叫：

"是天生的，还是被人割掉的？"

朱伯崇看这八个士兵都羞红了脸，他们垂头丧气，手里挂着长枪就像是挂着拐棍，朱伯崇心想这八个看来是靠不住了，冲着他们喊叫：

"那是枪，不是拐棍，举起来。"

城墙下的张一斧不耐烦了，他叫道："他妈的快开城门，要是让老子攻进来，不是割你们的耳朵，是挖你们的心肝。"

突然一声枪响，城墙下的小五子应声倒地。开枪的是徐铁匠，他看见小五子被他打死了，激动得满脸通红，说话结巴了，他说：

"仇仇人相相见，分分外眼眼红。"

徐铁匠这一枪让另外七个独耳士兵勇气倍增，他们一齐举枪向城墙下射击。看见有几个土匪在枪声里倒地，他们也像徐铁匠一样激动起来，他们一边射击，一边齐声叫道：

"仇人相见，分外眼红。"

子弹将城墙下的树木打得簌簌往下掉树叶，城墙下的土匪分散开去，开枪还击，一排排子弹向城墙上面射来。

陈三被击中左手，他被火烧了似的甩着左手哇哇乱叫：

"烫死我啦，烫死我啦。"

其他独耳士兵看见他满手鲜血，都愣住了。朱伯崇大声喊叫让他们跪下，他们赶紧跪下去，躲在城墙后面。土匪的火力一下子就把城墙上的火力压了下去，两队土匪抬着两架云梯，往城墙跑过来。

朱伯崇喊叫着让城墙上的士兵赶快开枪，自己的盒子枪也向下射击，城墙上的火力重新聚集起来向下射击。

这时徐铁匠看见水上漂跑在一架云梯的后面，他大声叫道：

"水上漂，我看见水上漂啦，我他妈的打死你。"

其他独耳士兵听到叫声，跑到徐铁匠这边问他：

"在哪里，在哪里？"

徐铁匠说："就在云梯后面，看见了吗？"

他们说："看见啦，看见啦。"

他们喊叫："打死他，打死他。"

城墙上的子弹都射向水上漂，把那里打得尘土飞扬。水上漂发现所有的子弹都朝自己射来，心想坏了，猴子似的在子弹丛中蹦蹦跳跳往回跑，躲到一棵大树后面。

另一端的一个独耳士兵看见豹子李，他也大声喊叫起来，独耳士兵又拥向另一端。豹子李叫叫嚷嚷正在指挥一队土匪把云梯架到城墙上，十来个土匪头顶花花绿绿的湿被子，手里拿着长刀盒子枪沿着云梯向上爬，其他的土匪一边往上射击，一边大声与向上爬的土匪一起喊叫：

"刀枪不入，刀枪不入。"

眼看喊叫刀枪不入的土匪就要爬上城墙，那些独耳士兵挤成一堆，指指点点还在寻找豹子李，朱伯崇破口大骂：

"他娘的开枪呀，这是打仗，不是看戏。"

独耳士兵这才看见土匪正在爬上来，急忙调转枪口对着花花绿绿的被子开枪，子弹打在湿被子上，发出扑哧扑哧的响声，里面的棉絮被打得飞了出来。土匪喊叫的"刀枪不入"把独耳士兵给震住了，子弹分明打中土匪，可土匪还在往上爬，他们叫了起来：

"我的妈呀，真是刀枪不入。"

两个土匪爬上城墙，他们掀开被子跳过来，一个土匪手举长刀向朱伯崇砍去，朱伯崇迎面给他一枪，打烂了土匪的脸，又给了另一个土匪一枪，也将他打死。独耳士兵们恍然大悟，他们叫道：

"什么刀枪不入，是被子。"

这时有四个土匪从云梯上跳下来，他们掀开被子正要开枪，独耳士兵全都扑了上去，把土匪摁在地上张嘴乱咬，咬得土匪阵阵嗷叫，徐铁匠的徒弟孙凤三将长枪一个个伸过去，贴着土匪的胸膛开枪，把四个土匪全部打死。

朱伯崇大声喊叫："推开梯子，推开梯子。"

朱伯崇自己扑上去将一架云梯推倒下去。陈三扑向另一架梯子，一个土匪刚刚掀开被子，陈三扑上去一把抱住他，在他脸上使劲咬一口，咬下一大口肉，接着他双腿往城墙上使劲一蹬，连土匪带自己和云梯一起倒下去。

陈三摔到地上，晕头转向爬起来，腮帮子鼓鼓地向前面一个土匪扑过去。几个土匪同时向他开枪，他双腿一软跪在地上，吐出大口鲜血，也将那块咬下的肉吐了出来，他捡起来仔细一看，看清自己咬下的是一只耳朵。他摇摇晃晃站起来，转身将咬下的土匪的耳朵举过头顶，满脸得意让城墙上的人看一看，他手里举着的是什么。一排子弹把他的身体打穿，他手里举着的耳朵掉落之后，他的身体也掉落下去。

陈三壮烈死去，城墙上的一个独耳士兵嚎啕大哭，这个独耳士兵捡起地上的一把长刀，跃身跳下城墙，冲向抬着云梯的土匪。

一个嚎啕大哭视死如归的人挥着长刀冲过来，那几个土匪扔下云梯就往回跑，其他土匪向他射击。这个独耳士兵对射来的子弹不管不顾，狠命砍着云梯，把云梯砍断。他身中数弹后又扑向另一架云梯，再挥刀砍下去。

张一斧喊叫："别开枪。"

张一斧奔跑过去，举起利斧劈下独耳士兵的左胳膊，这个独耳士兵头都不回，右手的长刀继续砍着云梯。当张一斧劈下独耳士兵的脑袋时，云梯已被砍断成两截。

张一斧一看两架云梯都被砍断，知道攀城是不行了，就命令土匪后撤，把土炮拉上来。

向后退去的土匪听到城墙上一片呜呜的哭声，两个独耳士兵的英勇牺牲，让城墙上其他独耳士兵失声而哭。

朱伯崇看见土匪把土炮拉过来了，就让城墙上的士兵分散开去，又命令下面守卫城门的七个士兵后退二十米。城墙上的士兵抱着枪蹲着，听着城墙下的土匪吵吵嚷嚷，朱伯崇挥手，他们立刻起身向城墙下射击，然后又蹲下来往枪里压子弹。压子弹时听到城墙下传来的土匪呻吟声，徐铁匠嘿嘿笑了两声，其他人也嘿嘿笑了起来。

这时轰的一声巨响，土炮击中城墙，炸出一个缺口，碎石和尘土一片飞舞，城墙上的士兵被巨响震得晕头转向，他们满身尘土爬起来，看见他们的团领朱伯崇受伤了。

朱伯崇的肚子被炸出一个口子，冒着热气的肠子流了出来，士兵们惊慌地围过去，朱伯崇一边喝叱他们，让他们退回去；一边将流出的肠子一把一把往肚子里塞，他把碎石子也塞进了肚子。朱伯崇命令他们守住缺口，又把城墙下的七个士兵叫上来。他坐在地上继续指挥，土匪向缺口扑过来时，他就举手让士兵们射击。土匪扑上来三次，被他们打回去三次。朱伯崇觉得自己快不行了，在战斗的间隙里，他轻声把近处的徐铁匠叫过来，又让徐铁匠把所有的士兵都叫过来，那些满脸尘土和鲜血的民团士兵蹲在朱伯崇四周，朱伯崇数了数，还有十二个，他看着他们的脸笑了笑，他说：

"我认不出你们谁是谁了。"

朱伯崇说自己快要死了。他看见他们的泪水从满是尘土的眼睛里流出，一道道流在满是尘土的脸上。朱伯崇把自己的盒子枪递给徐铁匠，任命徐铁匠为团领，接替他指挥战斗。他指了指城墙下，对他们说：

"记住了，深仇大恨，不共戴天。你们要死守城门，决不能让土匪攻进来。"

朱伯崇死前回光返照，说出诀别之语："我一生戎马，从清军到西北军，再率领溪镇的民团。没想到最为骁勇的是溪镇民团，身为你们的团领，我三生有幸，死而无憾。"

城上十二个民团士兵再次发出呜呜的哭声，徐铁匠像朱伯崇那样坐在地上，当土匪再一次扑过来时，他像朱伯崇那样举起了手，其他士兵立刻起身射击。

十二个民团士兵浴血奋战了两个多时辰，最后只剩下徐铁匠和他的徒弟孙凤三，孙凤三身上八处负伤，徐铁匠的眼球被打出来了。师徒两人趴在城墙的缺口上死守溪镇，孙凤三击中一个土匪，就会问：

"师父，是豹子李吗？"

起先徐铁匠还能看清，当他眼球被打出来以后，就不清楚了，他觉得有什么东西挂在眼睛上，就问孙凤三：

"我眼睛上挂着什么？"

孙凤三看了看说："师父，你眼睛上挂着眼睛。"

徐铁匠一把扯掉自己的眼球，他觉得另一只眼睛也逐渐黑暗下来。他把盒子枪往孙凤三那里送，他说：

"我瞎了，我把朱团领的枪给你，任命你为团领。"

奄奄一息的孙凤三接过盒子枪，嘿嘿笑了两声。这时城墙外一声巨响，土匪的土炮炸了。

张一斧率领一百来土匪狂攻溪镇一天，仍然没有攻下来，土匪军心涣散，张一斧只能再用土炮去轰开城门，结果这一次火药装多了，土炮自己爆炸，还炸死了三个土匪，炸伤五个。张一斧一看土匪死的死伤的伤，剩下的不到六十人。这时溪镇城里突然喊声震天，城墙上开始人头涌动，张一斧知道大事不好，命令土匪撤退。

独耳民团誓死抵抗土匪的时候，溪镇一些胆大的年轻人爬上屋顶观战，看见民团士兵英勇奋战，死守城门。这些年轻人不由热血沸腾，他们从屋顶上下来，在溪镇的大街小巷奔走相告。于是更多的人爬上了屋顶，更多的人目睹了民团士兵的壮烈牺牲，又有更多的人奔走相告。有的人从家里取出了菜刀，取出了柴刀，取出了木棍，取出了铁棍，取出了长矛，在大街上喊叫"杀土匪去"，一时间肉店里的刀，铁器店里的刀都被一抢而空，就是裁缝铺子上的剪刀也被人拿走了。上千的男人涌向溪镇的南门,里面有些人还背着包裹,他们本来是准备土匪攻进来时逃跑的,现在也喊叫着冲向南门。

他们从城墙的缺口洪水般涌了出来,土匪听到震天的喊声,看到乌泱泱扑过来的人群,吓得四散逃去,有些土匪为了让自己跑得更快,丢掉了枪支。那些受伤的土匪和跑得慢的土匪都被追上来的人乱刀砍死,乱棍打死,有一个倒霉的土匪被剪刀活活剪死。

土匪的溃逃让溪镇的百姓士气大振,他们穷追猛打,一口气追出了十多里路。这中间有很多人跑不动了,半途站住脚,追杀土匪的后来剩下十多个人,他们仍然一边追一边喊叫,觉得喊叫声越来越少,才发现身边没有几个人了,又看见二十多个土匪反扑过来,赶紧撒腿往回跑,轮到他们逃跑了。反扑过来的土匪担心还会有人追来,向他们开了几枪后继续向南溃逃。

击退土匪后,溪镇的百姓拥向南门,他们从城墙上和城墙下的乱石堆里找出朱伯崇,找出徐铁匠,找出陈三等十七具民团士兵的尸体,只有孙凤三还有一丝气息,孙凤三胸前还抱着那把盒子枪。他们卸下十七块门板,把民团士兵的尸体放到门板上,众人齐力抬着走向城隍阁,街道两旁挤满百姓,当十七块门板过去后,他们跟在后面,一直跟到城隍阁。

尚有一丝气息的孙凤三被抬到郭家药铺,顾益民把城里的中医都请来,中医们察看了伤痕累累的孙凤三,不是叹气就是摇头,他们告诉顾益民,孙凤三身上取不出来的子弹就有八颗,别的伤是数不胜数。

几个中医看着孙凤三身上还在出血,便用干炒的蒲黄敷在出血的伤口。他们说别无他法了,只能用蒲黄给他止血镇痛和抗炎。那时候药铺的门外挤满了人，很多人来到那里，等待孙凤三的消息。

孙凤三昏迷不醒，死前突然睁开眼睛，看见盒子枪仍然抱在自己胸前，又看见顾益民站在一旁，孙凤三脸上出现了笑意，他双手把盒子枪抬起来给顾益民，声音虚弱地说：

"朱团领死前任命师父为团领，师父死前任命我为团领，我要死了，我任命你为团领……要在师父和我的墓碑上刻上'团领'。"

顾益民接过盒子枪，伸手替孙凤三合上眼睛。然后提着盒子枪走到外面，告诉等待的人群，孙凤三死了。刚才还在议论纷纷的人群立刻鸦雀无声，顾益民举起手中的盒子枪，对他们说：

"三年前我前往省城，请出朱伯崇来溪镇组建民团出任团领。朱伯崇死前任命徐铁匠为民团团领，徐铁匠死前任命孙凤三为团领，刚才孙凤三把盒子枪给我，任命我为团领。现在我是溪镇民团第四任团领。"

十八个壮烈牺牲的民团士兵没有葬在西山，顾益民把他们葬在城隍阁前的空地上，他要百姓记得是谁保卫了溪镇。城隍阁前竖起了十八块墓碑，朱伯崇的墓碑上刻着"溪镇民团首任团领"，徐铁匠的墓碑上刻着"溪镇民团次任团领"，孙凤三的墓碑上刻着"溪镇民团叁任团领"。

五十七

溪镇的独耳民团威名远扬，顾益民重建民团的消息传出后，报名者从四面八方赶来。顾益民去省城购得二十支汉阳造，溪镇的一些富户也捐出私藏的枪支，顾益民重新组建了一支三十人的民团。团领顾益民从此枪不离身，每次出现时总是斜挎着朱伯崇的盒子枪，即便是会客和赴宴也是如此。他学习朱伯崇的样子，在城隍阁前指挥民团士兵练习扛枪走路，练习趴下瞄准，练习半跪瞄准，练习站立瞄准，练习跑步瞄准；又像朱伯崇那样把士兵拉到西山上练习开枪，像朱伯崇那样大声叫好。朱伯崇是在士兵击中靶子时大声叫好，顾益民一听到枪响就忍不住叫起来：

"好枪法！"

附近城镇的民团找上门来，要和溪镇民团订立联防公约。就是固若金汤的沈店，也派人前来订立联防公约，他们那里除了民团，还有省城督军派去的剿匪官军。

顾益民俨然自视为各支民团的总首领，他把各民团团领召集到溪镇开会，研究剿匪事宜。他说如今民心振奋，应该一鼓作气打击土匪，今后民团不再只是为了守城，应该主动出击。于是一有匪情，顾益民亲自率领民团出城剿匪。三个月里顾益民乐此不疲出城了十三次，虽然没有遭遇土匪，民团的声势倒是越来越浩荡。与身先士卒的朱伯崇不同，顾益民出城剿匪时还是商会会长的派头，他平时出门是四抬轿子，出城剿匪时为了鼓舞士气，他要坐八抬大轿。夏天里八抬大轿招摇过市时，两旁各有一位民团士兵手拿扇子，一边走着一边给轿子里的他扇风。他从轿子里出来，就有一把油布洋伞在他身后撑开，为他遮挡炎炎烈日。

五十八

溪镇一役让张一斧损兵折将少了一半人马，水上漂、豹子李等几股土匪也率领残部脱离张一斧，各自拉出去重新干起拦路抢劫的勾当。

张一斧手下的土匪不到二十人，他知道凭这二十几条枪是干不成大事的，开始在万亩荡一带招兵买马，强令群众入股为匪。张一斧出道时是抢劫来往货船，以致万亩荡水面上没有了货船，万亩荡村庄里的富户也都纷纷迁走，张一斧原本看不上这些已经没有多少油水的村庄，败走溪镇后他重新打起这些村庄的主意，这一天他率领土匪来到陈永良一家居住的齐家村。

匪徒们从稻田里横七竖八走来，手里拿着长刀，一边走一边乱砍稻子。村里人眼看着快要收割的稻子被土匪乱砍，个个心疼，可是谁也不敢说话，只有血气方刚的陈耀武冲着土匪喊道：

"你们这些人是吃粮食的还是吃草的，为什么要砍稻子？"

一个土匪向陈耀武举了举长刀说："妈的，老子不但要砍你的稻子，还要砍你的脑袋。"

陈永良拉住儿子的胳膊，让他别再说话。张一斧和匪徒们从稻田里走出来，张一斧左边挎着盒子枪，右手提着一把利斧，陈耀武一眼认出了他，这个张一斧就是当年一连劈下五个船员肩膀的土匪，陈耀武头皮顿时一阵发麻。

张一斧走到村民跟前，对他们说："这里是我的地盘，一切都得顺从我。你们是个大村，挑选二十个青年跟我干，还得向我缴纳军饷。"

陈永良上前一步说："我们是靠耕田种地来养家活口，抽不出人手跟随你们干；至于出钱出粮，我们愿意尽力照办。"

张一斧沉下了脸，过了一会儿他慢慢地说："那就先出钱出粮吧。"

这帮土匪开始洗劫齐家村。他们挨家挨户翻箱倒柜，把值钱一点的东西全部搬到船上，装了四船的衣物粮食。然后他们在陈永良家院子里生火开灶，杀猪宰羊，几口锅不停地做饭，做了一顿又一顿，吃了一伙又一伙。他们糟蹋的粮食洒满了陈永良家的院子，还没有被宰杀的鸡鸭都在院子里低头吃着粮食。他们在齐家村吃喝了两天，眼看着把没法带走的粮食和鸡鸭猪羊吃光了，他们才拍拍屁股站起来，油光满面打着饱嗝走向他们的船只，上船前张一斧嘿嘿笑着拍拍陈永良的肩膀说：

"下个月再来串门。"

土匪离去以后，齐家村的女人们眼泪汪汪了，她们哀叹不知道以后的日子怎么过。陈永良把各户召集到一起，他说：

"看来今后是过不了安稳日子，大家都要小心，还剩下值点钱的东西都小心藏好，粮食收上来各家也要藏起来。"

陈永良最后告诫村里人："不要惹是生非，要息事宁人，忍让为好，免得大祸临头。"

五十九

一年下来，张一斧纠集起了五十来人的土匪队伍，由于缺少枪支，他们只能在万亩荡一带的村庄活动。顾益民坐着八抬大轿出城剿匪的派头，让张一斧十分羡慕，心想自己要是坐上八抬大轿，几百上千的土匪前呼后拥，也算是不枉来这世上一趟。

张一斧打起顾益民的主意，他把手下几个干将召集到一起商议，他说打蛇要打七寸，擒贼要先擒王，若是把顾益民绑了票，一是可以杀杀溪镇民团的威风，二是可以拿顾益民换来民团的枪支，壮大自己实力。

张一斧备好一口棺材，枪支藏在棺材里，带上十个能干的土匪，披麻戴孝出发了。土匪在万亩荡的荡西村下了船，那里有陆路通向溪镇，土匪没有走大路，走小路绕道来到溪镇的西山。

几个正在西山上捡柴的溪镇居民，看见一支丧葬的队伍从山路上来，十一个身穿孝服的男人抬着一口棺材哭出一片乌鸦的叫声。这几个溪镇的居民心里好奇，看着这些陌生人走近，问他们是哪里人，土匪也不回答，他们把棺材抬到顾益民家的祖坟前，放下棺材后拿起锄头，挖顾家的祖坟。

几个溪镇的居民吓了一跳，赶紧上前阻止他们，对他们说这是顾家的祖坟，说你们要是挖了顾家的祖坟，你们就要去坐牢。土匪也不答理他们，依然是一边哭叫一边挖着顾家的祖坟。

有一个溪镇的居民对土匪说："你们知道顾益民吧？他是溪镇民团的团领，还是溪镇商会的会长。"

张一斧转过身来说："这坟地是我们张家刚刚买下的，你们看，有地契。"

张一斧拿出一张纸给他们看，他们看到上面确实写了字，也有手印。张一斧把纸放回胸前的口袋，转身哭叫起来：

"爸呀，爸呀，你别扔下我们啊。"

这几个溪镇的居民不知道怎么办，有一个说赶紧去告诉顾益民，便有两个人跑下山去。

这时顾益民正在书房里，两个从西山跑下来的人气喘吁吁来到他面前，从这两人断断续续的讲述里，顾益民知道有十来个人抬着棺材到西山，正在挖他家的祖坟，那些人还有坟地的地契。他脑子里嗡嗡直响，顾不上坐轿子，带上两个仆人，右手抄起长衫就往西山方向跑去。

顾益民和两个仆人上气不接下气地跑上西山，留守的三个居民看见顾益民跑上来了，得意地对土匪说：

"顾团领顾会长来啦，看你们怎么交待。"

顾益民跑到近前，一看祖坟已被刨开，气得蹦跳起来，他伸手指着土匪，颤抖地说：

"你们……"

顾益民话还没有说完，土匪已经扔下锄头，打开棺材，从里面取出枪支。张一斧一把抱住顾益民，另外的土匪开了三枪，两个溪镇居民和一个顾益民的仆人中弹倒地。土匪挟持顾益民向着刚才过来的山路跑去，回头对那两个没有中弹却吓傻的人喊叫：

"回去告诉你们城里的人，我们是张一斧的人马，我们绑了顾益民，等我们的帖子。"

名声赫赫的溪镇商会会长、民团团领顾益民被土匪绑票的消息，像打雷一样在溪镇炸开了。溪镇的百姓惊慌失措，独耳民团的胜利让他们趾高气扬了一年，现在他们感觉大事不妙，有些人家又开始悄悄打理行装，一旦土匪攻城，立即逃之夭夭。

三十个民团士兵群龙无首，他们三三两两聚到一起，像是抱着枕头似的抱着他们的汉阳造，抱着他们的三八式，互相询问怎么办，谁也不知道该怎么办。商会的几个副会长知道怎么办，他们紧急商议后，立即让四个城门关闭，将民团士兵分派去守卫城门。又请林祥福出面，去安抚顾益民的眷属。

那天顾家的深院大宅里一片哭泣哀鸣，顾益民的妻妾里有晕眩的，有捶胸顿足的，有唉声叹气的，有喘不过气来的。林祥福进去后，在夫人召集下，她们围坐在大堂上商议怎么办，所谓商议，也就是围着前来安抚她们的林祥福哭哭啼啼，她们涂满胭脂的脸被泪水一冲，像蝴蝶一样花哨起来。

顾益民的两个女儿此时仍在上海的中西女塾，四个儿子有三个还在沈店的寄宿学校，最大的顾同年在沈店结识一位上海来的妙龄女子，在父亲书房里偷了准备进货用的一千两银票后与妙龄女子去游山玩水了。

这个妙龄女子说话时上海话与英语交替出现，她自称是富家小姐，父亲在上海有多间绸缎铺子，与顾同年游山玩水期间，让顾同年给她买了不少首饰，还定制了三身旗袍。

顾同年手里的钱快要花完时，他们到了上海。妙龄女子说通过父亲的关系为顾同年找到一份肥差，让他去一家专做码头仓栈生意的洋行做事。顾同年跟随这个妙龄女子来到码头，在一间洋人的办公室里，一个满脸胡子的洋人递给他一份英语合同，顾同年看不懂英语，妙龄女子为他翻译，大意是让他先做助理，月薪五十银元，妙龄女子说她父亲手下绸缎铺里的掌柜先生月薪不过八块银元。

顾同年欣然在合同上签字画押，洋人起身将合同放入柜子后，说着英语向顾同年招手，顾同年听不懂，去看妙龄女子，妙龄女子架起腿点燃一根纸烟，悠然吸了一口，吐出几个烟圈后说洋人要带他去参观办公室，她就在这里等他回来。

顾同年跟随洋人走出码头的屋子，走上一条大船，顾同年心里好奇，自己的办公室竟然在船上。洋人在甲板上揭开一个铁盖，做出一个请的手势，顾同年看到下面黑乎乎，似乎坐着很多人，他感觉不对时，洋人把他推了进去，顾同年沿着楼梯滚到下面，还没有爬起来，上面的铁盖已经合上。

底部船舱里只有一盏昏暗的煤油灯，顾同年看见坐在这里的人大多衣衫褴褛，他询问之后知道自己被卖到澳洲去做劳工了。他傻愣半晌后痛哭流涕，他呜咽地一声声喊叫：

"爸，爸，救救我……"

可是哭泣与喊叫不会改变他此后在澳洲矿上食不果腹衣不蔽体劳役繁重的命运。

六十

顾益民被张一斧土匪绑架到万亩荡齐家村时，已是深夜。土匪们举着火把喧哗进村，睡梦中的村民纷纷惊醒。土匪把村民驱赶到一起，要他们拿出粮食，生火开灶，煮饭烧水。张一斧把陈永良一家人赶到羊棚里住，自己带着几个土匪住进陈永良家的砖瓦房屋，其他土匪住进近旁人家的房屋里。

陈永良没有认出被绑的人票是顾益民，只是在火把的光亮里看见土匪把一个捆绑住手脚，嘴里塞得鼓鼓布条的人推进柴房。这一夜土匪没有去管顾益民，他们吃饱喝足后抽起大烟玩起纸牌，然后倒头呼呼睡去。

第二天，土匪们来到柴房。张一斧命令一个手下给顾益民松绑，取出他嘴里那团破布。平时养尊处优的顾益民被捆绑一夜后浑身酸疼，塞在嘴里的破布不知道是从哪里找来的，阵阵臊臭让顾益民的肠胃一夜都在翻江倒海，臊臭的破布取出后，顾益民感到要呕吐了，胃里的酸液一股股蹿到嘴里，想到自己的身份，顾益民强忍住，咽了下去。松绑后他扯了扯长衫，上前两步，在张一斧对面的凳子上坐下来，结果身后的土匪将凳子一抽，顾益民一屁股坐到地上，土匪们哈哈大笑，坐在椅子里的张一斧假装训斥土匪：

"不得无礼。"

顾益民站起来重新往凳子上坐，土匪又把凳子抽走，顾益民再次跌坐在地，又是一阵哈哈大笑。张一斧又说了一句不得无礼，他说这位可是大人物，是顾团领顾会长，他伸手指指凳子，请顾益民坐上去。在土匪的哄笑里，顾益民伸手小心翼翼捏住凳子，坐了上去。

张一斧笑着对顾益民说："你可是值钱的货。"

顾益民挺直腰坐在凳子上，他看看张一斧和其他土匪，然后说："你们知道我的身份，请讲明多少银两才能赎我出去，我立即修书让家里人送来赎金。"

张一斧摇头说："我们不要你的光洋，不要你的店铺，不要你的女人，也不要你的房子，只要溪镇民团的枪支。"

顾益民说："民团的枪支非我个人财产，实难从命。"

张一斧冷笑一声站起来说："给你用了刑，就是你的财产了。"

张一斧上前两步一脚踢翻顾益民，土匪一拥而上，先给顾益民"压杠子"，把他的双膝跪地，用木棍压上，左右两个土匪各将木棍端起使劲踏压而下；又给顾益民"划鲫鱼"，剥下顾益民的长衫和衬衫，在他胸前背后用利刀划出一个个斜方块，还用辣椒面撒在顾益民鲜血淋漓的身上；最后用竹棍插进了顾益民的肛门摇动起来，土匪告诉顾益民：

"这是'摇电话'。"

顾益民几次昏迷过去，几次在重刑里苏醒过来。"压杠子"时他觉得自己骨头断了，"划鲫鱼"时他觉得自己身上的肉被一片片割下来，而辣椒面撒上来时仿佛油炸了，"摇电话"的时候他感到身体里一片兵荒马乱。痛不欲生的顾益民低声求饶：

"我写，我写……"

他的求饶在呻吟声里断断续续，张一斧命令手下的土匪把竹棍从顾益民肛门里抽出来，俯下身去问顾益民：

"民团枪支是你的财产吧？"

顾益民哼哼地说："是，是我的。"

溪镇最有尊严的顾益民，用手指蘸着自己身上的鲜血，屈辱地写下一封血书，要求溪镇民团交出所有枪支，来赎回他的一条性命。

张一斧拿起血书看了看说："人已歪歪扭扭，写出的字还他妈的直着。"

张一斧想起顾益民出城剿匪时乘坐的八抬大轿，又令顾益民在血书里添上八抬大轿。

六十一

接到张一斧土匪派人送来的顾益民血书以后，溪镇乱成一团。

城里有身份的人物走家串户商议对策，以林祥福为代表的一派主张按照血书上的请求去做，用民团的枪支去赎回顾益民，他们认为千军易得，一将难求。林祥福历数种种往事，包括当年溃败的北洋军沿途抢劫而来，顾益民从容应对，拯救溪镇。

林祥福说："溪镇可以没有民团，不可以没有顾益民。"

另一派也是要去赎回顾益民，只是反对用民团枪支去赎回。他们说没有了枪支，溪镇就没有了民团，没有了民团，土匪就会大摇大摆进入溪镇烧杀抢劫，溪镇就会房屋尽毁生灵涂炭。

他们说："顾会长是一定要赎回来的，只是不能以全城人性命去赎回，不能毁掉溪镇千年基业。"

两派争执不下时，有人提议去省城购置枪支，既可以赎回顾益民，又可以保全溪镇民团的枪支。大家觉得想法不错，只是太费周折，恐怕要有一两个月，土匪给出的期限只有十天。这时另有人提议去驻守沈店的官军那里购置枪支，短则两三天，长则一周就能完成，这个提议得到一致赞同。

沈店担心自建的民团难以抵挡土匪，花钱请省城的督军派来官军剿匪。剿匪的官军来了之后，沈店的百姓才知道是引狼入室。官军差不多每月一次扛着枪支浩浩荡荡出城，口口声声要剿灭土匪。与土匪相遇后，官军丢下枪支，捡起土匪扔下的光洋就跑；土匪则是丢下光洋，捡起官军扔下的枪支就跑。沈店的百姓眼看着剿匪的官军扛着枪出了城，回来时人一个不少，衣服也干干净净，可是肩上原本扛着的枪都没有了，土匪越剿越多，而官军丢掉的枪支也是越来越多，枪支需要重新购置，这笔费用就摊派到商会头上。

溪镇商会的主要纳捐人坐到一起，商议后决定由商会出资去购买驻守沈店官军的三十支枪，当然这是私下的买卖，他们已经听闻官军与土匪的交易，商会里有人与沈店的官军打过交道，这人说他可以前去沈店，他知道如何与那里的官军交易。

然后他们商议前去赎回顾益民的人选，大家认为这不是普通的赎金，是三十支枪的赎金，要去赎回的也不是普通的人票，是溪镇的头号人物，因此给土匪送去三十支枪的人选不能随便找一个，应该是个有分量的人物。

这时大家没有了声音，这些体面绅士只是想到张一斧的残暴，已经心惊肉跳了。沉默笼罩了他们，过了一会儿有人看着林祥福，其他几个人也跟着去看林祥福，林祥福知道他们的想法，也知道自己是当仁不让的人选，他低头不语，他也想到了张一斧的残暴，女儿林百家突然浮现在了眼前，让他有了惴惴不安之感。林祥福想到了陈永良，如果陈永良在这里，一定会站起来说他去。林祥福心想，即使陈永良在这里，也不会让陈永良去，他会自己去。林祥福抬起头来，看见那些看着他的眼睛开始躲闪，他轻声说：

"我去。"

六十二

溪镇商会里的重要人物商议对策的两天里，民团士兵心里七上八下，他们听说顾团领的血书里要把民团的枪支交给土匪，不知道是不是也要把民团的士兵交给土匪，他们抱着枪互相打听，有的说是，有的说不是，说是的理由是万亩荡的土匪正在招兵买马，他们这些训练有素的民团士兵自然是土匪求贤若渴之人；说不是的理由是相信顾团领的人格，绝对不会出卖自己的部下。他们议论了两天，直到在街上见到林祥福，向林祥福打听后，知道血书里没有要把他们交给土匪，算是有些安心，接下去他们互相说道：

"没有了枪，土匪来了怎么办？"

"没有了枪，我们就不是民团士兵，就是老百姓了，土匪来了怎么办？像老百姓那样逃跑。"

顾益民被土匪绑了票，要把民团的枪支作为赎金交给土匪的消息传出之后，溪镇一些人准备好了行装，扶老携幼走出城门。这些人的提前逃跑，溪镇人心惶惶了，也激起了很多人的不满，有人站在大街上对那些背着包袱出城的人指指点点，甚至骂了起来：

"民团还没把枪支交出去，你们就他妈的逃跑了，要是大家都逃跑，谁来照管溪镇？"

白天逃跑的人被骂得面红耳赤，接下去逃跑的人选择晚上悄悄出城。自从顾益民被绑票以后，溪镇天黑就关闭城门，那些个守卫城门的民团士兵生财有道了，逃跑的人家只要悄悄塞上钱，守城的士兵就会打开城门放他们出去。顾益民后来招募的民团士兵大多来自外乡，这些人原本游手好闲，加入民团只是为了混口饭吃，眼看就要大难临头各自飞，没想到还能发笔不大不小的横财，他们说：

"这财运来了，门板都挡不住。"

四天后，从驻守在沈店的官军那里私下购置的汉阳造和三八式放在八抬大轿里，八个民团士兵抬着进入溪镇。

商会里有人提议派出民团士兵护送林祥福前去，林祥福没有同意，认为民团士兵去少了没用，去多了难免会有开打的架势，反而危及顾益民，他说只需一条船和一个船家。

六十三

临行前一天的下午，林祥福在躺椅里闭上眼睛后，看见了北方的家中，看见了母亲的音容笑貌，还有父亲，父亲本来模糊的形象清晰了起来，接着小美出现了，小美拉着林百家的手走过来，这时听到母亲叫他名字的声音，他惊醒过来，意识到自己刚才睡着了。

林祥福从躺椅里起身，走到书桌前坐下，给北方老家的田大写了一封信，让田大带上兄弟到溪镇来接他回家，信上没说其他的，末尾的一句话是"叶落该归根，人故当还乡"。写完后他将信读了一遍，读到最后这句话不由一怔，然后拿起毛笔把"叶落该归根，人故当还乡"抹黑了。他在书桌前坐了一会儿，又给顾益民写了一封信，信上说如果自己遭遇不测，还请顾益民按照两人约定的日期完成顾同年和林百家的婚事。最后给女儿写信，千言万语涌上心头，可是一个字也写不出来。他呆坐半晌后，只是在纸上写了书房地下埋有五个缸，每个缸里装有一千银元，然后取出木器社的账簿和万亩荡田地的地契，用布一起包好，在布上写下"林百家"三个字，放进墙壁的隔层里，林百家知道这个匿藏之处。

林祥福带上两封信来到翠萍这里，他沿着嘎吱作响的楼梯走上去时，已经不再接客的翠萍打开房门迎候，熟悉的上楼脚步声告诉她，林祥福来了。

林祥福走进翠萍的房间，看着翠萍关上门插上门栓，他在桌旁坐下后陷入了沉思，翠萍给他沏了一杯茶，就退回到床边坐下，两个人没有说话。林祥福要带着枪支去土匪那里赎回顾益民的消息已经传遍溪镇，翠萍也有耳闻，她忐忑不安地看着林祥福，想问又不敢问。

林祥福坐了一会儿后，告诉翠萍他想留下来吃晚饭，翠萍慌手忙脚起来，这是林祥福第一次要在她这里吃饭，她没有想到，急忙走过去打开衣橱，右手伸进层叠的衣服里，摸出来一个布袋，解开布袋才想起来里面没有铜钱了，她背对林祥福站着，停顿一下后又将布袋放回衣服之间，她关上柜门转过身来时已是一脸羞色，她对林祥福尴尬地笑了笑，之后趴到地上爬进床底下，她在床底下发出的响声似乎移开了一块砖，她爬出来时手里拿着一块银元。

林祥福看着她手里的银元，问她这是做什么。她说上街去买些鱼肉回来做晚饭。林祥福说买些鱼肉何须用银元。她脸色通红了，说没有铜钱了，一文也没有。林祥福从口袋里摸出铜钱，接着又放了回去，他说家里有什么就吃什么。她局促不安地说家里只有冷饭和咸菜。林祥福说就吃冷饭和咸菜。她摇摇头走向房门，准备开门时林祥福一把抓住她的手，把她拉了回来，问她冷饭够不够两个人吃。她点点头，说够两个人吃。随即补充说为了节省柴火，她做一次米饭可以吃两天，眼下已过中秋，米饭放两天不会发馊。林祥福再次说就吃冷饭和咸菜，而且语气坚定。她迟疑之后想到一个折中方法，她说：

"做个酱油炒饭。"

翠萍从窗台上养在瓷盆里的小葱里摘下来一些，开门走到楼下，林祥福走到门外，站在楼梯口，看着楼下的翠萍在灶台上将小葱切碎，点燃灶火，把铁锅烧热后，放入猪油和小葱，炒了几下后，放入冷饭散炒，然后倒入酱油翻炒。

猪油、小葱和酱油混炒米饭时的香味蒸腾而上，站在楼梯口的林祥福感到口水在嘴里涌动了，翠萍端着酱油炒饭走上来时，看见林祥福的手擦起了嘴角。

然后林祥福与翠萍面对而坐，两个人吃着酱油炒饭和咸菜。自从陈永良一家搬去齐家村，林百家去了上海以后，林祥福第一次与人一起吃饭，而且吃的是美味的酱油炒饭。他称赞翠萍的手艺，说炒饭好吃，又说翠萍腌制的咸菜也好吃。翠萍只是吃了两口，拿着筷子不再吃了，她面露愧色地看着林祥福，没有让林祥福吃上一顿丰盛的晚饭，她过意不去。

天色暗下来时，翠萍起身去点亮煤油灯，走回来把煤油灯放在桌子上，放在两人之间。林祥福吃完晚饭，看着脸上闪烁着煤油灯光亮的翠萍，告诉她，他明天要去刘村给土匪送枪支，说着他从口袋里取出两封信，先把给顾益民的信递给她，说如果自己没有回来，顾益民回来了，就把信交给他，如果顾益民也没有回来，把信交给顾益民的夫人。翠萍不安地点了点头，林祥福又把给田大的信递给她，说自己没有回来的话，请把这信寄出。然后林祥福从另一个口袋里拿出一百两的银票，放在桌子上，这是送给翠萍的。

翠萍的眼圈红了，她看了看桌子上的银票，手里捧着两封信小心翼翼问林祥福：

"您回来了呢？"

"我回来了，"林祥福说，"两封信还给我就是。"

六十四

张一斧只准手下的土匪进入柴房，所以陈永良不知道在他家柴房里遭受土匪酷刑的人票是顾益民。他在顾益民手下做事多年，听到的都是顾益民温和的声音，从未听过顾益民的大声训斥。顾益民在柴房里痛苦嗷叫和哭泣般呻吟的时候，陈永良不会想到发出如此撕心裂肺喊叫和如此凄惨漫长呻吟的是顾益民。

第九天的傍晚，看管顾益民的土匪松懈下来，忘了张一斧下令不准村里人进入柴房，让李美莲给关在柴房里的人票送点吃的过去，此前土匪都是把自己吃剩的扔给顾益民，像是扔给一条狗那样，嘿嘿笑着看顾益民趴在地上的饥饿吃相，这天没剩下吃的，就让李美莲做点吃的送去。

李美莲端着一碗米粥走进柴房，走到这个血肉模糊的人票跟前，轻声叫着，让他喝点热粥。李美莲轻声叫了十来下，这个人票才慢慢抬起头来，李美莲看清顾益民的脸以后失声叫道：

"老爷，您是老爷。"

顾益民目光呆滞看着李美莲，李美莲又叫了几声，他仍然没有认出李美莲。李美莲将碗送到他嘴边时，他认出碗里的粥，像婴儿吮吸一样，咝咝地将粥吸进了嘴里。

李美莲眼泪汪汪回到羊棚后，陈永良才知道柴房里的人票是顾益民，他呆立很久，然后坐在地上，低头听着李美莲的低声呜咽，李美莲不停地说：

"老爷浑身是血，老爷快被他们打死了，老爷像是傻了。"

张一斧不知道顾益民和陈永良曾经的主仆关系，他在齐家村住

191

了十天后，率领着大队土匪去刘村领取顾益民的枪支赎金，留下两个土匪看管顾益民。

土匪们呼啸而去后，陈永良觉得机会来了，他悄悄将村里有威望的长者召集到一起，明确告诉他们，不管什么后果，他都要营救顾益民，齐家村的长者赞成陈永良，他们说：

"别说是溪镇商会会长顾益民了，即便是其他人家的人票，也岂能见死不救。"

陈永良说一旦救出顾益民，土匪必定会来报复，他让村里人悄悄准备好行李，该带走的东西都带走，邻村有亲友的暂时躲到邻村去，没有亲友的走水路，躲到万亩荡的芦苇丛里去。他和陈耀武又去找了几个身强力壮的年轻人，计划如何救出顾益民，商议后决定以日照为信号，当下午的阳光照到院子西墙时，那几个年轻人悄悄躲到院门外，他和陈耀武先动手控制土匪，听到喊声后他们冲进来，合力把土匪捆绑起来。

陈耀武说："捆绑什么，杀了这两个伤天害理的土匪。"

陈永良连连摇头说："万万不可，我们是救人，不是杀人。"

六十五

早晨的时候，林祥福来到溪镇的码头，身后是八个民团士兵抬着的轿子。他站在湿漉漉的石阶上，对着十几条大小船只和坐在上面的船家说：

"我要去刘村送赎金，谁送我去？"

坐在早晨阳光里的船家们一声不吭，张一斧凶狠残暴的传闻，让这些船家胆战心惊，林祥福站在那里喊了三声，船家们不是低头，就是扭头，或者转身进到舱里，林祥福喊出第四声：

"谁送我去刘村？"

林祥福听到了划水声和船与船的碰撞声，那个吓傻过的曾万福划着竹篷小舟，从几条船的中间驶了过来，靠在林祥福脚旁的石阶上，他对林祥福说：

"林老爷，请上船。"

曾万福的船装上枪支后，在旭日东升里划向万亩荡的刘村。林祥福坐在船头神情严肃，曾万福在船尾奋力划桨，劈波斩浪而去。林祥福思绪万千，他想起十七年前怀抱林百家，身背包袱，坐船前往溪镇寻找小美的情景。也是在这个宽广的水面上，也是这样的竹篷小舟，也是这样的船家。林祥福突然感到眼前的曾万福可能就是十七年前将他带到溪镇的船家，林祥福开口询问，曾万福点点头说就是他，他之所以还记得，是林祥福当初背了一个庞大包袱。林祥福微微一笑，他说没想到十七年后重新坐上曾万福的小船。他告诉曾万福，船资是两块银元，为防被土匪掠去，放在商会那里，等他们带上顾会长返回溪镇，他即可去取。曾万福说两块银元太多了，船资最多也就是几文铜钱。林祥福摇摇头，说此行非同寻常，两块银元不多。此后林祥福不再说话，他听着波浪擦着船舷，仿佛是木器社砂纸擦着家具的声响。

这时候是秋收时节，林祥福满眼望去不见人影，只有荒芜的田地和倒塌的茅屋，还有几具森森白骨遗弃在岸边。林祥福想起曾经的繁荣景象，稻谷麦子棉花油菜花芦苇青草竹林树林布满田野，炊烟在屋顶袅袅升起，耕牛在田地里哞哞叫响，农夫在田埂上三三两两走来和走去……如今匪患兵乱让人们流离失所，杀伤死亡让万亩荡没有了人烟，林祥福见到一个白发老人拄着歪曲的树枝，拉着一个幼儿的手站在岸上朝他们张望。

中午的时候，他们来到刘村的码头。几个土匪和一辆板车等候在那里，土匪向站在船头的林祥福喊叫：

"枪送来了？"

林祥福指指船舱回答："在这里。"

船到码头，土匪说："把枪递上来。"

林祥福问："顾会长呢？"

土匪说："把枪递上来，带你去见他。"

林祥福向曾万福点点头，曾万福将船靠上去，把缆绳系在水边一棵柳树上，进了船舱把枪一支支递给船头的林祥福，林祥福又递给土匪。枪支装上板车后，林祥福跳上岸，曾万福回到船尾蹲下，看着林祥福跟着土匪和装着枪支的板车在小路上走去。

林祥福走进村庄，一些身上挂着长枪和烟枪的土匪看见林祥福时嘿嘿地笑，这些土匪手里端着饭碗，一边往嘴里扒拉米饭一边和走在林祥福前面的几个土匪说话。

"枪送来啦。"

"送来啦。"

领路的土匪把林祥福带到一幢砖瓦房前，让他坐在门槛上，对站在那里的土匪说：

"好好招待他。"

林祥福眯缝眼睛坐在阳光照耀的门槛上，十多个端着饭碗的土

匪围着他,他们骂骂咧咧喜笑颜开。一个土匪给林祥福端过来一碗饭,林祥福起身接过饭碗,几个土匪对他说:

"吃吧,吃吧,和我们一起吃。"

林祥福点点头,重新坐在门槛上,他往嘴里扒了一口米饭,看到碗里还有几片炒肝,就夹一片放进嘴里嚼了起来。他嚼着炒肝,觉得不像是猪肝,也不像牛肝和羊肝,更不是鸭肝和鸡肝,他不知道这是什么肝。他皱眉将炒肝咽了下去,随即想起流传的张一斧土匪经常吃人肝,一阵恶心让他胃里翻江倒海,刚刚咽下去的又返回到嘴里,林祥福不敢呕吐出来,眼泪汪汪地将那些又粘又酸的东西重新咽下去。然后他不再吃了,端着饭碗看着眼前这些大口咀嚼的土匪,一个土匪对他说:

"吃呀,吃呀,他妈的为什么不吃?"

林祥福说:"我吃饱了。"

另一个土匪说:"你他妈的只吃了一口,就说吃饱了,你他妈的全吃下去。"

林祥福看着碗里的米饭和黑乎乎的炒肝,实在不想再往嘴里放了,他对土匪说:

"我确实吃饱了。"

土匪们叫叫嚷嚷:"吃吃吃,吃下去,他妈的。"

这时屋子里传出来张一斧的声音,张一斧说:

"不得无理,这位溪镇来的老爷吃惯了山珍海味,哪咽得下你们的猪狗饭。请他进来。"

屋外的土匪推着林祥福走进去,走进了西边的厢房。林祥福看到一个男子躺在烟榻上抽大烟,心想他就是张一斧。

林祥福问他："这位老爷就是名扬四方的张一斧？"

张一斧放下烟枪，点点头，起身盘腿而坐。林祥福看看四周，对张一斧说：

"我把枪支带来了，请把顾会长交给我。"

张一斧看着仍然端着饭碗站着的林祥福，对手下的土匪说："还不让这位老爷坐下。"

一个拿尖刀削着地瓜的土匪踢过去一只凳子，另一个土匪将林祥福摁了下去，让他坐在凳子上。

张一斧笑着问林祥福："八抬大轿也带来了？"

林祥福说："匆忙找的小船，八抬大轿没法运来，只要顾会长安然回到溪镇，轿子随即用大船运来。"

张一斧的笑脸随即变成凶狠的脸，他说："你们的顾会长死啦。"

林祥福霍地站起来，看着张一斧，仿佛没有听清他的话。张一斧看见林祥福手里还端着那只饭碗，凶狠的脸又变成笑脸，问林祥福：

"这炒肝好吃吧？"

林祥福站在那里没有反应，张一斧嬉笑地对林祥福说：

"你吃的就是你们顾会长的肝。"

在张一斧和土匪们的笑声里，林祥福端着饭碗一动不动站在那里，土匪们又叫嚷起来：

"你他妈的吃了一口就不吃了，你对得起顾会长的肝吗，你他妈的是嫌顾会长的肝不好吃是吧？告诉你，这他妈的可是少有的新鲜肝啊，这叫生剖取肝，生剖出来就下油锅，黄酒酱油葱花爆炒，肝炒熟了你们顾会长还没死呢，你他妈的还嫌弃，你吃不吃，你他妈的吃下去，全吃下去……"

林祥福眼睛血红了，他看着张一斧，血红的目光仿佛钉子一样钉住了张一斧。张一斧看着林祥福的奇怪模样哈哈大笑，他招呼其他土匪过来看看林祥福。几个土匪凑过去，看见林祥福静止的神态也是哈哈笑个不停，随即有土匪发出惊叫，林祥福手里的碗向他们飞去，那个一手拿着尖刀一手拿着地瓜的土匪，突然发现地瓜还在尖刀没了。

林祥福扑向张一斧，前面的土匪身不由己地闪了开去，林祥福手握尖刀刺向张一斧的眼睛，张一斧一个翻身跳下烟榻，林祥福猛扑过去，仍然刺向张一斧的眼睛，张一斧就地一滚再次躲开，林祥福扑倒在地，尖刀插进了地砖的缝里。滚在地上的张一斧对着那些傻站的土匪喊叫，土匪这才反应过来，当林祥福拔出尖刀再次刺向张一斧时，土匪一拥而上把他压在地上，夺下他手中的尖刀。

张一斧站起来，嘴里一个又一个"他妈的"，同时伸手摸了摸眼睛，对手下的土匪叫道：

"把他绑起来。"

土匪们在地上用绳子把林祥福捆绑后，张一斧让两个土匪把林祥福拉起来，又让一个土匪把地上的尖刀捡起来递给他，他手握尖刀走到林祥福面前，冷笑地说：

"你爱用尖刀啊。"

这时的林祥福对眼前的一切视而不见了，他分开双脚，稳稳地站在那里。张一斧左手揪住林祥福的头发，右手的尖刀往林祥福的左耳根处戳了进去，又使劲拧了一圈，林祥福的鲜血喷涌而出，抓住林祥福的几个土匪叫着跳开去，用手胡乱抹去喷在脸上的鲜血。

死去的林祥福仍然站立，浑身捆绑，仿佛山崖的神态，尖刀还插在左耳根那里，他的头微微偏向左侧。他微张着嘴眯缝着眼睛像是在微笑，生命之光熄灭时，他临终之眼看见了女儿，林百家襟上缀着橙色的班花在中西女塾的走廊上向他走来。

屋里的土匪鸦雀无声，他们吃惊地看着林祥福，奇怪他为什么没有倒下，过了一会儿一个土匪对其他土匪说：

"他妈的，他在笑啊。"

另一个土匪问："他是不是变成鬼了？"

"这么快就变成鬼了？"

"他妈的，死了不就是个鬼。"

"我的妈呀，活生生见着一个人变成了一个鬼。"

土匪们心惊肉跳了，一个个窜到屋外，张一斧发现屋里只有自己，倒吸一口冷气，他抬脚蹬了林祥福一下，林祥福沉重地倒在地上。张一斧走到屋外，对刚才窜出去的土匪说：

"倒啦。"

土匪们回到屋里，去看倒在地上的林祥福，后面进来的问前面的：

"还在笑吗？"

前面进来的低头看了看叫起来：

"我的妈呀，还在笑。"

那时候曾万福蹲在船尾，他蹲得两腿发麻时，有两个土匪喊叫着跑过来，曾万福不知道他们叫些什么，觉得他们的样子穷凶极恶，他战战兢兢站起来，对着跑来的土匪又是哈腰又是点头。土匪跑近了，才听清楚土匪是让他下船，土匪叫道：

"你他妈的快上来，快把那个鬼带走。"

曾万福不知道他们在说些什么，继续点头哈腰："老爷，把什么鬼带走啊？"

土匪说："就是他妈的和你一起来的那个鬼。"

曾万福跟着土匪跑到那幢砖瓦房前，他看见站在屋外的土匪一个个满腹狐疑的模样，有几个土匪对着屋里指指点点，要他赶紧进去。曾万福心里七上八下走进屋子，他在西边的厢房里看见倒在地上的林祥福，左耳根处插着一把尖刀，林祥福微笑的模样让曾万福也吓了一跳，弯下腰轻声叫道：

"林老爷，林老爷。"

地上的林祥福没有动静，曾万福不知所措走回到门口，向着外面的土匪点头哈腰，问他们：

"各位老爷，林老爷怎么了？"

土匪说："死了。"

曾万福说："死了怎么还在笑？"

土匪骂了起来："他妈的，快把他带走。"

曾万福给土匪们鞠了一躬，跑回到屋子里，随即又出现在门口，点头哈腰地说：

"各位老爷，谁帮忙抬一把，抬到我背上就行。"

一个土匪举起长枪，拉上枪栓冲着他说：

"你他妈的自己去抬，你他妈的别再出来说话啦。"

曾万福又给土匪们鞠了一躬，回到屋子里，他这一次进去以后半晌没出来，外面的土匪等了又等，他们说这小子怎么就不出来了，是不是被鬼捉去了？正说着曾万福背着林祥福出来了，他跨过门槛后站住脚，对着土匪们点头哈腰。

那个拿着长枪的土匪叫道："别点头啦，别哈腰啦，快给我滚，这他妈的傻瓜，真想一枪干掉他。"

曾万福背着林祥福一路走去，几个土匪跟在他身后，他将林祥福放进摇晃的船舱，自己站在船尾呼哧呼哧喘气，他看见不远处的几个土匪向他挥手，他不知道土匪是要他赶快滚蛋，以为土匪是在和他道别，他也举起手向土匪挥动。接下去一连串的枪声响了，打得岸上的树叶和树枝飞舞起来，曾万福哇哇叫着坐下去，哇哇叫着划船快速离去。

六十六

留下来看管顾益民的两个土匪，看到陈永良和陈耀武出去很久才回来，起了疑心，举枪走到院子外面看了一阵子，没看到什么，回来后插上门栓，对陈永良和陈耀武说：

"没事别他妈的瞎走。"

两个土匪抱着枪在院子里坐到下午，坐久了呵欠连连，土匪抹着呵欠打出来的眼泪，起身回到房间里，半躺在床上抽起大烟。

羊棚里的陈永良和陈耀武走出来，端着李美莲事先准备好的饭菜，走进土匪抽大烟的房间，对土匪说：

"老爷，吃晚饭了。"

两个土匪没有反应过来，心想吃过午饭没多久，怎么就要吃晚饭了？而且送饭的应该是李美莲，怎么成了陈家父子？土匪再往门外一看，外面阳光灿烂，心想坏了，赶紧去拿枪。这时陈永良和陈耀武把手中的饭菜往土匪脸上一扔，分别扑向两个土匪。四个人在床上扭打起来，他们滚到地上，又从地上扭打到屋外。陈永良和陈耀武一边和土匪扭打，一边喊叫：

"快来人，快来人。"

院门插上了门栓，外面接应的人听到喊声也冲不进来，他们敲打院门喊叫：

"快开门，快开门。"

羊棚里的李美莲和陈耀文冲到院子里，陈耀文手里拿着一块砖头跑到近前的哥哥那边，这时陈耀武一根手指被土匪卡断了，陈耀武仍然扭住土匪不放，他看见陈耀文拿着砖头过来，就喊叫陈耀文砸土匪的脑袋，陈耀文左瞄右瞄不敢下手，怕砸到哥哥脑袋上。李美莲被眼前的情景吓傻了，她哭着对外面的人喊叫：

"你们快进来呀。"

外面的人还在撞击院门，还在叫："快开门。"

李美莲没有去拉开门栓，她站在那里哭叫："你们快进来呀，你们怎么还不进来。"

这时陈耀武扭住土匪一个翻身，让土匪压到自己身上，他对陈耀文喊叫：

"砸呀。"

陈耀文连人带砖头一起扑了上去，砖头砸在土匪脑袋上，把土匪砸晕了过去，陈耀文也重重摔倒在地，他爬起来后看看这个一动不动的土匪，看见陈耀武扑向另一个土匪，与父亲一起把那个土匪摁在地上，那个土匪拼命挣扎，陈耀文冲过去也给他一砖头，把他也砸晕了，这次砸碎了砖头。陈耀文再次爬起来，听到外面喊叫的撞门声，他跑过去拉开门栓，门突然打开后，外面的人撞了个空，一个个滚了进来，把陈耀文也撞滚在地，外面滚进来的人从地上爬起来后，看见两个土匪一动不动躺在地上，陈家父子三人则是坐在地上呼哧呼哧喘气，李美莲这时破涕为笑了。

他们把土匪捆绑后拖进房间，陈永良进屋拿起一条被子披在身上，有人问他为何要披着被子，他说老爷浑身是伤，怕碰疼老爷。

陈永良让两个儿子小心把顾益民抬到他背上，走到村庄的码头，走到船前，他让两个儿子把顾益民接过去，自己上船将被子铺在船舱，再和儿子一起将顾益民放进船舱。陈永良将船撑开时，叮嘱岸上的村民，张一斧土匪回来后必会报复，他要大家离村出走。

陈永良摇着小船在万亩荡的水面上渐渐远去，他看见村口延伸出去的小路上出现一些背着包袱携儿带女的村民，有几条船驶向茂盛的芦苇丛，他远远认出李美莲和两个儿子在船上的身影。然后陈永良低头看了看顾益民，血迹斑斑的顾益民仍然沉沦在昏迷里，陈永良想起第一次在沈店见到顾益民，他和三个脚夫挑着顾益民的绸缎从沈店来到溪镇，一晃这多年过去了，风光无限的顾益民，此时奄奄一息。

顾益民在清澈的划水声和小船的摇晃里渐渐苏醒过来，他看见一张有些熟悉的脸，慢慢认了出来，声音虚弱地问：

"是陈永良吗？"

正在划船的陈永良听到顾益民叫出他的名字，立刻放下木桨，俯下身去凑近顾益民说：

"是我，老爷，你醒啦。"

顾益民问他："我在什么地方？"

陈永良说："老爷，你在船上，我正送你回家。"

顾益民看见满天的晚霞，听到水声，感觉到小船的摇晃，他记忆起土匪对他的折磨，他努力想着什么，逐渐明白过来，他说：

"你救了我？"

陈永良点点头说："是的，老爷。"

陈永良继续划起小船，顾益民闭上眼睛，不再说话，陈永良看到顾益民脸上出现一丝微笑，然后眼角流出了泪水。晚霞开始褪色，天色黑暗下来，陈永良划着小船，看见远处的溪镇有了光亮。

通往溪镇城内的水路从东门进入，天黑后放下的木闸挡住了陈永良的小船。陈永良对东门城墙上的几个民团士兵喊叫，说自己是陈永良，请他们吊起木闸。城墙上的士兵都是来自外乡，不知道陈永良是谁。他们说，不能起闸，谁知道你是不是土匪。陈永良告诉他们，他是木器社的陈永良，又说船上有顾益民会长，顾会长伤势很重，请他们吊起木闸。城墙上的士兵听说船上有顾益民，都笑起来，他们说，别骗我们，你要说别人，我们还信，你说顾益民，谁他妈的会信，顾益民在张一斧土匪那里呢。陈永良请他们仔细往下看看，他们说黑乎乎的看不清楚。陈永良急了，他破口大骂，说要是顾会长有个三长两短，就要他们的脑袋。城墙上的士兵说，这分明是土匪的腔调。陈永良只好哀求他们，说即便是土匪，自己也只是一个人，你们城墙上有几个人，你们也不用害怕。

他们说："谁害怕啦？"

陈永良在东门水路的木闸外等了差不多一个时辰，他又是叫骂又是哀求，守城的士兵就是不吊起木闸。后来城上的士兵累了困了，他们不再答理陈永良，他们坐下来靠着城墙打起了瞌睡。陈永良也是精疲力竭，他听着城上士兵的鼾声，不知道还有什么办法吊起木闸。

神志清醒过来的顾益民没有喊叫的力气，他声音虚弱地安慰陈永良，说天亮了会有船出城，那时就会吊起木闸。

这时候有一户逃走的人家划着小船悄悄来到东门，他们给守城的士兵塞了钱，木闸终于吊起。这户人家认出了陈永良和顾益民，他们的叫声让守卫的民团士兵知道这两个人是谁了。

顾益民被陈永良救回来的消息迅速传遍溪镇，溪镇有身份的人物纷纷来到顾益民的宅院，顾益民妻妾的哀声本来已经偃旗息鼓，此刻又是哭声四起。

六十七

曾万福在广阔的水面上不停划船，土匪打出的那一串子弹让一个遗忘很久的情景回来了，子弹在冬天的寒风里嗖嗖地飞来飞去，陈顺和张品三倒在雪地里，他在飞来飞去的子弹里挥舞双手狂奔，一颗子弹削去他的中指。

这样的情景一直纠缠着他，他将竹篷小舟划回溪镇的码头，这时夕阳西下，上了岸的曾万福精疲力竭。码头上的人围了过来，他们看着船舱里林祥福，流出的脑浆和血混在一起，左耳根还插着一把尖刀。他们的声音高高低低，层层叠叠，询问曾万福是怎么回事。"怎么回事？"曾万福自言自语擦着脸上的汗水，慢慢举起左手，让他们看看断了一截的中指，声音沙哑地说，"告诉你们吧，是被子弹打掉的。"

林祥福的遗体运往城隍阁，溪镇的居民一个个来到，看着林祥福躺在那里的惨状，有的失声而哭，有的唉声叹气，有的默默无声。

曾万福坐在城隍阁大门外的石阶上，一遍又一遍说着他如何将死去的林祥福背到船上，又如何在土匪呼呼的子弹里划船逃出来。有人问他，林祥福是怎么死的？他迷茫了，低头去看自己少了一截的手指。

夜深后，溪镇的居民陆续离去后，陈永良来了。陈永良与几个人把顾益民抬回家中，他在路上听说了林祥福送枪支赎金惨遭张一斧土匪杀害，他走到顾家宅院门口，没有走进去，看着那几个人把顾益民抬进去后，他转身来到城隍阁，那时候道士们已经休息，阁中空空荡荡，林祥福躺在一张长桌上，脚边放着一盏长明灯，那个名叫翠萍的女子站在一旁低声哭泣。陈永良觉得这个女子似曾相识，却不知道她为何如此伤心。

翠萍听见脚步声进来，在微弱的长明灯的烛光里抬头看见走过来的是陈永良，她后退几步到了暗处，陈永良没再注意翠萍，他在长桌旁长久站立，看着林祥福微笑的面容，还有插在左耳根的尖刀。

往事杂草丛生般涌现在陈永良眼前，最多的是雪冻时的情景，林祥福身背庞大包袱怀抱女儿走进他家，这个情景犹如雨中的屋檐滴水，出现一下，停顿一下，又出现一下……陈永良觉得眼睛模糊了，他伸手去擦，才知道自己已是泪流满面。他擦干净眼泪后，拔出插在林祥福左耳根的尖刀，那一刻林祥福微张的嘴合上了。陈永良看了看带血的尖刀，对林祥福说：

"这尖刀我要还给张一斧。"

这是陈永良此生对林祥福说的最后一句话，说完他的右手放到林祥福冰冷的额头上，慢慢往下移动，合上了林祥福的双眼。

六十八

　　两个被捆绑的土匪，在陈永良一家离去后，一个土匪用牙齿咬断另一个土匪身上的绳子，两个土匪挣脱后，趁着夜色逃出齐家村，跑向刘村，跑得大汗淋漓，两条落水狗似的跑到张一斧跟前，向张一斧报告：

　　"齐家村的人造反啦，救走了顾益民，他们人多势众，把我们两个五花大绑，我们咬断绳子才跑了出来。"

　　张一斧天亮之前集结起五十来个土匪，杀奔齐家村。张一斧行前对手下的土匪下令：

　　"给我斩尽杀绝，鸡犬不留。"

　　早上的时候，几个没有离开的孩子，在村口看见大群的土匪沿着田埂走来，他们跑回去喊叫：

　　"土匪来啦，土匪来啦。"

　　一排子弹追上他们，他们绊脚似的一个个倒下去，土匪的枪声让齐家村惊慌失措。陈永良昨天走时叮嘱村民尽快离去，大部分村民还在收拾东西准备离去，他们没想到土匪这么快就杀过来了。

　　大群土匪走来时又是朝人开枪又是挥刀砍人，村民乱窜逃命，那些女人们，看见自己的孩子在枪声里倒地，发出凄厉的叫声，一个个扑了上去，手持利斧的张一斧对准扑上来的女人乱砍，其他土匪也用长刀砍向她们。四溅的鲜血让空气里飘满血腥气息，后面的女人看见前面的女人被砍下肩膀、砍下胳膊、砍下脑袋，仍然视而不见地扑向自己的孩子。一个女人抱着孩子跑来，张一斧上去砍下孩子的头，孩子的鲜血喷射而出，女人满脸是血，她浑然不觉，抱着无头的孩子仍在奔跑，她以为孩子安然无恙，跑出了村庄。

土匪挨家挨户搜查，见人就杀，见物就抢，杀完抢完一把火烧了房子。齐家村顷刻成为火海，跑得快的从田地里四散而去，不少人跳进水里游向远处的芦苇丛。有人撑开一艘木船，向着芦苇丛摇船过去，二十多个跳进水里的人游向木船，一个一个努力爬上船，可是水里的人还没全上来，木船就翻了，他们在水里乱成一团，竭力爬上翻转过来的船底。

齐家村有两百多人没有逃脱，他们在熊熊火光里被土匪驱赶到晒谷场，张一斧向他们喊叫：

"你们二十个人一队，给老子站好，老子要斩草除根。"

土匪如同牵出羔羊一样，一次拉出二十个人。土匪挥舞长刀，砍下一个个老少人头，还有土匪扔出梭镖，穿透一个个男女的胸背。尚未出生的孩子，被土匪戳死在母亲肚子里。梭镖拔不出来的，土匪抬脚蹬向尚有气息的身体，拔出梭镖。两百多人的鲜血在空中飞溅，溅满晒谷场四周的树叶，又从风中摇晃的树叶滴落下来。鲜血染红晒谷场的泥土，染红老人的白发、孩子的瞳孔和女人苍白的脸。前一批村民被土匪杀得如同砍瓜切菜，后一批村民眼睁睁看着，他们泪流满面，恐惧嚎哭，哀鸣低泣，此起彼伏的惨叫声在风中抖动，让躲进芦苇丛的村民听到后浑身战栗。

十多个年轻女子留到最后，五十来个土匪扑了上去，把她们摁在鲜血和尸体上，强奸了她们。土匪们你争我夺，为抢一个姑娘拔刀相见。有两个土匪因为互不相让，挥刀斗殴，互相砍得鲜血淋淋，回头一看，那个姑娘已在别的土匪强奸中了，这两个土匪火冒三丈跑回去，每人一枪将那个姑娘打死，然后继续挥刀互斗。正在强奸姑娘的土匪满脸是血,这个土匪暴跳如雷,他一手提着裤子,一手像是抹汗水那样抹去脸上的鲜血,从地上捡起一把长刀向那两个还在互斗的土匪砍去,于是三个土匪混战起来。旁边仍在强奸中的土匪扭头看着,一边强奸一边议论起来:

"这他妈的谁跟谁打呀?"

"他妈的看不清楚。"

张一斧强奸完两个女子,他系上裤带,骂着走过来,他飞脚踹开正在打斗的三个土匪,对他们破口大骂:

"他妈的真没出息,放着那边活蹦乱跳的鲜货不要,在这里为个死货斗得头破血流。"

十多个年轻女子被土匪轮番强奸后,又被土匪用长刀砍落人头。齐家村一片火海,噼啪爆裂声经久不息。六百多人口的齐家村有二百四十九人惨死,河水红了,青草红了,树叶红了,泥土红了,尸体横七竖八,东一堆,西一堆,满村都是。白天的齐家村腥风血雨,哭号惨叫不绝于耳;天黑后狂风吹来,狂风的哀鸣声声不息。

四十三具村民的尸体被土匪抛进村里的小河,这是万亩荡伸进齐家村的水流,这些尸体从齐家村的小河漂浮进入万亩荡宽阔的水面。在万亩荡的水面顺流而下,漂浮到了溪镇的码头。苍蝇云集的尸体让码头那里的船家捂着鼻子忍受阵阵恶臭,要用竹篙撑开尸体,才能让船只进出。四十三具尸体在溪镇的码头漂浮多日,万亩荡的河鱼成群而来,争食浮尸,将浮尸吃得千疮百孔,最后剩下一具具白骨,然后沉落水底。

那几天里,溪镇空气里恶臭弥漫,人们无缘无故上吐下泻,药铺里的驱吐药和止泻药被抢购一空。人们几个月不敢饮用万亩荡的河水，捕捞上来的河鱼也无人敢吃，有些大鱼被剖开肚子后，里面还有尸体的手指甲和脚指甲。

六十九

逃离的村民第二天陆续回来，悲惨的景象让他们嚎啕大哭，不少人晕厥倒地。陈永良在溪镇住宿一夜后摇船回来，他在一片哭声里上岸，手里握着那把带血的尖刀走来，李美莲和两个儿子迎上来，他见到他们完好无损，长长出了一口气，然后告诉他们，林祥福死了，为顾益民送枪支赎金到刘村，被张一斧土匪用尖刀戳死，尖刀戳进林祥福的耳根，他拿起带血的尖刀说：

"就是这把。"

悲伤接踵而至，李美莲和两个儿子先是震惊，后是痛哭，他们的哭声汇入到齐家村的哭声里，在空中呼啸而去。

陈永良在村里走去时，看到回来的村民三三两两蹲在自家的废墟瓦砾上，挖着、哭着、骂着，寻找还有什么物件没有被烧毁。有几户人家的地窖余火未熄，藏在里面的谷物还在燃烧，他们的手伸进烟火中，努力取出他们残余的谷物。

这里曾经是万亩荡最为富庶的村庄，曾经是万亩荡棉布、牲畜、蚕丝和谷物的交易之所，曾经房屋连片，还有戏台和凉亭，如今尸横遍野，满目断墙残垣，处处灰烬废墟。

然后他们给死去的村民掘坟安葬，死者太多，村里的地不够用，又有四十三具尸体在万亩荡水面上漂浮远去，只能将死者集中葬在村东的空地里，堆出两百四十九个坟墓，有四十三个是空坟，墓园前立上石碑，正面刻着"贰佰肆拾玖人墓"，背面刻的是二百四十九个死者的名字。

陈永良站在墓碑前对村民们说："既然苟且偷生不能，那就与张一斧土匪决一死战。"

陈永良把尖刀绑在左手手臂上，从自家废墟里找出一把柴刀，陈耀武找出一把土匪扔下的长刀，陈耀文捡到一支长矛，村里其他的人也从废墟里找出鸟枪和刀棍。村里幸存下来的四十一个青壮男子，决定跟随陈永良去报仇雪恨，他们铁青着脸走出村庄。

齐家村报仇雪恨的队伍走过邻近的两个村庄，沿途打听土匪的行踪。傍晚时他们听说有一股土匪正在不远处的钱村落脚过夜，陈永良让大家在路边坐下来，他说走了一整天了，大家好好休息，喝点水吃些干粮，养精蓄锐准备杀匪。四十四个齐家村的村民散落在路的两旁，他们手里的鸟枪、长刀和长矛让路上的行人见了害怕，以为是拦路抢劫的土匪，一个个远远躲避。陈永良向躲避的人喊叫，说他们不是土匪，是找土匪报仇的齐家村人。

张一斧土匪血洗齐家村很快传遍附近村镇，那些远远避开的人听说是齐家村的人，纷纷走上前来，打听土匪在齐家村的累累暴行，他们中的一些人还认识陈永良他们。于是落日西沉时的路上挤满了人，齐家村报仇雪恨的男人本来没有眼泪了，只有仇恨，因为别人的打听，他们诉说时又是泣不成声，听者也是泪流而出，与齐家村的人一起哭泣。后来其他村庄被张一斧土匪残杀了亲人的也讲述他们的悲惨遭遇。一个男人哭得浑身抽搐，断断续续讲述他的女人被张一斧土匪一枪打死，他幼小的儿子被土匪抛向空中，掉下来身体穿在刺刀上，他儿子的手脚还在动弹。另一个男人已经没有眼泪了，他说他的女人扑倒在儿子身上，因为儿子还有气息，她用身体死死护住儿子，张一斧土匪用木棍乱打，把她的两只眼球打了出来，最后土匪用刺刀连他女人和儿子一起刺穿。一个女人讲述她们村庄的悲惨情景，十多个男人被张一斧土匪赶进树林，捆绑起来后扒掉他们的裤子，土匪用尖刀划开他们的肛门，挑出里面的肠子，系在用手压住的树梢上，土匪一松手，肠子被树枝的弹力拉出，一串一串挂在树梢上，这十多个男人先是嚎叫后是呜咽死去。他们说着这些凄惨事时呜咽抽搐，齐家村的人开始为他们哭泣。天黑的时候他们之间已经不分你我，一些人哭着说不回家了，说要加入齐家村报仇雪恨队伍，一起去杀张一斧土匪。

陈永良抹去伤心之泪，向人打听钱村的情况。一个货郎去过钱村，他告诉陈永良，钱村很小，不到二十户人家，估计在那里过夜的土匪不会多。陈永良了解钱村的情况后，让大家出发。报仇雪恨的队伍在月光里向前走去，陈永良感到已不是刚出来时的四十四人，他站在路边清点人数，一直数到六十八人，队伍的突然壮大让陈永良激动异常，他大声说道：

"我们有六十八人，六十八条好汉。"

陈耀武在一旁提醒父亲："是六十九条好汉。爸，你忘了数自己。"

六十九个人在夜色里向着钱村走去，他们七嘴八舌说个不停，各自打听名字和经历，他们像是赶集的人群，不像是杀匪的队伍。

他们走近钱村，陈永良在山坡上借着月光看清下面的钱村，他伸手数了两遍，只有十七户人家，陈永良说：

"这是个穷村，没有砖瓦房，十七户都是茅屋，只要把茅屋围住，土匪插翅难飞。"

陈永良话还没有说完，有人举起木棍大叫一声："冲啊，杀土匪啦。"

其他的人也跟着喊叫起来："冲啊，杀土匪啦。"

六十八个人举着长刀、举着菜刀、举着木棍、举着鸟枪冲下山坡，在月光里像是乱石滚下山坡。只剩下陈永良一个人在后面吼叫，陈永良要他们回来，说还没有布置战斗任务。没有人听到陈永良的喊叫，他们耳边灌满了自己的喊叫声，有几个手里拿着鸟枪的远远就向茅屋开枪，一时间喊叫声、枪声、刀棍碰撞声响彻夜空。陈永良在后面喊破嗓子都无人回头，他只好跟着冲下山坡。

在钱村过夜的土匪只有七人，他们分住在四户人家，刚入睡就听到山坡上喊声震天，还有枪声，土匪慌慌张张提着裤子提着枪走到屋外，看到月光透亮的山坡上黑压压的人群正在扑下来，"杀土匪"的喊叫声也在扑下来，吓得土匪往屋后窜，领头的土匪对他们喊：

"别往那边跑，那边是山崖。"

土匪又窜回来，问领头的："哪边有路？"

领头的手指前面的山坡说："路被他们占了，上屋顶吧。"

七个土匪手忙脚乱爬上屋顶。这时六十九个人冲了下来，他们齐声喊叫，要土匪出来受死。钱村的村民惊慌失措走出屋子，以为这从天而降的队伍也是土匪，他们哀声求饶，说老爷行行好，别烧他们的房子。陈永良使劲吼叫一阵，才让杀匪队伍安静下来，他对钱村的村民说：

"各位乡亲，我们不是土匪，我们是杀土匪的齐家村人。"

陈永良刚说出齐家村，就有人在后面补充另外的村名，他们一口气说出十来个村名。陈永良等他们说完，继续说：

"我们是来找张一斧土匪报仇雪恨，请各位乡亲把土匪拉出来。"

钱村的村民听说这是来找土匪报仇的齐家村人，放心了，他们互相议论，说到土匪血洗齐家村的事，有一个人对陈永良他们说：

"土匪不在屋子里，都在屋顶上趴着，一共有七个。"

听说土匪都在屋顶上趴着，他们伸长脖子踮起脚尖，往屋顶上看，看见有三间茅屋的屋顶上趴着人，就冲着屋顶上的土匪喊叫：

"快快下来，不然我们一把火烧死你们。"

钱村的村民听说要烧房子，连声说："千万别烧我们的房子。"

陈永良说："我们不会烧房子，我们吓唬吓唬土匪。"

六十九个人里面有人也要爬到屋顶上去，说上去把土匪揪下来。钱村的村民对他们说：

"不用上去，他们自己会掉下来的。屋顶铺的是稻草，橡子是葵花秆，他们不动还好，打个喷嚏橡子就会断。"

话音刚落，就听到一片咔嚓的响声，三个屋顶全塌了下来，七个土匪跌到地上，哎哟叫起来。六十多个人推推搡搡一拥而上，把土匪一个一个揪了过来，有人挥起长刀就要砍土匪，陈永良制止他们：

"不要在钱村杀人，不要弄脏钱村，把土匪捆绑，拉回齐家村去杀，去祭奠二百四十九个冤魂。"

这时有土匪说："我们不是张一斧的人马，我们与你们齐家村无冤无仇，你们报仇该找张一斧去。"

陈永良问他们："你们不是张一斧的人马，你们又是哪股人马？"

那个土匪回答："我们是'和尚'的人。"

陈耀武一听是"和尚"的人，立刻问："'和尚'在哪里？"

站在陈耀武身后的一个土匪说:"我就是。"

陈耀武回头仔细看了看,果然是"和尚",他对陈永良连声大叫:"爸,他是'和尚',他真是'和尚',他是土匪里的好人,他救过我的命。"

陈耀武给"和尚"解了绳子,他对"和尚"说:"你还记得我吗?我是溪镇的陈耀武,你割过我的耳朵,你救过我的命。"

陈耀武滔滔不绝说着,旁边的人越听越糊涂,心想他在说些什么呀,割过耳朵又救过命。"和尚"认出来他是谁了,"和尚"说:

"是你啊,你是在我家住过的陈耀武,你在船上差点被张一斧砍死,你长这么高了。"

陈耀武对陈永良他们说起"和尚"的母亲,如何给他系上红绳,如何给他煮了鸡蛋烙了饼,让他路上吃。陈耀武与"和尚"久别重逢,另外六个土匪松了口气,他们对陈永良说:

"真是大水冲了龙王庙,快给我们松绑,都是一家人。"

这天晚上,"和尚"的七个人和陈永良的六十九个人合到一起,在钱村过夜。他们围坐在一起商议今后的出路,"和尚"告诉陈永良,他们七个弟兄看不惯张一斧的残暴,攻打溪镇前就与张一斧分道扬镳了。

"和尚"说:"身处这乱世若想种田过日子,必遭土匪劫杀;若做上土匪,不抢劫又活不下去。"

陈永良说:"乱世做土匪也没什么丢人的,不过做土匪也要有好心肠。"

"和尚"对陈永良说:"现在人数多于张一斧,可是凭几支鸟枪和一堆长刀长矛去敌张一斧土匪,那是以卵击石。"

陈永良问"和尚":"你有何主意?"

"和尚"说："张一斧在万亩荡活动，占据水上便利，我们先避其锋芒，去五泉一带，那里的山脉是最好的藏身之处，时机成熟后再战张一斧。"

陈永良沉思良久后点点头，对大家说："'和尚'说得对，先留着张一斧的狗命，此仇不是不报，只是时机未到。"

此后的一个月，陈永良的队伍壮大到一百来号人。可是一百来号人只有二十支枪，其中十一支还是鸟枪，就在陈永良与"和尚"愁于缺少枪支弹药时，顾益民的一个仆人突然来到，他对陈永良说，已在路上走了四日，沿途打听齐家村报仇雪恨队伍的去向，终于找到这里。

他从胸口取出一封信递给陈永良："这是老爷的信。"

陈永良接过信，问仆人："老爷伤势如何？"

仆人说："老爷伤势已无大碍，只是还不能下床。"

仆人说他马上就要返回，老爷在等着他的音信。陈永良叫来陈耀武，让他带上几个人把顾益民的仆人送出山口送上大路。

陈永良拿起顾益民的信，信很厚，信封上没有顾益民的笔迹，陈永良小心拆开封口，里面没有顾益民的书信，只有十张银票，每张一千。陈永良为之动容，他把十张银票递给"和尚"，"和尚"数了数银票后兴奋说道：

"说到枪支弹药，枪支弹药就到了。"

陈永良问"和尚"："如何才能购到枪支弹药？"

"和尚"告诉陈永良，驻扎在沈店的官军，扛着枪支抬着弹药出城剿匪，与土匪遭遇后，官军丢下枪弹，捡起土匪扔下的光洋就跑，土匪则是丢下光洋，捡起官军扔下的枪弹就跑。

"和尚"说："我去与沈店的官军交易。"

七十

顾益民胸前背后的伤痕开始腐烂，流出的脓血粘住了床单，顾益民翻身时床单也翻了过去，仆人小心翼翼剥下床单像在剥下一层皮，顾益民呻吟不止。几个中医都说，腐肉不去，新肉难生，须用毒性大和腐蚀性强的升药。于是从药铺里取来升药，那是由水银、火硝和明矾等升华而成，又配上煅石膏研成细末，敷遍顾益民全身。升药的毒性让顾益民已经腐烂的上身完全烂透，中医从他身上刮下不少腐肉，每天都有一碗腐肉从顾益民的卧房端出来，他的妻妾哀声不断，她们觉得顾益民身上没有什么肉了。升药去除腐肉之后，中医使用辛温无毒消炎抗菌的大蒜，将大蒜捣烂后外敷在顾益民身上。

痛不欲生之后，顾益民的呻吟停止了，神志也恢复清醒，可以与人说话，只是声音虚弱轻微。听到顾益民脱离危险，能够躺在床上会客，溪镇有身份的人前来探视。

清醒过来的顾益民闻到阵阵恶臭，那时候漂浮在溪镇码头的四十三具尸体被河鱼争食后，剩下的白骨正在下沉。顾益民询问来客这是什么气味，然后他知道陈永良救出他以后，张一斧残暴血洗齐家村，陈永良组成一支队伍去找张一斧土匪报仇雪恨。有一个来客将他听闻的张一斧屠村时的种种暴行说了出来，顾益民还未听完就晕厥过去，引发一阵惊吓和恐慌，此后没人再敢说起陈永良，也

216

不会有人向他提起林祥福的死去。

顾益民从晕厥中醒过来，睁眼看着房顶，从刚才前来探视的客人那里，顾益民得知张一斧将他绑票去的地方是齐家村，他想起来当初陈永良一家离开溪镇就是去了齐家村。他在齐家村遭受土匪折磨的记忆在脑海里片断出现，他在昏迷中曾经听到一个女人的声音，他当时不知道是谁的声音，现在知道了，那是李美莲的声音在呼唤他，然后他在摇晃的小船上认出了陈永良，陈永良将他救出送回到溪镇。

顾益民想到齐家村两百多村民被屠杀，他双手捏成了拳头，想到陈永良建起报仇雪恨的队伍，他的拳头慢慢松开。顾益民心里想，陈永良要去与张一斧决一死战，必须人多势众，这势众里不能少了枪支弹药。

顾益民叫来账房先生，让他取出一万银票装入信封，又叫来一个仆人，让他把信交给陈永良，仆人看见信封是空白的，小心翼翼问顾益民：

"老爷，去哪里找到陈永良？"

顾益民疲惫地回答："去江湖上找。"

七十一

"和尚"用顾益民给的银票换了银元，又用银元与驻守沈店的官军换来枪支弹药，还招募来一些散落的北洋军残兵。

张一斧也在扩张势力，脱离的豹子李和水上漂等几股土匪重归他麾下。陈永良在山里搭建戏台，请来戏班子唱戏，以此招兵买马；

张一斧在万亩荡开设赌局，招待前来投靠的小股土匪。

"和尚"带领招募来的北洋军残兵训练这些村民，于是跑步、跳跃和卧倒的叫声不停，子弹与梭镖击中靶子后的叫好声不断。有些村民常年在山里打兔子，枪法本来就好；有些村民喜好站在船头用梭镖打鱼，梭镖自然扔得准。

然后陈永良队伍与张一斧土匪在溪镇附近的汪庄遭遇，两边三百多人激战两天，杀得天昏地暗。汪庄火光四起，硝烟弥漫，长枪、短枪和土炮响声震天，刀斧、长矛和梭镖短兵相接。汪庄的人和附近村庄的人纷纷弃家离舍，扶老携幼向着沈店或者溪镇方向逃去。

激战前一天，"和尚"告诉陈永良，四年前豹子李和水上漂叫上他，与张一斧在刘村打过一仗，他们打不过张一斧，就暂时归顺了张一斧。当时豹子李和水上漂的人加起来有三十七个，他手下只有三个弟兄，张一斧手下的人有四十三个，他和三个弟兄，还有水上漂手下五个人，埋伏在刘村的村口，那一仗他失去了两个弟兄，一个埋伏在屋顶上开枪被张一斧看见，张一斧抬手一枪就打死了他，他的血顺着屋檐往下滴；另一个埋伏在树上，他开枪后就被张一斧的人发现，也被打死，尸体就挂在树枝上；活下来的一个埋伏在一户人家的窗口，眼看张一斧的人挡不住，他躲进了这户人家空着的棺材里，没被张一斧的人发现，才保住了性命。他自己是边打边退，退到了豹子李那里。那一仗是混战，两边的人马打散了，东一个西一个，都不知道自己的人在哪里。

"和尚"说明天这一仗也将是混战，他请陈永良下令，所有人左臂上绑上白布条，这样打散了仍然能够分辨敌我。

陈永良点点头说："你来下令。"

"和尚"说:"你是首领。"

陈永良看着"和尚"没有说话,"和尚"又说到张一斧,他说张一斧生性残暴,杀人就跟杀鸡一样,待人苛刻,豹子李和水上漂这些股土匪都是他得势时前去投靠,他失势时就离去,长年跟随他的虽是亡命之徒,对他也未必忠心。张一斧精于枪术,但他喜用利斧,劈下对手脑袋和肩膀,以气势震慑人,因此与张一斧正面交锋,一定不要畏惧,稍有畏惧,利斧就劈来了。张一斧眼疾手快,若要干掉他,必须出手更快。

"和尚"请陈永良出发前将这些告知大家,陈永良说:

"你了解张一斧,你来说。"

"和尚"再次对陈永良说:"你是首领。"

陈永良沉思片刻后,对"和尚"说:"虽然我们相识不久,却已有兄弟情谊,明日恶战,不知生死,今日何不结拜为兄弟?"

"和尚"听后笑了,他说:"你和土匪结拜,就得按土匪规矩来。"

陈永良问:"什么规矩?"

"和尚"说:"土匪结拜发誓要对着枪口。"

"和尚"取下身上的盒子枪放到桌子上,陈永良也把盒子枪放到桌子上,两支枪并排放在一起,枪口对着他们两人。两人跪下后对着枪口叩头,"和尚"先说,陈永良跟着说:

"从今往后,我们两个是手足兄弟,有福同享,有难同当,不能同生,情愿同死,谁有异心,枪来裁决。"

七十二

陈永良目睹了他的结拜兄弟"和尚"与张一斧的惨烈对决。那时两边的子弹都已用尽，刀斧、长矛和梭镖击打到一起。张一斧挥斧砍人，气势吓人，连砍三人后，看见"和尚"就在他前面二十来步处，他大喊一声：

"'和尚'，我送你去阴间。"

"和尚"扭头看见张一斧手举利斧奔来，知道自己没有退路，只有与张一斧拼死一搏才有胜算，他毫不迟疑挥刀迎上，斧和刀都对准对方的脖子而去，似乎要同归于尽，眼见利斧劈来，"和尚"毫不躲闪，张一斧见到长刀砍来，身子下沉脑袋后仰躲闪一下。张一斧的利斧没有砍下"和尚"的脑袋，砍下了"和尚"的左臂，"和尚"的长刀也没有砍下张一斧的脑袋，从张一斧双眼划过，划破张一斧的两只眼球。

陈永良听到了"和尚"的长刀划断张一斧鼻梁骨时的清脆声响，在如此嘈杂的刀斧长矛梭镖撞击声和厮杀叫喊声里，陈永良竟然听到这个细微之声。

张一斧满脸鲜血倒地，双手捂住眼睛哇哇大叫。被砍下了左臂的"和尚"仍然站立，他右手长刀撑地，不让自己倒下，他对着自己熟悉的豹子李和水上漂他们说道：

"张一斧快死啦，你们各奔前程吧。"

这个平日里从不喊叫，说话声音也不大的"和尚"，这一刻依然声音温和，而且诚恳，他断臂了仍然站立，鲜血从他断臂处往下滴落，豹子李和水上漂这些土匪见了惊骇不已。

看着张一斧脸上鲜血直流，在地上打滚呻吟叫喊，豹子李和水上漂带着自己的人马离去，其他几股土匪也带着自己的人马走了，张一斧手下的土匪一看大势已去，赶紧抬起张一斧撤退。

"和尚"倒下了，他失血过多而死。临死前他看着跪在身前的陈永良，陈永良在大声喊叫，他一点也听不见，他想说些什么，张了张嘴，没有声音，然后他的眼睛黑暗下来。

陈永良对着这个结拜只有三天的兄弟嚎啕大哭，这是从林祥福惨死到齐家村二百四十九人惨死叠加起来的悲痛，他在惨烈死去的"和尚"这里全部哭了出来。陈耀武无声流泪，他此后的人生里没有"和尚"了，其他人被这悲痛的气氛所笼罩，无声地站在那里。

陈永良队伍用门板抬上"和尚"和其他死者，还有重伤者，返回了五泉。陈永良让人去附近村庄找来几个木匠，自己也动手，做了五十八具棺材，十一个战死的北洋军残兵埋在五泉，"和尚"手下六个人死了三个，也埋在五泉。其他战死者由各村来的人抬回去，"和尚"与齐家村的战死者被抬回齐家村。陈永良将余下的光洋分发给他们，枪支也让他们各自带走，队伍就地解散。

然后陈永良叫上陈耀武陈耀文和"和尚"的三个手下，让这三个手下带路，他们走山路来到一个小村庄。路上陈永良问那三个人，"和尚"叫什么名字，那三个人都不知道，陈耀武知道，他告诉父亲，"和尚"叫小山。

他们来到"和尚"母亲的屋门前，陈永良伸手敲门，里面传来一个老太太的声音，门打开后，陈永良对老太太说：

"妈，我是小山的结拜兄弟，我叫陈永良，我们接你去齐家村住。"

老太太看看陈永良，看看陈耀武和陈耀文，看看"和尚"的三个手下，她认识其中的两个，她知道儿子死了，她知道这个迟早要来，现在来了。儿子对她说过，他死后若是有人来接走她，就是他在江湖上有手足兄弟；若是没有人来接走她，就是他在江湖上没有手足兄弟。

老太太心想，儿子在江湖上有手足兄弟。她对他们点点头，让他们进屋，她说收拾好衣物就跟他们走。老太太进里屋收拾衣物时，在外屋的陈永良他们听到她的哭声，时断时续。陈永良心里想着该对她说些什么话，可是她挽着包袱出来后，已经擦干了眼泪。

他们走出屋门走上山路时，陈耀武把老太太手上的包袱拿过来递给陈耀文，对老太太说：

"奶奶，我背你。"

老太太还没有反应过来，已经在陈耀武的背上了。陈耀武背着老太太走去，他边走边问她：

"奶奶，你还记得我吗？"

老太太问："你是谁呀？"

陈耀武说："你好好想想。"

老太太看见陈耀武少了一只耳朵，留下一个耳洞，她伸手摸到陈耀武的耳洞上，哭了起来，她说：

"你是溪镇的陈耀武，你长这么大了。"

老太太呜呜地哭着，失去儿子的悲伤被陈耀武失去的耳朵激发出来，她无法再强忍下去，她的哭声虽然小心翼翼，却像走去的山路那样漫长。

陈永良他们一路上没有说话，聆听老太太的呜咽哭声，他们低头走着，走出山路走到万亩荡的水边，老太太的哭声终止了。他们坐上船，老太太和陈耀武开始说话，陈耀武说的是当年老太太给他系上红绳，他离开时又给他煎了两张饼煮了两个鸡蛋。老太太说的是当年她做饭炒菜时，陈耀武坐在灶前烧火，她对陈永良说，这孩子吹火时，火焰吹得高高蹿起。

陈永良在齐家村建立了自己的武装，挖壕修堡，在村口打夯垒墙，墙上留出二十个枪眼。他还帮助邻村建立武装，联合五个村庄，成立村联会，一旦土匪来犯，一个村庄回击，四个村庄增援包抄打击，几股来犯的土匪伤亡惨重，此后很长时间里没有土匪再来。

七十三

汪庄激战之后，张一斧没有死，眼睛瞎了脾气更加暴躁，他手下的几个亡命之徒起初还忍着，后来不忍了，他们说张一斧毫无用处，是个累赘，还是个骂骂咧咧的累赘，找个地方扔掉他算了。他们坐下来商议把他扔到何处，把他扔在荒山野林，他必然饿死，念在过去的交情上，还是把他扔在沈店的码头，那里人来人往，他可以做叫花子讨几口饭吃，不至于饿死。

张一斧正吃晚饭，冷不防被他们用绳子捆绑，张一斧挣扎不过破口大骂，他们拿一块破布塞进他嘴里，张一斧只能用鼻孔使劲出气来骂他们了。他们把张一斧抬到一条船上，划船来到沈店，在夜色里把张一斧从船里抬出来扔在码头上，又在他身旁扔下一个包袱，说包袱里有一身冬天穿的棉服，还有一把盒子枪和二十发子弹，说他仇人多，子弹省着点用，然后抽出他嘴里的破布，张一斧嚎叫起来：

"老子先用子弹崩了你们这几个狼心狗肺的。"

他们嘻嘻笑着说："你留着点力气喊救命吧，求人给你松绑。"

张一斧再次嚎叫："老子死也不会喊救命。"

他们说："那你死吧。"

张一斧骂骂咧咧听着他们上船和划船而去的声音，他不知道在什么地方，感觉坐在石板上，旁边有水声，他心想这里是码头，四周寂静无声，应该是夜深时刻，过了很久，他听到更夫敲更而来的声音，他喊叫起来：

"救命，救命……"

此后的张一斧没有做叫花子，他给自己取名半仙张，做起了算命先生，这是他做土匪前的行当。

他在码头附近一条热闹的街道上靠墙而坐，面前一张桌子，两条桌腿绑了两根竹竿，竹竿之间系着一条横幅"半仙张开口"，桌上铺了一块有八卦图案的白布，桌子的抽屉被他抽出放在脚边，上了膛的盒子枪放进抽出抽屉的空格里。他左边是剃头的，右边是修鞋的。他在码头这一带很快有了名声，他们说这个瞎子有能耐，你告诉他生辰八字，你以前的和以后的他都能算出来。

这天中午，陈永良乘坐竹篷小舟来到沈店，他跳上码头后没有离去，而是在码头一带四处查看。张一斧成了瞎子后被他的几个手下抛弃在沈店的码头，这个消息在土匪里一传十、十传百，在来犯齐家村被捕获的两个土匪那里，陈永良得知了这个消息，于是陈永良来了。

陈永良走上码头附近这条热闹街道时，听到一个算命先生的叫声：

"先天何处，后天何处，要知来处，便知去处。"

陈永良循声过去，在剃头匠和修鞋匠之间，看见了张一斧，虽然他胡子拉碴长发披肩，陈永良仍然一眼认出了他。陈永良在那里稍站一会儿，张一斧感觉面前有人，他的左手从桌子下面举起来，指指前面的凳子说：

"这位请坐。"

陈永良在凳子上坐下来，随意说出一个生辰八字，张一斧念念有词时，陈永良仔细看起张一斧，他抬起空洞的双眼，眼球在里面萎缩了，两眼之间的鼻梁上有一道隆起的刀疤，两边眼角也有疤痕。

张一斧说："你八字中的五行个数，一个金，零个木，四个水，一个火，两个土，五行缺木，你出生两岁又八月始起大运，每十年进入下一步运，你兄弟多，五六个起……"

陈永良说："没有兄弟，我是独子。"

张一斧左手举起来拍了一下桌子说："子午卯酉弟兄多，辰戌丑未独一个。"

陈永良说："我确是独子。"

张一斧的左手又拍了一下桌子说："你一定是时辰报错，不是子时出生，应是丑时出生。"

陈永良说："我是子时与丑时之间出生，或许是丑时出生。"

张一斧的左手指了指陈永良："差之毫厘，谬以千里。"

陈永良问他："丑时出生，我五行还缺木吗？"

张一斧的左手放到桌子下面，念念有词一会儿，然后说："一个金，零个木，三个水，一个火，三个土，还是缺木。"

陈永良看着张一斧的左手不时从桌子下面举起来，右手一直没动，他看见抽出来的抽屉放在张一斧的右脚旁，知道有一把盒子枪对准自己。

张一斧滔滔不绝说了起来，从陈永良小时候说起，每当张一斧停顿一下试探陈永良反应时，陈永良立即点头称是，张一斧眉飞色舞了，他的左手上下挥动，右手在桌子下面一动不动。陈永良想起"和尚"说过的话，张一斧手快，若要干掉他，必须出手更快。张一斧说完陈永良的过去，开始说陈永良的将来，说到将来就可以信口开河了，张一斧描绘了陈永良飞黄腾达的前景，也给予他忠告，要他凡事谨言慎行，因为言者无心听者有意，要他特别留意与他人关系，以免因财失义。

陈永良看着张一斧的脸，记忆来到那个夜晚的城隍阁，死去的林祥福躺在一张长桌上。他仔细回忆后确认，尖刀是从林祥福左侧耳根拔出来的。

张一斧的声音终止了，他的左手回到桌子下面，没有目光的眼睛看着陈永良。陈永良摸出一块银元放在桌子上，张一斧听着桌子上的倒下声响，知道不是铜钱是银元，喜出望外说了一声：

"是光洋。"

他的两只手都从桌子下面上来了，右手拿起银元，放到嘴边咬了起来。陈永良悄然起身，从袖管里抽出那把从林祥福耳根处拔出的尖刀，绕过桌子，凑到张一斧左侧耳边，低声说：

"尖刀还给你。"

张一斧一惊，银元掉到地上，他右手拿到盒子枪时，尖刀已经从他左侧耳根戳了进去，他条件反射地扣动扳机，"砰"的一声枪响，子弹从桌子下面射出，击中街对面的墙壁。两边的剃头匠和修鞋匠惊恐地转过头来，他们原本坐着的顾客像是被弹簧弹了起来，瞪大眼睛朝这里张望。

陈永良左手抓住张一斧的头发，右手手掌发力一拍，尖刀的刀柄从张一斧的左耳根进去了一半，陈永良感觉到有一声类似刺在石头上的声响，知道尖刀刺到张一斧的头盖骨了。

陈永良将张一斧的身体推到墙上靠住，然后转过身来，他手上和衣服上流淌着张一斧的血，迎着小心围拢过来的人群走去，神态从容地从他们中间穿过去，走到了码头，跳上等待他的竹篷小舟，在宽阔的水面上远去。

七十四

三个月后，顾益民可以下床了，在仆人的搀扶下走到后花园，他的妻妾看见本来清瘦的顾益民骨瘦如柴了。顾益民想起林祥福，自己卧床不起的这些日子，不少人前来探视，唯独不见林祥福，他问道：

"为何不见林祥福？"

这时仆人才告诉顾益民，林祥福送枪支赎金去刘村时被张一斧土匪残忍杀害。顾益民坐在冬天的阳光里，目不转睛看着说话的仆人，仆人说林祥福行前给老爷留下一封书信，让一个名叫翠萍的女人送来的。顾益民右手往前伸了一下，仆人知道他是要看书信，急忙跑回书房取来书信，顾益民双手颤抖拆开书信，看完林祥福关于顾同年和林百家婚事的最后嘱托，他微微点了点头，接着想到顾同年偷了银票不知跑去了哪里，又摇了摇头。

顾益民声音虚弱地问仆人，林祥福的遗体如何处置的？仆人说，林老爷的遗体在城隍阁安放了三天，道士做了三天的法事，此后商会的几位老爷不知如何处置，让人抬回他家中安放，等候顾老爷的决定。顾益民沉默半晌，询问林祥福的遗体是否安好。仆人说，商会的几位老爷还是担心林老爷的遗体腐烂，请来两位蜡匠，用蜂蜡将林老爷的遗体封存了起来。

顾益民坐上四抬轿子来到林祥福家中。溪镇的居民看见顾益民的轿子出来，他们跟随轿子，互相说着顾会长顾团领康复了。顾益民从轿子里出来时虚弱的模样让他们不敢相认，昔日威风凛凛的顾益民此刻瘦得没有了人样，他驼背挂着拐杖，在仆人搀扶下小心翼翼走进林祥福家，走向安放林祥福遗体的房间，来到老友跟前，他挂着拐杖站在那里泪流不止，他擦眼泪时将头埋进袖管浑身哆嗦。仆人搬来一把椅子，说老爷请坐。

顾益民坐下去时栽倒了，仆人失声惊叫，看见顾益民口吐白沫倒卧在地，赶紧让身旁的两个人帮着把顾益民抬进轿子。四抬轿子向着顾家宅院奔跑而去，仆人惊慌地喊叫几个中医的名字，让街上的人赶紧去把中医叫来，他们说顾老爷口吐白沫，顾老爷昏过去了。

傍晚的时候，顾益民苏醒过来，他看见几个中医站在他床前。中医说怒伤肝、喜伤心、思伤脾、悲伤肺、恐伤肾，说顾益民昏迷的症状是悲伤肺，情志过极让肺气郁滞，津液不能输送，凝结成痰，痰气互结。中医用猴枣、麝香、礞石、天竹黄和月石配制的散剂让顾益民化痰解郁。

第二天上午，顾益民让仆人去码头那边将翠萍请来。顾益民吃力地坐在书房里，翠萍站在他对面，顾益民请她坐下，她摇摇头没有坐下。顾益民详细询问林祥福给他书信一事，翠萍没有正视顾益民，始终低头轻声说话，她告诉顾益民，林祥福还有一封书信是给北方老家一位名叫田大的人。她已经寄出，是在林祥福遗体从城隍阁抬回家中那天寄出的。顾益民沉吟片刻后点了点头，心里想寄回老家的书信应该是林祥福的遗言。

翠萍走后，顾益民思前想后，犹豫是否该给林百家一封书信，请她见信后即刻回来溪镇。顾同年至今杳无音信，两人的婚事只能日后再说。

顾益民犹豫之后，觉得还是应该让林百家回来，见上父亲最后一面，此后如何再从长计议。可是他提起笔来又犹豫了，想到看见的林祥福遗体，已被蜂蜡封存，不像是林祥福，像是一个假人。又想到眼下土匪横行，若是路途上遭遇土匪，必然凶多吉少，即使顺利接回到自己身边，在溪镇也不安全，顾益民觉得林百家还是暂时不回来溪镇为好，在上海中西女塾毕竟安全。

想到林百家与顾同思顾同念同住一室，三人姐妹情深，顾益民心里感到些许安慰，思忖再三后，觉得还是要写信，应该把林祥福已死告诉林百家，只是时局动荡，路上与溪镇都不安全，嘱咐林百家在中西女塾继续学业。

顾益民写完信，叫进来一个仆人，把信交给他，让他明天出发，去上海的中西女塾交给林百家。仆人出去后，顾益民想到林百家读信后的悲伤情景，心里突然发慌，心跳开始加速，接着想到顾同思和顾同念会去分担林百家的悲伤，顾益民稍稍安心了一些。

七十五

　　顾益民的仆人怀揣书信出发前往上海，这个仆人走出城门时，见到四个衣衫褴褛的北方男人和一辆破旧不堪的板车迎面而来，板车上还躺着一个人。这四个北方男人停住脚，抬头看着城门上两个石刻的大字，互相说着什么，见到顾益民的仆人走来，向他打听上面石刻的两个大字是不是溪镇，顾益民的仆人点头说就是溪镇，他们觉得顾益民仆人的发音与他们的发音不同，但是看见仆人点头了，知道这里就是溪镇，他们欣慰地说：

　　"到了，到了。"

　　他们和板车进入溪镇，有人好奇地看着他们过来，上前询问，这四个北方男人木讷地看着溪镇的人，听不懂溪镇人快速的话语。说了不少话以后，四个北方男人才明白是在问他们从哪里来，他们说出一个溪镇人不知道的地名。有人问那是什么地方，他们互相看看后还是说出那个地名。有人继续问他们，是不是在长江北边？问了几遍他们才听懂，摇头说是在黄河北边，溪镇的人差不多知道他们是从哪里来的。

　　这时有人指指板车里一动不动躺着的人，问他得了什么病。这话他们马上听懂了，他们说：

　　"死啦。"

　　他们中间的一个指指板车里的死者，对溪镇的人说，他是我们大哥，他在路上病死的。

　　溪镇的人惊讶地看着他们，说路途这么遥远，你们到溪镇来做什么？他们脸上出现谦恭的神情，他们说：

"接我们少爷回家。"

溪镇的人奇怪了，说你们拉着一个死人来接少爷回家，你们少爷是谁？他们这时想起来还不知道林祥福家住哪里，问道：

"我们少爷家住哪里？"

溪镇的人再问："你们少爷是谁？"

他们说："林祥福。"

知道是北方老家的人来接林祥福回去，溪镇见到他们的人唏嘘不已，有人对他们说：

"你们少爷死了。"

这四个北方男人互相看来看去，好像都没有听懂这句话，溪镇的人七嘴八舌告诉他们，林祥福是怎么去送赎金，怎么被土匪杀害的。他们听懂了，四个男人里的三个流泪了，年长的田二没有流泪，他不相信林祥福死了，从胸口摸出林祥福的信，拿给溪镇的人看，说这是少爷的亲笔信，少爷想回家了，要我们来接他回去，他说：

"少爷要是死了，不会写信的。"

溪镇的人告诉田二，林祥福写信的时候还没死，他们收到信的时候已经死了。田二仍然不相信，摇着头跟随溪镇的人来到林祥福家中，看见林祥福被蜂蜡封存的遗体，田二觉得他不像是他们家少爷，他让三个弟弟看看，田三和田五也觉得不像，只有田四说这是他们家少爷，田四说少爷脸上有一层蜡，凑近了才能认出来。田二凑上去看了一会儿，认出来了，他恸哭了，一边哭一边说：

"我们天天盼您回家，终于盼来您的信，我们那个高兴啊，大哥已经病倒了，我们劝他别来，他非要来，说少爷终于要回家了，他一定要来接您，我们就请人做了一辆板车，拉着他来接您回家，大

231

哥死在半路上，他病重，我们找了一个中医，中医给了八服药，我们沿途找好心人家煎药，药没吃完大哥就死了。"

顾益民听说林祥福老家来了五个人要接他回去，其中一个躺在板车里已经死了。他坐上四抬轿子来到林祥福家门口，他被人搀扶着走过去，经过那辆破旧板车，看了看躺在里面的田大，摇头叹息一声。

顾益民走进去时，田二仍在哭诉，另外三个抹着眼泪。有人提醒他们，顾会长顾老爷来了，他们止住哭声，给这位虚弱不堪的老爷行礼。

顾益民请他们坐下，他们抹了抹眼泪后没有坐在旁人端过来的椅子里，而是四个人挤坐在一条长凳上。顾益民和善地看着他们，询问他们什么时候动身的，路上是否顺利。他们说收到少爷的信就动身了，路上还算顺利，就是大哥的病耽误了一些时候。他们又说到中医和八服药，药没吃完大哥就死了。说到这里他们忍不住又哭了起来，他们说：

"我们劝他别来，他非要来。"

随后田二问顾益民："少爷什么时候走的？我们收到信的时候他还好好的。"

顾益民问书信呢，田二从胸前的口袋里摸出林祥福的书信递过去，顾益民展开书信，信里只有简单的两句话，第一句说他想回家了，第二句让他们来接他回去。顾益民看到最后还有一句话被墨汁抹黑了，他把信举起来，借着窗外的光亮，隐约看见"叶落该归根，人故当还乡"，顾益民眼睛湿润了，他知道林祥福带着枪支去土匪那里赎他之前，已经做好了所有的准备。他低头擦了擦眼睛，对田氏四兄弟说：

"你们收到书信之前，他已经走了。"

田氏四兄弟再次呜呜哭了起来，哭了一会儿，田二想起了什么，环顾四周后问顾益民：

"小姐在哪里？"

顾益民说："小姐在上海，她在上海念书。"

田二又问："小姐好吗？"

顾益民点点头说："还好。"

然后田氏四兄弟说明天就送林祥福还乡，顾益民想了想，觉得遗体不好保存，路途又是遥远，趁着仍是冬天尽早出发，他对田氏四兄弟：

"两天后动身吧。"

田二点点头，从胸口摸出了地契和房契，还有一张银票，递给顾益民，说这是少爷的财产，原来抵押出去的田地，根据少爷的指示已经赎回，十多年前大哥就赎回来了，他们本来是要当面交给少爷的，少爷走了，只好请顾老爷转交给小姐。

顾益民接过地契和房契，还有银票，仔细看了一会儿，他举起银票问田二：

"这银票是？"

田二说："这是十多年来田地里的收成。"

顾益民把银票、地契和房契还给田二，他说：

"这些仍由你们保管，将来小姐回去祭扫之时，你们亲自交给她。"

顾益民当天请来两位蜡匠，用蜂蜡将田大的遗体也封存起来。又请来两位裁缝，给田氏四兄弟各做一身新棉衣，还叫来三个原来

233

木器社的工人，让他们把那辆破旧板车好好加固。然后顾益民步履蹒跚走进满是灰尘和蜘蛛网的木器社仓库，看见三具没有售出的棺材，吩咐手下抬出两具擦拭干净后放入板车，板车窄了一些，两具棺材并排放不进去。顾益民就让三个工人赶制出一具与板车宽度相符的双人棺材，两天后又来查看，对连夜赶制出来的双人棺材十分满意，考虑到路上颠簸，顾益民让工人把棺材固定在板车上。

这些完成后，田四恭敬地询问顾益民："是否能在板车上支起一个挡雨的篷子？"

田三埋怨田四，不该再有要求，他说："顾会长已是十分周到。"

田四说："雨水落在棺材上，子孙会遭遇贫寒的。"

田五说："大哥死在半路上，一路过来雨淋了几次。"

田四说："大哥是没办法，少爷不能被雨淋。俗话说雨打棺材盖，子孙没有被子盖。"

田二说话了，他责备田四："小姐已是顾会长家的人，小姐怎么会没有被子盖。"

顾益民看着田氏兄弟间的争执，微微一笑，他声音虚弱地对工人说：

"给板车支上一个遮日挡雨的竹篷。"

离去的这天清晨，田氏兄弟身穿新棉衣，小心翼翼把林祥福抬进板车的棺材里，死去的田大换上新衣裳已经躺在里面，他在棺材里迎候林祥福。四兄弟一起把顾益民昨天让人送来的一块白布盖在他们两个身上，然后合上棺材板。

田氏兄弟拉着棺材板车走在溪镇清晨的街上，这辆来时嘎吱作响的破旧板车，经过三个工人两天的整旧加固，看上去焕然一新，板车拉过去时没有嘎吱响声了，只有车轮的滚动声。溪镇的居民听到车轮的声响，一个个屋门随之打开，他们站立在自家门前，小声说着林祥福要回去北方老家了。溪镇的习俗是只有亲属可以靠近棺材，外人见了棺材应该避让，以免日后遭遇凶厄。

田氏兄弟走近北门时，看到顾益民挂着拐杖站在城门那里，日出的光芒照亮了他低头躬背弱不禁风的样子，他身后是轿子和四个轿夫，身旁站着一个仆人。田氏兄弟走到跟前，停下棺材板车，对顾益民鞠躬，四个人叫了四声"顾会长"。顾益民从仆人那里拿过来一个装有盘缠的布袋，递给田二，田二接过盘缠，四兄弟再次向顾益民鞠躬。

顾益民目光呆滞地看了一会儿板车上的棺材，对田氏四兄弟说："路途遥远，多加小心。"

田氏四兄弟点头说："是。"

他们拉起棺材板车从北门出了溪镇，车轮滚动而去。走上大路时，田三回头张望了一下，看见顾益民挂着拐杖步履蹒跚走来，他的仆人和四人抬着的轿子跟在身后，田三叫住三个兄弟，他们停下棺材板车，看着顾益民缓慢走来，顾益民见到他们停下了，摆摆手让他们上路，他们上路后看见顾益民仍然在走来，于是又停了下来，顾益民又向他们摆摆手，让他们继续走，田四明白了，说顾会长这是送别少爷。他们拉起棺材板车向前走去，他们一边走，一边回头看，顾益民一直跟在后面，顾益民的身影在阳光里越来越小。

田氏兄弟拉着大哥和少爷，在冬天暖和的阳光里开始了他们的漫漫长途。林祥福的童年是在田大肩膀上度过的，田大驮着他一次次走遍村庄和田野，现在他与田大平躺在一起，踏上了落叶归根之路。

道路旁曾经富裕的村庄如今萧条凋敝，田地里没有劳作的人，远远看见的是一些老弱的身影；曾经是稻谷、棉花、油菜花茂盛生长的田地，如今杂草丛生一片荒芜；曾经是清澈见底的河水，如今混浊之后散出阵阵腥臭。

文城　补

一

在溪镇，一些上了年纪的人目击了小美和阿强的童年。其他孩子端着饭碗在街上嬉闹，他们两个吃饭时端坐在屋内桌前；其他孩子在街上欢声笑语玩着跳绳游戏，他们两个坐在铺子里一声不吭学习织补技艺。他们两个自成一体，与其他孩子，或者说与童年隔了一层窗户纸。

小美来自万亩荡西里村的一户纪姓人家，十岁的时候以童养媳入了溪镇的沈家。沈家从事织补生意，虽然是小本经营，在溪镇也是遐迩所闻。沈家的织补手艺高超，只要是毛织品或者丝织品，不管是什么颜色，遇上烧出的窟窿、撕开的口子，经沈家织补便看不出一点痕迹。阿强是沈家独子，他名叫沈祖强，阿强是他的小名。

没有人在意沈家这个童养媳的名字，有一天一位赊账的顾客前来还钱时，只有她一人在看管织补铺子，那位顾客看着她虔诚地翻开账簿，笨拙地拿起毛笔，小心翼翼地蘸上一点墨汁，歪歪斜斜写下自己的名字——纪小美，然后溪镇有人知道这个沈家童养媳的名字了。

小美父母育有三男一女，她排行第二，在万亩荡的西里村租用田地种粮为生。困顿的日子让小美父母喘不过气来，深感无力抚养四个孩子，重男轻女是久盛不衰的观念，他们觉得女孩早晚是别人家的人，不如早找一户人家送去做童养媳，既可卸去眼下抚养的负担，也为女儿找到一条出路。而在溪镇以织补闻名的沈家，虽然家境尚可，也还不是什么富贵人家，况且家中只有阿强一枝独苗，没有女孩，招个童养媳进来可以帮助做些家务活，也可以省去阿强将来定亲的聘礼和结婚的费用。

于是小美十岁时第一次离开西里村，她的母亲倾其所有，用干净的碎布给她缝制一身新衣，虽然是新衣，可是五花八门的碎布让她看起来仍然是衣衫褴褛。小美拉着父亲的衣角向前走去时，一脸茫然的表情，她不时回头张望，看见母亲站在茅屋前撩起衣角擦拭眼泪，她三个衣不蔽体的兄弟却是羡慕地看着她前往传说中的溪镇。

然后父亲的双手将她抱了起来，放进摇摇晃晃的竹篷小舟，她坐在满是补丁的草席上，没有补丁的地方油光闪亮。头顶的竹篷阻挡了她饥饿的视野，只看见船家的两只赤脚踏着摈桨来来回回，还有父亲摇晃中的背影。她听着父亲和船家说话，说的就是送她去溪镇沈家做童养媳的事情。他们之间的说话让她听起来很累，她向往竹篷外面广阔的水域，她偷窥似的从父亲的背影和船家踏着摈桨的赤脚之间张望外面的景色，竹篷小舟的摇晃和擦着船舷的流水声，让她的惊喜绵延不绝。

差不多两个时辰以后，父亲的双手再次将她抱起，这一次把她放在溪镇的码头上。她右手拉扯父亲的衣角走在溪镇的街道上，她的眼睛金子般地闪耀起来。她第一次见到砖瓦的房子，见到街道，见到店铺，见到西里村没有的人来人往的景象。有两次她不知道父亲已经走开，她的右手仍然向前伸着，好像仍然在拉扯父亲的衣角。

父亲站住脚等待她走过来，第一次没说什么，第二次低声斥责她了。父亲的斥责让她改成双手去拉扯他的衣角，可是改变不了她眼睛里金子般明亮的颜色。

他们在沈家的织补铺子前站住脚，小美好奇地看着挂在门侧的文字幌，一块长方形的木板，中间镌刻一个"织"字，小美当时不认识这个字。

然后十岁的小美第一次见到未来的公婆，这两个人正在铺子里忙碌，同时指点一个十来岁的男孩学习织补技艺。小美不知道，这个好奇打量她的男孩就是自己未来的丈夫。小美那时仍然拉扯着父亲的衣角，她的父亲谦恭地自我介绍起来，说话结结巴巴。她未来的公公一脸和气，起身给她父亲让座，她未来的婆婆却是一声不吭，冷漠地看着她，让她心里害怕。这时候身后传来整齐的人声，她扭过头去，惊奇地看着四个男人抬着轿子在街上呼哧呼哧小跑过去。

小美站在沈家织补铺子里东张西望，让她未来的婆婆心中不悦，觉得这是一个心思过于活跃的女孩。可是小美看上去干净清秀，让她未来的婆婆心里有了一些喜欢。这个外表严厉的女人一时拿不定主意，她注意到小美身上碎布缝制的衣服，说了一句：

"这样的穿着怎能进沈家的门。"

小美的父亲听了这话，脸上一阵红一阵白，刚刚挨着凳子坐下又马上站了起来，结结巴巴地说出几句告辞的话，拉起小美的手羞愧离去。

父亲拉着她在溪镇的街道上匆匆而过，小美跌跌撞撞走去时，眼睛仍然东张西望闪闪发亮。他们重新上了竹篷小舟，父亲没有和船家说话，一路上都是低头沉思的模样。小美没再羞怯地坐在父亲的身后，她悄悄爬到父亲身旁坐下，这一次她看见的景色一下子广阔了，小美十岁的眼睛欢呼雀跃了，直到傍晚时分回到西里村，金子般的颜色才从她眼睛里消失。

二

一个月后，溪镇的沈家托人给西里村的纪家捎去一身蓝印花布的衣裳。此时纪家已经托人为小美寻找新的婆家，他们以为溪镇的沈家没有看中自己女儿，没想到沈家竟然托人送来一身新衣裳。小美的母亲欣然落泪，父亲则是嘿嘿傻笑。父母在村里走家串户，欣喜地告诉乡亲们，溪镇有名的织补沈家看中了他们的女儿，他们感叹道：

"那可是一户好人家啊。"

小美却不合时宜地穿上蓝印花布的衣裳，在她三个衣不蔽体的兄弟簇拥下，在村里游走起来。小美兴奋得脸色通红，她的三个兄弟一声声叫道：

"新娘子，新娘子。"

村里更多衣不蔽体的孩子簇拥上来，更多的叫声响起来：

"新娘子，新娘子。"

小美红彤彤的脸上挂满笑容，她的幸福不是因为自己成为新娘子，是因为第一次穿上崭新的花衣裳。

小美的父母正在挨家挨户讲述，小美将入溪镇的织补沈家之门。身穿花衣裳的小美在"新娘子"的叫声里出现，乡亲脸上羡慕的神

242

色变成嬉笑的表情。小美的父亲差不多是铁青着脸，将小美拉回家中。他们不是用快速脱的方式，是用小心剥的方式，取下小美身上的崭新衣裳。

一顿斥责如暴雨般倾泻下来，小美神情愉快仰脸看着怒气冲冲的父亲，一句责骂的话也没有听进去，她的心里已经被蓝印花布衣裳鼓满了，如同船帆被风鼓满了一样，她知道很快又会穿上这身幸福的花衣裳。

小美的母亲将蓝印花布衣裳高举在阳光里，仔细查看上面是否有了污渍，嘴里唠叨明天就要将小美送往溪镇的沈家。直到母亲说没有弄脏新衣裳，父亲的怒气才得以平息。

小美再次出现在溪镇沈家的织补铺子前，铺子里的三双眼睛亮了。穿上蓝印花布衣裳的小美焕然一新，不像是从万亩荡来的乡下女孩，像是从沈店来的城里女孩。那个严厉的婆婆，紧绷的脸上松动了一下，好像是笑容闪现了一下。那一刻婆婆心里涌上欣慰之意，觉得自己最终的选择是对的。这一个月里，这位婆婆见过另外几个送上门来的童养媳，都是长相一般，神情木然的女孩。再三思忖，还是挑选了这个在她看来心思活跃的女孩。

可是第二天早晨，这位婆婆又隐约觉得自己可能选错了。小美醒来发现自己的蓝印花布衣裳失踪了，放在床头的是一身旧衣服，她伤心哭了起来。与在西里村家中被剥掉身上的花衣裳不同，这一次她不知道什么时候才能重新穿上。婆婆脸色阴沉走进来，斥责道：

"什么时候了？还不起床。"

小美不懂规矩，满腹委屈地说："我的花衣裳不见了。"

婆婆冷漠地说："花衣裳岂能平常日子穿着。"

说完转身离去，这位刚入中年的女人的背影像一块古老的门板那样僵硬。小美入门后以哭泣开始了第一个早晨，婆婆心里出现不祥之兆，隐约觉得应该将这个不明事理的女孩送回万亩荡西里村。

这样的想法在其后的日子里逐渐淡去，婆婆慢慢喜欢上了小美。穿上旧衣裳的小美依然清秀伶俐，而且十分勤快，扫地擦桌一丝不苟。严厉的婆婆嘴上不说，看进眼里，记在心上。小美进入沈家一个月后，开始学习织补技艺。决定将祖传的手艺传授给小美，意味着婆婆接受了这个童养媳。然后婆婆发现小美心灵手巧，也就是学了两个月，其手艺已经超过她那个学了两年的儿子。

三

小美点点滴滴了解到和蔼的公公是沈家的入赘女婿。他来自沈店的一户贫穷人家，十二岁到溪镇沈家的织补铺子做学徒，因为忠厚老实与勤奋好学，深得掌柜喜欢，不仅教他织补技艺，也教他识字读书，还将女儿许配给他。他十七岁那年出嫁为婿，成为沈家一员。在那个男尊女卑的年代里，他反其道而行之，在妻子面前十分谦恭，言听计从。这位入赘女婿每周会去一次商会，取来旧报纸，空余之时仔细阅读，然后再将旧报纸还回商会。报纸是顾益民从上海订来的，顾益民读完后就会放到商会那里，供他人读报。小美的公公是旧报纸的忠实读者，这也是他唯一的嗜好。阿强渐渐长大，他也让阿强读报，他担心阿强弄脏旧报纸，每次读报前都要阿强去洗手，阿强见到旧报纸兴致勃勃，只是阿强的兴趣不在报纸的文字上，是在报纸的图片和插画上，那些插画都是广告。

小美在广阔的万亩荡成长起来的活泼天性，来到溪镇沈家以后被自己埋藏在了心底，然后悄悄凝聚在蓝印花布的新衣裳上面。

这个女孩对花衣裳念念不忘，她在婆婆房间里擦拭衣橱上面的灰尘时，动作里充满爱惜之意，仿佛是在抚摸。婆婆见了心里满意，觉得这是一个心细的女孩。其实小美是在憧憬她的花衣裳，她知道花衣裳就在衣橱里。婆婆房间里的衣橱曾经有过明亮的朱红色，天长日久以后开始发黑。

小美仔细擦拭它，日复一日想象花衣裳的美丽，直到有一天婆婆和公公外出时，小美才第一次打开柜门，柜门开启时发出沉重的吱呀声，把小美吓了一跳，她感觉有人来到身后，她胆怯地回头一看，看见那个与她同龄的男孩站在门口，这个未来的丈夫疑惑地看着她，不知道她在做些什么。

小美放心了，她回头仔细看起打开后的衣橱，里面的衣服层层叠叠，她的花衣裳在最下面一层，婆婆的衣服一层层压在她的花衣裳上面。小美伸手抽出自己的花衣裳，在衣橱前脱下满是补丁的旧衣裳，在她未来丈夫的注视下，换上花衣裳，走到镜子前旁若无人般地欣赏起来，其间她回头看了一眼身后的男孩，站在门口的男孩那一刻看见她眼睛里金子般的颜色。

小美与阿强还在十岁的时候，就建立了夫妻般的默契。后来的日子里，只要家中的两位大人外出，小美立刻走进婆婆他们的房间，脱下补丁旧衣服，换上花衣裳，在镜子前流连忘返。阿强自觉地坐到铺子的门槛上，为自己未来的妻子望风，看见父母远远走来，他会大叫一声：

"回来啦。"

小美闻声而动，迅速脱下花衣裳，叠好后让花衣裳钻到婆婆衣服底下。回到家中的婆婆走进房间时，小美已经穿上补丁旧衣服，正在抚摸般地擦拭那个红得发黑的衣橱。

四

阿强时常是一副心不在焉的神情，他坐在门槛上为小美望风的时候仍然如此，早晚要露馅。差不多两个月后的一天，阿强看着街上往来的行人长时间发呆，他父母回家了也没有察觉，直到父亲在他脑门上拍了一下，他才猛然惊醒，身体从门槛上跳起来，可是眼前没人，正在他觉得蹊跷之时，脑门上又挨了一下，转身后才发现父亲站在屋里了，同时看见母亲正要走入那个房间。他不知道父母是什么时候从他身旁的门槛跨过去的，他亡羊补牢又不识时务地喊叫了：

"回来啦。"

婆婆看见身穿蓝印花布衣裳的小美正在镜子前面展示自己，这个十岁的女孩伸展双臂做出的一系列天真烂漫动作，在婆婆看来都是淫荡的举止。小美听见外面阿强的喊叫，急忙脱下花衣裳，转身后看见婆婆冷酷的眼睛，她眼前一黑，她眨了眨眼睛，重新看见婆婆在门口的阴影般身躯，小美瑟瑟打抖了。

阿强的喊叫暴露自己是小美的同谋，惩罚就从他开始。这个心不在焉的男孩起初没有意识到自己要倒霉了，他好奇看着父亲在铺子外面插上门板，心想为什么这么早就打烊，然后他的父母搬着两把藤椅坐到天井里，父亲手里还拿着一根藤条，小美浑身哆嗦地站在他们前面，阿强仍然一副置之度外的模样，直到父亲严厉喝斥他：

"搬凳子去。"

阿强才知道祸从天降，他耷拉着脑袋走进屋子，搬出了一条长凳，放在父母前面，训练有素地解开自己的裤腰带，将裤子褪到大腿下面，露出光屁股趴在长凳上。他闭上眼睛的时候，听见父亲低声问母亲：

"几下？"

母亲迟疑了一下说："十下。"

阿强脸上露出一丝笑容，暗暗告诉自己：是轻罪。小美看见阿强转瞬即逝的笑容，心里掠过一丝诧异。还在万亩荡西里村的时候，小美经常看见父亲把她的三个兄弟吊在树上，用树枝抽打他们，三个兄弟的哭喊犹如牲口被宰杀时的嗷嗷叫声，在空旷的天空里飘扬而去，又以回音的方式飘扬而来。这样的情形小美习以为常，她从不害怕，父亲的气急败坏，兄弟们的嚎啕大叫。现在身处狭窄的天井里，她未来的丈夫无声地趴在长凳上，她未来的公公正用藤条抽打，她未来的婆婆脸上毫无表情，这里的暴力都是那么安静，她害怕了。

阿强没有哭喊，他咬紧牙关数数，数到第十下时，他脸上再次出现那一丝笑容，父亲刚刚放下藤条，他就从长凳上下来，训练有素地提起裤子，系上裤腰带，搬起长凳回到屋子里，屁股上的伤痕让他走去时像鸭子一样摇晃，随后他又像鸭子那样摇晃地走出来，站在小美对面，等待父母下一步的发落。小美心想轮到自己了，她未来的丈夫已将长凳搬进屋子，惩罚的道具没有了，她恐惧又迷惘地等待着。

公公和婆婆起身走进屋里，阿强站在小美的对面，小美不安地看着他，他竟然打了一个呵欠，转身摇晃着也走进屋里。天井里只剩下小美，还有两把藤椅，小美仿佛被遗忘了，可是恐惧牢牢记着她，她独自一人站在天井里等待惩罚的来临，时间被拉长了，一分一秒恍若一月一日。

五

对小美的惩罚是在天黑后的屋内进行，小美未来的公公在油灯下草拟了一封书信，递给同样坐在油灯下的婆婆，婆婆仔细读了一遍后点头认可，公公便起身拿来了印章和印泥，放在婆婆面前。

小美就站在一旁，她目睹了休书的整个过程。她忐忑不安看着他们，他们例行公事般地坐在一起，公公草拟书信时，几次抬头询问婆婆，婆婆的回答里没有声音，只是点头和摇头。从他们的片言只语里，小美预感到不幸正在降临，他们要送她回到万亩荡西里村。这个十岁女孩瘦弱的肩头微微抖动，她紧紧咬住自己的嘴唇，不让眼泪流出。

婆婆将书信拿起来给小美看了一眼，放回桌上后说："这封书信你带上，交给你父亲。"

婆婆正要说把她送回万亩荡，小美突然低声说："不是书信。"

小美摇着头，绝望的情绪让她脱口而出，她又说了一遍："不是书信。"

婆婆说："不是书信，是什么？"

248

"是休书。"小美说着将嘴唇咬破了。

婆婆一怔，仔细端详站在暗处的小美，小美紧紧咬住嘴唇。婆婆心想这女孩真是聪明，然后说：

"你还没有正式过门，不能说是休书。"

说着婆婆摇了摇头，修正了自己刚才的话，她说：

"说它是休书也对。"

婆婆看了一会儿暗处的小美，小美仍然紧紧咬住嘴唇。婆婆缓慢地说：

"古人云，妇有七去：不顺父母，去；无子，去；淫，去；妒，去；有恶疾，去；多言，去；窃盗，去。"

婆婆将印章压进了印泥，她问小美："你犯了哪条戒律？"

婆婆的印章从印泥里出来，举在油灯下，看着小美，小美悲伤地回答：

"窃盗。"

"不对。"婆婆摇头说，"你没将衣裳拿出屋去。"

小美点点头，仔细想了一会儿后，低下头羞愧地说：

"淫。"

说完小美终于哭泣了，她的双手垂落下来，肩膀抽动着轻声痛哭起来。婆婆拿着印章的手举在那里，她动了恻隐之心，觉得眼前的小美是个难得的聪明伶俐女孩。她的印章没有按到信纸上，而是拿过一块擦桌布，慢慢地将印章上的朱红色印泥擦拭干净，然后说：

"念你是年幼无知，暂且不送你回去。"

小美张开嘴，放声大哭了。她看见婆婆在油灯下皱眉，立刻倒吸了一口气，像是将哭声吸了回来，她的哭声戛然而止。

逃过此劫的小美，再也没有打开过那个红得发黑的衣橱。这个衣橱在此后的日子里让小美感到如坟墓那样阴沉，曾经令她朝思暮想的花衣裳已经埋葬在这个坟墓里了。

农历新年来到时，溪镇富裕一些人家的孩子都穿上了新衣裳，阿强穿上土青布的长衫，头上抹了发蜡，有了一点少爷的派头。小美仍然穿着一身旧衣裳，只是上面没有补丁。严厉的婆婆在大年初一的时候，没有让小美穿上蓝印花布的衣裳，预示着惩罚仍在继续。小美看着街上身穿新衣裳的孩子们嬉笑玩耍，低头看看自己身上洗得发白的旧衣裳，不由眼圈红了，那一刻她非常想念衣橱里的花衣裳。

风平浪静的生活又是一年，这是小美来到溪镇的第二个农历新年，这一次婆婆让小美穿上她的花衣裳，可是衣裳小了，袖管和裤管都短了一截。小美十二岁的时候，可以穿上她心爱的花衣裳，从婆婆眼皮底下走过去，走到众目睽睽的街上。然而此时的小美，眼睛里已经没有金子般的颜色了。

六

婆婆按照自己的形象来塑造小美，教小美识字念书，教小美织补手艺，教小美管理账目，小美长到十六岁的时候，婆婆隐约看见了过去尚在闺中的自己。小美干净整洁、不苟言笑、勤俭持家。此时小美和阿强已到男女婚配的年龄，婆婆决定择期举行当地礼俗约定的婚姻仪式。

织补沈家在溪镇也算家境不错，按理应该让小美先回万亩荡西里村娘家，等待迎亲的日子到来时，沈家前往接亲。可是节俭的婆婆还是免除了迎亲的仪式，只是邀请小美的父母前来吃一顿饭，举行一个简单的拜堂仪式，两人进屋就算是圆房了。

于是冬天里的一个风和日丽的下午，小美的父母和三个兄弟出现在沈家的织补铺子前，他们身穿补丁的棉袄，五个人的双手都插在袖管里，五张脸上的表情是一样的唯唯诺诺。

沈家托人捎去万亩荡西里村的书信里，只是邀请小美的父母前来吃饭，没有料到小美的三个兄弟也一起来了，所以小美的公公看见铺子外站着五个人时，一时没有反应过来，以为是上门的顾客，客气地说：

"今天是沈家的大喜日子，不接生意。"

铺子外的五个人听了这话互相看看，嘿嘿笑了起来。小美的公公摸不着头脑，以为他们说上一两句恭喜的话就会转身离去，他们却一直笑着站在这里。

这时小美的父亲说："我们是西里村的纪家……"

小美的公公才知道是亲家光临，急忙侧身将他们让进铺子，小美的公公连声说：

"六年不见，都认不出来了。"

小美的父亲双手插在袖管里，张嘴啊啊了几声，率领也是双手插在袖管里的另外四个鱼贯而入，走进里面的厅堂。小美的父母被请坐在藤椅里，三个兄弟挤在一条长凳上。

小美的婆婆出来与他们寒暄几句后，在丈夫身旁坐下。然后小美和阿强出来了，阿强挨个看看小美的父母兄弟，看见他们满脸讨好地向自己微笑，他面有羞色地对他们笑了笑。

小美木然地站在那里，六年的光阴在她心里似乎只有瞬间的经历。她看着自己的父母兄弟，六年来杳无音讯，如今突然出现在眼前，竟然如此的陌生，她觉得已经不认识他们了。他们都是双手插在袖管里，缩着身子的模样。坐在藤椅里的父母笑容可掬，挤在长凳上的三个兄弟好奇地看着她，像是看什么新鲜东西。小美在他们的眼睛里没有看到同胞兄弟的目光，她看到的是陌生男人的目光。这时候母亲的眼角滴出了泪水，母亲抬手擦起眼角，遥远的情感终于在小美心底被唤醒，她意识到自己的亲人来了。

　　晚饭的时候，小美看着拘谨的父母兄弟，心酸地低下了头。婆婆准备了一桌丰盛的菜肴，这五个来自万亩荡的贫穷亲人却是胆怯地吃着。虽然他们饥肠辘辘，虽然桌上的鸡鸭鱼肉香气扑鼻，可是他们的双手仍然插在袖管里，仿佛是在互相等待，当父亲的手从袖管里出来，拿起筷子夹一块肉放进嘴里后，另外四个的手也从袖管里出来，也拿起筷子夹肉。父亲的双手重新插回袖管后，另外四个的手也都跟着插回袖管。然后又是等待，下一个是小美的哥哥，他勇敢地将手伸出袖管，另外四个受此鼓舞也伸出袖管里的手，当小美哥哥的双手回到袖管后，其他人的手也都回归袖管。就这样，他们的手从袖管里迅速出来，又迅速回去，快去快回像是小偷的手。小美低头坐着，到后来不只是心酸，自卑的情绪笼罩了她。小美的公公和婆婆后来不动筷子了，他们沉默地坐在那里，只有阿强大声咀嚼，满嘴的油光闪亮。

　　沉闷漫长的晚饭终于结束，拜堂的仪式开始。婆婆没有给小美准备头戴的凤冠、遮脸的红方巾、身内穿着的红绢衫，只是给小美准备了一身红棉袄红棉裤和一双绣花红鞋。该省的都省了，不该省的也省去了。倒是十二个鸡蛋的风俗仪式没有省去，在房间里给小美换上一身红衣时，婆婆亲自拿着十二个鸡蛋，一个一个从小美的裤腰里放下去，让它们从裤脚滚出来。小美感受到十二个冰凉的鸡蛋挨个沿着大腿滚到小腿的时候，似乎都在膝盖处停顿一下，敲门似的敲打一下她的膝盖骨。十二个鸡蛋没有一个破碎，婆婆从她的裤脚处接过去全部的鸡蛋后，告诉小美，十二个鸡蛋代表十二个月份，顺利滚下来没有破碎，意味着哪个月份生孩子都如母鸡下蛋一般顺畅。

小美认真点点头，这已是小美在沈家的习惯，六年来只要是婆婆说话，小美听了都要认真点头。然后一身红色的小美来到厅堂，与身穿长袍马褂的阿强并肩站立东边，拜罢天地，再拜高堂，夫妇交拜之后，这个童养媳的婚姻仪式也就草草结束了。

小美父母兄弟的双手一直插在袖管里，此刻起身告辞，他们像五个陌生人那样来到，又像五个陌生人那样离去。深更半夜，他们走出沈家，唯唯诺诺与沈家的人作揖告别，他们走去时只有母亲回头看了一眼，她没有看见小美，那一刻母亲的眼角再次流出泪水。

这五个双手插在袖管里的人离开沈家，来到溪镇的大街上，立刻恢复了在广阔田野里成长起来的天性，他们在寂静的街道上喊叫似的说话，仿佛他们不是走在一起，而是隔着几块稻田。他们赞叹不已，赞叹沈家砖瓦的房子多么气派，赞叹沈家桌上的菜肴多么丰盛，赞叹新郎的长袍马褂多么神气，赞叹小美一身红色多么富贵。小美的母亲一边点头一边抬起袖管擦拭眼泪，这是欣慰的泪水，因为女儿嫁给了一户好人家。

他们走向溪镇的码头，中间迷路三次，此前只有小美的父亲来过溪镇，另外四个都是第一次进城。迷路的时候他们站在街上继续高谈阔论，直到父亲好像找到了方向，他们再朝着那个好像的方向走去。他们的议论最后集中在那一桌丰盛的鸡鸭鱼肉上，他们再次饥肠辘辘了，然后吞口水的声音响起。就这样，这五个饥饿的人兴致勃勃说着鸡鸭鱼肉，走到溪镇的码头，叫醒一个在梦乡里吃吃笑着的船家，坐上竹篷小舟，继续鸡鸭鱼肉说着，两个多时辰后回到他们的西里村，那时候熹微晨光刚刚照亮他们的破旧茅屋。

七

小美在冷清的新婚之夜将辫子挽起，以此告别姑娘时代，然后和阿强一起入了洞房。

她安静地坐在椅子里，听着她的父母兄弟走出沈家，走上溪镇的街道；听着她的公公和婆婆走进他们的房间，吱呀一声关上他们的房门。

她低头等待，她不知道接下去应该怎么办。她知道没有人会来闹房，也就听不到闹房歌，没有人窃窃私笑躲在门口窗下听房，也就没有人将她新婚之夜的笑柄传诵给街坊邻居。

穿着长袍马褂的新郎坐在床上打了一个呵欠后，起身来到她的面前。尽管他们共同拥有六年的成长时光，尽管六年前她就知道这个人将是自己的丈夫，可是他在洞房之夜向她走来时，她仍然紧张得心里咚咚直跳。过去的织补少爷，此刻的织补新郎走到她面前后，一边注视她，一边开始漫不经心地踱步，仿佛是一条猎狗在它的猎物前绕圈，新郎盘算如何对待她，又一时拿不定主意。小美看着他的身影在地上拖过去又拖过来，中间停顿了一次，停顿的时候小美浑身抖动起来，接着身影又离开了，当小美抖动的身体慢慢安静下来后，突然看到地上的身影里伸出了手的影子，他扑了上来。接下去发生的让小美感到眼花缭乱，也就是片刻的时间，她离开椅子来到床上。她被织补新郎弄到床上躺下后，伸开双臂做出任人摆布的姿态。六年来她在沈家已经习惯任人摆布，新婚之夜也是同样如此。她紧闭双眼，咬紧牙关，一声不吭，任凭新郎气喘吁吁、满头大汗和手忙脚乱地折腾她。

新婚第二天，小美像往常一样早起。当婆婆起床时，小美已经做好早饭，正在细心扫地。这是婆婆没有料到的，新娘三日不下厨是溪镇的习俗，勤快的小美在新婚的翌日仍然和往常一样，婆婆心里欢喜。然后婆婆看到小美没有穿着她的红袄红裤，脚上也不是绣花红鞋。小美穿着一身旧棉袄，她的头发已经盘起，脑后出现一个发髻。婆婆不知道她是什么时候偷偷学会将头发盘成发髻，显然她还不够熟练，有几缕头发已经松散开来。扫地的小美抬头看见婆婆站在面前，以为是自己挡住了婆婆的去路，立刻拿着扫帚让到一旁。

婆婆微笑地看着小美，她依稀想起六年前小美在沈家的第一个早晨，因为不见了蓝印花布衣裳而哭泣不止的情景，现在她婚后第二天就脱下新娘衣裳。婆婆心里涌上爱怜之意，她拉过小美的手，摁住小美的肩膀，让她坐在椅子里，给小美整理了发髻，然后举手取下自己脑后的银簪子，插进小美的发髻。

小美低头不语，婆婆将自己的银簪子送给了她，六年来她第一次感受到婆婆的情意，她无声地哭了，眼泪一颗一颗掉落在胸襟。

八

　　小美起早贪黑，既要做织补活，又要料理家务，似乎没有什么空闲的时候，可是她的头发总是梳理得光滑透亮，脑后的发髻上插着一支银簪子。

　　婚后第三年的冬天里，一个衣衫褴褛的男子来到沈家的织补铺子前。那时候小美的公公婆婆和丈夫去了沈店，沈店的一户亲戚的新屋快要盖成，邀请他们前去喝上梁酒。这天铺子里只有小美一人，她低着头，双手麻利地做着织补活。那个男子在织补铺子前站了很久，低头干活的小美隐约觉得有一个人影在铺子外留足不去，便抬起头来，漠然地看了那人一眼，然后低头继续自己的织补活，她以为那是一个叫花子。

　　这个叫花子一样的男子终于开口了："姐姐。"

　　小美一惊，抬头呆呆地看着这个男子，男子说："姐姐，我是小弟。"

　　小美的目光仿佛擦去了岁月的尘埃，清晰的记忆由此呈现，她从这张年轻和疲惫的脸上辨认出来了，确实是她最小的弟弟，她轻声叫道：

　　"噢，是小弟。"

　　小美站立起来，有些不安地扭头往里面张望一下，然后想起来公公婆婆和丈夫去了沈店，家中只有自己，她安心了，对铺子外面的弟弟说：

　　"小弟，进来呀。"

　　小美的弟弟此刻眼泪汪汪了，他摇摇头，没有走进铺子，而是开始漫长的讲述。他的讲述从二哥快要结婚开始，说到一个名叫彩凤的女子，显然是他二哥的新娘。他看见小美脸上迷茫的表情，他的讲述就扯了开去，扯到万亩荡另外一个村庄的名字，彩凤就是那里的姑娘。小美在记忆深处找到了这个村庄的名字，她微微点了点头。看到小美点头了，他又提到自己村庄的一户人家。小美再次到记忆深处去寻找，这一次没有找到。她的弟弟滔滔不绝，已经不关心小美脸上的表情，他说彩凤是这户人家的亲戚，给二哥做媒的也是这户人家。小美点点头，好像是听明白了。他语无伦次，他的讲述来到一头猪的上面，这头猪也有一个名字，他一口一个"小胖"地叫着，说着小胖如何长大，他又如何带着小胖坐船来到溪镇。小美迷惑地看着他，不知道小胖是谁，直到他絮絮叨叨说着如何将小胖卖给溪镇的肉铺，小美才明白小胖是一头猪。他继续语无伦次，说卖猪的钱就是为了给二哥筹备婚礼，可是那一串铜钱没有了。他伤心地哭了，拉开自己的破烂棉袄，用手插进胸前的口袋，空手伸出来给小美看。

小美明白弟弟的意思，他卖猪所得的一串铜钱丢了，可能是让溪镇的小偷给偷走了，他不敢回家，所以来到这里，站在铺子外面哭诉。小美不安地看着他，身旁的抽屉里有铜钱，这是沈家的铜钱，不是她的。她进入沈家八年，没有一文私房钱。小美呆呆听着弟弟翻来覆去的哭诉，觉得他是那么的陌生，她联想到了万亩荡西里村的父母兄弟，觉得他们和眼前这个弟弟一样陌生，他们八年没有音讯，她只是在婚礼那天，看见他们双手插在袖管里鱼贯而入，又双手插在袖管里鱼贯而出。

这个时候，小美弟弟的哭诉变换了内容。他说到了父亲和两个哥哥，说他们来过溪镇，他们都走到沈家的织补铺子附近，偷偷看看小美。因为小美的公公婆婆都在铺子里，他们不敢走过来。小美听了这话，心酸起来，这是童养媳的心酸。她的弟弟继续说，说他今天也是在附近站了很久，看见铺子里只有小美一人，才敢走过来。

小美心底的柔软之处被触碰了，她不由自主往前走了一步，右手拉开那个抽屉，将里面用线绳串起来的铜钱拿了出来，双手捧起快速递给柜台外面的弟弟。她的弟弟急忙伸出双手，将铜钱接过去，哗啦几声将铜钱搁在柜台上，解开线结，嘴里一、二、三、四、五地数了起来，数到卖猪所得的铜钱后，就将剩余的铜钱从线绳上取下来，双手捧起来还给小美，说道：

"姐姐，这些多了。"

小美木然地将剩余的铜钱双手捧过来，重新放回抽屉。她弟弟认真系上线结，将小美给他的一串铜钱小心翼翼放进胸前的口袋，擦干净眼泪，憨厚地笑了笑，对她说：

"姐姐，我走了。"

小美点点头，看着他双手交叉抱在胸前，保护着铜钱走去。他走远后，小美在凳子上坐下来，继续手里的织补活，可是她手上的动作不再麻利，变得迟缓，然后一动不动了。

小美陷入到不安的情绪之中，这不安的情绪越来越广阔，仿佛田野一样在扩展。婆婆严厉的面容开始时隐时现，小美不寒而栗，她意识到自己铸成大错了。她不该在婆婆外出之际，私自将钱给弟弟，她应该先让弟弟回去万亩荡西里村的家里，在婆婆回家之后，恳求婆婆同意给钱，再让弟弟来取。想到这里，小美不由苦笑一下，心想面对婆婆时，岂敢说出这些恳求的话，也就是趁着婆婆不在，自己才会胆大妄为。

九

这是一个窒息的下午，小美不知道接下来会发生什么，她只是感到害怕，可是害怕什么呢？她又不知道。她低头坐在那里，神思恍惚。后来听到邻居喊叫街上孩子吃饭的声音，她抬头看到天色将暗，想到公公婆婆和丈夫快要回家，她竟然还没有做晚饭，急忙起身进了厨房。

天黑时去沈店亲戚那里喝上梁酒的三个人回来了，小美的公公和丈夫看到铺子敞开着，动手上起了门板。婆婆径直走入厨房，脸色愠怒，责备正在做饭的小美：

"天都黑了，还不上门板？"

小美战战兢兢，想说是忘记上门板，可是这样的话她也不敢说。婆婆继续责备小美：

"什么时候了，仍在做饭。"

小美战栗一下，婆婆不再说话，走出厨房，走过天井，走到外间的铺子里，在油灯下拉开抽屉，取出账簿，数着抽屉里的铜钱，清点起她离开两日的收入。发现少了不少铜钱，她沉默了一会儿，合上账簿，推进抽屉，起身往里走，走进厨房，看见小美正将饭菜端到桌子上，家中另外两个已经坐在桌旁，等待开饭。婆婆语气冰冷地对小美说：

"你过来。"

小美双手在围裙上擦拭着，跟随婆婆走到外间的铺子里，当婆婆将账簿和抽屉里的铜钱放到柜台上时，小美浑身颤抖，语无伦次地说了起来，就像下午时候她的弟弟一样絮絮叨叨。婆婆听明白以后，面无表情地把账簿和剩下的铜钱放回抽屉，从小美身旁走过，穿过天井，走入厨房。

热气腾腾的饭菜已在桌上，小美的公公和丈夫坐在那里，没有动筷子。小美婆婆在油灯昏暗的闪烁里走过来坐下，两个男人看见她脸色阴沉，她手里拿起筷子，可是没有夹菜也没有吃饭，好像在想些什么。小美的公公也没吃，手里拿着筷子看着家中的女主人，阿强慢条斯理自顾自地吃了起来。小美低头走进来，怕冷似的身体哆嗦着，小心翼翼坐在饭桌旁。

小美的婆婆，这个在家中独断专行的女人，这个头脑僵化言行教条的女人，小美未经许可拿出铜钱接济弟弟的行为，在她看来就是窃盗。八年前小美刚入沈家时，年幼无知，偷偷试穿花衣裳，曾让她萌生休退之意，此后又收回，现在她思忖如何处置小美。

漫长的晚饭结束之后，小美清洗碗筷，将厨房收拾干净，忐忑不安地走到厅堂里，走入八年前出现过的情景之中。

婆婆神色严峻端坐在那里，公公正在油灯下草拟一封书信，听到小美进来的脚步，抬头看了一眼小美，微微叹息一声，低头继续书写。小美的丈夫阿强一脸的疑惑表情，看见小美进来时张了张嘴，没有发出声音。婆婆对小美微微点了下头，示意她坐下。小美在稍远的凳子上坐下来，她放在腿上的双手轻微抖动，她看见印章和印泥，放在公公书写的纸张旁边，她知道什么事情将要发生，一纸休书将要打发她回到离别八年的万亩荡西里村。小美感到眼泪在眼眶里打转，她咬住嘴唇，不让它们流出来。

小美的公公微微摇着头，写写停停，迟疑不决，几次抬头看一眼家中的女主人，好像要说什么，她严峻的表情让他欲言又止，只好低头继续书写。写毕递给了她，她仔细读了一遍后十分不满，问他：

"为何不写上窃盗？"

小美的公公不安地看了看小美的婆婆，轻声申辩了一句：

"接济自家弟弟，不该是窃盗吧？"

小美的婆婆一怔，二十多年来这个男人对她百依百顺，第一次没有顺从她。她摇摇头，然后扭头去看她的儿子，强行要他表态：

"你呢？"

阿强疑虑的脸上出现了清醒的神态，他应和父亲的话：

"接济自家弟弟，不该是窃盗。"

小美的眼泪夺眶而出了，严厉的婆婆则是表情木然，她在家里至高无上的权威受到挑战，她走神似的长时间没有反应，然后她的脸转向小美，声音僵硬地说出了八年前说过的那段话：

"妇有七去：不顺父母，去；无子，去；淫，去；妒，去；有恶疾，去；多言，去；窃盗，去。"

她看到小美浑身颤抖，眼泪纵横，她用八年前的话问小美：

"你犯了哪条戒律？"

小美双手捂住脸，眼泪从指缝里涌了出来，她声音挣扎地回答：

"窃盗。"

小美的婆婆点了点头，扭头去看小美的公公，这个二十多年前的上门女婿低头不语。她又去看儿子，儿子没有看她，正在为无声哭泣的小美愁眉不展。然后她提高声音说：

"就是窃盗。"

小美的婆婆说着将手里那份令她不满的书信递给身旁的丈夫，不容置疑地说：

"写上窃盗。"

小美的公公拿起毛笔迟疑一下后又放下，低声说：

"小美八年来谨小慎微，勤俭孝顺，何必如此呢？"

小美的婆婆不认识似的看了一会儿自己的丈夫，这个男人竟然连着两次违抗自己，然后去看她的儿子，阿强避开她的目光，低下头去，片刻后说出一句倔强的话：

"她是我的人，应由我决定。"

小美的婆婆吃惊地看着儿子，她将没有写成的书信撕成四片，搁在油灯旁边，看了看身旁低头不语的丈夫和脸色铁青的儿子，又去看了看已经止住泪水接受命运的小美，小美轻声哀求婆婆：

"不用休书，我自己离去。"

小美的婆婆摇摇头，从撕成四片的书信里拿起一片，对小美说：

"这是惩戒书，不是休书，惩罚你回去西里村两个月。"

小美没有想到婆婆的惩罚只是让她回去万亩荡西里村两个月，之后她仍将回到溪镇沈家。小美已经止住的泪水再次流出，她哭出了声音，对婆婆说：

"我不会再犯。"

可是小美的公公和丈夫认为不该有惩罚，小美接济自己家人没有过错，况且数额也不大。公公再次对婆婆说：

"何必如此呢。"

阿强接上父亲的话，说得强硬，他对母亲说：

"不该如此。"

小美的婆婆悲哀地看了看自己的丈夫和儿子，她原本只是想雷声大雨点小地惩罚一下小美，可是丈夫和儿子连这样的惩罚也要反对，她被激怒了，她声音疲惫地对阿强和小美说：

"明日清晨，出西门，上大路，按溪镇习俗了结此事。"

小美的婆婆说完起身上楼，小美的公公和丈夫坐在那里目瞪口呆，他们没有想到她会这样决定，他们只是帮小美说话，结果帮了倒忙，他们知道覆水难收，不知所措去看小美，小美泪眼蒙眬，对他们勉强笑了笑。

小美看见了自己命运的去向。在溪镇八年的生活，耳濡目染种种溪镇习俗，她知道婆婆所说的习俗，就是三人走上大路，婆媳各走南北，让儿子选择，应该跟谁而去。小美听闻过两次这样的休妻事例，那两个男人对妻子心里不舍，难以落笔写下休书，母亲便带上他们来到大路上，母亲和妻子各走一方，那两个男人最终都是跟随母亲而去，百善孝为先。小美心想，自己的男人也是个孝子，也会同样如此。小美不再流泪，撩起衣襟擦了擦眼角的泪水。哭泣是因为希望尚存，绝望反而让她平静。她起身离开桌子，像往常一样去给公公和婆婆端来洗脚的热水，虽然婆婆已经上楼。

十

这个夜晚对于小美既漫长也短暂，她与这个相识八年，同床两年的男人将是最后一夜。

两年的同床生涯在她这里只有一个情景，阿强进了被窝以后动手不动嘴，匆匆扒掉她的粗布短裤和粗布内衣，匆匆爬到她身上，匆匆插进她的身体。两年来，除了呼哧呼哧的喘息声和高潮来临的呻吟声，他几乎没在被窝里发出过其他声音。最近半年来他只是扒掉她的粗布短裤，已经懒得脱掉她的粗布内衣，她的胸部仿佛被他遗忘，偶尔想起来时，他的手伸进她的粗布内衣捏上一阵。

这个夜晚不一样了，他扒掉她的粗布短裤，又脱去她的粗布内衣，双手抱住她，双腿也夹住她，她感到自己的身体被他捆绑住了。他开始咬她，先是咬她的嘴唇，咬得很重，她感觉到了咸的味道，知道嘴唇被他咬破了。他咬起了她的下巴，又长又深地咬着，疼得她想喊叫时，他的嘴松开了，咬起了她的肩膀，从左边到右边，咬了一次又一次。然后他的嘴来到了她的乳房上，咬了很长时间。她一直忍受着疼痛，直到他咬起乳头时，她才轻轻呻吟几声。他沿着她赤裸的身体往下咬，他整个人钻到被窝里面，咬她大腿的时候，被子被他的屁股拱了起来，冷风进来，她怕他着凉，双脚伸到被子外面，用脚指使劲夹住被子。最后他咬起她的阴部，敏感又疼痛。那一刻她掉出了眼泪，知道这个男人舍不得她的离去。然后他才贴着她的裸体爬上来，他摸索一会儿，插了进来，熟悉的感觉插进来了。与他以往草草了事的风格不同，这一夜他在她的体内流连忘返。他一边抽动，一边慢吞吞咬她的嘴唇，咬她的下巴，咬她的肩膀，咬她的乳房，咬到乳头时，她因为疼痛呻吟起来。像是条件反射，他也呻吟了，他的身体剧烈抖动，然后慢慢安静下来。完事以后，他没有像以往那样翻身下去呼呼大睡，而是继续压在她的身上，一动不动，过了很久他才从她身上滑下来，她听到他叹息一声，他好像有什么话要说，可是稍后他的呼吸声就均匀了，她知道他睡着了。

小美这一夜被阿强弄得伤痕累累，却没有疼痛之感。她在漆黑的夜里睁着眼睛，看见的都是过去的时光。身边男人均匀的鼾声，衬托了这个夜晚的平静，她在沈家八年的平静经历就像这个夜晚一样。更夫打更的声响一次一次从街上经过时，夜晚的平静一次一次被惊醒，小美不平静的往事也因此被惊醒了。她想起第一次穿上蓝印花布衣裳的美好时光，想起新婚翌日婆婆将自己的银簪子插进她的发髻……

很多往事闪过之后，远处传来雄鸡啼鸣声，接着邻居的雄鸡啼鸣了。她知道应该做早饭了，她悄声起床穿衣，踮脚出去，开门的吱呀声让阿强的鼾声中断，她站在那里一动不动，听到阿强翻身后鼾声再起，她才踮脚跨出门槛，关门时又是长长的吱呀声，她再次站住，过了一会儿才走向厨房，这时自家的雄鸡也啼鸣了。

十一

这一天，小美的婆婆比往常早起，洗漱之后坐在梳妆桌前，将开始稀疏的头发仔细梳理，抹上发蜡盘起来，在脑后盘出发髻。她抬头看了一眼窗外阴沉的天空，起身打开衣橱，取出一身出门时穿的衣裳。此刻小美的公公醒来了，他坐起来穿衣服时，看见她穿上一身出门衣裳，先是一怔，而后想起来昨晚发生的事，这个两鬓开始发白的男人微微摇了摇头，忍不住叹息一声。她听到他的叹息，没有去看他，抓了一把抽屉里的铜钱，放进一个布袋，掂了掂分量，觉得够重了，然后提着布袋走出房间。

婆婆提着布袋去小美他们的房间，她刚要举手敲门，房门开了，阿强站在面前，一脸的苦相，看见她后低下头，从她身旁走出去。

她面无表情走进去，将布袋放在小美的梳妆桌上。她出来时，看见小美手里端着碗筷走向厨房。她跟在她身后，小美感到身后有人，回头一看是婆婆，立刻站到一旁，给婆婆让道。婆婆看见小美破裂的嘴唇和下巴上的几道伤痕，微微一怔，然后从她面前走了过去。

四个人围坐在桌子旁吃起早饭，小美低垂着头，把碗端在嘴边，每一口都是难以下咽，小美的公公一副心事重重的模样，吃得十分缓慢，阿强愁眉苦脸，吃一口停一下，只有小美的婆婆镇定自若地吃着，和往常没有什么两样，她看见儿子穿着平日里做织补活的皱巴巴旧衣服，就对他说：

"去换一身出门穿的衣裳。"

小美最后一个吃完早饭，她将碗里剩下的稀饭倒入嘴中，没有咀嚼就咽了下去。然后她收拾桌子，洗干净用过的碗筷，再将厨房清理一遍，才回到自己的房间，坐在梳妆桌前，重新梳理自己的头发，抹上发蜡后在脑后盘出发髻，右手举起银簪子时迟疑了一下，没有插入发髻，而是将银簪子放在梳妆桌上。这时她注意到桌子上的布袋，打开后看到里面有很多铜钱，知道是婆婆给她的盘缠，心里一动，眼睛湿润起来。

小美起身打开衣橱，将自己的衣服取出来包裹起来，还有三条蓝印花布的头巾，这是节俭的婆婆作为聘礼送给她的，她仔细叠好放进包袱，关上柜门时看见蓝印花布的衣裳，她十岁时就是穿着这身花衣裳来到沈家，她伸手将花衣裳取出来，准备把它带走，可是花衣裳让她感到心酸，她重又放回去，关上柜门，走到梳妆桌前拿起装有铜钱的布袋，放进包袱。

小美身穿干净的土青布棉袄，挽着包袱走出房间。她看见阿强换上棉长衫，婆婆穿上棉旗袍，他们像是在等她。婆婆看见她出来了就转身往外走去，阿强转身跟上，小美走在后面，出门时她回头望了一眼站在铺子里的公公，看见他正用手指擦着眼角。

十二

在溪镇这个阴沉的早晨，手挽包袱的小美走在婆婆和阿强的身后，与她第一次来到溪镇时东张西望不同，此时的小美低垂着头，看着自己的双脚，一步一步告别溪镇的街道。有熟悉的人与他们打招呼，婆婆没有应答，阿强也是没有声音，所以她不用抬头。

三个沉默的人走出溪镇的西门，走上大路，来到一个十字路口，婆婆站住脚，阿强也站住脚。小美抬起头来了，她仔细看着阿强的脸，她要把阿强的脸刻进心里。婆婆站在一旁没有说话，心想就让她多看一会儿吧。这时小美的眼睛来看婆婆了，也是那样的专注，婆婆的眼睛不由躲开。

婆婆看看大路的南北两端，清晨的时候空无一人，婆婆说：

"就在这里了。"

婆婆说着向南走去，小美点点头向北走。她低头向北前行，走出了百十步，身后没有跟随上来的脚步声，这是她意料之中的，她知道阿强跟随婆婆向南而去了。小美抬起头，前面的天空里乌云翻滚，通向远方的道路仿佛是黑夜里的道路，小美一路向前，没有回头，冬天的寒风扑面而来，夹杂着零星的雨点，小美没有感到寒冷，倒是感到浑身疼痛，她有些迷惘，不知道为何疼痛，而且疼痛越来越强烈。她的头颅微微斜起，一边走去，一边在脑子里寻找身体疼痛的来源，走了很久，她终于想起来了，是昨夜阿强在被窝里将她的身体咬遍，这时她的眼泪流了出来。

小美知道自己的命运，她要回到离别八年的西里村。她站在寒风和雨点飘落的路上，想着如何走到溪镇的码头。码头靠近东门，她不想走上回头路，如果重新走到西门进城，就会走上人多嘈杂的大街，她想走在一个人的路上，她决定绕道走到东门那里的码头。她抬手擦了擦眼睛上的雨水，辨认方向以后，继续往前走了一段路程，然后拐上一条小路，这条弯弯曲曲的小路将她带到了溪镇的东门，她来到了码头。

小美站在码头上，几个船家向她招手喊叫，她摇摇晃晃踏上最近的竹篷小舟，在船家的搀扶下，坐在船舱的草席上。船家双手撑开竹篷小舟，雨点越来越多，船家戴上斗笠，披上蓑衣，问了小美要去的地方，然后坐在船尾，背靠一块木板，左臂夹着一支划桨，掌握方向，两只赤脚一弯一伸踏着摈桨。在咿哑咿哑的声响里，竹篷小舟在雨点跳跃的水面快速而去。

船家是个中年人，他看着坐进船舱后的小美仍然手挽包袱，就说："把包袱垫到身后，靠着会舒服些。"

小美听了这话点点头，可是包袱还是挽在手臂上。船家又说了两次这样的话，小美也是两次点了点头，包袱仍旧在手臂上。船家笑了笑，说起别的话，他对小美说：

"我认得你，你是织补沈家的媳妇。"

小美点点头，船家问她："你是回万亩荡娘家吧？"

小美还是点点头。竹篷小舟向着万亩荡西里村的方向快速而去，接下去船家说出的话，小美没再听进去。

离别八年，小美想不起父母兄弟的面容，即便是前天出现的小弟，她也想不起他的面容。她在焦虑中回想，可是记忆深处没有父亲的模样，也没有母亲的模样，倒是想起母亲的一个动作，抬起手擦拭眼泪的动作，这个动作出现在何时何地？她想了又想，终于想起来了，是她出嫁的那一天，坐在她对面的母亲，眼角滴出了泪水。然后她想起父母兄弟一行五人，都是双手插在袖管里，鱼贯而入，又鱼贯而出。他们为她进入溪镇织补沈家而欢欣骄傲，如今她被沈家休掉，重回万亩荡的西里村，他们又会如何？她不敢往下想了。

十岁离别父母兄弟，来到溪镇沈家八年，沈家已是她内心深处的家。阿强从不对她口出粗言，公公生性和气，婆婆虽然严厉，但是八年来没有虐待过她。童养媳被婆婆虐待在溪镇屡见不鲜，打骂体罚是司空见惯，童养媳自缢身亡或投井自尽，小美八年来也是见闻过几起。

小美在船舱里哭泣流泪，让船家惊慌失措，船家在雨中的船尾大声喊叫，小美这才醒悟过来，知道自己正在竹篷小舟上，船舱外大雨滂沱，她看不清船家的脸，只听到他的喊叫，她抬起手擦干净自己的眼泪后，可以看清船家雨中的脸了。船家的嘴一张一合，正在和她说话，她听不清楚，知道是在询问自己，她向他摆摆手，表示自己很好。然后她安静下来，船家在雨中的嘴也不张不合了。

安静下来的小美看到了自己的今后，一个被夫家休掉的女人回到村里，父母兄弟觉得低人一等，左邻右舍忌讳她前去串门。她仍然起早摸黑做家务活干田里活，可是她从此抬不起头来。虽然父母兄弟就在身边，村里乡亲也在眼前，可是她终将孑然一身。在夜晚的时候，她会在黑暗中听到父亲的唉声叹气，会在月光里见到母亲伸手抹向湿润的眼角。

十三

小美离去之后，阿强的母亲开始操持起家务，洗衣做饭，还要做织补活，早起晚睡十分辛苦，其实她完全可以找个女佣过来，可是节俭的本性让她还是自己来做，她将生意上应酬的事交给丈夫，账目仍是自己管理。阿强的父亲也忙碌起来，对顾客迎来送往，点头微笑十分周到，对待赊账的，日期到了还要出门去催账，稍有空闲立刻坐下来做织补活，他眼睛花了，只好双臂伸直，针线离远了才能看清做活。阿强一副魂不守舍的模样，手里拿着织补的衣物，从早到晚一动不动，他什么都做不了，坐在那里就是一个摆设。

母亲知道阿强是在想着什么，她没有说出一句责怪的话。可是母亲不知道阿强每次换衣服时，打开衣橱都会见到小美没有带走的花衣裳，那时候阿强就会怔怔地看着花衣裳，脑子里一片空白。

这期间有媒婆几次上门，带来几个乡下姑娘，阿强都是看了一眼后，眼皮没再抬起来。有了前面清秀干净心灵手巧的小美对照，阿强的母亲也是没有看上一个。媒婆介绍过两个城里姑娘，一个就在溪镇，一个在沈店，都是家境困顿人家，溪镇那户人家提出来的聘礼数目吓了阿强母亲一跳，自然是回绝了。沈店那户人家暂且没提聘礼，请他们先去看看，中意了再谈聘礼。于是这一天的天亮时分，阿强的父母穿戴整齐前往沈店去相亲。

这时已是春暖花开，小美被休回万亩荡西里村三个月了。看似懦弱又时常心不在焉的阿强，做出了在当时是大逆不道的事情，而且是即兴的。

父母走后，阿强独自一人坐在铺子里昏昏欲睡，十岁的小美身穿花衣裳站在衣橱前的情景这时若隐若现了，阿强从似睡非睡里清醒过来，此后一个念头降落下来，他一跃而起，上楼走进房间，打开衣橱，取出小美没有带走的花衣裳，又收拾了自己的衣物，给父母写下一封书信，下楼打开储藏杂物的小房间，移开一个破旧木箱，撬起一块地砖，下面有一个瓷罐，里面有两百枚银元，他揭开罐盖，数着数拿出一百枚银元，盖上罐盖，又拿走织补柜台抽屉里全部的铜钱，合上铺子的门板，背上包袱走过阳光照耀的街道，来到东门的码头。

上午的码头泊满竹篷小舟，船家各自坐在船尾，东拉西扯声音响亮。船家们看见阿强背着包袱走来，纷纷向他招手，请他上船。阿强看到十多个船家同时招徕他，一时没有了主意，不知道该上谁的船。

一个船家试探地问他："是去西里村接回你女人吧？"

阿强一怔，随即点点头，上了这个船家的竹篷小舟。他刚在船舱的草席上坐下，竹篷小舟就脱离码头驶去。

船家让他把包袱垫在身后，说这样坐着舒服。阿强照办了，船家对阿强说，当初是他送阿强的女人回的西里村，她在船上一直哭，他不知缘故，他见过回娘家时哭的，但是没见过哭得那么伤心的，后来才听说她是被休掉的。船家说着提到了溪镇的另外两户人家，都是休妻数月后又后悔了，又去接回。他问阿强：

"快有三个月了吧？"

阿强点点头，船家看着他身后露出来的包袱，问他为何带上包袱，阿强没有回答，船家说去西里村是远了点，来回一天时间也足够了，何必带上包袱。

十四

中午时分，竹篷小舟来到小美的村庄。阿强把包袱留在船上，撩起长衫跳上岸，回头对船家说：

"请在此等候。"

他四处张望，都是农田，只有一条小路向前延伸，他走上了小路。走出一段路，见到在田地里劳作的村民，向他们打听小美父母的家。几个田地里劳作的村民没有应答他的话，他们议论起来，然后向着不远处的一个村民喊叫，一边喊叫一边伸手指点小路上的他。他看见不远处田地里的那个村民跳上田埂，一双赤脚向他跑来，跑来的村民十五六岁，与小美有点相像，这个村民跑到他跟前，看着他问道：

"您是姐夫大人？"

阿强听到"姐夫"的后面还跟着"大人"，有些不知所措，感觉这个村民可能是小美的弟弟。这时小美的弟弟完全认出他来了，高兴地说：

"您就是姐夫大人，您不记得我啦，我是小弟。"

阿强心里微微一颤，就是眼前这个小弟丢失了卖猪的钱，才使小美回到万亩荡。他看着小美的小弟，从头看到脚，看到小弟的裤管高高卷起，脚上全是泥巴。小弟看到姐夫大人注意起他的一双赤脚，不好意思地笑了笑，弯下身，放下卷起的裤管，起身后小心翼翼问他：

"您是来接姐姐回去？"

阿强点点头，小美的小弟身体闪到左边，左手往前一伸，请他先走：

"姐夫大人，您请。"

田地里干活的村民都直起腰，好奇地看这个溪镇来的男人手撩长衫走在田间小路上。小美的小弟一脸欢喜跟在身后，对着田地里的人大声喊叫：

"我姐夫大人来接我姐姐啦。"

田地里的村民明白过来，被休回到村里的小美又是溪镇织补沈家的人了。他们说沈家的人吃上后悔药了，所以泼出的水能收回，说出的话能喊回。

阿强走出一段小路，身后的小弟对着田地里的一个男子喊叫起来：

"二哥，二哥，姐夫大人来接姐姐啦。"

那个弯腰干活的男子立刻直起身子，跳上田埂，也是一双赤脚跑过来，跑到跟前，因为兴奋，他满脸通红叫了一声：

"姐夫大人。"

阿强微笑地点点头，心想这是小美另一个弟弟。他继续往前走，小美的两个弟弟跟在身后，那个小弟悄悄扯了扯哥哥的衣角，指指他卷起的裤管，哥哥明白了，急忙弯腰放下裤管。他们沿途走过七八间茅屋，茅屋里出来的男女老少，看戏似的看着他们，小美的两个弟弟骄傲地告诉这些男女老少，他们的姐夫大人来接姐姐回溪镇沈家。

走到一间看上去较新的茅屋前，小弟又喊叫了：

"大哥，大哥，姐夫大人来接姐姐啦。"

茅屋里出来一个男子，看到阿强后，立刻跑过来。阿强看着跑来的男子，心想小美又一个弟弟来了，这个弟弟穿着草鞋，没有赤脚。这个穿草鞋的男子跑到他面前，哈腰叫了一声：

"妹夫大人。"

阿强点点头，想起来这是小美的哥哥。小美的三个兄弟簇拥他往前走，村里有一些人跟在后面，更多的人站立在田地里，或者站立在屋门口，看着这个身穿长衫的男人一脸微笑走来。

小美的父母也在田地里劳作，听说沈家少爷来接女儿回去，急忙在水沟里洗干净脚上的泥巴，放下卷起的裤管，穿上摆在田埂上的草鞋，往家中跑去，跑在前面的小美父亲一边跑，一边回头骂小美母亲，嫌她跑得太慢。

那时候身穿满是补丁衣服的小美正在家中做饭，听到村里人在屋外叫叫嚷嚷，她不知道也没去想发生了什么，继续往灶里放入木柴，用火钳移动木柴的位置，将火势分布均匀。这时父母跑回家中，父亲一边将草鞋换成布鞋，一边指挥小美母亲：

"别让她做饭了，快让她去洗洗干净。"

小美母亲拉起小美眼泪汪汪说："你男人来接你了，你又是沈家的人了。"

这突如其来的消息让小美怔住了，母亲呜呜哭着把小美拉到屋后的水边，让她蹲下去清洗自己的脸和手，自己匆匆跑回茅屋，把小美的衣服放入包袱，又拿出一身没有补丁的土青布衣服跑到屋后，让小美躲进旁边的竹林换上。自己再次匆匆跑回茅屋，脱下草鞋换上布鞋。

这时阿强来到茅屋前，小美的父亲已经站在那里迎候，小美的母亲匆匆跑出去，站在丈夫身旁，他们恭敬地叫了一声：

"女婿大人。"

阿强也是恭敬地叫了一声："岳父岳母大人。"

接下去他们都不知道说什么，只知道笑着站在那里。村里不少人来到纪家的茅屋前，有人说闻到焦烟味，另有人对小美的父母说，是不是你家的饭烧焦了？小美的父母没有反应。

小美三个兄弟里的两个拉着他们的妻子跑过来，一个女人叫了一声"妹夫大人"，另一个女人叫了一声"姐夫大人"。

阿强对着这两个陌生女人点起头，这时小弟说："姐夫大人，请屋里坐。"

小美的父母知道该说什么了，他们说："请屋里坐。"

阿强看见小美手挽包袱从茅屋里出来，她看了他一眼后低下头。这一眼让阿强感受到了小美三个月来的忍辱负重，他眼圈红了，声音哽咽地对小美的父母说：

"岳父岳母大人，我来接小美回去。"

小美的父母连连点头，嘴里说好好好。小美低头走到阿强跟前，身体微微颤抖，泪水在眼眶里打转。

阿强给小美的父母鞠了一躬说："岳父岳母大人，这就告辞了。"

小美的小弟说："姐夫大人，吃了午饭再走。"

阿强说："不吃了。"

小美的父亲说："吃了再走。"

然后对小美的母亲说："快去盛饭。"

小美的母亲急忙跑进茅屋，小美的父亲请阿强进屋去吃饭，阿强看看身旁低头的小美，碰碰她的胳膊，示意她一起进屋。这时小美的母亲端着两碗烧焦后黑乎乎的米饭出来了，过于激动的她没有意识到米饭的焦黑，她把手里的两碗饭递给阿强和小美，嘴里说：

"吃了再走。"

小美的父亲埋怨她："急什么呀，女婿大人还没进屋呢。"

他们听到众人的哄笑，才看清焦黑的米饭已经不能吃了。小美的父亲一脸尴尬，他对同样尴尬的小美的母亲说：

"快去做一锅米饭。"

阿强再次对小美的父母鞠了一躬说："我带小美回去了。"

十五

溪镇织补沈家的少爷出现在没有一间砖瓦房的西里村，来接走小美，村里喧哗起来，他们跟随阿强和小美，走向那条竹篷小舟。

小美的三个兄弟紧随其后喜气洋洋，小美的嫂嫂和弟媳被挤散在人流里，小美的父母被挤到后面，父母笑呵呵看着前面长长的人流，因为村路狭窄，不少人卷起裤管走在小路两边的水沟里。

小美低头前行，她的眼睛里满是走动的脚，她紧紧盯住长衫下面走动的两只脚，那是她丈夫的脚，她要寸步不离。

三个月前，小美从竹篷小舟跳到西里村的岸上，在迟疑的步伐里低头走回父母家中，此后她的头再也没有抬起来，即使在家中也是低头的模样。她没有告诉父母，被休的原因是私自给了小弟铜钱。她说的原因是婚后两年没有怀孕，沈家认为她不能生育。

父亲没有责骂她，怔怔地坐在那里没有动静，母亲悄悄抹起了眼泪，三个兄弟里的两个觉得脸上无光，后来的日子里几乎不和她说话，只有小弟还在一声声叫着"姐姐"。小美被休回家后，父亲说眼下不是农忙时节，田里的活不多，小美不用下田，做好家务活就行。小美知道父亲让她暂时不要出门，免得丢人现眼，除了去屋后水边淘米洗菜或者洗衣晾衣，小美没有步出茅屋的正门。虽然小美始终低垂着头，仍然察觉到村里有人在茅屋门外指指点点，还有人绕到屋后看着蹲在水边洗衣服的她低声议论。

现在小美被接回溪镇，父母兄弟重新扬眉吐气，可是小美一直低垂着头，直到她坐进竹篷小舟，船家将竹篷小舟撑开离岸，在水面上摇晃而去时，她才抬起头来寻找岸上的父母，她的眼睛在岸上长长一条的人群里看见了母亲，母亲双手擦着眼泪，然后她看见了父亲，父亲也哭了，他正用手背擦着眼睛。

身旁的阿强拿过去小美怀里的包裹，塞到她背后，让她舒服靠着。阿强的体贴举动让她眼含热泪，命运峰回路转，她真想大哭，可是她忍住了。竹篷小舟在水面上劈波斩浪而去，小美心想两个时辰以后就会到溪镇，就会走进织补沈家。想到要见到婆婆了，小美忽然有些紧张。

这时阿强对船家说："去沈店。"

船家不解，问他："不回溪镇？"

阿强说："不回溪镇，去沈店。"

小美疑惑地看着阿强，好像没有听清他刚才的话。

船家说："虽说去沈店比去溪镇近了，可是我还要回溪镇，天黑后不好行船。"

阿强说："给你双倍的船钱。"

小美疑惑不解看着阿强，阿强神色得意地解开他的包袱，让小美看看放在最上面的花衣裳。小美的眼泪夺眶而出，她明白了，阿强不是来接她回去溪镇沈家，而是带她走向未知之地。

小美泪光模糊地看着午后的阳光洒满水面，水面上金光闪闪，竹篷小舟在金光闪闪之上向前而去。

阿强神采飞扬，这是小美从未见到过的阿强，他望着前面宽阔的水面眼睛发亮，发亮的还有他和船家说话的声音，他们之间的对话跳来跳去，前一句是溪镇的小街，下一句是沈店的店铺。阿强兴致勃勃的声音，让小美感到那个心不在焉的阿强销声匿迹了。

小美沉浸在阿强的声音里，她分不清哪儿是笑声哪儿是说话声，只是感觉阿强的声音包围了她，如同一件大红袄裙裹住了她的身体。小美十岁那年第一次离开西里村，抓着父亲的衣角走在溪镇的街道上时，她东张西望的眼睛里闪耀出金子般明亮的颜色，这是八年前的颜色，如今她跟随阿强远走他乡，金子般明亮的颜色重归她的眼睛。

十六

他们在沈店度过了无拘无束的下午和夜晚，如同笼中之鸟飞上天空之后，喜悦的翅膀不停扇动，两个人虽然饥肠辘辘，仍在沈店的街道上流连忘返，那是要比溪镇街道宽阔繁华。

其间阿强心血来潮走进一家裁缝铺，要给小美做上一身新衣裳，裁缝用尺子量了小美的尺寸，告诉他们三天后来取，准备付定金的阿强转身窜出了裁缝铺，跑得比兔子还快。裁缝和小美面面相觑，两个都没有反应过来，然后小美脸色羞红地走出裁缝铺，看见阿强在街道斜对面向她招手，她走到跟前，阿强悄声对她说等不了三天，明天就要去上海，到了上海再去找一家裁缝铺做上一身好衣裳，上海的裁缝一定比沈店的技高一筹。

小美"啊"了一声，轻声说原来是去上海。沈家的顾客里有去过上海的，曾经站在织补铺子前说得口沫横飞，小美因此有了上海的印象，一个大得走不到尽头的地方，有很高的房子，有很多的人，很多的人里面有洋人。

小美在沈店第一次走进餐馆，第一次走进旅店，虽然她在溪镇见过餐馆和旅店，可是从未进入，只是经过时往里面张望过几眼。

走进餐馆时，她小心翼翼跟在阿强身后，这是一家摆放了十张八仙桌的面馆，他们走到柜台那里，小美跟随阿强，抬头看起两排挂在墙上的竹简，竹简上刻着不同面条的名称和价格，小美没有想到世上竟然有这么多种类的面条，她正在惊讶之时，阿强阔气地点了一份猪肝面和一份腰花面，然后小美听见铜钱在阿强手里的碰撞之声。

这样的碰撞之声再次响起已是临近傍晚，他们站在旅店的前台，阿强付完房费之后，小美跟随他走上楼梯，楼梯在昏暗里发出嘎吱的响声，让小美感到楼梯要倒塌似的，她伸手拉住走在上面阿强的衣服，走入房间后才松开手。她问阿强，为什么这里的楼梯比溪镇

279

家里的楼梯响声大了那么多。阿强说家里的楼梯只有四个人走，而且走得小心，这里的楼梯很多人走，乱踩乱踏，楼梯走坏了。

房间不大，有床有桌子有凳子，看上去十分整洁。落日的余晖从窗户照射进来，停留在床角，小美好奇察看房间的眼睛看到这落日的告别之光时，听到阿强的叫声，小美吓了一跳，阿强惊魂未定告诉小美，他的父母也在沈店，他竟然忘记了这个。小美哆嗦了一下，脸色苍白起来。阿强却是变脸似的转瞬间一脸轻松的表情了，他看看窗口夕阳西下的光芒，笑着对小美说，这个时刻父母应该回到溪镇了。小美听后仍然有些忐忑，阿强说：

"我们已经在旅店里了，即使父母还没有回去溪镇，也不会碰见我们。"

话音未落阿强就抱住了小美，同舟共济般地扑到床上。床嘎吱作响了，小美说这床是不是要塌了，阿强说不会塌的，小美说这床比家里的响多了，阿强说家里的床只是他们两个人睡，这床很多人睡过。

阿强用眼花缭乱动作脱光小美的衣服，他脱光自己衣服时的动作则是井然有序。两人赤裸裸躺进被窝，小美再次经历了一个铭心刻骨的夜晚，前一个铭心刻骨的夜晚是她告别沈家前的那个夜晚。

十七

这是小美人生里昙花一现的时刻，这样的时刻还在继续。她跟随阿强来到了上海，他们看见两个轮子的人力车过去。小美在溪镇见过轿子，没有见过人力车，她指指人力车悄声问阿强：

"这是什么车？"

阿强在记忆里的旧报纸上寻找名字，他很快找到了，对小美说："这个叫黄包车。"

他们看见一个高个子黄头发高鼻梁蓝眼睛的西装革履的男人坐上一辆黄包车时，阿强抢在小美提问前就说：

"这个是洋人。"

接着又补充了一句："他穿的是西装。"

这是阿强在旧报纸之外第一次见到洋人和西装，他和小美一样好奇地看着那个洋人坐上黄包车远去。

一个手提皮箱穿长衫的男子走到他们身前，向前面的一辆黄包车招手，车夫拉着黄包车快步过来，这个男子坐上去后说了一句：

"沪江旅社。"

阿强学习这个男子的动作，向另一辆黄包车招招手，黄包车过来停下后，他让小美先坐上去，自己再坐上去，他对车夫说：

"沪江旅社。"

车夫响亮地答应一声，拉起黄包车小跑起来。他们静若死水的生活在离开西里村摇往沈店的竹篷小舟上开始晃动，在上海像黄包车那样跑了起来。

他们在沪江旅社里第一次见到电灯，傍晚时阿强在房间里寻找煤油灯，小美抬头看见从屋顶挂下来的灯泡，她问阿强这是什么。阿强也抬头去看，觉得灯泡似曾相识，他继续到记忆的旧报纸里去寻找，又找到了，他惊喜地叫了起来：

"这是电灯。"

小美想起来了，那个去过上海的顾客说比煤油灯明亮很多的叫电灯，她"啊"了一声后说：

"这就是电灯。"

接着小美问："这电灯怎么才能点亮？"

阿强看见有一根绳子在灯泡旁边挂下来，他伸手抓住绳子拉了一下，电灯亮了，两个人同时惊叫一声，阿强说：

"电灯不用划火柴去点，拉一下就亮了。"

小美问："再拉一下呢？"

阿强又拉了一下绳子，电灯灭了，他说："再拉一下就暗了。"

然后阿强让小美试着拉了三次，电灯亮了又灭了，又亮了。阿强在记忆的旧报纸里找到了"触电"，他指着灯泡对小美说：

"这电灯不能去碰，碰了会触电的。"

小美问什么是触电，阿强说就是碰一下会死人的，电死的。小美倒吸一口冷气，此后的日子里阿强每次去拉灯绳时，小美都会关照他：

"小心啊。"

他们在静安寺那里见到了有轨电车，他们看着电车响声隆隆而来，铃声响起后慢慢停下来，一些人从电车里下来，一些人上了电车，铃声再次响起后，电车响声隆隆而去。

小美说："这是什么车？这么大这么长的两个车连在一起。"

阿强刚好听到身旁有人走过时用上海话说要去坐电车，他说：

"这是电车。"

小美听到车也用电，就问阿强："坐上去会触电吗？"

阿强不假思索地说："会触电。"

小美看着驶去的电车继续问："里面的人怎么没触电？"

阿强马上改口说："坐电车不会触电。"

他们在上海昼出夜归，有时候坐电车，有时候坐黄包车，有时候坐独轮车，更多的时候是长时间步行，他们在商店橱窗前驻足不前，或者在商店门口往里张望，两者都是琳琅满目，虽然他们的眼睛里闪现出惊奇的颜色，但是他们从不踏入进去，里面的顾客或者西装革履或者长衫旗袍，一个个都是阔气的模样，阿强应该是胆怯，没有踏入商店，小美自然也不会踏入进去。

他们会踏入餐馆，即使是菜肴丰盛的大餐馆，阿强也会带着小美走进去，坐下来点上一些吃的，饥饿克服了阿强的胆怯。

他们去过的餐馆里有一家设有烟房，供客人餐后进去吸鸦片。他们在那里吃着菜和大肉面，阿强正在感叹碗里的肉又大又厚，听到有客人问伙计有什么土药，伙计说刚进了云南烟土，客人吩咐准备好烟泡，过会儿进去烟房试试。然后掌柜走过来与这位客人聊起了烟土，说上个月来过几个上海滩的名人，自带印度产的马蹄土，餐后进了烟房。客人说马蹄土在洋药里是顶级烟土，一两要四两白银。掌柜说他是第一次见着，形状确像马蹄，开眼界了。

阿强也想去尝尝烟土，听说一两马蹄土的价格是四两白银，吓了一跳，随后庆幸自己只是想了想，没有说出口。

他们走出这家餐馆后，阿强花了三文铜钱买了一盒强盗牌香烟，他用火柴点燃纸烟后一边吸着吐着一边走着，自我感觉在强盗牌香烟里抽出了印度产马蹄土的味道，他抽烟时呆板的动作和美滋滋的表情，让走在一旁的小美忍不住笑出了声音。

阿强带着小美去大世界游乐场看哈哈镜，看着自己在一面镜子里变得像竹竿那样细长，而且弯曲起来，小美惊叫一声，阿强说：

"这是你的魂魄。"

小美吓得躲到阿强身后，闭上眼睛不敢看，听到阿强哈哈大笑，小美知道阿强是在逗她，她睁开眼睛，看见镜子里的阿强也是细长弯曲，与她的细长弯曲不一样，阿强的头下面还有一个头，小美说：

"你的魂魄有两个头。"

阿强说："另一个是你的头。"

小美问："我们两个的魂魄在一起了？"

阿强说："在一起了。"

阿强说着伸手又伸脚，也让小美伸手伸脚，他们看见的魂魄有两个头，四只手和四只脚，在镜子里手舞足蹈。

他们在另一面镜子里看见自己像水缸那样又矮又扁，小美笑着问："魂魄会变形？"

阿强说："会变形，变成各种形。"

小美接过来说："就是变不了人。"

阿强带着小美游玩了城隍庙，吃着梨膏糖，看着卖梨膏糖的人站在凳子上，左手小铜锣，右手小木棍，一边咣咣咣敲出响亮锣声，一边油嘴滑舌唱起小热昏，四周的人嘻嘻哈哈地笑，小热昏里的荤段子阿强一下子没听懂，看见小美低头而笑，轻声问小美：

"你听懂了？"

小美点点头后脸红了，阿强好奇地说："我怎么听不懂。"

接下来的荤段子阿强听懂了，他放声大笑，夸张的笑声让其他人纷纷扭头来看他。

听完小热昏，阿强去买了两瓶荷兰水，就是汽水，阿强说这是洋人喝的水。他与小美是第一次喝汽水，一口喝下去两个人都瞪大了眼睛，甜的味道是一下子品尝出来了，汽的味道让他们惊讶了。这次小美首先反应过来，轻声说道：

"这是汽。"

阿强发现似的叫了起来："对，这是汽。"

两个人小口品尝汽水了，渐渐地味觉里没有汽了，阿强问小美：

"汽呢？"

小美说："是不是跑掉了？"

阿强恍然大悟地说："对，汽是会跑掉的。"

然后阿强说要带小美去吃一次洋人的饭。三天以后，他们坐电车到英租界，走进一家西餐馆，两个人正在小声商量要什么菜时，伙计送上来面包和黄油，阿强和小美互相看看，又看看伙计，心想还没有要菜，吃的就上来了。伙计对他们两人说，这面包和黄油是送的，不要钱。听说不要钱，两人放心了，看到邻桌的人把黄油抹在面包上吃，他们也学着把黄油抹到面包上，先是小心翼翼吃一口，随后大口吃了起来。

阿强说："好吃。"

小美点点头，阿强刚才听到伙计说了面包，没注意伙计说黄油，他小声问：

"这吃起来滑滑的叫什么油？"

小美也没有注意，她说刚才伙计送过来时自己愣住了，没有听清叫什么油。这时她听到邻桌的人说这黄油味道不错，她低下头笑了，轻声说：

"黄油。"

他们在黄浦滩的公共租界那里站立良久，出现在他们眼前的气派房子让他们的脚步长时间停顿，阿强发出一声声惊叹之时，小美听到轮船哒哒的响声，随即看见一艘庞大的蒸汽船在江上驶来，船上的烟囱冒出滚滚黑烟，黑烟飘散时像是一面越拉越长的旗帜。阿强也看见了，他刚才的惊叹变成了惊叫，他说：

"这大船不是划桨的，这大船自己行驶。"

小美问："这是不是电船？"

阿强又去了记忆里的旧报纸，又找到了，他说："这是蒸汽船。"

他们路过上海的楼台十二粉黛三千之处，他们在溪镇见过青楼的模样，这里的花街柳巷则是完全不一样的气势，面街的门墙雕梁画栋，见到的女子浓妆艳服，二胡琵琶与歌声笑声此起彼伏。

他们在一个门口出神站立，见到里面有一间屋子门窗开启，嫖客和妓女相对而坐，一人奏琴一人吹箫，在溪镇的青楼里见不到如此的风雅。

阿强说："这个溪镇的青楼里没有。"

他们在另一个门口见到了另一个情景，里面的屋子也是门窗开启，两个男人躺在那里说话，六个妓女三个一组缠绕他们两个，给他们敲背捶腿捏脚，嬉笑之声一浪一浪传过来。

阿强说："这个溪镇的青楼里有。"

他们离开时，见到一个男人扛着一个年少女子从一处青楼里出来，少女身体微侧坐在男子左侧肩膀上，男子双手抱住少女的两条小腿稳重走去。阿强和小美在路人的议论里得知，少女是雏妓，男子是龟公，这是青楼界的规矩，第一次出台的雏妓是不能独自前去的，要让龟公扛着给人家送上门去。

他们在上海整日游手好闲，他们自己也不知道过去了多少日子，这天阿强突然拍了一下脑门，叫了一声，他想起了在沈店裁缝铺外说过的话，然后带着小美去了一家衣庄，他说上海真是大地方，裁缝铺叫衣庄。

对上海熟悉起来的阿强不再有胆怯之意，他带着小美走进去时身体摇晃，故意让口袋里的银元发出碰撞之声。他为小美定制了一件碎花面料的旗袍，海派风格的收腰开衩的旗袍。他拿出银元递给衣庄的裁缝师傅，裁缝师傅把银元往柜台上一掷，觉得声音很纯，就收起了银元。

裁缝师傅的这个动作让阿强走出衣庄后称赞不已，他对小美说，上海的裁缝师傅不仅做衣裳技艺高超，就是鉴别银子纯色也有功夫，掷在柜台上一验就知道。溪镇的裁缝师傅拿了银元后，都是先要用手指去弹，再用牙齿去咬。

三天后的下午，小美在旅社的房间里，穿上这件旗袍后说，开衩高了，到了膝盖上面一点，别人会不会看见自己的大腿？阿强站着看了看，又蹲下去看了看，然后说：

"从上往下看，看见膝盖；从下往上看，看见一点大腿。"

小美说："在溪镇是穿不出去的。"

"这是你在上海穿的。"阿强说完补充了一句，"我们不会回溪镇了。"

这是小美听到阿强说出来的最后一句美好话语。到了傍晚的时候，这个神采飞扬的阿强消失了，那个心不在焉的阿强回来了。

阿强脑袋歪斜着坐在窗口的凳子上，像是霜打的茄子蔫了。小美一怔，阿强神情的瞬间变化让小美有了不祥之感，她坐在床上，坐在夕阳的余晖里，阿强迟疑不决的声音开始响起，他告诉她，这些日子开销过大，又是只出不进，他离家时带出来的银元所剩无多了。

小美眼睛里金子般闪亮的颜色逐渐淡去，这样的颜色在离开万亩荡西里村以后每天都在闪耀，现在随着夕阳西下黑夜来临，这样的颜色在小美的眼睛里熄灭了。

不做织补活、不打扫屋子也不做饭的这些日子，让小美忘记了过去，她什么都没有去想，以为这样的生活会一直持续下去，可是这样的生活在这个来临的夜晚戛然而止了。小美看见了往后的日子，漂泊不定餐风露宿，但是她和阿强不离不弃相依为命。

这天夜里阿强睡着以后，小美想了很多，在上海的这些日子让她见多识广，她知道接下去做什么了。她可以重操织补活，起初自然没有顾客，那就挨家挨户上门揽活；如果织补生意做不下去，她可以去一家商店做店员，在沈家织补铺子接待顾客和管理账簿的经验能够让她成为一个店员；如果做不成店员，她可以去某个大户人家做女佣；如果没有大户人家雇用她，她可以去普通人家做女佣，如果连普通人家也没有雇用她……想到在上海花街柳巷的所见所闻之后，她不惜以卖身来养活阿强。

然后，她安静地睡着了。

十八

早上醒来时，小美吃惊地看着站在床前的阿强，阿强又是神采飞扬了。见到小美醒了，阿强兴致勃勃对她说：

"今天动身去京城。"

阿强告诉小美，去京城投奔他的姨夫，姨夫曾在恭亲王的府上做过事，在京城应该是左右逢源，姨夫能够为他在京城谋得一份差事，而且会是一份好差事。小美兴奋之后，想起昨夜自己的各种谋划，尤其是不惜卖身，她不由羞愧，脸色通红了。

小美收好旗袍，穿上土青布衣服，头上包上蓝印花布的头巾，跟随阿强北上京城。他们换乘一辆又一辆的马车，从十二匹马三节套的马车，到三匹马二节套的马车。他们还坐过两次牛车，牛车差不多是以犁田的速度前行，使坐在牛车上的人一个个昏昏欲睡。他们住过一家又一家车店，有大车店也有鸡毛小店，都是一间屋子里睡上多人。小美时常是睡在阿强和一个陌生男人中间，为此她将路边捡到的一块石头放入包袱，夜晚睡觉时拿出来放在她和阿强之间，以防不测。

她提防的事果然发生了，有一个夜里她在梦中惊醒，一只手已经伸进她的裤子，正在她大腿之间摸索，她知道是睡在左侧的那个男人的手，她拿起石头砸向那只手的手臂，一声低沉的惨叫后那只手从她裤子里逃脱了。此后她没再入睡，右手一直握着那块石头。

她没有把这事告诉阿强，她只是住进车店时尽量抢先占到墙壁的铺位，自己贴墙而睡，让阿强睡在她的外侧，如果墙壁的铺位都已被人占据，那么躺在中间铺位的她就会手握石头一夜无眠。

阿强踏上前往京城之路时神采飞扬，可是只是飞扬了三天，然后他又是心不在焉的神情了。

当时他们坐在拥挤的十二匹马三节套的马车上，男女老少南腔北调。坐在车头双手拉住缰绳的车夫时常喊叫，有时是"驾！啪！

嗬!"的声音，有时是"唔唔"的声音，有时是"哦哦"的声音，有时是"越越"的声音，有时是"呔呔"的声音，在车夫的叫声里，马车一路向前，往左走，往右走，走在上坡的路，跨过城镇街道上的石头门槛……正在前往的京城给予小美很多遐想，那是皇帝居住的地方，那里的房屋街道应该比上海的更加气派，在那里阿强会有一份好差事，自己可以重新做起织补生意，在京城安定下来的憧憬让小美异常兴奋。可是小美的兴奋也是只有三天，马车在大路上拐弯向右而去之时，阿强的神情变了，拐弯前还是神采飞扬，拐弯后心不在焉了。小美知道这意味了什么，她低下了头，她的神情追随阿强的神情，犹如身影追随身体。

傍晚时分，他们站在一家车店门外，阿强告诉小美，他不知道姨夫的尊姓大名，只是听母亲说起过有这么一位显赫的亲戚，年幼时去了京城，成年后回过一次沈店，那次回来是与母亲的一位表姐完婚。这差不多是母亲所说的全部，母亲没有说起他的姓名，母亲说这位姨夫大人曾在恭亲王府上做过事，母亲说这话的时候显然他已经离开恭亲王府。

阿强忧心忡忡，对小美说："京城这么大，何处才能找到姨夫？"

小美看着犹豫不决进退失据的阿强，心想溪镇是回不去了，又无其他去处，只能继续前行，到了京城如果能够找到姨夫大人，他们也就有了依靠。

小美对阿强说，京城是很大，恭亲王府还是容易找到的，府里也会有人知道姨夫大人，只要守在王府的大门外，向里面出来的人一个个打听，打听一位来自江南沈店的人士，总会有人知道姨夫大人的消息。

阿强振作起来，他听从了小美的话。两人继续北上，继续更换不同的马车，继续在一个个车店过夜，两人的话语越来越少，话语的减少不是他们之间有了隔阂，而是他们越是前行，京城的姨夫越是虚无缥缈，两人心照不宣，他们对前往的地方都是忐忑不安。

十九

他们在秋天里渡过黄河，来到一个名叫定川的地方过夜。阿强不知道前往京城仍有漫长路程，以为渡过黄河后，京城很近了，他吩咐小美，明天换上碎花面料旗袍，他也换上宝蓝色长衫，他们要体面地进入京城。

一辆三匹马二节套的马车载上他们两个，还有另外四人，清晨时刻马蹄声声驶出了定川的城门。

在颠簸的马车上，小美右边坐着阿强，左边是一个女人，对面坐着的三个男人同时看着她旗袍的开衩处，她微微脸红了，将右腿贴住阿强的左腿，手里的包袱放到左腿的旗袍开衩处，过了一会儿她偷偷看了一眼对面的三个男人，他们的目光已经移开，她觉得把自己藏好了。

中午的时候，他们在一家鸡毛小店休息了一个时辰，车夫给三匹马喂了饲料喝了水，他们几个坐在店外的几块石头上吃了自带的干粮。马车出发时，坐在小美左边的女人没有上马车，她手挽包袱站在车店门口，左顾右盼，像是等人来接她。

马车继续前行，小美在单调的马蹄声和单调的车轮滚动声里靠

291

着阿强睡着了，阿强和对面的三个男人说话，互相打听各自的去处，阿强说去京城，三个男人说出了阿强没有听说过的三个地名，阿强才知道他们不是一伙的，他们东拉西扯地说话，他们的声音和马蹄声车轮声一样单调。

马车一路前行，很长时间过去后，一个车轮突然发出一阵响亮的嘎吱声，小美醒过来，正在惊讶之时，车轮支离破碎，马车倾斜倒地，小美眼见对面的三个男人滚落下去，她来不及叫出声音也和阿强滚到地上。

使劲抓住缰绳的车夫没有滚落，他歪斜身体"吁吁"叫着，三匹马拖着嘎吱作响的马车停了下来。

车夫跳下侧倒在地的马车，先看看撒落在地的破碎车轮，再看看站起来正在拍打身上尘土的五个人，哭丧着脸说，马车不能走了，他一个月的工钱赔进这车轮子里去了。他伸手指了指道路的远方说，往前走十多里路有一个车店，走得快的话天黑前能走到。车夫可怜巴巴拜托他们，到了车店请店主人派人送一个新的车轮子过来。

他们离开伤心的车夫向前走去，那三个男人走在前面，阿强和小美走在后面。小美故意放慢脚步，与前面的人拉开距离，前面走去的三个男人不断回头看看他们。小美前后左右张望，看见一条小河从远处拐过来，与他们走去的道路并行延伸，走到黄昏来临时，小河拐弯后去了远处。

小美站住脚，她害怕与前面的三个男人共同走进黑夜。她拉住阿强的长衫，指了指旁边的一条小路，阿强的目光沿着小路的延伸看见一个村庄，小美说去村里找一户人家借宿一夜。阿强明白小美担心什么，他看了看前面走去的那三个男人，转身和小美走上了小路。

二十

　　阿强和小美走进村庄，一座砖瓦房的宅院在村口迎接他们，周边都是茅屋，阿强不由轻轻叫了一声，这是面对砖瓦房发出的惊讶之声，他走向围墙与房屋连接的宅院，有两个窗户打开着，他踮脚向里面张望，在一个窗口他看见里面有一个书柜，书柜里整齐放着线装的书籍，他再次轻轻叫了一声，让小美也踮脚向里面张望，小美踮脚后看见书柜最上面一排书籍。

　　他们顺着窗户走到院门，关闭的院门挡住了他们，他们站在那里说话，阿强说这是一户富裕人家，小美说这户人家知书达理。这时候院门开了，身材高大的林祥福出现在他们面前。

　　林祥福在与阿强说话的时候，看了几眼容颜秀美的小美，其间好奇地看起小美身上的海派旗袍，见到旗袍的开衩有些高，移开目光后脸红了，随后再去看小美时，小美也是脸色泛红，她对林祥福笑了笑。

　　这天晚上，小美安静地看着阿强和林祥福，听着他们说话，心里却是波澜起伏。自从阿强突然来到西里村带走她之后，阿强时有惊人之举，这个夜晚再次让小美吃惊。阿强得知这两排六间的砖瓦房只有林祥福一人居住后，他告诉林祥福，小美是他的妹妹，而且谎说父母双亡。林祥福询问他们家乡在何处，阿强没有说溪镇，而是说出了一个小美不知道的文城。

　　阿强重又神采飞扬，他说话滔滔不绝，这个名叫林祥福的男人也说了不少话，他们两个的眼睛都在闪闪发亮，林祥福的目光不时穿过煤油灯的光亮来到小美脸上，小美以微笑回应他时，他慌张地移开目光，直到他开始和小美说话，神情才趋向自然。

看着阿强神采飞扬地说话，小美预感到了什么。有一段时间她没有听到阿强和林祥福的说话声音，她沉浸在关于阿强的记忆里。十岁进入沈家初见这个心不在焉的男孩，随后这个男孩在她的记忆里迅速长大，八年的光阴恍若瞬间，记忆在他们的新婚之夜停留了一下，又在她回到万亩荡西里村停留了一下，记忆停留最久的是在她忍辱负重之时，阿强突然出现在她面前，这个男人冒天下之大不韪将她带上远走他乡，此后两人同甘共苦一路走来。

这天深夜阿强躺在炕上看着从窗户照射进来的月光，低声细语，断断续续，语无伦次地说着话，小美侧身躺在旁边，看着阿强，阿强的脸在月光里有着窗框的影子。

阿强讲述了继续前往京城的不安，阿强不知道是否真有一个在恭亲王府上做过事的姨夫，母亲没有见过他，不仅没有见过他，就是嫁给他的那个远房表姐也没有见过。阿强说到这里停顿一下，等待小美的反应。小美说到了京城，找到恭亲王府就会知道姨夫是否在那里做事。阿强已经放弃前往京城，小美仍然要去京城。阿强强调，若是姨夫没在恭亲王府上做事，找到恭亲王府也是打听不到姨夫的消息。小美不为所动，她说即使找不到姨夫，只要吃苦耐劳，应该能够在京城立足。阿强问她怎样在京城立足，小美说织补手艺是不会丢掉的，有朝一日有了自己的织补铺子，就是在京城立足了。

阿强沉默不语了，他再次说话时换了一个话题，讲述了此刻囊中羞涩，再怎么省吃俭用也维持不了多久。小美立即说把她的旗袍送进当铺，应该能够换出一些钱来。阿强叹息一声说当掉衣物只是一时之计，不是长久之计。小美依旧乐观坚定，她说总能找到生计的，天无绝人之路，即使一路讨饭也能讨到京城。

阿强不再说下去，过了一会儿开始说起林祥福，说他是个好人，家境也富裕。小美微微点头，她也觉得林祥福是个好人。接下去阿强说话吞吞吐吐，说他明天独自一人离去，他要小美留下来。后面还有很多话，他难以启齿，嘴巴张了又张，始终没有声音。

小美安静地看着月光里阿强的脸，听着阿强说出来的这些话，她知道阿强后面要说的是什么，她等了一会儿，阿强没有声音，她知道那些话阿强说不出口，就安静地问他：

"你在哪里等我？"

阿强一怔，看着小美，然后他说："在定川的车店。"

小美继续问他："你会一直等我？"

阿强抱住了小美，抚摸着脱去了小美的衣裤，又脱去了自己的衣裤，他的身体在小美的身体上流连忘返。小美从未感受过如此的温柔，她知道这是阿强的回答，她用同样的温柔抚摸阿强。月光看见两个身体在炕上纠缠，两个抱在一起的身体一直在互相寻找，似乎要将身体的每个部分紧贴在一起。

二十一

小美在林祥福这里经历了半个秋天和一个冬天，在初春的二月里悄然离去。林祥福就像北方的土地那样强壮有力，他心地善良生机勃勃随遇而安。小美感受到的是一个与阿强绝然不同的男人，以及与溪镇绝然不同的生活。她在这里目睹了树叶纷纷飘落，大地逐渐枯黄，她从秋风习习经历到了寒风凛冽。

　　小美担忧阿强，不知道阿强每一天是怎么度过的，在定川的车店是否受人欺负。当林祥福去田地里察看庄稼回来，站在她面前时，她的思绪就会从阿强那里跳跃出来，来到林祥福这里，林祥福让她感到心安。林祥福在木工间里发出敲打的声响和刨木料的声响时，她会让织布机响起来，以此声呼应彼声。如同抽刀断水水更流，对于阿强的担忧越是持续，她对于这里的生活越是适应。久而久之，小美的心里起了微妙的变化，她的眼睛里出现了不同的神色，在担忧阿强的时候，也在等待林祥福从田地里回来。

　　这样的日子不知不觉里过去了一天又一天，直到那场匆忙婚礼的到来，才让这样的日子进入尾声。婚礼中小美见到那个身穿宝蓝长衫前来贺喜的村民时心头一紧，觉得这是阿强的长衫，那个村民说是用半袋玉米从一个五十多岁的男子那里换来的，小美悬起的心这才放下。婚礼后的深夜，林祥福从墙壁的隔层里取出木盒，把金条展示出来，小美惊醒般地感到自己要离去了，随后她心里一片茫然，似乎突然站立在没有道路的广袤大地上。

　　那个夜晚林祥福睡着后，小美辗转反侧，那件宝蓝长衫在她脑海里不肯离去，她再次觉得这是阿强的长衫，长短肥瘦与阿强的长衫吻合，只是上面有了几处无法洗净的污渍，她仔细回想后确定长衫上的污渍不是血迹，稍稍安心一些。然后她想到阿强从这里离去时，身上只有两块银元和十三文铜钱，这些支撑不到现在。她猜想阿强把他的宝蓝长衫送进了定川的当铺，这件长衫几度易手后增加了几处污渍，来到了这个村民身上，她觉得阿强可能把值钱一些的衣物都送进了当铺。想到村民所说的那个男子额头上有疤痕，小美哆嗦一下，害怕阿强被人用刀砍了，好在村民说那个男子是五十多岁的年纪，应该不是阿强。

宝蓝长衫离去后，阿强来到了，穷困潦倒的模样，依依不舍的神情，身上没有宝蓝长衫的阿强的出现，让小美的思绪跳跃到了装有金条的木盒，她战栗了一下，她确定自己要离去了。她的身体已经出现异样的感觉，她有所警觉，但是没有往下去想。

这些日子林祥福每天去田间察看麦子长势，在家的小美为林祥福做了一身新衣服和两双新布鞋，然后在厨房里为林祥福做了足够吃半个月的食物。

小美没有用尺子，她用手掌量了林祥福的身体和脚，手掌量的时候一掌紧挨着一掌，手掌像是在林祥福身上走动，弄得林祥福阵阵发痒，身体抖动笑个不停。小美用手掌量林祥福的脚底时，林祥福痒得躺在炕上大笑，他两次抽回自己的脚，小美就把他的脚拉回来，在怀里抱上一会儿再用手掌去量。衣服和布鞋做好后，小美让林祥福试穿，衣服合身，布鞋合脚，林祥福称赞小美心灵手巧，说天底下的女人没有一个比得上小美的。林祥福由衷的高兴没有感染到小美，小美的眼睛里流露出一丝忧愁，林祥福没有察觉。即使看见厨房的桌子上灶台上堆满了吃的，林祥福仍然没有察觉，他觉得这是过年的情景，笑着对小美说刚过完年，怎么又要过年了。

离去的前一天，小美在林祥福去田间察看麦子的时候，从里屋墙壁的隔层里取出那只木盒，打开后看着十七根大的金条和三根小的金条，迟疑之后拿出七根大的和一根小的，用一块白布裹好放进一个小包袱，再把木盒放回墙壁的隔层。她又在衣橱里把自己的衣物整理到一起，没有马上放进另外准备的大包袱。

小美没有把装有金条的包袱藏好，而是放在炕上贴近墙壁的地方，她不知道自己为什么要这样做，似乎是为了等待命运的裁决，看看林祥福是否发现。

　　林祥福上炕睡觉前看见了这个小包袱，他以为是小美明天去关帝庙烧香时要带上的，走过去两步，将没有系紧的包袱系紧了。小美看着他走向这个包袱，他只要提一下就会感受到金条的重量。他没有提起来，只是细心地系紧了。小美看着他走过去做出这个动作时，心里出奇地平静，她听天由命。

　　然后是天亮前，小美下炕后打开衣橱，不慌不忙将自己的衣物取出来，先铺在炕上，然后放入包袱系紧。她把喜鹊登梅和狮子滚绣球两块头巾，放在衣橱里林祥福的衣服上面，她让这两块头巾留在那里，或许是想留下自己的痕迹，或许是想留下自己的内愧。她弄出来的声响让林祥福醒了一下，林祥福停止了鼾声，含糊不清地说了一句话，翻身后又睡着了。

　　小美站在炕前，借助月光仔细看着睡梦中的林祥福，不舍之意在心里涌起，涌起的还有负罪之感。她此生要告别这个男人，但她此生不会忘记这个男人。泪水在小美的脸上流淌，她发出了哽咽之声。林祥福的鼾声停顿了一下，随即翻了一个身，继续他的睡眠。

　　小美右手挽起小的包袱，身上背起大的包袱，在逐渐退去的月光里走出了林祥福家的院门，走上村里的小路，晨风吹落她脸上的泪水，她走过小路，走上通向定川的大路，泪水已被晨风吹干，这时候她的心里充满阿强了。她意识到与阿强的离别已有五个月，她在大路上快步走去，仿佛她要快速走过这五个月。她听到身后的马蹄声和车夫的吆喝声，她站住脚等着马车过来，她坐上马车以后，就以更快的速度去走过与阿强的这次离别。

小美在定川的车店没有见到阿强。她只是在此住宿一夜，店主人记不起她。她打听阿强，描述阿强，店主人记起了阿强，告诉她，阿强来住过，住了几天就走了。

小美茫然站在路边，脑子里只有一个念头，阿强在哪里？她没有想阿强可能离她而去，她觉得阿强会一直等她，可是阿强没有在车店，他在哪里呢？有马车从她身旁出发，也有马车来到她身旁，她感觉身后的车店不断有人进出。她不知不觉里从下午站到了傍晚，然后看见一个衣衫褴褛的叫花子从远处快步跑来，叫花子向她挥手，她听到了叫花子的叫声：

"小美。"

小美听见了阿强的声音，她快步迎了上去，认出了阿强的容貌，这时的阿强又瘦又黑，还有一头肮脏的长发。跑过来的阿强站住脚，害怕什么似的四下看看，随后走到小美面前，他声音颤动地说：

"小美，你来了。"

小美仔细看看阿强的额头，没有疤痕，她点点头说："来了。"

阿强说："我以为你不会来了。"

小美看着阿强的模样，心酸地问："你怎么会是这样？"

阿强告诉小美，他身上的钱用完后，又把衣物当掉，此后只能乞讨为生。阿强补充了一句，花衣裳没有当掉，他舍不得。小美这才看到他身上背着一个破旧包袱，看上去轻飘飘的，里面大概只有那身花衣裳。阿强说着伸手指了指远处，那个他刚才跑过来的地方，说他每天都会走到那里往车店这边张望，每天都是几次，就是以为小美不会来了，他还是每天都来张望。说到这里，阿强哭了，他对小美说：

"你终于来了。"

小美看不清阿强的脸，她的眼睛已被泪水遮掩，她有很多话对阿强说，可是出来的只有低泣声。

二十二

五个月的离别在相逢之时蒸发了，他们似乎没有过离别，他们回到了五个月之前的奔波，换乘一辆又一辆马车，不是一路北上，而是一路南下，他们没有想应该去何处，他们只是一路南下，这是对于南方的依恋，南方才是他们的安身之处，至于这个安身之处具体在哪里，他们暂时不知道，渡过长江以后他们才会去寻找去决定。

他们不再去住嘈杂的车店，而是夜宿体面的旅社。阿强没有想到小美会从林祥福那里带出来这么多金条，他和小美一生都将衣食无忧。阿强在南下的马车上兴致勃勃，与不同的人说着不同的话，他的声音连续不断，就像一路前行的马蹄声。

小美没有欢乐的神情，她眼睛里出来的是忧愁的目光。她与阿强重逢后出现的笑容，在马车的颠簸里逐渐掉落。离林祥福越来越远，小美感到自己在林祥福那里留下的越来越多，那是无法带走的，如同喜鹊登梅和狮子滚绣球两块头巾，属于林祥福那里了。

还在林祥福那里的时候，她的身体已经出现异样的反应，在渡过黄河后南下的马车上，她身体的反应开始明显起来，有几次她请求车夫勒住前行的马匹，马车停下来后，她站在路边弯腰呕吐。

她意识到已有身孕，在一个夜晚的旅社里，她告诉了阿强，阿强的神情只是微微惊讶了一下，随后恢复正常，他说渡过长江以后找一个长久居住之处，把孩子生下来。小美提醒他这是林祥福的孩子。阿强点点头，似乎说他当然知道这是林祥福的孩子。

　　接下去小美沉默不语，她的思绪则是动荡不安。阿强说对孩子他会视若己出，小美微微点头，她相信阿强会这样。阿强说他会把织补手艺传授给孩子，小美笑了一下，阿强意识到自己的织补手艺并不精湛，改口说还是让孩子好好读书，将来考取功名，喜鹊攀上枝头变凤凰。

　　小美的思绪开始安静下来，阿强所说的话让她心里踏实，她有些调皮地问阿强，如果生下来的是女孩，是把织补手艺传授给她，还是让她好好读书？阿强挠挠头，不知怎么回答，那年月女孩没有考取功名之路，过了一会儿他答非所问地说，虽然这些金条足够此生，仍然要省吃俭用，以备孩子之用，若是男孩，将来娶妻之用，若是女孩，将来置办嫁妆之用。小美信赖地看着阿强，她的双手放到腹部，这是护住腹中胎儿的手势，她轻声说渡过长江找到安顿之处后，不能坐吃山空，还是要开一个织补铺子。阿强点点头对小美说，若是女孩，把你的织补手艺传授给她。小美再次笑了一下，她知道阿强这样说是对他自己的织补手艺信心不足，她对阿强说，若是男孩，你负责他寒窗苦读考取功名。阿强想起了仍在包袱里的花衣裳，他说若是女孩，从小就让她穿上花衣裳，以后每年给她做一身新的花衣裳，直到她出嫁。小美听后含泪而笑。

　　此后的旅途里，小美一直心事重重，小美影响了阿强，阿强没有了兴奋的神情，他坐在马车上时很少与人说话，他觉得是腹中胎儿让小美心事重重，他想找出一些话来对小美说，可是一句恰当的话也找不到，他能够说出来的只是几句无关紧要的日常话语，然后他不再说了，他与小美一样，在沉默里越陷越深。

来到长江边的时候，小美的腹部已经微微隆起，双脚出现浮肿。阿强说在这里住上一夜，翌日再渡过江去。

在这个看得见长江听不见江水拍岸的旅店里，小美突然无声流泪，林祥福把一切给予了她，她却偷走林祥福的金条，又带走林祥福的孩子，她心里充满不安和负罪之感，她觉得长江是一条界线，她过去了，就不会回头，那么林祥福不会知道也不会见到自己的孩子。

小美擦干眼泪，把持续了一些日子的想法说了出来，她要回去，回到林祥福那里，在那里把孩子生下来。

她双手护住自己的腹部说："这是他的骨肉。"

阿强吃惊地看着小美，一下子没有反应过来，小美再次说：

"这是他的骨肉。"

小美再次说出的这句话里有了不容置疑的声调，阿强的神情从吃惊到紧张，又从紧张到不安。过了一会儿，他有些结巴地说：

"你把金条偷出来，又再送回去……"

小美不解地问他："为什么要送回去？"

阿强疑惑地问她："你不把金条送回去？"

"不送回去，"小美说，"我把孩子送回去。"

阿强"噢"了一声，随即害怕了，他问小美："你不把金条送回去，他会不会杀了你？"

小美看着阿强，神色迷茫了，她说："不知道。"

过了一会儿，她摇了摇头，说道："他是好人，他不会杀我的。"

又过了一会儿，她笑了，说道："即使杀我，他也会等到孩子生下来。"

小美心意已决，要回到林祥福那里生下孩子，阿强虽然担惊受怕，也只能同意。在这个长江边的夜晚，小美和阿强对调了他们此生的位置，此后不是小美跟随阿强，而是阿强跟随小美了。

两人商量之后决定返回定川，阿强再次在定川等候。

小美说："这次的等候会很久。"

阿强说："无论多久我都会等你。"

小美说："万一有个三长两短我死在了那里。"

阿强说："我会在定川等到死去。"

两人泪眼相看，然后泪眼相笑。

阿强问小美："生下孩子后，你就来定川找我？"

小美思忖片刻后回答："孩子满月后，我来定川找你。"

接下去他们轻声细语说话，小美说，路上带着金条很沉很危险，明日去找到一个大的钱庄换成银票。小美拿出针线给阿强的内衣缝制了一个内侧口袋，说把银票叠好后放进内衣口袋，既方便又安全。阿强说，到了定川后他不住车店也不住旅社，车店和旅社人来人往，小偷混迹其间。他在定川的五个月，看见有处房屋可以租赁，租下一间厢房一人独住，能够保证银票不会被人偷走。阿强又说，那处房屋离寺庙很近，走出一条街就是寺庙，他会每天去庙里烧香，保佑小美平安。

二十三

　　长途跋涉之后，他们来到定川。小美接近林祥福了，她心里平静如水，这一路颠簸而来，她想到过种种的惩罚，无论什么惩罚，她都会接受，只要让她把孩子生下来，她相信林祥福会让她生下孩子。

　　小美与阿强在定川度过了一个悄无声息的夜晚，在租住的那间厢房里，在院子里偶尔响起的狗吠声里，在更夫敲打竹梆子的声响里，在煤油灯的闪烁里，阿强忧心忡忡看着小美。翌日清晨送小美到车店，把小美扶上马车时，阿强仍然是忧心忡忡看着她，马车向前驶去时，小美看不见阿强的忧心忡忡了，因为阿强低下了头。

　　小美乘坐的马车离开定川，在北方的道路上前行，被风吹起的尘土在她眼前飞扬，她透过尘土看见田野里麦浪滚滚，心想林祥福应该在准备收割麦子了。依然是中午的时候，马车来到那家鸡毛小店，这次停留的时间短，大概半个时辰，车夫给三匹马喂了饲料喝了水之后，马车继续上路，小美开始留意道路两旁，她记得那条小河，当她在马车上看见那条从远方拐过来的小河时，她怦然心动，马上要见到林祥福了。她知道马车已经经过了上次车轮出事的地方，她看着小河与道路一起向前延伸，在看见小河拐弯去向远方时，小美下了马车，她在路边站立一会儿，看着田地里的人影，有一个像是林祥福，另外一个也像是林祥福，然后她走上熟悉的小路，这时候她忐忑不安了。

　　林祥福以田野般的宽厚接纳了小美，小美想过的种种惩罚无一出现，种种爱护一一到来。小美在这里再次出嫁，这次比上次正式，写庚帖合八字，庚帖在灶台上放了一个月，灶神爷保佑了他们。林祥福请来两位漆匠一位裁缝，漆匠给家具刷上亮晃晃的油漆，裁缝给小美做了一件宽大的红袍。然后林祥福把一张四方桌改造成花轿，小美身穿红袍坐上花轿，女儿有惊无险出生。

此后的生活看上去平静又快乐，林祥福沉浸其间，小美则是强作欢颜，女儿的出生仿佛是催促之声，催促她再次离去。

小美与女儿在炕上形影不离，白天时抱在怀里难以舍手，黑夜里她会从睡眠里醒来，伸手过去小心翼翼抚摸襁褓中女儿的脸，流连忘返的抚摸仿佛要把女儿的气息随手带上永留在身。林祥福出现在屋子里时，小美的眼睛才会离开女儿一会儿，她的眼睛去追踪林祥福了。

小美盼望女儿满月的日子慢点来到，可是每一天的日出到日落似乎是在眨眼之间。然后收生婆带着剃头匠来了，村里来了很多人，院子里站不下的，就站到院子外，看热闹的孩子爬到了树上坐到了院墙上。剃头匠用剃刀小心翼翼刮去女儿的胎发和眉毛，小美用一块红布将女儿的胎发和眉毛包裹起来的时候，双手颤抖了。

看着小美将胎发和眉毛包裹好了，收生婆说按规矩婴儿满月礼落胎发后应该挪窝，由外婆或舅舅抱去自己家小住。林祥福说女儿的外婆不在人世了，舅舅远在长江以南，路途千里，不便挪窝。收生婆想了想说也是，她说不挪窝了，只是走满月还是要走的。林祥福问收生婆怎么走满月，收生婆说只能将就着走满月了，只是要由女方亲友带上衣帽鞋袜来，背着婴儿向南走一走，因为婴儿的舅舅在南方，这样就算是走过了。林祥福指着田大说，他家代表女方亲友，不过衣帽鞋袜需要三天来准备。收生婆说那就等三天，三天后背上婴儿走满月。收生婆临走时吩咐小美，折一束桃枝，用红绳系上五颗染红的花生和七枚铜钱，桃枝是驱邪，花生是长寿，铜钱是七星高照人财两旺。

三天后，小美手里举着系上了花生和铜钱的桃枝，田大的女儿背上褓褓中的婴儿，走出林祥福家的院门。村里人簇拥而去，林祥福跟在小美和田大女儿身后，走在旁边的收生婆阻止了林祥福，她说走满月应是女方的事，男方不用跟随。林祥福站住脚，在嘈杂的人声里对田大女儿大声说：

"先在村里走一圈，上了大路往南多走一程。"

田大女儿回头答应一声，收生婆对她说："走满月不能回头，回头了就得退回重走。"

手举桃枝的小美和背着婴儿的田大女儿倒退着往回走，她们两个都不敢回头。退回到林祥福家的院门处，收生婆想起了什么，问林祥福：

"有没有在孩子怀里放了写有字的纸？"

林祥福摇摇头说没有放纸，收生婆说："放上纸，孩子日后能读书知礼。"

林祥福赶紧跑回屋里，拿起一张他写过字的纸，跑出来交给收生婆，收生婆仔细叠好后塞入婴儿褓褓里。

林祥福问收生婆："还需什么？"

收生婆想了想说："去拿两根葱。"

林祥福跑进一个屋子，拿了两根大葱过来。收生婆把两根大葱塞入婴儿褓褓，褓褓里像是长出了大葱，熟睡中婴儿的脑袋刚好靠在大葱上。村里人见了哈哈笑个不停，林祥福和小美也笑了，田大女儿看不见背后婴儿的奇怪模样，看见村里人都在大笑，她也跟着笑起来。只有收生婆没有笑，她对林祥福说：

"有了葱，孩子日后聪明能干。"

走满月开始了，田大女儿背着婴儿在村里走了一圈，收生婆和手举桃枝的小美走在两旁，村里人前前后后走着，路窄时人群变窄，路宽时人群变宽。走出村庄，走上大路往南走去时，一直熟睡的婴儿醒来了，脑袋依旧靠在两棵大葱上，懵懵懂懂看着这么多的人，听着这么多的声音。

看见婴儿醒了，收生婆指着前面一个村民对婴儿说：

"见过吗？"

婴儿没有反应，睁着乌黑发亮的眼睛，看看这个，看看那个，收生婆指着另一个村民，继续对婴儿说：

"见过吗？"

婴儿还是没有反应，村民们一个个上来，学着收生婆的话，指着别人对婴儿说：

"见过吗？"

婴儿听到不同的声音有趣地此起彼伏，张开没有牙齿的嘴笑了。看见婴儿笑了，村民们争先上前去说那句话，一个村民使用了滑稽的腔调，婴儿笑出了咯咯的声音，其他村民也开始拿腔变调说话了，婴儿咯咯的笑声接连不断，两棵大葱不停抖动。

二十四

小美没有在女儿走满月之后离去，虽然她每天早晨醒来时，都会觉得与女儿与林祥福离别的时刻来临了，可是她一天一天在拖延。她给女儿喂奶的时候，女儿的脑袋靠在她的臂弯里，女儿的小手则是在她胸前轻微移动，正是这挽留之手，让小美去意徊徨。

这一天林祥福终于有了空闲，他怀揣三十枚银元牵着毛驴进城，这是一年收成的积余，他要到聚和钱庄去换成一根小黄鱼。

下午的时候，身穿土青布衣衫的小美，抱着女儿坐在院门口，迷离的眼睛眺望村口的大路，怀里的女儿睁大眼睛端详母亲。上午出门的林祥福迟迟未归，直到落日西沉之时，小美听到毛驴的铃铛声在风中飘来，她定睛一看，林祥福牵着毛驴已到村口。

林祥福一手牵着毛驴一手举着一串糖葫芦，笑呵呵走到小美身前，他将糖葫芦递给小美，又俯身看了一会儿自己的女儿，然后与小美一起走进院子。林祥福牵着毛驴在院子里慢慢地遛圈，他告诉怀抱女儿坐在屋门前的小美，牲口下了套，一定要遛遛道。

这是一个被晚霞映红的黄昏，坐在门前的小美不时将糖葫芦放到婴儿的嘴唇上，让她舔舔甜的滋味，霞光照耀着她们，小美土青布的衣衫看上去像枫叶一样红了。

这天晚上，林祥福和小美都是迟迟没有入睡。林祥福从墙的隔层里取出那只木盒，他把小黄鱼放了进去。两个人躺在炕上，中间睡着他们的女儿。林祥福说，一路走回家时，胸口的小黄鱼沉甸甸的，以后每年都会有一根，十年后就是一根大黄鱼，就有十一根大黄鱼了，等到女儿十六岁出嫁时，会有十一根大黄鱼，还有八根小黄鱼，那时一定要给她办一套像样嫁妆，让她风光走进婆家。

林祥福的话让小美哭泣起来，林祥福不知道小美哭泣的根源，心想她是在自责，他说有时自己想起那些金条也会气上心头，但是

308

过一会儿就好了，过去的事已经过去了。

林祥福说完沉沉睡去，小美睡着没有多久，被女儿饥饿的啼哭唤醒，小美起身下炕点亮煤油灯，再坐到炕上给女儿喂奶。女儿吃饱之后她解开襁褓，让女儿趴在自己大腿上，给女儿换尿布。这时候小美惊喜地看见女儿的头抬起来了，此前女儿的头一直需要依靠，现在女儿的脖子突然有力量了，头抬了起来，而且东张西望。

小美叫醒林祥福，她要和林祥福共同经历这个时刻。林祥福支撑起身体，睡眼蒙眬看着小美，小美让他去看女儿，他看到女儿时"啊"地叫一声，完全醒过来了。

女儿的头一会儿往左，一会儿往右，一会儿往上，乌黑发亮的眼睛左边看看，右边看看，前面看看。林祥福笑出了声音，他说女儿的头动来动去，像是乌龟的头，他补充说：

"乌龟的头伸出来就是这样。"

这时的小美泪流满面，林祥福对着小美笑了，他说："将来女儿出嫁时你定然哭成个泪人。"

林祥福不知道小美流下的是离别之泪，女儿的头突然抬起来了，这是女儿成长里的最初一步，小美见证了这一步，她告诉自己应该走了。

二十五

星辰尚未退去之时，小美已经走在通往定川的大路上，她眼含泪水走在天亮之前的月光里，泪光在她眼眶里闪烁。

一辆马车在日出的光芒里驶来，她怀抱包袱低头上了马车，低头坐下后用袖管吸干泪水，她抬起头后脸色凝重没有表情了，她看了看坐在马车上的两个女人一个男人，然后她去看无边无际的田野，她看见的是空空荡荡，她心里也是空空荡荡。

小美上次离去时，满怀不舍之意和负罪之感，这次的离去是伤心之旅，她离开的不只是林祥福，还有初来人间的女儿。

下午的时候，她在定川的车店下了马车，走到路口站住脚往四周看了看，记起来应该走上向左的街道，她知道一直走下去，看见寺庙的时候，就是快到阿强租住的房屋了。她在那里住过不安的一夜，第二天她就要回到林祥福身边，当时不知道命运会以何种方式迎接她。

她走过一个街口的时候，心里突然升起一个念头，阿强会不会不再等她，已经走了，已经回到溪镇，回到他父母身边，如果真是这样，她就会回到林祥福和女儿身边。这个念头只是一闪而过，她觉得阿强不会离去，阿强会一直等着她。她这样想着又走过一个街口，她听到身后的叫声：

"小美，小美。"

那是阿强的声音，小美转过身去，看见阿强兴奋跑来。阿强跑到小美跟前，一把拉住她的手往回跑，小美被阿强拉着跑去，不知道阿强要干什么，阿强边跑边说：

"快去看，快去看马抬轿子。"

阿强拉着小美跑到街口，向右一转继续跑去，跑到马和轿子跟前，阿强才站住脚，他的右手指向马抬轿子，兴奋地说：

"你看，你看。"

小美看见一前一后两匹马抬着的一个轿子，两个轿夫一个在前一个在后牵着各自的马，轿子里坐着几个人。阿强让小美去看轿子前后两匹马的步伐，步伐跟操练的兵勇那样整齐统一。

阿强说："两匹马的步伐不统一，这轿子里的人就会掉出来。"

阿强又说："我第一次见到马抬轿子。"

然后阿强仔细看起了小美，看到小美此前隆起的腹部平坦了，小美的脸圆润了，毫发无损的小美让阿强笑了，他觉得自己功不可没，他说：

"我每天都去庙里烧香。"

说完这话他的眼睛红了，哽咽地说："你终于来了。"

小美也是仔细看起阿强，觉得他胖了，他身上的长衫没有见过，应该是他在定川的裁缝铺定做的。小美的脸上出现了笑容，这是她这个奔波一天里的第一次笑容。

小美在定川住宿一夜后，再次与阿强长途跋涉，昼乘马车夜宿旅店，一路南下，因为小美沉默寡言，阿强也就很少说话。渡过长江后，南方在他们眼前展开，树木青草茂盛生长，庄稼郁郁葱葱，河流在田野里纵横交错，炊烟在农舍的屋顶袅袅升起。离开定川时，他们的目的地只是回到南方，渡过长江以后他们就要面临具体的去处。

小美继续搭乘南去的马车，阿强不知道小美要去何处，只是一路跟随，接近上海的时候，阿强以为小美是要去上海，那里记载了他们两人最为快乐的时光。阿强问小美是不是去上海，小美摇摇头，说在上海开销太大。阿强迷茫了，过了一会儿他又问：

"去哪里？"

小美的回答让阿强吃了一惊，小美说：

"回溪镇。"

二十六

阿强去万亩荡西里村接上小美远走他乡之后，沈母脸上严厉的神情不见了，阴郁的表情取而代之。沈父万万没有想到儿子会做出这种事情，偷了家里一百块银元，还将柜台抽屉里的铜钱席卷一空，他拿起儿子留下的书信看一遍就会叹息一声，然后说：

"不孝之子。"

十多天后一个熟悉的顾客上门取衣时，出于关切，询问阿强和小美是否有了消息。沈母面无表情摇摇头，沈父则是一怔，顾客走后，沈父愁眉苦脸，说他怎么知道阿强和小美的事？沈母说：

"纸是包不住火的。"

一年过去后，阿强和小美仍然杳无音信，沈家的织补生意也是日薄西山，原本就不热闹的铺子，如今冷冷清清只有两个动作迟缓的老人，由于时常不能按期交货，上门的顾客一天少于一天，后来经常是几天见不到一个顾客，两个老人早晨取下门板后，呆坐到傍晚再合上门板。

沈父此前一直喜欢这个勤快节俭心灵手巧的儿媳，沈母执意休掉她之后，他难过了几天。现在他时常咒骂小美，说小美是妖精，儿子离家出走是被这个妖精迷惑了，末了还会后悔叹气，说小美初来时偷穿花衣裳那回就该休掉，当初不该心软。

沈母神情阴郁地听着丈夫的咒骂，一言不发。自从儿子与小美远走他乡后，沈母没有说过一句相关的话，其他的话也是越来越少。她每天早起晚睡操持家务，直到有一天病倒了。

沈母卧床不起咳嗽不止，一个毛手毛脚的女佣来到沈家，代替沈母做起了家务，然后沈家经常响起盆碗掉地的破裂声。一个头发花白的中医成了沈家的常客，隔上半月跨过门槛，走进沈母的卧房，身后紧跟一个精瘦的徒弟，头发花白的中医坐在床旁的凳子上，给沈母切脉，精瘦的徒弟坐在桌案前，切脉之后中医唱戏般地唱起药方，坐在案前的徒弟奋笔疾书，将师父唱出的药方用蝇头小楷书写在一张白纸上，又稍等片刻，等墨迹干透，才将师父的药方双手捧起递给沈父，沈父给他铜钱，他说声谢了。头发花白的中医对沈父叮嘱几句，起身而去，精瘦的徒弟紧随其后，那模样和来时一样，仿佛怕自己跟丢了。

沈父时常手捧着药方匆匆出门，去药铺配药，回家后直接进了厨房，亲自为妻子煎药，因为那个毛手毛脚的女佣打碎过一只煎药的砂锅。

头发花白的中医把药方唱了又唱，始终是九味药，只是剂量增减不同。沈母的病情在唱出的药里有增无减，咳嗽时出现殷红的血丝，此后床前多了一只木盆，早晨时里面放上清水，到了傍晚水质已经黏糊和暗红。

沈母病倒后，织补铺子的账簿就放在她的枕头旁边，账簿里夹着小美离去时留下的银簪子，如同书签，她合起账簿时就会把银簪子放入这一页。起初她还能半躺着，一边咳嗽，一边核对账目，其实那时候入账已经很少。随着病情加重，她已无力翻阅账簿，即使如此，她也不让账簿离开。她醒来时左手就会哆嗦地搁到账簿上，仿佛搁在自己的生命上。

这个曾经威严的女人那时目光空洞，有时神志不清，有一天晚上奄奄一息时突然叫出了小美的名字，一遍又一遍，越来越急促，睡在隔壁房间的沈父拿着油灯慌张地过来，对她说：

"小美不在这里。"

"叫她过来，"沈母声音虚弱地说，"账簿要交给她。"

沈父伸出手说："账簿交给我。"

沈母继续虚弱而固执地叫着："小美，小美。"

沈父无奈地站在那里，沈母叫累了，开始喘息起来，片刻后又对沈父说：

"叫小美过来。"

沈父回答："小美不在这里。"

沈母好像没有听到他的话，仍然说："去叫小美过来。"

"她不在这里，"沈父说，"她跟那个不孝之子走了。"

"走了……"

沈母安静下来，慢慢闭上眼睛。她的呼吸逐渐消散，她似乎是在回想小美的时刻里死去的。这个严厉的女人，这个一生都将情感深藏不露的女人，离世之时流露了对小美的想念。

沈母入棺时贴身穿着大红细布做成的内衣，外套绿色丝绸的衣裤，头戴缝上一颗珍珠的帽子，睡在绣着太阳和公鸡的枕头上。

出殡的时候，沈店来了七个亲戚，全体穿白，沈父走在前面低头而泣，护送沈母的棺材前往西山安葬。沈母生前清醒时再三叮嘱丧事从简，沈父没有去请城隍阁的道士，也就没有道士分列两行的肃穆，更没有笛、箫、唢呐和木鱼的悠扬之声。沈父请来一支便宜的乡下唢呐队，他们吹出来的唢呐声毫无悠扬可言，可是比道士们的乐声响亮了许多，他们鼓起腮帮子，一路热热闹闹吹到西山。

二十七

挂在织补铺子门侧那块长方形木板的文字幌开始污渍斑斑，中间镌刻的那个"织"字逐渐模糊不清，织补铺子的门板仍然日出时开启日落时合上，可是没有什么顾客上门了。沈父仍旧每日坐在铺子里，沈母离世之后，他的魂仿佛追随而去，其呆呆的神态如同柜台旁的一件摆设。那个女佣还在沈家忙碌，碗盆的破裂声还在响着，这样的响声倒是让沈家有了一些生机。

又过去了一年，沈父也病了，似乎是和沈母一样的病，不断咳嗽，而且咳出了血丝。那个头发花白的中医和精瘦的徒弟再次成为沈家的常客，沈父没有卧床，而是坐在铺子里就诊，于是中医来到时，织补铺子门外会出现一些身影，他们是来欣赏中医吟唱药方的，抑扬顿挫的声腔像是戏里的老生。那个精瘦的徒弟站在一旁，俯向柜台奋笔疾书，仍然是那不变的九味药。

入冬后的一天下午，有两个两抬轿子停在沈家织补铺子前，前面的轿子里出来了阿强，他迟疑地走向铺子，看着呆坐在里面的父亲，也就是两年时间，父亲已是风烛残年的模样，他忐忑不安地叫了一声：

"父亲。"

父亲一动不动看着他，他又叫了一声，这时父亲长长出了一口气，声音颤动地说：

"你回来了。"

阿强点点头说："不孝之子回来了。"

父亲问他："小美也回来了？"

他说："也回来了。"

父亲颤动地站起来，向铺子外面张望，问儿子："她在哪里？"

阿强犹豫一下说："在轿子里。"

父亲看着眼前的两个轿子，叫了两声："小美，小美。"

小美从后面的轿子里出来，低头站在那里，她听到公公说："进来呀。"

小美低头跟在阿强身后走进铺子，然后她才抬起头来，看见苍老的公公像是另外一个人了，公公说：

"你们总算回来了。"

公公的话让小美感到沈家接纳了她。阿强看见家里出现一个女佣，却没有看见母亲，他问父亲：

"母亲呢？"

父亲咳嗽起来，咳了一会儿说："走了，去西山了。"

"去西山了？"阿强一下子没有明白。

父亲说："死了，有一年了。"

阿强先是一怔，随即泪流而出，他抹着眼泪说："我不孝，我对不起母亲。"

小美也哭了，她对公公说："都是我的缘故。"

公公步履蹒跚带着他们上楼去了卧房，从衣橱里拿出来账簿，递给小美，凄凉地说：

"她临终之时一直叫你的名字，要把账簿交给你，我说你不在，她不听，一直叫。"

小美接过账簿时，夹在里面的银簪子掉落在地，小美一怔，她弯腰将银簪子捡起来后哭着说：

"都是我的错。"

公公叹息起来，他说："这都是命。"

阿强与小美回来的消息很快传遍溪镇，沈家的织补铺子前又热闹起来。阿强和小美把门侧的文字幌擦洗干净，重新做起织补活。来到织补铺子的大多是来打听他们这两年的经历，偶尔才有送来损坏衣服的。这两人一边做着织补活，一边轻描淡写地说他们去了京城，从事的仍然是织补生意，京城人多，生意也兴隆，只是那里的冬天寒冷干裂，一直适应不了。他们说这些话时，手上的织补动作依然迅速，毕竟是童子功手艺。热闹的景象也就是几天，此后门可罗雀。阿强和小美已经无意继续织补生意，只是因为沈父的期望，他们两个继续坐在那里。

阿强和小美回来之后，沈父放心了，然后卧床不起。他的病情一天天加重，咳嗽越来越剧烈，咳出的血丝从嘴角挂到下巴，他的床前也放了一只木盆，早晨里面是清水，晚上水质暗红了。他知道自己差不多了，把儿子儿媳叫到床前，交代起自己的丧事。他死后不用去城隍阁的水井买来沐浴水，用屋后水井里的水给他净身就行。寿衣不要用缎子，"缎"与"断"谐音，不吉利，有断子绝孙之嫌，阴间黑乎乎的，不宜用黑色，贴身是一套红色衣裤，用大红的细布来做，他说死后到阴间，最先要过的是剥衣亭，小鬼要剥掉阳间穿去的衣裳，小鬼剥到红色，会以为剥出血来，就缩回手不再剥了。

棺材还是要讲究一些，取树身笔直，年份长的杉木做棺材，可使棺材不易腐烂。出殡时不要请城隍阁的道士，那支便宜的乡下唢呐队吹奏起来十分卖力。

看着六神无主的儿子和哭泣的儿媳，他最后叮嘱："如今家底薄了，今后凡事都要节俭。"

三日后沈父溘然长逝，阿强和小美按其嘱咐办理了丧事，不隆重却也体面。然后他们取下门侧的文字幌，织补铺子从此歇业。此后的日子，人们很少看见他们的身影，倒是经常见到那个女佣，在清晨的时候手挎买菜的竹篮开门而出，买了菜回来又推门而入。

阿强和小美悄无声息地生活在那里，只是有时夜深人静，会有凄楚的哭泣传出，人们觉得那是小美的哭声，开始想入非非，猜测起他们在外两年的种种经历。也就是过去三个月，有关他们的传闻已经平息，他们仍然居住在溪镇，溪镇已经遗忘他们。

二十八

回到溪镇的阿强和小美沉沦在过去里，来到的清晨不是他们的清晨，离去的黄昏不是他们的黄昏，他们的生活似乎也像织补铺子那样歇业了。

女佣每天见到的小美，一丝不苟的发髻上插着一支银簪子。小美待人和气，家里的力气活不会让女佣去做，而且她和女佣一起操持家务活，小美做事稳当又麻利，在她言传身教之下，原来毛手毛脚的女佣做事细心了，盆碗落地的破裂声也就很少听到。

女佣眼中的阿强总是心不在焉，女佣不知道以前的阿强就是这样。阿强时常坐在天井里半晌不动，直到小美叫他进屋，他才起身离开天井。小美有时会走入天井坐在阿强身旁，嘴角出现一丝笑意，那是小美回想起阿强出现在西里村的情景，然后焕然一新的阿强和在上海昙花一现的快乐，浮现在了小美眼前。

阿强和小美之间话语不多，却是相处和睦。女佣见过他们的亲密，两人相对而坐，捧着同一件长衫，应该是阿强的长衫，都是低头认真的模样，修补长衫上的几个磨破撕裂之处。两人的手指灵巧敏捷，小美的手艺显然高于阿强，她修补完成后几乎见不到痕迹，阿强修补之后痕迹明显。然后阿强看着小美笑了笑，似乎在说自己技不如小美。小美也笑了笑，她称自己修补的是撕裂处，阿强修补的是磨破处。她对阿强说：

"撕裂处好补，磨破处难补。"

女佣知道小美是童养媳入的沈家，通常人家的童养媳都是地位卑微，小美不一样，这个家是小美做主。阿强虽然时常心不在焉，只要是男人做的力气活，小美轻轻叫上一声，阿强立即去做了。

米缸里的米不多时，小美拿着米袋走到阿强跟前，对阿强说：

"米缸要见底了。"

阿强马上起身，接过小美手上的米袋后，又去拿了一个小的米袋，平时不出门的阿强，一旦出门买米，就会在左肩上扛一袋大的，右手提一袋小的走回来，看着阿强回家后疲乏不堪的模样，此后买米，小美就与阿强一起出门。

深居简出的两个人走上溪镇的街道，阿强低头走去，小美对人点头，熟悉的人见了他们会打个招呼：

"好久不见。"

阿强表情木讷，小美微笑回答："去买米。"

米店的掌柜先生对他们说，别人买米多是半袋，你们是满袋。掌柜先生有一次说起自己的长衫不小心撕破，由于织补铺子关张，只好自己用针线缝上，缝得像是一条刀疤。阿强听了没有反应，小美接过掌柜先生的话，对他说虽然铺子关张，只要是老顾客的衣衫，烧出了窟窿和撕开了口子，仍旧可以送过来，他们会细心修补。

他们从米店出来，溪镇的人见到了夫唱妇随的情景，阿强肩上扛着大袋的米走在前面，小美提着小袋的米跟在后面。阿强走得快，小美走得慢，阿强几次停下来等着小美走上来。两个人会在经过的石桥歇上一会儿，小美把米袋放在石阶上，阿强把米袋搁在石栏杆上，双手扶住，若是把米袋放到石阶上，再扛到肩上时会很费力气。两个人站在那里喘气，小美用手绢擦汗，阿强用袖管擦汗。街上的人见了，不明白他们为什么一次买这么多的米，说他们应该是两三次买的米一次就买了。

小美空闲下来时会坐在楼上卧房的窗前，她的眼睛很少向窗外张望，她低垂着头，借着窗外的光亮做着针线活，女佣上楼打扫房间时，注意到她是在缝制婴儿的衣服和鞋帽，起初女佣以为小美有了身孕，后来发现没有，女佣觉得这大概是小美的求子之举，毕竟小美婚后多年没有生育。女佣不知道小美缝制婴儿衣服鞋帽是对女儿的思念，她的思念都在这一针一线里。

刚回溪镇的时候，小美有时忍不住会从衣橱里拿出那个红布包裹，打开包裹看到女儿的胎发和眉毛就会泪流满面，伤心让她有一次晕厥了过去，她独自躺在卧房的地板上，苏醒过来时一切如常，女佣在厨房里弄出响声，阿强仍旧呆坐在天井里。小美后来没再从衣橱里取出那个红布包裹，她努力让自己平静下来，白天的时候做到了，夜晚的时候不由自主，她会在梦中见到女儿，而且女儿在梦中总是离她而去，她因此伤心哭泣，从睡梦里哭醒。溪镇有人在深夜时分听到的凄楚哭泣，就是小美在梦里失去女儿的哭声。

伤口总会痊愈，伤心也会过去。小美缝制完成女儿的衣服和鞋帽，把它们放进衣橱的底层，上面是一层又一层自己和阿强的衣服，看不见这套衣服鞋帽了，关上柜门时她有了告别的感觉，仿佛她把那个过去放了进去。她曾经和林祥福有过两段生活，她曾经有过一个女儿，这些都是曾经了。

二十九

那场龙卷风过后，溪镇破败凄凉的街道上出现一个身材高大的北方男人，他身背庞大的包袱，怀抱一个女婴走来。女婴头上包着风穿牡丹图案的头巾，他用浓重的北方口音向溪镇的居民打听一个名叫文城的地方。

那时候沈家二楼屋顶的瓦片追随龙卷风而去，虽然南门外烧瓦的烟柱开始一缕一缕伸向空中，等待铺上瓦片尚有时日，小美和阿强暂时住到一楼，二楼的地板暂时成为他们的屋顶。

林祥福在溪镇出现的消息是女佣带回来的。每天都要外出买菜的女佣总会带回来一些家长里短，女佣一边做活一边闲言碎语，小美的表情模棱两可，好像在听她讲述，又好像没有在听她讲述，随着女佣的话语结束，小美感到的只是女佣的声音断了。这次不一样，女佣讲述里的背着一个庞大包袱的北方男人、女婴、风穿牡丹的头巾、文城，让小美神色突变，女佣因此一愣，小美看到女佣目光异样地看着自己，知道是自己失态了，她让手里的盘子掉落在地，破裂的声音响起之后，女佣吓了一跳，注意力转移到了落地的盘子上，小美说手滑了一下，她让女佣把破裂的盘子捡起来，下午送去瓷器铺子的师傅那里修复。

然后小美出了厨房，来到天井，这是阿强心不在焉之地，她没有习惯性地坐在阿强身旁，而是坐在他对面。阿强对小美笑了一下，表示知道小美来了。随即阿强一怔，他看见小美的眼睛里泪光闪闪，他疑惑又不安地看着小美，等着小美开口说话。

此时小美的记忆听到了林祥福的声音，在那个遥远的北方之夜，林祥福语气坚定地告诉她，如果她再次离去，他会抱着女儿去找她，就是走遍天涯海角，也要找到她。

小美举起左手擦了擦两侧眼角，对阿强说："他找来了。"

"他找来了？"阿强没有明白过来。

小美说："林祥福。"

阿强的身体从凳子上弹了起来，像是要逃跑那样，看着小美坐着没动，他左右看看，意识到是在自己家里，身体慢慢下去，双手摸到凳子后重新坐下。然后天井里寂然了，只有轻微风声，似乎是擦过屋顶瓦片时发出的，偶尔还有女佣在厨房里的声音传来。

阿强和小美互相看着，却是什么也没有看见。阿强的眼睛里全是慌张，小美的眼睛里都是泪光，慌张的眼睛看不见对面的泪光，泪光的眼睛也看不见对面的慌张。

两个人仿佛井水与河水那样置身于不同之处，一个想着井水的事，一个想着河水的事。林祥福的突然出现让阿强惶恐，阿强没有料到他会千里迢迢找来，而且找到溪镇来了。小美的思绪走向林祥福的时候也走向了女儿，她心想女儿来了，林祥福抱着女儿找来了。沉默之后，两个人说话了，一个说着井水的话，一个说着河水的话。阿强有了束手就擒之感，他声音颤抖说，金条折换成了银票，又花去了一些，怎么办？阿强觉得在劫难逃了。小美看上去静若止水，心里却是暗流涌动，她轻言细语说，林祥福不要金条，是要她跟他回去。

　　这时阿强听到敲门声，他的身体再次从凳子上弹了起来，脸色惨白说林祥福找来了，正在敲门。小美仔细听了听传来的响声，她说不是敲门声，是厨房里女佣在砧板上切菜。阿强满脸狐疑地听了一会儿，确定是砧板上切菜的声响，惊魂未定地坐回到凳子上。

　　小美心不由己，神思恍惚。眼前的阿强，惊慌失措地站起来，惊慌失措地坐下去，让她觉得像是影子那样迷离缥缈。不在眼前的林祥福和女儿却是真真切切，她似乎看见了林祥福怀抱女儿不辞辛劳千里迢迢找来的情景，她的女儿，出生不久就流离转徙，一路风吹日晒雨淋而来。

　　阿强突然问小美："他为什么不去文城？"

　　小美定神之后看着阿强，不知道阿强为什么说文城。

　　阿强没有对林祥福说过溪镇，阿强说的是文城，因此阿强认为林祥福应该去寻找文城，可是林祥福来到了溪镇。

　　阿强再次问："他为什么不去文城？"

　　小美问："文城在哪里？"

阿强也不知道文城在哪里，他摇了摇头。

阿强问小美："有没有与他说过溪镇？"

小美想了一会儿说："他不知道溪镇。"

阿强说："他不知道溪镇，为什么不去文城？"

小美再次问："文城在哪里？"

阿强再次摇了摇头，小美想起刚才女佣说过，林祥福在街上向人打听一个名叫文城的地方。她把女佣所说的告诉阿强，阿强脸上慌张的神色开始消散，他感到林祥福不是找到溪镇来的，林祥福只是从溪镇经过，林祥福要去的地方是文城。阿强松了一口气，说道："没有人知道文城在哪里。"

阿强想起什么，起身走向传来响声的厨房，女佣正在那里准备午饭，阿强站在厨房门口，突兀地询问女佣，那个打听文城的北方男人来到溪镇几天了？女佣放下手里的活，双手擦着围裙说，她见到他已有三天。阿强点点头转身走开，女佣心里诧异，呆立一会儿后才继续做她手上的活。

女佣的诧异在此后的三天里还在继续，她买菜回来，阿强就会过来问她，见到那个北方男人了吗？女佣回答见着他了，抱着女儿在街上走来走去，像是在找人。

小美也会向女佣询问，她的询问是旁敲侧击，在和女佣一起做活时，不知不觉里把话题引向那个北方男人和他的女儿。小美耐心听着女佣讲述溪镇的家长里短，有时会问上几句，话题来到林祥福这里时，小美的询问悄然增多。

小美问："他背着的包袱有多大？"

女佣张开双臂比划起来，女佣说："都说他把家装进包袱里去了。"

小美难过地摇了摇头，问女佣，他夜晚住在哪里，为什么不把包袱留在住宿之处？女佣摇摇头，她不知道他夜宿何处。女佣又说，她第一次见到他的时候，他背着那个庞大的包袱，这几次见到他没有背着包袱。

小美继续问："他女儿呢？"

女佣说："长大了一定是个美人。"

小美嘴角出现一丝笑意，她问："出牙了吗？"

女佣想了想之后说："快要出牙了。"

女佣告诉小美，她见到的女婴总是在父亲胸前的布兜里睡觉，只有一次见到女婴醒着，在她父亲胸前睁着乌黑发亮的眼睛，张开嘴对身边走过的人笑，女佣看见她嘴里有两点白色，应该是马上就要长出来的门牙。

三十

林祥福怀抱女儿出现在溪镇，阿强起初慌张随后镇静了。他对小美说，家里的女佣只要出门就会在街上见到林祥福，林祥福一定是在寻找他们，等着他们出现，他们只要闭门不出，林祥福见不到他们，就会离开溪镇。

这样的日子小心翼翼过去了四天，第五天早上，阿强冷不防惊叫一声，小美没有被他吓着，她已经习惯他言行举止的突然变化。阿强说，林祥福不知道溪镇，但是知道他们的名字，他们把自己的名字告诉了林祥福。

小美一愣，她忘记了这一点，四天来她的心思都在林祥福和女儿身上，林祥福身背庞大的包袱，女儿张着快要出牙的嘴对人而笑，这样的情景在她的脑海里从未离去，只是时近时远。

阿强说："他若是问到我们的名字，一定会找上门来。"

小美点点头，她觉得林祥福若是打听了他们的名字是会找上门来的。

阿强胆战心惊，他觉得马上就要大难临头，他们偷窃金条的事一旦暴露出去，就有牢狱之灾。而小美却已认命，如果牢狱之灾不可避免，她会泰然接受。

小美说："我们罪该如此。"

阿强看着小美，没有想到她这么说，他责怪小美说："就不该听你的话回来溪镇。"

小美说："你不该来西里村接走我。"

小美这句话让阿强低头不语了，小美感到伤害了阿强，她轻声说："你若当初不来接走我，就不会有如今的劫难。"

阿强没再说话，他走到天井里坐下，小美没有跟到天井，她站在原处，通过敞开的门，看着阿强耷拉着脑袋坐在那里。

阿强坐了一会儿后霍然起身，走回屋里对小美说："我们离开这里。"

小美问："去哪里？"

阿强说："不管去哪里，我们先离开这里。"

小美说："先得确定去哪里，才能前去。"

阿强说："先去沈店，马上就走。"

阿强说完又慌张了，他说走出家门走到街上，就会遇到正在寻找他们的林祥福。阿强慌张的时候，小美很镇静，她说等女佣买菜回来，让她去商会门前叫两个轿子过来，坐在轿子里面，拉上帘子，外面的人是看不见的。阿强连连点头，他说坐上轿子离去，林祥福就不会见到他们。

小美觉得去沈店不会长住，林祥福离去后他们还是要回来，女佣暂不辞退，让她把家看管好。阿强继续点头，他重复小美的话，他说：

"让她把家看管好。"

小美让阿强把内衣口袋里的银票拿出来给她看看。回到溪镇以后，银票曾经藏在储藏杂物的小房间地下的瓷罐里，放在银元上面，因为担心潮湿，他们又取了出来，由于没有其它藏匿之处，就放在了阿强的内衣口袋里，这是小美缝制的口袋，每次阿强洗内衣时，小美都会亲手将银票取出，放入另一件内衣的口袋，再让阿强穿上那件干净内衣。

阿强的手从胸前伸进去，解开里面的布扣，取出用一块绸布包裹好的银票，递给小美，小美接过来打开绸布，看了看里面的银票，包裹好了交还给阿强，看着阿强把银票放回内衣口袋，扣上布扣。

小美在屋里走动，拿出一块银元和一小袋铜钱，这是留给女佣的。她把银元和铜钱放入原来织补柜台下的抽屉里，接着犹豫了，她觉得这次离去的日子或许会更长一些，她又去拿来一块银元，放入抽屉。然后小美走到衣橱前，因为龙卷风卷走了瓦片，衣橱暂时搬到了楼下。小美从衣橱里取出两人的衣服放在两块蓝印花布上面，这时候是夏季，她取出夏秋两季的衣服，看看冬季的棉袄棉袍，没有取出来，她觉得不会离去这么长久，她把两块蓝印花布扎成两个包袱，关上柜门时看见她缝制的婴儿衣服和婴儿鞋帽在底下显露了出来。

忧伤在她心里溪水般潺潺流动了，似乎有了轻微声响，那是她内心深处的哭声。这婴儿衣服和鞋帽与其说是给女儿缝制的，不如说是给她自己缝制的，她是把思念聚集到手指上，聚集到一针一线里，她缝制时根本没有去想女儿是否会穿上它们。

她目不转睛地看了一会儿婴儿衣服和鞋帽，然后把柜门关上，可是她转身之后无法离开，似乎失去了脚步，她不由自主再次打开柜门，这时她听到女佣买菜回来的开门声和关门声，听到女佣走进厨房后，她毅然取出婴儿衣服和婴儿鞋帽，走向厨房里的女佣。

小美来到厨房门口，告诉女佣，他们要去外地住上一些日子，什么地方小美没有说，什么时候回来小美也没有说，小美只是说这个家暂时交予她看管。女佣吃惊不小，事先毫无征兆，他们突然要离去一些日子，女佣还没来得及点头，小美就让她去商会门前叫两个轿子过来，女佣没有想到他们马上就要走，她问小美：

"现在去叫？"

小美点点头说："现在就去。"

女佣取下围裙，准备走出厨房，可是站在门口的小美没有动，挡住了她，女佣站住脚，感觉小美的神情有了变化，小美将捧在手里的婴儿衣服和鞋帽递给女佣，说这衣服这鞋帽留着也没有用处，不如送给那个北方男人，他女儿穿上或许合适。小美特别关照女佣，不要对那个北方男人说是谁送的。女佣接过婴儿衣服和鞋帽后，小美这才转身走开，她走了几步停下来，对女佣说，先把婴儿衣服和鞋帽送给北方男人，再去商会那里叫来轿子。

三十一

　　女佣将婴儿衣服和婴儿鞋帽放进一只干净的竹篮，挎着竹篮来到溪镇的街上，向人询问那个北方男人，有人说看见他向南走去了，女佣向南而去，一路询问北方男人的行踪，听说他已经走出南门，她挎着竹篮小跑起来，跑出南门才看见那个北方男人，她首先看见的是那个庞大的包袱，在前面的路上摇晃，她追上那个包袱，挡住北方男人的去路，从竹篮里拿出婴儿衣服和鞋帽，塞进北方男人手里，指指他胸前布兜里熟睡的婴儿，匆匆说了一句：

　　"给小人穿。"

　　女佣想着小美关照的话，不要对他说是谁送的。她把婴儿衣服和鞋帽塞进他手里后，转身快步往回走了，她听到北方男人叫了一声，她没有回头，快步走进了南门。

　　女佣在商会门前等候的轿子里叫上两个两抬轿子，领着四个轿夫和他们抬着的两个轿子回到沈家，她让四个轿夫放下轿子在外面等候，自己进屋告诉阿强和小美：

　　"轿子已在门外。"

　　坐在原先是织补柜台里面的阿强和小美，见到女佣回来，结束他们等待的姿态，起身走到柜台外面，提起各自的包袱，小美将包袱挽在手臂上问女佣，婴儿的衣服鞋帽送给北方男人了？

　　女佣说送给他了，说那个北方男人已经走出南门离开溪镇，她是一路小跑出了南门才追上他的。

　　女佣的话小美怔住了，她看看阿强，阿强满脸惊愕，已经走到门口的他们站住脚，两个人互相看着。

林祥福离开溪镇了，这突如其来的消息让阿强瞬间不知所措，他见小美把包袱放在织补柜台上，意识到小美决定不走了，他也把包袱放到织补柜台上。小美走到柜台里面，把原本留给女佣的两块银元和那小袋铜钱从抽屉里取出来，银元递给阿强，让他收好，从小布袋里拿出四文铜钱，递给女佣，让她出去给外面等候的四个轿夫，小美对女佣说：

"不用轿子了，请他们回去。"

女佣这一天经历了三次困惑，阿强和小美先是毫无征兆要离开溪镇，此后又是毫无征兆不走了，还有小美让她把婴儿衣服和鞋帽拿去送给那个北方男人，小美的这个举动让女佣觉得唐突又不解。

林祥福的离去使阿强如释重负，他觉得危险已过，此后的几天他坐在天井里的时候，嘴角偶尔会出现一丝笑意。小美则是心事重重，从缠绕她的苦闷里出来后，又陷入到深不见底的失落中，林祥福怀抱女儿已是近在咫尺，她却没有见上他们一眼，尤其是女儿，屈指算来离别已有八个多月，她离去时女儿尚在睡梦中，襁褓中的女儿躺在偌大的炕上显得那么的小巧，现在女儿应该长大了一些，应该有了一点俏丽的模样……她后悔没有走上街去，躲在拐角处偷偷看看他们，她想象这样的情景，女儿看见她了，张着嘴对她笑了又笑，然后林祥福看见她了，林祥福对她宽厚而笑，没有一丝责怪的神情。

阿强不知道小美的心事，以为小美仍在担忧之中，他对小美说："他越走越远，去找寻文城了。"

阿强说到文城，小美不由再问："文城在哪里？"

阿强说："总会有一个地方叫文城。"

这个虚无缥缈的文城，已是小美心底之痛，文城意味着林祥福和女儿没有尽头的漂泊和找寻。

三十二

林祥福越走越远，他向南而行，不再向人打听文城，他意识到阿强所说的文城是假的，没有人知道文城在哪里，他心想既然文城是假的，阿强和小美的名字也是假的。

漫漫长路有始无终，林祥福走走停停，停停走走，走过了秋季，走入了冬季，他时常陷入到沉思里，他的身体前行之时，他的思维却在往回走，当他距离溪镇越远，溪镇在他心里反而越加清晰。

有一个人在他脑海里悠悠忘返，那个胳膊上挎着竹篮的年轻女子，在溪镇南门外的大路上挡住他的去路，嘴角含笑从竹篮里取出崭新的婴儿衣服和鞋帽，突兀地递给他，对他说了一句简单的话以后，就转身离去。他没有听懂她快速的语调，愕然地将衣服和鞋帽捧在手中，等他反应过来，嘴里叫出一声"喂"的时候，年轻女子已经快步走去，走进溪镇的南门了。

那天晚上住下的时候，林祥福在油灯下仔细察看了年轻女子所送的婴儿衣服和鞋帽，大红的绸缎，手工缝制。林祥福感叹绸缎的精美和手工的细致，心想这位年轻女子真是好心人，一定是看见他怀抱女儿游走在溪镇的街巷，动了恻隐之心，把这身婴儿衣裳送给了他。可是她自己的孩子呢？林祥福不安起来，难道是在龙卷风里遭遇了不测？林祥福想到女儿也是在龙卷风里失而复得，不由心头一紧，不敢往下去想了。

此后的日子林祥福怀抱女儿向南而行时，不断琢磨那个挎着竹篮的年轻女子飞快说出的那句话，他在路边的一条小河里用碗舀水，含在嘴里给女儿喂水之后，终于明白那个年轻女子说了什么，她说：

"给小人穿。"

他笑了起来，溪镇人把孩子叫做小人。他觉得溪镇的方言很难听懂，可是他离开小河走上大路，继续南行时，很多让他不明白的溪镇方言，那一刻他突然明白了。

林祥福越往南行，听到的说话腔调越是古怪，越不像小美和阿强的对话，仔细回味之后，觉得溪镇更像是阿强所说的文城。他想起来了，是突然想起来的，当时阿强说到文城时，说是渡过长江以后往南六百多里路，他觉得溪镇距离长江差不多就是六百多里路程。

然后那个年轻女子所说的"给小人穿"的声音，不断在他脑海里响起，一个场景在他记忆里出现，在北方家中，他在阳光照耀下的院子里与田氏兄弟铺晒麦种，他告诉小美白露后要将这些麦种播种到田地里，坐在屋门前的小美缝制完成一件婴儿衣裳，举起来给他看，对他说：

"那时候这衣裳里面有一个小人了。"

林祥福在一座桥上站立很久后，决定返回溪镇，他觉得阿强所说的文城就是溪镇，虽然不知道他们此刻身在何处，他心想他们总会回到溪镇的，他将在溪镇等候，一年，两年，或许更久。

林祥福在初冬的阳光里转身向北而行，换乘一辆又一辆马车，漫漫长路之后，他与飞扬的雪花一起进入溪镇。

三十三

林祥福怀抱女儿在雪冻时出现在溪镇，阿强和小美并不知道。平时是女佣每天出门，如今冰雪封锁了女佣出门的路，也封锁其他人出门的路，溪镇已无开门的店铺。好在阿强和小美每次买米都是满满两袋，雪冻时米缸里还有二十来斤大米，深秋时腌制了两坛咸菜。因为不知道雪天何时才会结束，小美和阿强从长计较，与女佣一起每日两顿米粥配上一点咸菜，吃完后躺到床上，减少身体活动，以此拖延饥饿的到来。

虽然阿强与小美深居简出，雪冻带给他们的是与世隔绝，仿佛没有了人间的气息，当外面一片死寂，日复一日的死寂时，阿强开始烦躁不安。雪冻之初，阿强与溪镇其他人一样，认为这只是一场雪，雪花飞扬一天或者两天就会停止，阳光就会照耀溪镇，积雪就会融化，可是雪花没有尽头地飞扬在溪镇的上空，躺在床上的阿强因此心神不定，他应该是安静的身体，在床上翻来覆去，所以饥饿总是很快到来。

同样躺在床上的小美静若幽兰，阿强的身体动荡不安时，她的身体不受影响，长时间一动不动，似乎置身床外，她的心里则是辗转反侧，女佣讲述过的一个情景在她脑海里淅淅沥沥出现，林祥福怀抱女儿走在龙卷风过后的街道上，手里拿着一文铜钱，寻找别人家婴儿的啼哭，然后去敲开那里的屋门，来到哺乳的女人面前，将手里的铜钱递过去，恳求她们给他女儿吃上奶水。

女佣是在林祥福离去之后向小美讲述的，这个情景不是女佣亲眼所见，是女佣听来的，女佣出门买菜，在街上与几个女人说话，有一个提到已经离去的北方男人，另一个就说到了这些，然后几个女人都说北方男人怀里的婴儿应该是吃过百家的奶水了。

小美听着女佣的讲述，女佣说到女婴吃过百家奶水时，小美听不下去了，强忍眼泪，转身离去，在女佣错愕的目光里上楼，坐在床上无声流泪，泪水沿着她的脸颊流到脖子上，又从脖子流到胸口，在胸口被衣服吸干。

然后小美恢复了她的常态，一如既往的平静，但是林祥福手里拿着一文铜钱恳求哺乳中的女人的情景，女儿一家一户进出吃着百家奶的情景，已在她脑海里定居下来，她时刻都会想起来，因此心酸不已，苦痛的感觉在她这里细水长流般地不再停息。

雪冻的一个深夜，小美从睡梦里醒来，睁眼看着屋里的黑暗。身旁的阿强仍在睡梦里，他叫了几声，接着呓语连连，他睡着后仍然烦躁不安。小美没有听到阿强的叫声和呓语，因为她在黑暗里见到了林祥福和女儿，他们站在夏日阳光照耀下的街上，女儿在林祥福的手上，林祥福的眼睛在寻找她。这样的情景让小美既心痛又向往，她想象自己走过去了，走到林祥福面前，从他满是灰尘的头发上取下一片小小树叶，再从他手里把女儿抱过来，抱在自己怀里。

小美想起放在衣橱深处的红布包裹，里面有女儿的胎发和眉毛，之前每次打开这个红布包裹都是让她伤心欲绝，那次晕厥之后，她不敢再去看它，现在她想念它了。

她轻轻起床，在黑暗里伸直手臂走过去，碰到衣橱后，小心打开柜门，右手伸进去，在里面摸索，摸到红布包裹时，她的手指好像热了起来，她把小小的红布包裹从其它衣物里抽出来，轻声关上柜门，在黑暗里小步走回床边，躺回到床上，她把红布包裹放在胸前，双手护住它，那一刻她没有了伤心之感，来到的是温暖之感，仿佛她把女儿抱在了怀里。她在感到抱住女儿的时候，也感到林祥福抱住了她，她和女儿进入了林祥福的臂弯。

白天来临后，小美坐在椅子里做起了针线活，给自己的三件内衣缝上内侧口袋，又做了布扣，这是放置女儿胎发和眉毛的地方。

小美安静仔细缝制口袋时，躺在床上的阿强心烦意乱，他不再是在床上翻来覆去，而是几次下床走到窗前，隔着窗户纸去看外面，他看不清楚，有一次推开窗户，灰白的天空里布满雪花，寒风扑面而来，雪花随风纷飞进来，他又关上窗户。

那一刻寒风吹到小美身上时，随风进来的雪花飘落在她的手指上，她停下手上的动作，抬头看了看阿强，阿强见到小美头发上有了几朵雪花，觉得刚才推开窗户的举动不妥，他有些歉意地说，他想看看外面的雪停了没有。小美点点头微笑一下，看着阿强躺回到床上，阿强暂时安静了。

小美缝制完成内衣口袋后，女儿的胎发和眉毛就贴在了她的胸口，与她朝夕相处了，当感到女儿与自己朝夕相处，也会感到林祥福与自己寸步不离，她在心里叫唤女儿时，也会不由自主去叫唤林祥福。在她这里，女儿与林祥福犹如风和风声一样同时来到，不可分离。

有一个深夜，小美想起女儿还没有名字，她不知道林祥福是不是给女儿取了名字。她开始自己去想女儿的名字，想出来一个，放弃一个，再想出来一个，再放弃一个，她想了一个又一个名字，每个名字她都在心里叫上几声，接着再叫上几声林祥福的名字，似乎是在与林祥福商量女儿的名字。小美对女儿名字的不断设想和不断叫唤，将她从心底的苦痛里暂时拯救出来，也让她忘却外面没完没了的雪花。

三十四

这一天有人来敲门，这是阔别已久的人间气息来了，女佣去开门，楼上的小美和阿强凝神静听，是商会派来的人，告知他们，商会在城隍阁祭拜苍天，祈求苍天终止纷飞雪花，让阳光照耀溪镇。

接下来的两天里，屋外有了持续不断的人声，去城隍阁的和从那里回来的在互相说话，他们声音响亮，去的人询问回来的人，城隍阁里祭拜的人多不多，回来的人说很多，从早到晚城隍阁里满是跪拜的人，去的人问冷不冷，回来的人说不冷，阁中摆了两排炭盆，即使没有摆上炭盆，那么多人在一起也不会冷。屋外的声音一阵一阵响过去，对于屋里的阿强和小美，还有女佣，仿佛是阳光正在一片一片照耀过来。

祭拜仪式进入到第三天，小美提议去城隍阁，她看见阿强点了点头，女佣也是点了点头，他们愿意去城隍阁。她吩咐女佣中午不做米粥，做一顿米饭，去城隍阁祭拜苍天，一定要吃饱了。

下午的时候，他们三人在厚厚的积雪里艰难来到城隍阁，里面已经挤满跪拜的人，小美看了看阿强和女佣，两个人的脸上都有喜悦之色，这里正在洋溢人间的气息。

他们三人与其他人挤在城隍阁的台阶上，排队向里面张望，等待着里面的人跪拜结束出来，他们可以进去跪拜祭天。他们身边有

人是连续三天都来祭天，说今天人最多，今天都挤不进去了。另外
有人说站了快有一个时辰了，里面只出来十多个人，说里面的人大
多是在祈求自己的事，祈求完自己的，又祈求一个个亲人的事。旁
边有人说，大家都来祭天，都是来祈求苍天，不该祈求自己的事，
这人说着忍不住骂了一句里面的人是占着鸡窝不下蛋。有人责备他
不该这么说，这么说要遭天罚的，说他这一句话很可能让三天的祭
拜白费了。这人自知失言，低头不语了。有人为他圆场，说占着鸡
窝不下蛋不算难听，苍天不会生气，占着茅坑不拉屎才是难听话，
苍天才会生气。一个女人尖声叫道，把占着茅坑不拉屎这样的话都
说出来了，这下苍天肯定生气了。有人提醒她，你也说了这句话，
随后让大家别说话了，言多必失。一位老者不紧不慢地说，说什么
不要紧，要紧的是心诚。

　　这时城隍阁外的空地上已经跪下了几十个祭天的男女，站在台
阶上的一个人走向空地，他走去时说不等候了，在露天跪拜更显心诚。
有几个人跟着走过去，小美也跟过去，阿强和女佣跟在她身后。

　　小美他们走到空地边上，阿强看不见跪在积雪里的人的小腿，
他站住脚犹豫了，可是小美走了进去，女佣也走了进去，阿强迟疑
之后跟着她们走了进去。小美找到一块空出来的积雪处屈膝跪下，
跪进了雪里，女佣和阿强在她身边跪下，跪进雪里。他们在飘扬的
雪花里，在木鱼敲打的节奏里，在笛声、箫声和唢呐声的和声里，
在燔烧三牲的气味里，他们双手前伸放在雪上，叩头至手，仰起后
脸上挂上了雪。

　　不断有人加入进来，在小美他们旁边屈膝跪下，小美他们此前
走进来的脚印上满是屈膝而跪的人，没有了他们的脚印，也就没有

了他们进来的路。优雅乐音从城隍阁里传出来，他们三个人和空地上其他人的身体在积雪之上和雪花之中一起一伏，如同波浪般的起伏。

陆续有人进来屈膝跪下，陆续有人艰难起身出去，起身的人腿脚麻木了，弯腰拍打着腿脚要走出去，可是没有了出去的路，只能等着跪拜的人抬起身子时往前迈出一步，俯下身子时站住不动，出去的人在一个个跪拜起伏的身体之间走一步停一下，跪拜的人起身时碰到出去的人的膝盖，就有了言语冲突。跪拜的人说，你站在我面前干什么，我是祭天，又不是祭你。出去的人说，谁要你祭我，我活得好好的，我是要出去。跪拜的人说，你出去就出去，站在我面前拍打什么。出去的人说，谁要站在你面前拍打，我是腿脚冻僵了。

小美他们三个人跪在那里，起初感到寒冷刺骨，阿强跪下不久就说太冷了，已跪拜祭过苍天了，是不是该回去了。女佣点点头，也说该回去了。小美像是没有听到他们两个人的说话，她的身体在城隍阁里传出来的乐音里一起一伏。阿强看看四周，全是跪拜身体的起伏，他的身体挺直了一会儿之后，继续跟着小美的身体一起一伏，女佣的身体也继续跟上他们两个的节奏。

小美念念有词祈求苍天，阿强和女佣也是念念有词，四周的人都是念念有词，祈求苍天的声音在城隍阁前的雪地上嗡嗡响起。雪花纷纷扬扬，落在他们的头发上，他们头发白了；落在他们的身上，他们衣服白了；落在他们的眼睛上，他们目光茫然了。

很长时间过去后，他们身上的寒冷一丝一丝流失了，像是手指被割破后，血在滴答掉落那样的流失。阿强感到失去了寒冷，也失去了腿的感觉，他对身旁的小美说：

"回家去。"

小美没有反应，她祈求苍天之后祈求林祥福了，林祥福怀抱女儿千里迢迢寻找而来，让她心痛不已，又充满负罪之感，她在心里对林祥福说：

"来世我再为你生个女儿，来世我还要为你生五个儿子……来世我若是不配做你的女人，我就为你做牛做马，你若是种地，我做牛为你犁田；你若是做车夫，我做马拉车，你扬鞭抽我。"

阿强想站起来，他僵硬的手臂搁在小美跪拜的背上，支撑着要站起来，但是他的双腿没有知觉，他再次对小美说：

"回家去。"

小美仍然没有反应，她看见林祥福了，林祥福就站在她面前，对她说：

"回家去。"

阿强说他热了，脱下棉袍，女佣说她热了，脱下棉袄，白茫茫的空地上很多人都在脱下棉衣棉袍。小美也感到身体越来越热，她呼吸急促心跳加快，她解开棉袍上的布扣，让棉袍敞开，仍然感觉很热，她脱下棉袍，解开里面的衣服。

这时候小美看见了女儿，女儿张开嘴对她嘻嘻而笑，女儿嘴里有两个白点，门牙生长出来了。小美泪流而出，这两行眼泪是她身上最后的热量。

三十五

城隍阁祭拜苍天仪式进行到第三天，林祥福怀抱女儿经过的时候,外面的空地上跪了一百多个祭天的男女,他们的身体在城隍阁内传出的乐音里起伏不止。

祭拜仪式举行前,道士们将这里的积雪清扫干净,可是三天,也就是三天,积雪就厚厚地回来了。林祥福走过时,看不见跪拜祭天人群的小腿,积雪漫过去,抹去了他们的小腿,他们嘴里哈出的热气汇集到一起成为升腾的烟雾,在灰白的空中散去。

这天下午,林祥福第一次走进陈永良家,他在那里坐了很长时间,他和陈永良一生的友情自此开始。

当林祥福离开陈永良家,再次走过城隍阁的时候,一个灾难展现在了他的眼前,很多跪在空地上祭拜苍天的人冻僵死去了。这些死者仍然跪在那里,不过已经看不见他们嘴里哈出的热气是如何升向空中,他们无声无息一动不动。林祥福仿佛走过了墓园,白雪包裹了他们屈膝而跪的身体,犹如密密麻麻的墓碑。

林祥福看见很多人来到这里,那些先前在城隍阁里面跪拜的人也出来站在了这里。这是雪冻以来林祥福第一次看见这么多的人聚集到一起,他听到女人的哭叫沙哑了,男人的声音反而变得尖利起来。

这个悲哀的时刻,那么多的人喊叫着不同的名字,每一具冻僵的尸体前都围上一团人,他们用手指抠挖着死者脸上的积雪,试图辨认出自己的亲人,可是当他们将积雪抠下时,也抠下了死者的头发眉毛,还抠下了死者的鼻子和脸上的皮肉。

林祥福见到一个清瘦的男子,就是顾益民,站在城隍阁的台阶上,声音响亮地说着什么,嘴里喷出的热气遮掩了他的脸。林祥福依稀听到他在喊叫不要抠挖死者,他让人们回家去烧热水,他说用热水来浇开死者脸上的积雪,他双手作揖说道:

"请诸位保全他们的尸首。"

顾益民的喊叫使很多人离去，然后他们端着一盆一盆的热水回来，他们将热水浇到一个一个死者的脸上，城隍阁前蒸腾的热气浓雾似的弥漫开来，死者的脸在热气里一个一个显露出来之后，哭叫声更加沙哑也更加尖利，他们抬起自己的亲人，在服丧般的白雪里悲伤离去。

蒸腾的热气消散之后，凄厉的哭叫声也四散而去，浇到死者头上的热水流到积雪上结成了冰，一片坑坑洼洼的冰雪之地显示了出来。

城隍阁前的空地上剩下六具尸体，暂时无人认领留在那里，显得孤苦伶仃。站立在飞扬雪花中的林祥福不知道远处的这六个死者里面有小美和阿强，飞扬的雪花模糊了他的眼睛，他没有看见远处小美低垂的脸。那时候小美的眼睛仍然睁开着，只是没有了目光。

林祥福见到站在台阶上的顾益民和道长说了些什么，他听到了声音，没有听到话语，然后他看见十多个道士从城隍阁里走出来，走进已是坑坑洼洼的冰雪地里，将六具尸体抬起来在冰雪里离去，道士们把六具尸体抬进城隍阁。

林祥福望着最后一具尸体在冰雪凹凸的空地上离去，两个道士抬着她，一个抬着她的双腿，一个抬着她的肩膀，她的头垂落离去。

然后空荡荡的情绪如同飘扬的雪花包围了林祥福，女儿嘤嘤的哭声将他唤醒，他感到风雪打在眼睛上，女儿的哭声让他意识到在雪中站立太久了，他抬脚离去，可是没有了脚的感觉，也没有了小腿的感觉，他向前走去时只有大腿的感觉。他觉得女儿的哭声是饥饿之声，他不由自主向陈永良的家走去。林祥福在树木冻裂和鸟儿

341

掉落的声响里，一步一步走到陈永良家门前，这时候小腿的感觉回来了一点。

林祥福没有见到小美最后的形象——她的脸垂落下来，几乎碰到厚厚积起的冰雪，热水浇过之后的残留之水已在她脸上结成薄冰，薄冰上有道道水流痕迹，于是小美的脸透明而破碎了，她垂落的头发像是屋檐悬下的冰柱，抬过去时在凹凸的冰雪上划出一道时断时续的裂痕，轻微响起的冰柱断裂声也是时断时续。小美透明而破碎的清秀容颜离去时，仿佛是在冰雪上漂浮过去。

三十六

顾益民以商会名义安葬了小美与阿强，女佣遗体由她家人接去。小美与阿强葬在西山脚下僻静之处，在溪水和小路之间，溪水长年流淌，小路在此中断，那里是西山北坡，终日不见阳光，青苔遍布，青草树叶绿得发暗。这是沈家的祖坟之地，矗立七块墓碑，其中一块墓碑上刻着"沈祖强纪小美之墓"。

小美与阿强成殓时，顾家的女佣和仆人分别取出红布包裹的婴儿胎发眉毛和绸布包裹的银票。银票数额之大让顾益民暗暗吃惊，依靠织补生意难有如此收入。女佣打开红布包裹，给顾益民看了婴儿的胎发和眉毛，又说在给小美清洗遗体时，注意到她腹部有妊娠痕迹。

顾益民心里蹊跷，不知道这两人离开溪镇去北方后做了什么，有一点可以确认，小美在外有过生育，家里的女佣和仆人说起他们两人刚回溪镇的日子，有人在夜深人静之时听到小美悲切的哭声。顾益民想到小美把孩子的胎发和眉毛珍藏在内衣口袋里，孩子可能生下不久就夭折了，他们可能把孩子葬在遥远的北方，可能邻近一条宽阔的大路或者一条波涛翻滚的河流。

顾益民吩咐家里的女佣和仆人，这些应是难言之隐，不要外传。考虑到阿强已无亲人，小美尚有父母，从阿强内衣口袋里取出的银票里，顾益民拿出大部分派人送去万亩荡西里村纪家，余下的存放在商会，阿强与小美的后事由此支出，日后派有专人负责沈家墓地，除草添土，清洗墓碑，这些费用也由此支出。

顾益民事必躬亲，吩咐仆人去找木工做两具棺材，即使棺材的材料，他也关心，他说：

"棺材要以松柏制作，不用柳木，松柏象征长寿，柳树不结籽，不吉利，会断子绝孙。"

顾益民说完这话，想到阿强与小美已无后嗣，何来断子绝孙，不由哑然失笑，过了一会儿他说：

"棺材还是以松柏制作。"

阿强与小美各自入棺时，顾家的仆人和女佣提到从纪小美内衣口袋取出的婴儿眉毛和胎发，询问顾益民是否分出一半放入沈祖强的棺材，毕竟沈祖强是父亲。顾益民思忖片刻，没有同意，他说既然是从纪小美内衣口袋找出来的，也就应该放回到原处。

小美入土为安，她生前经历了清朝灭亡，民国初立，死后避开了军阀混战，匪祸泛滥，生灵涂炭，民不聊生。

小美长眠于此，日复一日，年复一年，林祥福却从未踏足这里。林祥福很多次来到西山，他与陈永良爬上西山俯瞰溪镇，他怀抱林百家，然后是手牵林百家，再然后是林百家在前他在后，父女一起爬上西山，可是他从未到过这僻静之处。小美长眠十七年之后，才在这里迎来林祥福。

田氏兄弟拉着棺材板车出了溪镇北门的这天早晨，正是陈永良队伍与张一斧土匪在汪庄激战的开始。田氏兄弟出了溪镇，走了没有多远，逃难的人群迎面而来，他们告诉田氏兄弟，不能往前走了，前面汪庄在打仗，好几百人在打仗。他们快速的语调让田氏兄弟听不懂，他们慌张的神色让田氏兄弟感到了危险，田氏兄弟停下棺材板车，一遍又一遍询问从身旁过去的人，有人用他们听得懂的话说了。

田二问这人："谁和谁打仗？"

这人分不清陈永良与张一斧的不同，他说："土匪和土匪打仗。"

田氏兄弟不敢往前走了，问这人，有没有别的路可以绕开前面打仗的地方，这人指点他们走小路去西山，从西山那里出去后，就绕开了前面的汪庄。

另一个逃难的人对田氏兄弟的板车十分好奇，走上来伸手摸着棺材，用他们听得懂的话问：

"这么大的木箱装什么呀？上面还有竹篷。"

把棺材说成木箱，田四不高兴了，他说："这是棺材，不是木箱。"

那人听说是棺材，赶紧缩回手，后退两步，自感晦气地说道："世上竟有这么宽的棺材。"

田二对那人解释："里面有两人，一个是我们大哥，一个是我们少爷，我们要回去北方。"

田氏兄弟离开大路，走上通往西山的小路，田五前面拉车，田二和田四左右扶住，田三后面推着。小路起伏向前，时宽时窄，宽的地方过去顺利，窄的地方过去艰难。走上窄路的时候，田五小心翼翼拉车，听着后面俯身察看车轮的三个哥哥喊叫指挥，一会儿让他往左边一点点，一会儿让他往右边一点点。两个车轮擦着路的边缘一点点过去，过了这段窄路，来到宽路上，田四说刚才这段路过得细致，比裁缝师傅剪裁衣服还要细致。

走上宽路，兄弟四个说起了土匪，后面推车的田三说到了北方老家的土匪，他说：

"城里聚和钱庄的孙家也被土匪绑了人票，花了好多光洋才把人赎回来。"

拉车的田五问："孙家的谁被绑票了？"

田三说："就是孙家的老爷。"

田五再问："怎么被绑的？"

田三说："土匪进了孙家大宅，去敲孙家老爷的房门，孙家老爷睡下了，起床去开对拉门，刚开出一条门缝，一支长枪伸了进来。"

田四说到他们沿途南下时遇到的两股土匪，他说："土匪看见死了的大哥，生怕晦气，都躲了开去。"

田五在前面说："土匪不怕人怕鬼。"

田三听了不高兴，他说："大哥怎么就是鬼了。"

田五说："人死了就是鬼了。"

田三说："大哥死了不是鬼，是死人。"

田二让两个弟弟别吵了，他担忧地说："来时车上没有棺材，土匪一眼就能见到大哥死了，回去车上有了棺材，又不像棺材，像木箱，怕是土匪会来抢劫。"

田三认同田二的话，他说："刚才还有人问木箱里装了什么。"

田五也认同，他在前面说："土匪见了也会以为是木箱，要我们揭开看看里面装了什么。"

田四说："土匪揭开棺材盖，影子就进了棺材，魂魄就被封在棺材里了，土匪不敢揭开棺材盖的。"

田三说："棺材盖土匪不敢揭开，木箱盖土匪就敢揭开。"

板车又来到了窄路，兄弟四个又像裁缝剪裁衣服那样让板车细致前行，走过这段窄路，前面的路更窄，田五愁眉苦脸说：

"前面过不去。"

田二走到前面，察看路况，向前走了十多米，回来时对三个弟弟说：

"过不去的路大约十来米，我们扛过去。"

田二与田五在左边，田三与田四在右边，兄弟四个站到路两边的水沟里，蹲下身体，肩膀扛住棺材板车，齐声喊叫一二三，抬起了棺材板车，四个人的脚蹬在水沟里，深一脚浅一脚，嘴里嗨呀嗨呀叫着前行。抬出了六米左右，年纪最大的田二双腿一软跪在了地上，板车一下子倾斜过来，田五用肩膀死死顶住，田三赶紧过来左边顶住板车。然后兄弟三个慢慢蹲下，让板车底板搁到路面，四个车轮只有一个在水沟里支撑住了，另外三个没着地。板车放下，他们随即跌坐到地上，气喘吁吁满头大汗。

田二跪在那里呼呼喘气，刚才他腿一软跪下的那一刻听到棺材里的动静，应该是田大滚到了林祥福身上，田三过来帮助顶回去后，田大好像又滚回原来的位置。田二喘着粗气擦着汗水，对着棺材板车说：

"大哥，少爷，对不住。"

兄弟四个歇了一阵子，再次扛起棺材板车，嗨呀嗨呀地走出这段最窄的路。然后他们上坡下坡，艰难前行，接近中午的时候来到了小美这里。他们见到七个墓碑，见到小路在这里中断了。

这时他们精疲力竭饥肠辘辘，他们听到了水声，看见溪水就在前面流淌，田二说在这里歇歇脚，喝点水，吃点干粮再走。

他们停下棺材板车，停在小美和阿强的墓碑旁边。纪小美的名字在墓碑右侧，林祥福躺在棺材左侧，两人左右相隔，咫尺之间。

田氏兄弟踩着满地青苔，小心翼翼来到溪水边坐下，从包袱里取出碗来舀水喝，溪水寒冷刺骨，他们喝下去咕咚一声后是张开嘴啊啊的两声，田二说：

"水太冷，小口喝，嘴里含一会儿再喝。"

他们小口喝溪水，大口吃干粮，田五说："这里的水是甜的。"

三个哥哥也觉得水是甜的，他们说自己村里水井里提上来的水，喝下去有点涩，这里的水喝起来甘甜。

田二又担忧路上会遭遇土匪，他说："出了山，去就近人家看看，有没有白布卖的。买了白布剪成布条，扎在车上，挂在竹篷下，别人一看就知道是灵车，土匪也不会上来抢劫。"

田五说："棺材里有一块白布，顾会长派人送来的，取出来撕成布条，现在就挂上。"

田四说："这白布盖在大哥少爷身上的，不能动。"

田二和田三也觉得棺材里的白布不能动，田二责怪田五："你胡诌什么呀。"

然后田氏兄弟拉起棺材板车往回走，走过一段窄路，拐上另一条窄路，走了两三里路之后，拐上了一条宽路。他们看见远处有茅屋，有炊烟在茅屋上升起，棺材板车向着茅屋而去，他们要去打听如何走出西山。

此时天朗气清，阳光和煦，西山沉浸在安逸里，茂盛的树木覆盖了起伏的山峰，沿着山坡下来时错落有致，丛丛竹林置身其间，在树木绵延的绿色里伸出了它们的翠绿色。青草茂盛生长在田埂与水沟之间，聆听清澈溪水的流淌。鸟儿立在枝上的鸣叫和飞来飞去的鸣叫，是在讲述这里的清闲。

车轮的声响远去时，田氏兄弟说话的声音也在远去，他们计算着日子，要在正月初一前把大哥和少爷送回家中。

图书在版编目（CIP）数据

文城／余华著 .—— 北京：北京十月文艺出版社，
2021.3

ISBN 978—7—5302—2109—9

Ⅰ.①文…　Ⅱ.①余…　Ⅲ.①长篇小说－中国－当代
Ⅳ.①I247.5

中国版本图书馆 CIP 数据核字（2020）第 256587 号

文城
WENCHENG
余华 著

出　　版　北 京 出 版 集 团
　　　　　北京十月文艺出版社
地　　址　北京北三环中路 6 号
邮　　编　100120
网　　址　www.bph.com.cn
发　　行　新经典发行有限公司
　　　　　电话 (010)68423599
经　　销　新华书店
印　　刷　山东韵杰文化科技有限公司
版　　次　2021 年 3 月第 1 版
　　　　　2021 年 3 月第 1 次印刷
开　　本　850 毫米 ×1168 毫米　1/32
印　　张　11
字　　数　245 千字
书　　号　ISBN 978—7—5302—2109—9
定　　价　59.00 元
质量监督电话　010—58572393
如有印装质量问题，由本社负责调换